華文教學叢書

臺灣華語文教材演變發展研究

張勝昔　著

賴序

當今全球對華語文的教學和研究呈現蓬勃發展及方興未艾的現象，這是中華文化偉大復興的難得機會。獻身於此的工作者都很努力地奮鬥和經營著，這是十分可喜的事情。

從事華語文教學與研究的工作，瞭解教材的發展和演變是一項非常重要的課題。但是臺灣從一六二四年迄今，據史記載，尚未有以科學性完整處理此方面的第一手研究成果出現。這一個缺憾，如今因張勝昔博士撰寫《臺灣華語文教材演變發展研究》一書的出版而得到彌補。

此書以臺灣一六二四年至二〇一八年約四百年之間二語習得的第一手完整材料作為研究素材，以二語習得和教材編寫理論為基礎；以教材分析為核心，遵循教材演變發展的歷程，對教材的整體、特徵、應用和局限進行深邃的分析和探討。這是首次對臺灣華語文教育的歷史及其教材的演變發展進行全面性和整體性的研究著作。

此書對華語文教材的演變發展進行了縱向和橫向兩方面的研究。縱向方面分為早期傳教士時期、日據時期、當代華語文發展時期三大階段。橫向方面則根據教材編寫理論的指導原則，對上述各時期的教材總體和特徵進行分析。而早期傳教士時期係以宗教傳播者為核心，傳教士自創原住民語言和閩南話的文字翻譯《聖經》發展二語教學材料。日據時期係以殖民統治為核心，日本人為閩南話發明「臺灣十五音」的日語「假名標音」編寫日本人學習閩南話的二語教材。當代華語文發展時期係以華語文機構重新研究，以翻譯美國中文教材改編成華語文教材為源頭，進而發展自編華語文教材如《實用視聽華語》和《當代中文課程》等系列華語文教材。這三大時期的二語教材及教學的演變發展雖未必有直接銜接之關係，卻能在臺灣這塊土地上各自發展及各呈特色，烘托出台灣多元文化之璀璨。其中主要是以漢字貫穿其間，達到穿針引線之作用發展至今。作者在這一方面的強調和著墨，足見其分析探微的功力。

此書的特色在以全面性和科學性的實證方法進行研究。以臺灣華語文教材及其教學者與編寫者為研究對象，以二語習得理論、教材編寫理論、教材評鑑理論為基礎，通過對文獻史料的整理，文本的分析以及問卷和訪談的調查，從定量描述和定性分析的不同角度探究臺灣華語文教材演變發展的歷程，呈現其內容廣博深入的細致樣貌。

此書的價值，就其理論方面而言，包括：一、使有全面、詳實、未曾發現的材料，總結華語文教材演變發展歷程的特徵。二、所描述的華語文教材演變發展歷程頗為完整。三、探究了教材編寫在不同社會及不同文化環境下的政治、宗教、民族、文化變遷的交互作用。四、根據對教材編寫內容和形式的討論，探究教材編寫的思路和理念，並提出教材演變發展的特徵和規律，以促進教材編寫理論的完善。就其實踐方面而言，包括：一、掌握第一手研究史料，對臺灣各時期具有代表性的華語文教材和教學材料的整體情況、所具特色、使用功能、所受限制進行分析，為教材編寫和發展提供頗具實用的研究參考材料。二、通過對教學者的問卷調查，典型教案分析，及編寫者的訪談，對應教材內容分析、教學回饋、編寫思路進行了有機的相互印證的對比分析，討論了教材「編寫」和「使用」兩個不同層面所存在的差異和問題。三、通過臺灣當代廣泛使用的主流華語文教材的編寫依據和歷史淵源，探索當今華語文教材的問題癥結，尋求教材編寫及教學的改進方向。四、為華語文教材及教學相關研究增添可供參考的實際材料。

此書屬於華語文教材及教學研究方面博士論文級的學術性作品，是作者張勝昔博士以宏觀視角博覽各類華語文教材和參考材料所獲的心得。從蒐集材料、構思內容、訂定題目、安排章節、著手撰寫、查覆校對到全書完稿，一共歷經近七年的時間纔告完成。整體內容豐富多元，部分材料珍貴難得，分析深入詳細，是華語文教材編寫及教學研究難能可貴之作。

當我初讀原稿時，即感到非常喜悅和欽佩，鼓勵其早日出版，以嘉惠學界。今悉此書已付梓在即，茲應所請，爰略誌數語，以為推介。相信此書出版之後，必將獲得華語文教學界的肯定和勉勵。

賴明德

寫於臺北

二〇二二年十月十日

施序

有「史」有「論」有「實踐」，是一個學科體系完善成熟的重要標誌。自古以來，漢語、漢字就在東亞諸國中廣泛傳播。明清以降，隨著西人福音傳播、商貿往來以及殖民擴張，漢語開始走進他們的視野。第二次世界大戰中，由趙元任先生主持的美國哈佛大學「軍隊特別訓練項目」（Army Special Training Program，簡稱「ASTP」）中的中文教學，以及二戰結束後的蘇聯漢語教學體系，都對五〇年代清華大學東歐交換生中國語文專修班暨北京大學外國交換生中國語文專修班，甚至很長時間以來世界上唯一一所以教授漢語為己任的高校——北京語言學院產生了直接的影響。在大量實踐的基礎上，學者們開始了對漢語作為第二語言教學的理論研討，並取得了可喜的成績。相比之下，我們對自身學科歷史的認知，則處於明顯的滯後狀態。好在近二十多年來，陸續有學者開始關注這一問題，並發表了一些學術成果。這些成果比較多的集中於歐美、日本、朝鮮半島及大陸地區，而對在中國近代歷史上佔有重要地位的寶島臺灣有所忽略。也因此，當張勝昔老師告知她的大作《臺灣華語文教材演變發展研究》即將付梓時，我才意識到，我們對相關研究的忽略是多麼的不應該。感謝張勝昔老師，為臺灣華語文教育史的研究開了一個好頭！她從近代到當代，從傳教士時代到日據時期，從繁體字到簡化字，從臺灣到大陸，從國內到國外，不辭辛苦地搜集了大量的一手資料，並在此基礎上，對臺灣地區的華語文教材進行了梳理和考察，使我們得以管窺臺灣華語文教育的發展脈絡。當然，我更期待的是對臺灣華語文教育史全方位的深入挖掘與研討，張勝昔老師風華正茂，未來可期。

寫於北京大學

二〇二二年十二月十五日

Richard's PREFACE

This is the first ever comprehensive study of Chinese language education in Taiwan to date. The author exhaustively collected and sorted out teaching material from the 17th century early missionary period to the simplified characters of modern days. Lots of first-hand research materials were collected in Taiwan, Mainland, as well as abroad and are presented in the book. These valuable materials provide the reader an inside look at how the Chinese language teaching had evolved throughout the centuries. Thorough analysis were conducted on the evolution and development of teaching material such as textbooks and teaching aids in the history of Chinese language education on the island. Studies were done on the acquisition of Chinese Characters (both traditional and simplified) as a second language which is especially useful for foreigners who intend to master the Chinese language. In addition to the research, author has had extensive real world experiences in teaching Chinese language to non-Chinese speakers to simultaneously develop listening, speaking, reading, and writing skills. These proven methods combined with author's over 10 years of research are presented in the book.

Richard

San Francisco

September, 2022

中譯

這是迄今為止，臺灣第一部綜合性的華語文教學研究。作者張勝昔從十七世紀的早期傳教士時期到現代繁體字的華語文教材都進行了具代表性的，詳盡地蒐集、整理、分析和討論。該書收集大量的第一手研究資料，介紹了臺灣和各國的教學資料，這些珍貴的資料能讓讀者深入瞭解幾個世紀以來，華語文教學的演變過程。我相信該書將成為臺灣華語文教育史上的一本教科書和好的「教材」。不僅如此，該書作者張勝昔，還曾對漢字作為第二語言習得進行了研究，這對打算掌握華文的外國人特別有用。可以說，作者張勝昔在漢語教學方面具有豐富的華語文教研經驗，其作品對於華文聽、說、讀、寫方面的技能的培養有很大作用。

理查

寫於舊金山

二〇二二年九月

推薦語

一　施福村

對於我來說，勝昔是「人如其名」的奇女子。正如《禮記》〈大學〉的「苟日新，日日新，又日新」之意。其勤於省身，堅毅務實，不斷革新。勝昔老師求學當中其先生病痛，她不離不棄，照顧至先生過世，伉儷情深，令人動容。在艱難的環境中，她緊緊跟從主基督，力爭上游，永不放棄。現在，她終於砥礪多年，取得上海華東師範大學國際漢語教育的博士，並將研究編製成冊，焚膏繼晷，實屬不易。

在工作經歷方面，勝昔先後在國內外大學擔任華語教學和師資培訓的教研工作，豐富的實務教學經驗和紮實的理論基礎誠屬難得。此次，勝昔老師將多年教學研究成果，化為近二十萬文字之作，屬首次窮盡臺灣近四百年第二語言習得研究之第一手材料，對華語文教材編寫及教學進行了深邃的研究。她的研究對於華語文教學研究的碩博士畢業論文也具有很大的參考價值。今付梓在即，樂為之序！

施福村牧師

寫於臺北明德

二〇二二年十月十日

二 Man-Ho Leroy Tang

This research presents the evolution and development of Taiwanese Chinese textbooks in an accessible way to all students and for those who wish to learn and teach the Chinese language. Furthermore, this book is accompanied by a number of unique teaching plans, which contribute to the practice of Chinese language teaching. As part of my year abroad program I was honoured to have been able to have the author, Zhang Sheng Xi (張勝昔) as my Chinese language teacher. Zhang Sheng Xi understands the needs and interests of her students, giving us the appropriate means of teaching and this has further enhanced our learning interests. As her student, I am deeply honoured to recommend this book to those who aspire to advance in their Chinese language learning and teaching.

Man-Ho Leroy Tang
University of Edinburgh
Octocber, 2022

中譯

《臺灣華語文教材演變發展研究》將臺灣華語文教材的演變與發展，以通俗易懂的方式呈現給所有學生和有志於學習和教授華語的人。此外，本書還附有多個獨特的教案，有助於漢語教學的實踐，她的學生的需求和興趣，給了我們合適的教學方法，這進一步提高了我們的學習興趣。作為她的學生，我很榮幸能把這本書推薦給那些有志於推進他們能力的漢語學習者和教學者。

鄧旻昊
寫於愛丁堡大學
二〇二二年十月

三　Dr. Simin Mazaheri

Frau Zhang Shengxi ist Assistenzprofessorin an der Mingxin University of Science and Technology in Taiwan.Promoviert hat sie an der Shanghai East China General University (früher School of Chinese as a Foreign Language), im Fachbereich "International Chinese Education and Culture„ nachdem sie ihren Master of Chinese Language am Lehrinstitut der Chinesischen Kulturuniversität, Taiwan, erworben hatte. Die pädagogische Lehrerfahrung von Frau Professor Zhang ist außerordentlich reich und von ihr in einer Vielzahl renommierter akademischer Einrichtungen und Institute für chinesische Sprachlehre erworben worden:Chinesischen Sprachunterricht gab Frau Professor Zhang am Chinesisches Sprachlehrzentrum der Chinesischen Kulturuniversität, an der National Taiwan University International Chinese Language Institute ICLP und am Taiwan Sun Yat-Sen University Chinese Language Teaching Center.

Beim Taiwan Overseas Chinese Affairs Council war sie zuständig für die Ausbildung von Lehrern für Chinesisch in Übersee in den Vereinigten Staaten und Kanada (einschließlich Hawaii). Ferner fungierte sie als Forschungsprojektassistentin der National Science and Technology

Association of Taiwan beim Science and Technology Talent Cultivation Program.Als Dozentin für Chinesisch als Fremdsprache war sie tätig an der Shanghai East China General University - International Language Teaching Center, im International Affairs Office der Shanghai Ocean University und im Shanghai Super Chinese Online Institute.Frau Professor Zhang brachte ihre Expertise auch in internationalem Kontext ein: Zum einen war sie tätig als Gutachterin von Beiträgen beim Singapore International Symposium on Chinese Language and Culture, und darbüer hinaus fungierte sie im Rahmen eines Praktikums als Chinesischlehrerin bei den Vereinten Nationen in New York. Ferner kompilierte Frau Professor Zhang im Rahmen einer Lehrerausbildung chinesische Lehrbüchern für Kinder in der Bahwa Chinese School in Indonesien und führte zudem die Vietnam Superior Chinese Online-Chinesischlehrerausbildung durch.

Wir schätzen uns glücklich, dass wir Frau Professor Zhang mit ihrer umfassenden und akademisch brillanten Expertise dafür gewinnen konnten, uns bei dem Aufbau eines neuen bilingualen Bildungssystems in Frankfurt am Main ab 2025 beratend, unterrichtend und unterstützend zu begleiten. Ihre exzellenten pädagogischen Fähigkeiten sind von unschätzbarem Wert für die sprachliche und kulturelle Ausbildung unseres Lehrpersonals ebenso wie für die Konzeption und Durchführung des Chinesisch-Unterrichtes in den Einrichtungen unseres zukünftigen Bildungssystems.

Dr. Simin Mazaheri

Geschäftsführerin der Kinder Jugend Senior-Bildendeng GmbH

Frankfurt

November, 2022

中譯

《臺灣華語文教材演變發展研究》的作者張勝昔女士是臺灣明新科技大學的助理教授，也是上海華東師範大學的國際漢語教育博士，臺灣文化大學華語文教學研究所的碩士。她具有多國中文教研的豐富經驗，曾在中國文化大學華語文教學中心、臺灣大學國際華語文研習所（ICLP）及臺灣中山大學華文教學中心執教多年。多年來她還擔任臺灣僑務委員會的各國華語文教師的培訓工作。此外，她還曾擔任臺灣科學技術協會科學技術人才培養計劃的研究項目助理，以及曾在上海華東師範大學國際語言教學中心、上海海洋大學國際交流處、上海超級漢語在線學院工作，同時也是紐約聯合國總部的實習教師。張教授的國際背景為華語文教研工作貢獻了自己的專業知識。在學術方面，她還擔任新加坡華文國際研討會文稿審稿人。此外，張教授在印尼Pahwa中文學校編寫了兒漢語教材作為教師培訓課程的一部分，並舉辦了越南高級漢語在線漢語教師培訓課程。我衷心推薦這本書給大家參考。

我們認為自己很幸運，能夠獲得張教授卓越的專業學術知識，從二〇二五年開始，將為我們在美茵河畔的法蘭克福開發新的雙語教育體系提供建議、教學和支持。張勝昔出色的教學技能，對於我們教師的語言和文化培訓，以及未來教育機構中漢語課程的構想和實施，具有不可估量的價值。在此，預祝該書成功出版。

西敏・馬札赫里博士

兒少高等教育有限責任公司總經理

寫於法蘭克福

二〇二二年十一月

四 Edward

Die Autorin dieses Buches張勝昔, hat mich über Monate hinweg unterrichtet und in kürzester Zeit mein Sprach-und Schriftniveau der chinesischen Sprache signifikant erhöht. Als Lehrerin der chinesischen Sprache besitzt sie die besondere Fähigkeit, ihren Unterricht interessant und unterhaltsam, aber auch fokussiert und gründlich zu gestalten.

Als Schüler habe ich häufig Konzentrationsprobleme und Schwierigkeiten, Lerninhalte zu memorieren; für Frau Zhang war dies jedoch kein Problem, denn sie beschäftigt sich mit ihren Schülern auf einer individuellen Basis, was es ihr ermöglicht hat mich mit Leichtigkeit in der chinesischen Sprache und Schrift zu unterweisen.

In ihrem Buch wird zum ersten mal analysiert, wie sich der Chinesischunterricht für Ausländer entwickelt hat, und es steht außer Frage, dass dieses Werk es zukünftigen Generationen von Lehrern erleichtern wird, verschiedene Methoden der Vergangenheit zu benutzen, um die beste Unterrichtsform für ihren jeweiligen Schüler zu finden. Das Buch schafft für den Leser darüber hinaus die Basis, eigene Lehrmethoden, gestützt auf Methoden der Vergangenheit, zu entwickeln.

Das Ziel dieses Buches ist es, die Art und Weise, wie Chinesisch unterrichtet wird, zu katalogisieren und auf Basis dessen auch neue Wege des Lehrens zu erkunden. Die ist meines Erachtens besonders wichtig, da die chinesische Kultur und Sprache viele Weisheiten in sich bergen, welche dem Westen sehr nützlich sein können. Als ihr Schüler fühle ich mich geehrt, dieses Buch allen Chinesisch-Lehrerinnen und -Lehrern empfehlen zu können.

Edward

Frankfurt

November, 2022

中譯

《臺灣華語文教材演變發展研究》這本書的作者張勝昔是我的華文老師，她教學態度嚴謹且不失風趣。她瞭解學生的需求，並能給予適性的教學，提升了我們的學習興趣和效果。她的這本書問世，是全球第一本臺灣華語文教材演變發展史的書。對於未來華語文教學和教材發展都是一大創舉，並具有一定的貢獻。這本書作為開發華語文教材、華語文教學及教材研究，以及教學具有一定的參考價值，還可作為培養華語文教師的教材使用。再者，這本書附有多篇華語文教學典型教學教案，對於華語文教學實務而言貢獻良多。作為她的學生，我深感榮幸把這本書推薦給大家。

愛德華

寫於法蘭克福

二〇二二年十一月

五 ZHANG Cécile

Si loin que l'on puisse remonter dans le temps, les manuels scolaires semblent être un élément inhérent et structurant les fondements de la société humaine. L'auteure ZHANG Shengxi, dans un contexte qui lui est propre, a en un espace de sept ans écrit le premier livre au monde sur l'histoire des manuels scolaires chinois à Taïwan. Cette dernière de part et d'autre de ses fortes expériences d'enseignants de la langue chinoise dans les universités de Taïwan, Chine, Etats-Unis, Indonésie, Vietnam … en tant que professeure et conférencière, partage son expertise et sa connaissance auprès de ses étudiants des quatre coins du monde. L'auteure reflète donc tout son travail minutieux offrant au lecteur un aperçu de l'évolution de l'enseignement de la langue chinoise et du matériel pédagogiques tel que les manuels. Plusieurs études ont mené dans ce livre, notamment les chapitres 3 à 8 qui ont leurs propres thèmes, problèmes, méthodes et résultats de recherche indépendants, qui sont d'une grande valeur de référence pour la thèse de diplôme de recherche sur l'enseignement de la langue chinoise.

ZHANG Cécile

Institut national des langues et civilisations orientales

Octobre, 2022

中譯

無論我們追溯到多遠，教科書似乎都是人類社會教育基礎的內在結構要素。作者張勝昔以自己的專業背景，在七年的時間裡，寫完這本世界上第一本關於臺灣華語教材史的書。在教學方面，《臺灣華語文教材演變發展研究》的作者張勝昔具有臺灣、中國、美國、印尼、越南的大學擔任華語教師的豐富經驗，其與來自世界各地的學生分享她的專業知識。因此，這本書反映了作者所有細緻專業的工作成就，為讀者提供了華語文教科書的演變概況。本書進行了多項研究，特別是第三章至第八章分別有自己獨立的研究主題、研究問題、研究方法和研究成果，對華語文教學研究之畢業論文亦具有重要的參考價值。我希望大家都能看到她在這方面的努力和成果，所以推薦這本書給大家。

塞西爾・張
寫於國立東方語言文化學院
二〇二二年十月

六　Cyrille Terrier

Zhang Shengxi, a été mon professeur de chinois il y a quelques années à Taipei. Il m’est resté de cette expérience le souvenir d’un enseignement très vivant et dynamique, adoucissant d’autant la rigueur nécessaire à l’apprentissage de cette langue difficile. Madame Zhang fait partie de ces professeurs qui, connaissant parfaitement les acquis de ses étudiants et parlant à leur niveau, leur donne très vite l’impression très encourageante de pouvoir converser. Cette facilité apparente reposait de toute évidence sur une grande maîtrise professionnelle. Je suis très heureux d'apprendre la sortie de ce nouveau livre sur l'évolution et le développe-ment des manuels scolaires chinois de Taïwan. C'est une excellente initiative pour valoriser l'enseignement de la langue chinoise notamment par le développement du matériel didactique. Les enseignants comme les étudiants en feront sans nul doute un large profit. Il deviendra assurément une référence pédagogique tant l'expérience de l'enseignement et les recherches de l'auteur sont dédiées au progrès de la connaissance.

Cyrille Terrier, Ph.D., PE
Taipei
Octobre, 2022

中譯

《臺灣華語文教材演變發展研究》的作者張勝昔，是幾年前是我在臺北的華文老師。這次學習華文的經歷，讓我得到一次非常生動和充滿活力的教學，所有這些都減少了外國人學習華文的困難。我從中發現，張勝昔完全瞭解學生所學的內容和他們的水平，給外籍學生們留下了專業好溝通，且善於鼓舞人心的印象。這種明顯的輕鬆顯然是基於對專業的精通。獲悉《臺灣華語文教材演變發展研究》一書的出版，我感到非常高興。這是加強華文教學的一項極好的舉措，特別是對教材的研究與開發，無論是老師還是學生，無疑都會受益匪淺。由於作者的教學經驗和研究致力於這個專業的進步，這本書必將成為華語文教學及其教材研究上有價值的參考。

西里爾・泰瑞
寫於臺北
二〇二二年十月

七 Hasan Mert GEZER

Kitabın yazarı Zhang Shengxi ile yüksek lisans eğitimim için bulunduğum Şanghay'da tanıştım. Kendisi tek kelime ile harika bir Çince öğretmeni. Derslerine o kadar özen gösteriyor ki bu işi gerçekten severek yaptığını anlıyorsunuz. Kendisi öğrencilerin yabancı dil öğrenirken karşılaştığı sorunları çok iyi bildiğinden, onların gereksinimlerine göre ve yabancı dil seviyelerine uygun şekilde eğitim vermektedir. Bu da öğrencilerin yabancı dile olan ilgisini ve dil öğrenme verimliliğini arttırmaktadır. Ders verirken espirili bir dil kullandığı için onun derslerinde bir an bile ilginizi kaybetmiyorsunuz.Alışılagelmiş öğretim materyallerine fakli bir bakış açısı kazandırmış olan bu kitap Tayvan Mandarin dili öğretim materyallerinin evrimi ve gelişim tarihi üzerine dünyada yazılmış ilk kitap olma özelliği taşımaktadır. Bu harika girişimin, şüphesiz, gelecekte Mandarin dilinin öğretimine ve öğretim materyallerinin geliştirilmesine yönelik büyük katkı sağlayacağına inanıyorum.Bu kitap Tayvan Mandarin dili öğretim materyallerinin geliştirilmesi ve dil öğretimi araştırmaları konusunda kaynak kitap olma görevi üstlenmektedir. Kitap aynı zamanda Mandarin dili öğretmenlerine yönelik öğretim materyali olarak da kullanılabilmektedir. Ayrıca, kitaba Mandarin dilinin öğretimi pratiğine pek çok katkı sağlamış olan Mandarin dili öğretimine ilişkin bir dizi öğretim planı eklenmiştir.Yazım aşamasında üzerinde çok büyük emekler harcanmış bu kitabı sizlere önermekten büyük mutluluk duyuyorum.

Hasan Mert GEZER

Şanghay

Kasım, 2022

中譯

這本書的作者張勝昔是我在上海留學期間認識的華文老師，她教學態度嚴謹且不失風趣。她瞭解學生的需求，並能給予適性的教學，提升了留學生學習漢語的興趣和效果。她的這本書問世，是全球第一本有關於臺灣華語文教材演變發展史的書。對於未來華語文教學和教材發展都是一大創舉，並具有一定的貢獻。這本書作為開發華語文教材、華語文教學、教材研究具有一定的參考價值。此外，《臺灣華語文教材演變發展研究》還可後作為培養華語文教師的教材使用。再者，這本書附有多篇華語文教學典型教學教案，對於華語文教學實務而言貢獻良多。我深感榮幸把這本書推薦給大家。

哈桑・默特・蓋澤

寫於上海

二〇二二年十一月

八　金睿媛

저의은사님, 장승석（張勝昔）교수님께서 7년간의시간과애정과노력을쏟아부은, 단언컨대가장완성도높은한권의연구입니다. 아주오랜시간교단에서외국인학생들을가르치신경험에서엿볼수있는저자만의내공과교육철학을느낄수있을것입니다. 또한, 이책은미래중국어교육이나아갈방향을제시하는길잡이역할을할것이라믿어의심치않습니다. 장승석（張勝昔）교수님의학생으로서, 이책을추천하게되어진심으로영광입니다. ‘좋은연구란어떤것인가’를배우고싶다면, 꼭읽어보시길권해드립니다.

金睿媛
상해화동사범대학교
2022년10월

中譯

這是我的華文老師張勝昔女士投入七年時間努力完成的的研究作品。這本書首次全面探討臺灣華語文教材演變發展史的書，您將能夠感受到作者專業的教育理念，這從她長期外派世界各國教導外國學生的經驗中可以看出。此外，我相信這本書將作為指導華語文教育未來方向的指南。作為張勝昔教授的學生，我非常榮幸能夠推薦這本書。如果您想瞭解「什麼是好的研究」，建議您一定要閱讀它。

金睿媛
寫於華東師範大學
二〇二二年十月

九 黃氏奇緣

Tác giả cuốn sách này là giáo viên tiếng Trung của tôi. Cô là một giáo viên rất tâm huyết và nhiệt tình. Cô luôn tìm ra cách dạy hiệu quả nhất và tối ưu nhất với mỗi học sinh khác nhau, giúp nâng cao hứng thú và hiệu quả học tập của chúng tôi. Với kinh nghiệm phong phú trong việc nghiên cứu tài liệu, phương pháp và giảng dạy tiếng Trung, cô đã miệt mài viết nên cuốn sách mà các bạn đang cầm trên tay. Cuốn sách của cô là cuốn sách đầu tiên trên thế giới về sự ra đời và phát triển của giáo trình tiếng Trung tại Đài Loan. Đây là một sáng kiến tuyệt vời và nhất định sẽ có những đóng góp nhất định cho việc phát triển tài liệu giảng dạy và dạy học tiếng Trung trong tương lai. Hơn nữa, cuốn sách này còn kèm theo một số giáo án dạy học tiếng Trung tiêu biểu, góp phần không nhỏ vào việc cải thiện thực tiễn giảng dạy tiếng Trung. Là học sinh của cô ấy, tôi vô cùng vinh dự được giới thiệu cuốn sách này cho mọi người. Rất mong cuốn sách này sẽ trở thành một tài liệu tham khảo bổ ích cho tất cả các bạn.

黃氏奇緣
viết tại hà nội
tháng 10 năm 2022

中譯

這本書的作者是我以前的華文老師。她是一位非常敬業和熱情的老師。面對不同的學生，她會努力尋找出一套最有效的教學方案，提高我們的學習效率，同時也讓我們對學習產生了興趣。張老師擁有豐富的教研經驗，她耗費精力，花了整整七年的時間編寫出這本書。這是全球第一本臺灣華語文教材演變發展史的書，對於未來華語文教學和教材的發展是一大創舉，並具有一定的貢獻。這本書作為開發華語文教材、華語文教學及教材研究，以及教學具有一定的參考價值，還可後作為培養華語文教師的教材使用。不僅如此，這本書附有多篇華語文教學典型教學教案，對於華語文教學實務來說也很實用。作為她的一名學生，我非常榮幸把這本書推薦給大家。希望這本書能夠成為陪伴大家在學習、研究道路上的一本有用的參考資料。

黃氏奇緣
寫於河內
二〇二二年十月

十　香月朋美

《台湾華語文教材演変発展研究》は留学の際に論文指導いただいた張先生が、台湾華語教科書研究を多元的かつ包括的な視点から概観した珍しい一冊！台湾華語教育に興味がある人にお薦め！

香月朋美
東京
二〇二二年十月

中譯

《臺灣華語文教材演變發展研究》是我留學時，指導我論文寫作的張老師所撰著的，從多角度、全面概括臺灣華語文教材研究的難得的一書，推薦給對臺灣華語文教育感興趣的朋友！

香月朋美
寫於東京
二〇二二年十月

十一　趙晨好

《臺灣華語文教材演變發展研究》結合質性和量化研究，梳理臺灣四百年來對外華語文教材，分為早期傳教士時期、日據時期和當代，不僅從歷史的發展分析各時期的教材特徵，更從教材延伸至研究教材的應用。各章所收集的材料和分析非常豐富精彩，亦是未來華語文教材研究相當有價值的參考材料。推薦所有對華語文教學研究、教材編寫設計研究有興趣的朋友閱讀！

趙晨好
寫於新竹明新科技大學
二〇二二年十月

十二　李宗霖

喜聞張勝昔老師的大作《臺灣華語文教材演變發展研究》已隆重出版，我與張老師的相識是在越南合作有關越南師資培訓的課程開始的，張老師有著很豐富的華語文專業學養，不論是越南學生的華語文課程安排與教學，還是華語文師資培訓她都非常專業，她是一個在華語文教育界不可多得的學者及老師。再次預祝張老師的著作發行成功，造福每一位在華語文教育中辛苦堅守崗位的華語教師們。

李宗霖
寫於越南優越教育機構
二〇二二年十月

十三　孟慶瑢

欣喜勝昔老師專研大作，即將付梓問世。身為受益的第一線華語教師，不禁喜從心來。勝昔，人如其名，在語文教學的態度上，惕厲自省，博覽群書，集結考證，宛若立地書櫥。此書冊逾二十萬字，查考年代經歷近四百年之久，為華語界大器之作，並為歷史軌跡清晰及脈絡分明的華語文教研全貌的研究成果。在此與有榮焉，祝賀勝昔老師，德藝雙馨，書惠杏壇。

孟慶瑢
寫於臺北
二〇二二年十月

目錄

圖目錄

表目錄

前言

近四百年的臺灣華語文教學沿革（1627-2018），至今沒有全盤通透的教材演變發展研究及專著。坊間針對當代華語文教材的相關研究往往將目光聚焦於教材編寫內容之上，多以自編的單課或單元內容，單方面地探究教材編寫設計，還有一部分是教材的分析或對比分析研究，以教材編寫理論為基礎的臺灣華語文教材演變發展研究卻乏人問津。故此，我們首次全面梳理及深入探究了一六二七年至二〇一八[1]的華語文教學的第一手史料（1627-2018），在二語習得及教材編寫理論的基礎上，針對臺灣近四百年不同學習者、不同教學者、不同教學目的所使用的第一手語言教學材料，進行了全盤且通透地梳理及探究。

本文第一章依時間發展順序將臺灣語言教學材料的演變發展歷程劃分成三大時期：一、臺灣早期傳教士時期教材發展階段（1627-1894）；二、臺灣日據時期教材發展階段（1895-1945）；三、臺灣當代華語文教材發展階段[2]（1946-2018）。劃分階段之後又立出研究框架，進而說明本文的研究方法和研究意義。同時對臺灣華語文教學及教材進行了概念界定，並構建了適用於本書的「教材分析框架」。從而闡明早期傳教士時期和日據時期使用原住民語言和閩南方言編寫的教材與當代華語文教材的異同性。

1　二〇一八年為本文搜集主要相關研究資料的截止時間。

2　本書將一九四六年推行國語運動開始採用漢語（漢字）改編華語文教材劃分為當代華語文教材發展時期第一階段；將一九九九年開始自編華語文教材至二〇一八年劃分為當代華語文教材發展時期第二階段。

第二章從第二語言習得、教材編寫理論、教材評估理論出發，探討教材的定義與屬性、第二語言的教材屬性和類型，並窮盡臺灣當代華語文教材相關研究的文獻，綜述了臺灣華語文教材的研究現況和特色。

第三章針對臺灣早期傳教士時期的教學材料的總體情況、內容特徵、教學應用和局限進行了分析與討論，指出臺灣早期西方傳教士時期，傳教士以宗教傳播為核心，先自學再研創教學材料；並提出有史以來臺灣第一位「二語學習者」甘治士的身份和背景[3]。

第四章針對臺灣日據時期的教學材料的總體情況、內容特徵、教學應用和局限進行了分析與討論，該時期深受政權及社會變遷的影響，以殖民統治為核心，以早期傳教士的教學經驗為基礎，研發出採用「假名標音」和「閩南話語法規則」編寫的教材。

第五章主要探討臺灣當代第一階段（1946-1998）的華語文教材的發展情況，該階段以翻譯耶魯中文教材改編的《國語會話》（1967）為標誌，針對教材的總體情況、內容特徵、教學應用和局限進行了分析與討論。

第六章探討了當代第二階段（1999-2018）華語文教材的發展情況，以當代自編主流教材《實用視聽華語》（1999）[4]和《當代中文課程》（2015）[5]為標誌。這兩套教材是當今通用於各大華語文教學機構具代表性的主流教材。因此我們針對兩套教材的總體情況、內容特徵、教學應用和局限進行了分析與討論，並輔以典型教學教案佐證相

---

3 有史料記載的早期傳教士時期（林昌華，2009），記錄了一六二七年登島的荷蘭傳教士喬治．甘治士（Rev. Georgius Candidius, 1597-1647）是第一位接觸並學習原住民語言「西拉雅語」的人。

4 該套教材經二○○七年和二○一七年兩次改版，更名為《新版實用視聽華語》，以下簡稱《視華》。

5 以下簡稱《當代》。

關研究論點（參見附錄十三）。

第七章針對《視華》和《當代》兩套教材進行了教學者的問卷調查，問卷調查結果顯示：一、《視華》的課文內容雖不合時宜，但語法的安排能循序漸進。《當代》的課文內容雖符合現代生活，但語法點難度過高，造成程度銜接困難等問題；二、大部分教師認同《視華》能幫助學習者「聽、說」能力進步；三、大部分教師提出《視華》可參考《當代》將課文內容調整得更貼近現代生活，並增加多元互動的練習及活動。而《當代》可參考《視華》語法點的安排，針對語法的程度銜接進行適當修訂。

第八章針對《視華》和《當代》兩套教材進行了編者的訪談。並結合第六章對兩套教材的分析及第七章有關兩套教材的調查分析結果，結合編寫與教學情況進行了相互印證地探討。對當代華語文教材的發展進行了更細緻深入地探討。教材內容、教學者問卷調查、主編訪談三方相互印證的結果顯示：一、《視華》是當代首套自編教材，當時的理論指導有限；以臺灣教育部門公佈的「常用詞彙」作為詞彙選定標準，採用耶魯中文教材的編寫系統進行編製。該教材經歷了兩次改版，其詞類劃分、語法規則、詞彙選定標準均未改變，依託著當時的社會背景，融集了海內外的編寫經驗及理論是該套教材的編寫特徵；二、《當代》參考臺灣華語水準測驗的八千詞和北京語言大學的「頻率詞典」選定詞彙，以及採用八大詞類語法系統進行編寫。將漢語發音、漢文書處理、詞彙選定、詞類劃分、語法規則等進行了較有系統的安排。其「教學語法」觀點以語境需求決定字、詞、語法點的排序，體現出重視聽說，讀寫為輔的編寫特徵；三、《當代》在教材版本方面，強調必須有「針對性」的重修和改編，才能出版適合多國母語學習者的華語文教材；四、有關教材的未來發展趨勢，葉德明認為教材要經得起時間考驗，並開發數位多媒體教材因應時代需求。鄧守信則認為，教材要符合編寫理論及編寫原則的要求，才能突顯教材的實用性、針對性和系統性等，進而拓展華語文教材的國際地位。

第九章提出本書的結論與發現：一、本文劃分出臺灣華語文教材演變發展的三大時期，並且歸納了三個時期的教材編寫和演變發展特徵與規律；二、構建了臺灣華語文教材「一線三點」的整體演變發展框架；三、探究了當代華語文教材以普通話（漢字）為核心的「他控[6]」和「自控[7]」的編寫特徵；四、闡明臺灣當代華語文教材「迭代」演變發展的特徵；五、提出適合臺灣當代華語文教材的創新應用方案，借助教師手冊發展設計創新教案，以解決《當代中文課程》程度銜接方面的問題。

本書除了使用第一手資料進行研究之外，第三章至第八章均有各章獨立之研究問題、研究方法、研究結果。可供各類華語文教材演變發展研究參考使用。

---

6 「他控性」是指當代第一階段（1946-1998）研究和翻譯美國英文版中文教材，進而改編成華語文教材的編寫特性。

7 「自控性」是指當代第二階段（1999-迄今）自編華語文教材的編寫特性。

第一章
導言

教材濃縮了教學過程中的精華，交織連接著整個學習環境，是教學中不可或缺的媒介，是學習者獲得知識的蹊徑與津梁。臺灣華語文教材[1]起步較早，但未引起高度重視和大力支持，仍需加強系統性的通盤規劃和研究。檢視過往，當前的華語文教材相關研究主要集中在教材編寫內容上。多數研究將單課或單元教材內容作為研究主題，以自編的兩、三課內容為例，有些甚至未經過試教，便對教材編寫設計進行探究分析（陳淑惠，2007；金惠淑，2004；鄭垂莊，2006；方虹婷，2006）。還有一部分是針對一至兩種以上的教材進行分析等（謝孟芬，2008；危佩珍，2011；蔡怡珊，2014）。誠然，單課或幾課內容的試教或實驗分析，以及教材內容的分析和對比分析，可以發現某種或幾種教材的編寫特色及問題，但對於學科發展而言，研究層次不應僅限於此。筆者認為：一、臺灣華語文教材研究需要上下貫通的全面而整體性的研究，而不是拘泥於一篇或單課的研究；二、臺灣華語文教材研究不能囿於描述性的介紹，而更需要在此基礎之上進行教材編寫理論的挖掘，從而指導今後的教材編寫；三、臺灣華語文教材具有相當重要的史學價值，教材的發展能夠側面反映出語言教學與學習的沿革特色。鑒於上述現狀，本文從有史料記載的第一個來臺學習華

1　大陸學者張西平（2009）在《世界漢語教育史》一書中也將臺灣的二語習得與教學統稱為「華語文教學」。參考前人的說明定義，本文將外國人來臺所學的當時當地的語言指稱為「華語文教學」，其所以使用的教材就是「華語文教材」，亦即對外漢語教學的教材（劉珣，2000）。

語的西方傳教士[2]開始抽絲剝繭，展開臺灣華語文教材演變發展的研究。主要探討的問題包括：一、臺灣華語文教材的定義與屬性；二、臺灣不同時期的各類教材的發展階段劃分，及其發展特徵；三、當代華語文教材的編寫特點及其發展趨勢。據此對臺灣教材編寫和演變發展投入更深入的探究，為新時期華語文教材的編寫和發展建設提供借鑒與參考。

第一節　臺灣華語文教材演變發展時期劃分

四百多年的臺灣華語文教材演變發展歷程，至今未見貫穿整體的相關研究。在這種情況之下，本文從縱向和橫向兩個維度對華語文教材演變發展進行研究。從縱向維度出發，順著發展的時間線索縱向思考，以線帶點，劃分了早期傳教士時期、日據時期和當代華語文教材發展的三個時期。然後從橫向維度出發，根據教材編寫理論的指導，對上述三個時期的教材總況、特徵、應用和局限進行了分析與探討，並闡明三個時期教材演變發展的階段性特徵。上述研究過程以教材編寫和教材評估理論為基礎，針對當代主流華語文教材《新版實用視聽華語》[3]和《當代中文課程》[4]進行了教師的教學回饋問卷，再根據問卷調查結果設計了這兩套教材主編的訪談提綱，對兩位主編進行了深度訪談。最後結合兩套教材的內容分析，問卷調查、典型教案、主編

2　本文透過資料蒐集與梳理，發現一六二七年登島的荷蘭傳教士喬治．甘治士（Rev. Georgius Candidius, 1597-1647）是第一位接觸並學習當時臺灣島上原住民語言「西拉雅語」的人，也即臺灣的第一位二語學習者。

3　該套教材一九九九年初版名稱為《實用視聽華語》，二〇〇七年和二〇一七年兩次改版，更名為《新版實用視聽華語》，以下簡稱《視華》。

4　以下簡稱《當代》。

訪談進行相互印證的分析，從教材頂層編寫和教學應用兩方面進行綜合討論。

首先，從時間維度來看，通過對史料的蒐集和考證，我們從一六二七年第一位來臺的二語學習者甘治士所研發的語言學習材料，一直梳理到當今廣泛使用的華語文教材，劃分了教材演變發展時期，並找出各時期的發展規律和內在聯繫。其次，從內容維度來看，我們搜集了臺灣各時期第一手的華語文教材及其相關材料，對不同時期的教材形式、內容、使用對象、應用方式、使用效果等進行考察分析，總結出不同時期華語文教材編寫和發展的特點。其三，本書一方面從不同時期發展特點中汲取有益之處；另一方面針對當代主流華語文教材進行實證研究，探究教材的教學者和編寫者對教材的認知和評價，發現當代主流教材的優點及不足。本文針對臺灣華語文教材演變發展歷程的時期劃分與研究架構如下：

本文依循上述發展時期的劃分設計了研究架構（圖1-1）對臺灣華語文教材演變發展歷程展開研究（1627-2018[5]）。探析了傳教士、日據和當代三個時期的華語文教材的特徵、應用和局限，歸納出各時期教材的發展特徵，為當代華語文教材編寫和發展提出相關建議，撰寫內容安排如下：

第一章為導言，主要說明了研究背景及意義，擬訂了主要研究問題，劃分臺灣華語文教材演變發展時期，說明本文的研究基本框架，對臺灣華語文教材演變發展沿革進行了概述。

第二章以第二語言習得、教材編寫理論、教材評估理論為基礎探討教材的定義與屬性，並窮盡臺灣當代華語文教材相關研究的文獻，綜述臺灣華語文教材的研究現況和特色。

5　二〇一八年為本文搜集主要相關研究資料的截止年代。

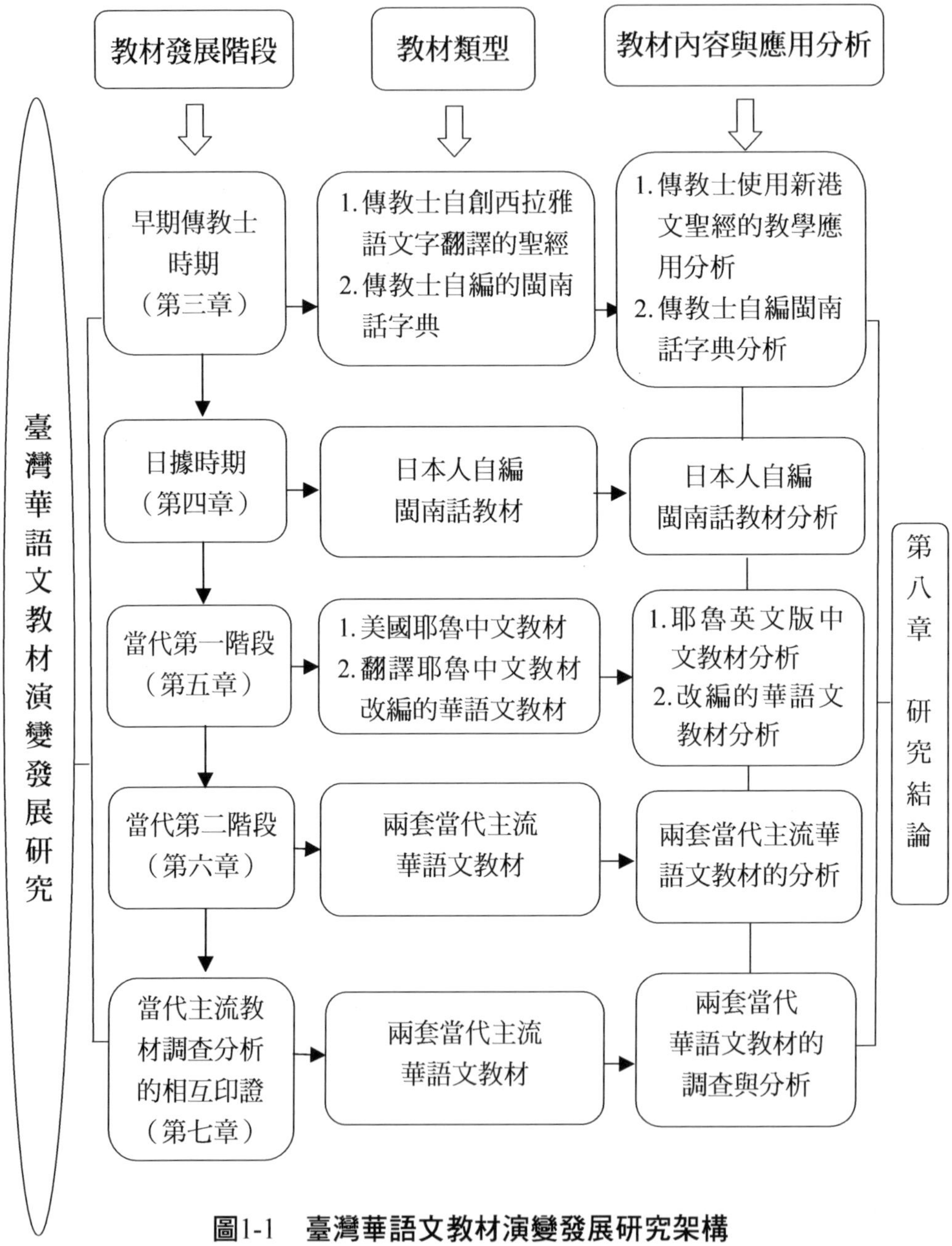

圖1-1 臺灣華語文教材演變發展研究架構

資料來源：筆者自行設計

第三章為臺灣早期傳教士時期華語文教材發展研究。主要針對該時期華語文教材的總況、特徵、應用和局限進行了分析。

第四章為臺灣日據時期華語文教材發展研究。主要針對該時期華語文教材的總況、特徵、應用和局限進行了分析，說明了日本殖民時期的閩南話教材的發展情況。

第五章為臺灣當代華語文教材發展第一階段的研究（1946-1998）。主要針對該時期華語文教材的總況、特徵、應用和局限進行了探究，並分析了耶魯中文教材《說華語》（1967），以及該階段標誌性的改編教材《國語會話》（1967），闡明了當代第一階段的發展特徵。

第六章為臺灣當代華語文教材發展第二階段的研究（1999-2018）。主要針對該時期華語文教材的總況、特徵、應用和局限進行了探究。此時期開始自編華語文教材，標誌性教材為《實用視聽華語》（1999）和《當代》（2015）。《視華》共五冊，《當代》共六冊，均為該階段的主流教材。本章不僅針對兩套教材的編寫特徵進行了分析，還使用自編典型教案對其教學應用和局限進行了分析和探討，闡明了當代第二階段的發展特徵。

第七章針對《視華》和《當代》兩套教材的內容分析、問卷調查、典型教案、主編訪談進行相互印證的分析與討論，對當代華語文教材的發展進行了更細緻深入地探討。

第八章總結了本書的主要發現，提出本文創新之處，以及對華語文教材相關研究的啟示，對未來相關研究之方向進行了展望。

第二節　本文教材分析框架

教材的發展是一個不斷演變、更新的過程，大多學者提出的教材分析理論基於體系相對完整的當代教材，當代教材的編寫有較為細緻的語言本體知識為依託，有海內外多學科的教材編寫經驗和理論為參考，有發達繁榮的教材印刷和傳播系統為保障，這些理論對於教材編寫、分析、評價有著重要的意義，指導我們科學、系統地探究臺灣華語文教材的特點，但不得不承認的是，這些理論對於分析早期（如傳教士時期、日據時期）的教材有一定的局限性，早期華語文教材其編寫目的、編寫者的身份、編寫理念等均與當今教材理論有差距，因此，有必要建立一個能夠貫穿早期萌芽階段至現今成熟階段的教材分析框架，並以此為基礎探究臺灣教材更迭的原因、完善的路徑、發展的方向。為了更直觀地呈現這一框架，我們設計了適用於本文的教材分析框架如下圖（圖1-2）。

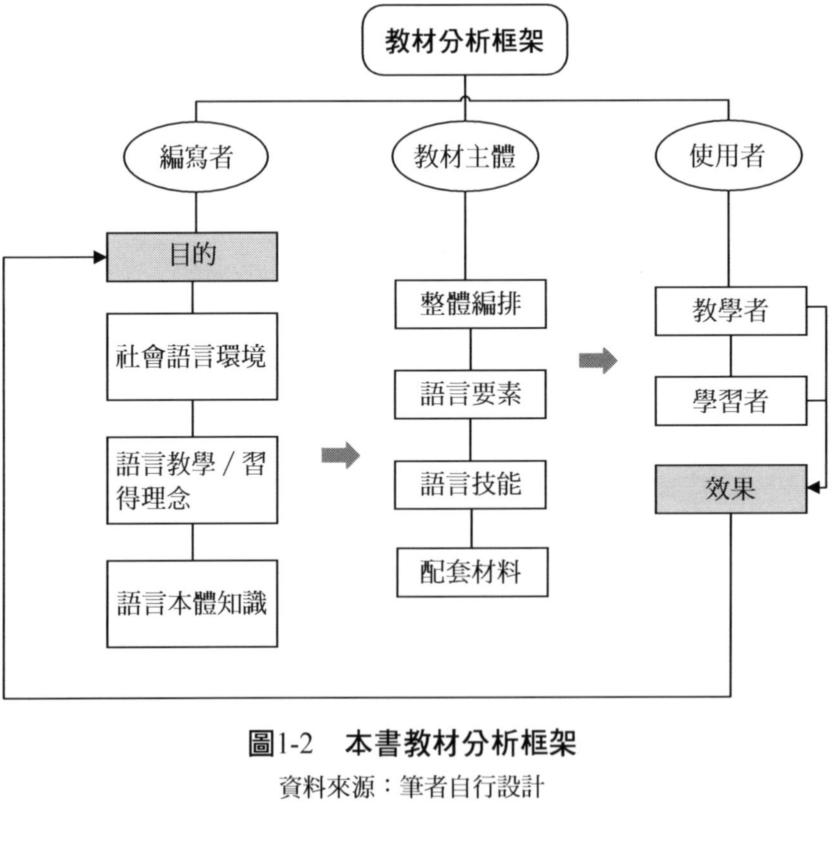

圖1-2　本書教材分析框架

資料來源：筆者自行設計

參考前文的理論分析和圖1-2可知，學者們大多是立足在編寫者的角度對應然的教材編寫原則進行探討，但若回溯某一時期華語文教材的編寫，就必然要考慮編寫者的身份、背景、目的等，這些是隱藏在教材背後的深層內涵，同時要考慮教學對象是誰，如何來使用這一教材。因此我們認為對臺灣華語文教材的分析應從三個角度出發，一是教材編寫者，即誰、以何種目的、懷著何種理念進行教材編寫的。教材編寫者受這些因素的影響進行教材編寫，從而在一定程度上決定了教材主體的形式；二是教材主體，著眼於教材本身，教材在其所屬時代下如何安排語言教學或學習材料，如何呈現語言要素，如何操練語言技能。這是呈現在我們眼前的最為直觀的內容和形式，教材主體是面向教學者和學習者的，會影響到教學者和學習者的使用；三是教材使用者，既包括使用這一教材教學的教學者，又包括使用這一教材學習的學習者，以及他們的使用教材進行教學和學習的效果。而應用於教學中的效果反過來可以驗證編寫者的教材編寫目的是否實現。以下針對圖1-2進行詳細說明。

一　教材編寫者

從教材編寫者的角度進行分析，能夠清楚教材產生的背景，教材為何而著。具體來看，從這一角度進行分析，需要考慮如下幾點：教材編寫的目的、教材編寫的社會環境或語言環境、教材編寫者的語言教學或學習理念、語言本體知識，如框架圖中的左列所示，下面將詳細闡明每個部分所要分析的具體內容。

（一）教材編寫目的

教材編寫目的是指教材編寫者為何而編教材，希望達到的目的是什麼。教材編寫目的又可分為表層目的和深層目的，不同時期的華語文教材編寫的表層目的近似，均是希望學習者能夠高效地學習目的語，但不同時期教材編寫的深層目的是不同的，這與教材編寫者的身份有關，也與當時的政治、文化背景有關，當今的華語文教材編寫是為了文化的傳播與交流，不同類型的華語文教材又有著具體的編寫目的，如商務華語文教材是為了促進商務場合的交流與合作，如速成華語文教材是以實用、快速的語言教學為目的。再觀臺灣華語文教材的發展過程，教材編寫者身份複雜多樣，有來華傳教士、有殖民統治者、有華語文研究的學者，有的是傳教目的，有的是殖民同化目的，有的是文化交流的目的，不同的深層目的決定了他們編寫的教材選取哪些語言材料、如何編排。

(二) 社會語言環境

教材編寫者如何編寫華語文教材離不開所處的社會語言環境的影響。社會語言環境是複雜的，社會環境包括當時的政治環境，執政者的政策和理念會在一定程度上影響著教材的編寫，社會環境還應考慮當時的文化環境，如人們對語言學習的傾向和喜好，如當時的文化出版技術的發展，這些方面會影響著教材的形式和傳播方式。語言環境是指教材所處時代的語言環境，以何種語言為主流語言，是否有多種語言共存的情況，這些周邊因素影響著教材編寫者的教材編寫。

(三) 語言教學／習得理念

教材編寫者在編寫華語文教材時，必定基於其對語言教學和語言習得的認識，這種理念有可能是成熟完備的理論體系，也可能是尚為簡單粗淺的某種意識，可能是引介他國的某些語言教學理論，也可能是編寫者自發的體悟和認識，但這些理念都能反映在教材編寫之中，是編寫者安排教材內容和結構的根據之一。

（四）語言本體知識

教材編寫的基礎是語言本身，如若對某種語言有細緻、全面、深入的研究，相應的研究成果也將應用於教材編寫之中，教材編寫者在進行語言編寫時，可參考借鑒的語言本體知識也會對教材的科學性、完備性有一定的影響。

二 教材主體

教材主體是對教材本身的分析，即教材如何編排，教材選取了哪些教學內容，教材如何對語言技能進行操練，以及相配套的材料有哪些，但由於臺灣華語文教材的演變發展過程較為漫長，最初階段教材的體系尚未完備，有些分析項目也許並不存在，因此我們在後文就實際的教材內容及形式進行分析。

（一）整體編排

整體編排是指教材編寫的整體架構，如教材的內容構成、編排方式、課文的呈現形式，是從整體角度對教材進行分析的，由此能對不同時期的教材有一些宏觀的認識和印象。

（二）語言要素

語言要素可以簡單劃分為語音、詞彙、文字、語法、語篇等，對於教材中語言要素的分析，一方面要分析教材安排了哪些語言要素，由於側重點不同，教材可能對各個語言要素有不同的重視程度，另一方面要分析如何呈現這些語言要素。

（三）語言技能

由於教材編寫的目的和教學理念不同，教材側重的語言技能訓練各有差異，語言技能可以簡單劃分為聽、說、讀、寫、譯幾個方面，如在早期傳教士階段，以傳教為主要目的，且當地原住民的語言在當時並未形成文字系統，反映在教材當中，就體現出了注重聖經翻譯的特點。

（四）配套材料

配套材料是指與教材主體配合使用的相關材料，根據趙金銘（1998）、吳勇毅和林敏的（2006）教材評估表，教材配套材料主要包括教師手冊、學生練習冊、各單項技能訓練配套材料、配套的磁帶或光碟等，這些材料輔助了教材的應用，同時也與當時的技術水準、出版條件相適應。

三　教材使用者

如若從教材使用者角度對教材進行分析，所考慮的教材使用者有兩方面，一是使用教材進行教學的教學者，他們選取某一教材進行教學，就要在不同程度上依照教材的理念、內容、教學方法進行教學；二是使用教材進行學習的學習者，他們可以是自學，也可以是作為學習者接受教學者的教學，而這兩方面的教材使用者運用教材進行教學或學習後實現的效果也是我們考慮的部分。

（一）教學者

從教學者角度對教材進行分析，是多數教材評估所採取的方式。一方面是對教材自身的需求分析，即教材是否便於使用，是否方便語言教學，教學者有著最直觀的認識。另一方面是教學者能在教學現場及時獲取學習者對教材的直接反映。可以說，對教學者的教學應用進行調查，兼具了「教」與「學」一體兩面的考察。不但可以發現教材在實際教學中的優點、不足，同時對於當代的教材，能對教學者進行科學的問卷調查等方式獲得教材的實際應用效果。

（二）學習者

學習者是教材的最終落腳點，學習者可以以自學的方式應用教材，也可以在接受語言教學實踐的過程中使用教材。從學習者角度對教材進行分析，重要的是看學習者對於所學教材的理解、認識和主觀感受，以及教材能否促進學習者的學習效果。但值得注意的是，從學習者角度進行教材分析有一定的困難和挑戰。首先，對於早期的教材來說，學習者的教材使用情況僅能從文獻資料的描述中獲悉，由此來推知他們的使用效果；其次，對於當代的系列分級教材來說，學習者大多使用過其中的某一階段教材，但較少熟知整個系列的全套教材，對整個系列教材的感知不夠全面，就難以對全套教材進行客觀和科學的評價，因此，可以通過教學者的視角對學習者使用教材的情況進行回饋。這是從學習者角度評析全套教材較難克服的一點，也是值得注意的部分。

（三）效果

教材的使用效果體現在教學者和學習者兩個方面。從淺層來看，是教學者能否借助教材很便利地進行語言教學，學習者能否使用教材促進語言習得。教師可以通過觀察，以其專業審視學習者的學習表現，進而瞭解和判斷學習者對教材的喜好，以及教材的適用性及其學習效果。從深層來看，教材在當時的時代、環境下能否在應用過程中實現教材的編寫目的，是與當時的時代背景相匹配的。

本書在文獻綜述基礎上，發現前人不足，並希望有所突破。一是對臺灣華語文教材演變發展從時間縱向上進行窮盡性地梳理，從內容橫向上進行更為系統性的具體分析和研究；二是追溯探究了臺灣最早的二語習得的教學材料[6]，並針對臺灣華語文教材的演變發展歷程進行了階段性劃分，對不同時期、不同階段的代表性教材進行了分析和實證研究，本書框架如下：

第三節　研究方法

本書主要採用文本分析、訪談和問卷調查等方法。在正式進行研究之前，搜集和整理了大量的相關文獻。由於年代久遠，臺灣十七世紀到十九世紀的史料收集不易，且缺乏體例成熟的華語教材，多數教學內容與宗教和殖民統治相關。因此採用廣義教材的定義，不止針對教科書進行搜集和整理，而且對語言教育所使用的相關教學材料進行廣泛搜集，再梳理和篩選出能夠呈現各時期華語文教材演變發展的相關材料，然後進行初步的文本分析，以確定研究的主要切入點。

相較於早期傳教士時期所使用的教學材料，日據後期已開始編寫較為成熟的教材，直到當代教材編寫理論日趨成熟，形成一系列正式出版的華語文教材。故選擇其中兩套具有代表性的教材《視華》和《當代》進行重點文本分析，並使用這兩本教材的教學教案，對兩套教材的教學應用效果進行了討論。此外，本書的第七章對兩套主流教材的實際教學效果設計了針對教學者的調查問卷，對問卷結果進行了

6　最初來到臺灣的西方傳教士，是透過自學進行二語習得的；之後自創原住民的語言和閩南話的文字，教導未受教育的信徒和陸續而至的傳教士和教會同工。

量化統計和對比分析，問卷所採用的研究方法在第七章進行了詳細的說明。本書的第八章對上述兩套教材的編寫者進行了訪談，並對訪談內容進行了文本轉寫和分析，訪談所使用的研究方法在第八章進行了詳細的說明。總體來說，本書使用了量化與質化相結合的方法，對臺灣華語教材演變發展過程進行研究。分項說明本書所使用的主要研究方法如下：

一、文本分析法：「文本」是指由一定的符號組成的資訊結構體，這種結構體有語言、文字、影像等各種不同的表現形式。文本能反映出特定的立場和觀點等意識形態。文本分析法是以文本為基礎，由表及裡地發現文本所具有的深層意義。本書使用文本分析法對臺灣各時期具有代表性的華語文材料進行了分析，包括早期傳教士時期、日據時期和當代的華語文教材、教學材料、教學教案、教學者的問卷調查結果，以及教材編寫者的訪談轉寫內容等進行了文本分析。

二、問卷調查法：問卷調查法使用控制式的測量方法對所研究的問題進行度量，從而搜集可靠的資料，進行量化分析，並可以使用文字說明量化資料背後所蘊藏的含義及原因。本書以臺灣當代華語文教學機構的教學者為調查對象，對當代兩套主流教材進行了教學者的教學回饋調查，旨在瞭解教師的教學應用感知和意見。

三、訪談法：訪談法以研究性的交談形式，根據被訪談者的答覆以搜集其對事實材料的看法或意見。當研究面對比較複雜的問題時，需要對不同類型的人瞭解不同類型的材料，然後再對各類訪談內容進行分析。我們斟酌本書第七章的問卷調查結果設計了教材編寫者的採訪提綱，深入探究編寫者與教學者對教材的不同認識。本文的訪談因受新冠肺炎疫情影響，以網路聊天軟體、電話、電子信件等方式進行，再對訪談轉寫內容進行文本分析。

第四節　研究意義

臺灣近四百年的華語文教材演變發展史料豐富，過程複雜多變。但國內外學者只對當代華語文教育沿革，以及當代單篇、單課的華語文教材做過相關研究，卻未見通盤整體性的相關研究。本文彙總臺灣華語文教材相關學術文獻和資源，上下貫通，對臺灣華語文教學沿革及教材的階段性發展特徵進行了系統化的研究，研究意義主要體現在理論與實踐兩個方面。

在理論方面，通過對臺灣早期傳教士時期（1627-1894）、日據時期（1895-1945）、當代華語文教學時期（1946年-迄今）的階段性劃分，以及針對各時期具有代表性的教材內容、教學應用及編寫思路的分析與探究，總結出各時期的教材演變發展特徵。對推動臺灣華語文教材編寫和發展所產生的理論意義包括：一、占有更全面、詳實、未曾發現的資料，總結華語文教材演變歷程的發展特徵；二、所敘述的華語文教材演變發展的歷史階段更為完整；三、探究了教材編寫和不同社會文化環境之下的政治、宗教、民族、文化變遷的交互作用；四、根據教材編寫內容和形式的分析與討論，挖掘教材編寫的思路及理念，總結教材演變發展特徵和規律，促進教學編寫理論的完善。

在教學實踐方面，我們把握第一手研究史料，對臺灣不同時期具有代表性的華語文教材進行較為全面的分析。同時，針對兩套當代主流華語文教材進行了教學者的問卷調查和編寫者的訪談。為華語文教材編寫及教學實踐所遇到的問題提供解決思路，其所產生的實踐意義主要包括四個方面：一、通過第一手材料對臺灣各時期具有代表性的華語文教材和教學材料的總況、特徵、應用和局限進行分析，為教材編寫和發展提供了較為實用的研究材料；二、通過教學者的問卷調查和編寫者的訪談，將教材內容分析、教學回饋、編寫思路有機結合，進行了相互印證的分析，討論了教材「編寫」與「使用」兩個不同層面所存在的差異和問題；三、通過探究臺灣當代廣泛使用的主流華語文教材的編寫依據和歷史根源，明確教材的問題癥結，探求編寫改進方向，在教材編寫和發展方面具有一定的實際意義。為相關研究增添了可供參考的實際材料。

第五節　研究的概念界定

一、華語文教材：首先「所謂華語（華語文）」，是指華人所使用的語言。大陸學者張西平（2009）在《世界漢語教育史》一書中也將臺灣的二語習得與教學統稱為「華語文教學」。參考前人的說明定義，本文將外國人來臺所學的當時當地的語言指稱為「華語文教學」，其所以使用的教材就是「華語文教材」，亦即對外漢語教學的教材（劉珣，2000）。

二、臺灣早期傳教士時期（1627-1894）：是指十七至十九世紀，西方傳教士在臺灣進行宗教傳播而學習當地語言的教材發展時期。

三、原住民語言（新港文）：廣義的「原住民」指的是較早定居在某一地區的族群。本論文中的西拉雅族即十七世紀定居在臺灣的少數民族。在當時，該族的母語被稱為西拉雅語，傳教士基於宗教殖民統治而為西拉雅語發明的文字，稱為「新港文」。

四、教會羅馬拼音：是指十九世紀的廈門基督教教會為閩南話發明的拼音文字，也稱為「教羅」或「白話字」。

五、臺灣日據時期（1895-1945）：是指日本侵華殖民臺灣而學習當地語言的教材發展時期。

六、閩南話教材：是指早期傳教士時期或日據時期所編寫的外國人學習閩南話的教材。其中，早期傳教士時期是為西方傳教士學習閩南話所編寫的教材；日據時期是為日本人學習閩南話所編寫的教材。

七、當代華語文教材發展時期（1946-迄今）：本論文將臺灣當代華語文教材發展時期劃分為兩個階段。第一階段（1946-1998）以一九四六年推行「國語（中國語）運動」為標誌，以《國語會話》[7]為代表性教材；第二階段（1999-2018）以官方出版的《新版實用視聽華語》（1999，2007，2017）和《當代中文課程》（2015）為標誌性教材。本論文以此對當代華語文教材的編寫和發展趨勢進行分析與探究。

八、當代主流華語文教材：第一套當代主流華語文教材是《新版實用視聽華語》（2017），共五冊，各冊附有教師手冊和作業本。第二套是《當代中文課程》（2015），共六冊，各冊附有教師手冊和作業本；另外，第一冊和第二冊各附一本漢字練習簿。兩套教材加上輔助教材共三十五本。本論文以此為主要研究材料對當代第二階段華語文教材的編寫和發展進行分析與探究。

九、新住民：是指最晚到達一個地區定居的新居民或族群。通常是因為工作、就學、戰亂或是入籍等原因而移居到該地區（引自百度百科）。

十、新南向華文教育：是指臺灣與東南亞各國在教育領域上的交流。從二十世紀六〇年代起，東南亞各國留學生就一直是臺灣海外留學生的主要來源，約占臺灣外籍留學生總數的一半。

7 《國語會話》中的「國語」為中文、華語及普通話。

第二章
臺灣華語文教材演變發展研究基礎

第一節　教材定義與屬性

隨著科技融入教學領域，教材內容及形式也隨之豐富起來，其概念亦變得更為寬泛。廣義的教材一般是泛指教育人，用於教學和學習的材料；狹義的教材是指根據教學大綱和實際需要，按照課程系統及標準，為師生編製的課堂教學使用的課本。其主要形式包括教科書、講義、講授提綱等，是反映學科內容的教學用書（《中國大百科全書》總編輯委員會，1985：143-150）。《辭海》（1999：267）對教材的解釋是：「根據教學大綱編選，提供教學使用並要求學習者掌握的基本材料。」以上，說明教材具有「教學使用」和「學習者需要掌握」的針對性（李振榮，2010）。李泉（2012：1-2）在對外漢語教材通論中提到，把教材定義為唯一的教學材料是不合時宜的，是對教材的一種偏誤認知。其強調「教材不只局限於教科書，教科書是教材的代表形式、典型形式、是教材的核心所指，但不是教材的全部。」可見，如今更強調教材是一種教學資源，有著更為寬泛的所指和內涵。正如十七世紀和十九世紀的臺灣，那時還沒有正式的語言教學單位和課本，傳教士只能自學當地語言，積累學習經驗，慢慢轉化成語言教學材料，再教導其他人。當時的教材就不只局限於教科書，而是一種教學資源。

一　第二語言教材的定義

對外漢語教材作為一種第二語言和外語的教學資料，在整個教學過程和全部教學活動中，其編寫不但要遵循語言規律，而且要遵循語言的學習規律。呂必松（1990：2）認為這裡所說的語言規律，包括「對語言現象的具體描寫和對語言的性質和特點的概括，語言規律在語言教學及教材中的獨立性和支配力最大」。可見對外漢語教材編寫是離不開第二語言習得理論的。

對外漢語教材編寫和發展研究要使用語言學及應用語言學的理論和方法，更要注意不能局限於西方語言經驗所總結出來的二語習得理論，要透過研究發現以中國語言文字為出發點的語言習得理論，繼而探索具中國文化底蘊且符合漢語（漢字）特點的對外漢語教學及教材的發展之路。趙金銘（1989：42）認為「語言教學必須綜合運用三個方面的規律，即語言規律、語言學習規律和語言教學規律，教學及教材研究的任務就是要從教學實際出發，揭示這三大規律及其內在的聯繫」。本論文針對臺灣十七世紀以來各時期華語文教材的編寫和發展進行研究，對各時期通用的語言現象做了具體描述，說明了各時期使用不同方言文字編寫的教材特徵，探討了教學應用中受限制的情況，需通過教學實踐來說明情況和發現問題。譬如各時期不同年齡、不同文化程度和文化背景、操不同母語的人學會一種第二語言，其核心點是他們的語言習得過程，而這個過程中的語言規律跟語言學習規律又息息相關。換言之，語言教學規律是語言規律和語言學習規律的綜合體現，是一種既體現語言規律又體現語言學習規律的大系統。這個系統主要是通過教材支撐起來的，同時也受到各時期不同的語言政策、教師素質、學習者背景、教學環境、教學設施等主觀條件的制約，而形成了各時期不同的教材發展規律與特徵。由此可見，研究華語文教材的編寫與發展是離不開第二語言習得理論的。

二　第二語言教材的屬性

第二語言教材的屬性為教材編寫提出了一系列要求（趙金銘，2006；李泉，2012）。首先是：一、工具性，教材是一種語言知識傳授和語言技能訓練的工具，是能促進教學效益的材料。工具性要求教材的設計性、規範性、便利性都要利於教學，以此來發揮工具的最大效能，才利於學習者掌握教材以外的語言技能；二、系統性，要求設計和編寫教材時要對所編的教材進行系統定位，也就是說要考慮周全，進行全面向思維，這樣才能進行教材系統的優化組合，包括教材內部各要素的優化組合，以及與外部橫向和縱向相關教材的優化組合；三、規範性，要求對語言要素及文字有統一的規範，課文語言的編寫或採樣不但要符合目的語的規範形式，而且要具有典型性和實用性，促使學習者能有效使用所學的語言知識和能力；四、實踐性，即要求教材範文、課文、場景的撰寫與安排，以及功能項目的選擇、練習題型的設計等，都要有較強的實用性和可操作性。對於語法講解和注釋說明等也要求簡練精要；五、國際性，教材編寫要考慮目的語文化與學習者母語文化之間的可接受性，還要充分考慮到不同學習者的文化背景、宗教信仰、教育傳統、認知特點和心理需求等。如此，教材內容才能具有國際性，達到人類共有的思想感情、行為規範、倫理道德，以及人類社會共同面臨的社會問題和自然問題。

三　第二語言教材的類型

在教材類型方面，吳勇毅認為（2004）對外漢語的通用型教材與對比型教材的功能性不同。通用型教材主要是指不專門針對某類學習者的母語及國別（文化背景）而編寫的對外漢語教材；對比型教材通常是一對一的，以漢語對比某類學習者母語（國別），按照科學有效的方法進行針對性編寫的對外漢語教材。對比型教材的結構圖如下：

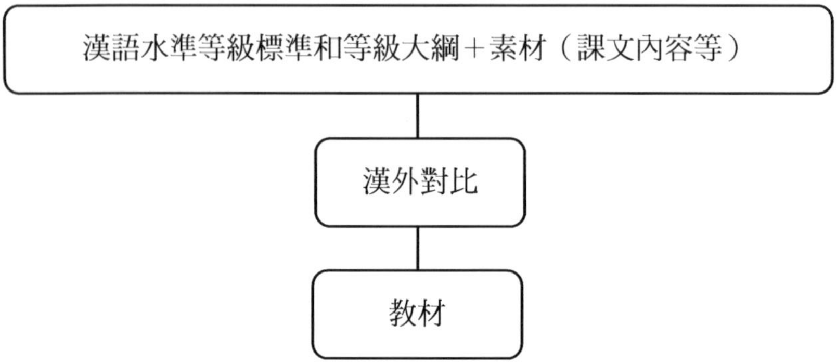

圖2-1　對比型教材結構圖

資料來源：吳勇毅（2004：121）

吳勇毅還提出通用型教材的優點，同時也存在著一些缺失（2004：109）。如今對外漢語學習者的國別越來越多，其母語種類繁多，文化背景及學習方法等各有不同。在這種新形勢下，傳統的通用型教材已經不能適應當前的教學需求。其以 John DeFrancis（1911-2009）的《初級漢語課本》（*Beginning Chinese*）為例，說明了「語言學習者首先要能發現以何種方式修正自己母語的發音模式的遷移，以便按照所學目的語再生新的語言。」引用了大量教材中的例句證實 John DeFrancis 在這本教材中完全採用與英語對比的方式介紹漢語語音系統，甚至也使用了英語之外的語言（吳勇毅，2004：113-119）。這就說明教學過程不僅要透過教材進行師生之間溝通與合作，教學行為和學習行為的實施也要通過教材來實現。因此，教材要針對不同使用對象進行分類，使用者有不同的需求而形成不同的教材，瞭解教材的性質、特點和用途，才能使教學系統更為完善（劉珣，1989；周育匯，2015）。呂必松（1998）也認為針對不同的教學類型、教學目標，以及不同課型和相關教學方法來劃分教材的類型來定位教材編寫的需要，有助於達到教學目的和成效，這些都體現出教材功能和屬性分類的重要性。

第二節　教材編寫理論

崔永華（1997：111）闡明了對外漢語教材編寫理論的內涵，認為對外漢語教材編寫理論「是關於教材編寫的原則、類型、過程和方法，是探討教材編寫如何在教學總體設計下，根據教學對象、學習目的、學習者的水準、適用課程來規定教學內容，包括語言要素、語言技能、言語交際能力、語用規則和文化背景知識和素材；以及根據語言學習規律選擇和安排教學內容、教學專案（生詞、語法、課文、練習等）及其順序，從而達到既定的教學目標」。趙長林（2019：74）指出課程和教材理論主要針對教材內容與師生、環境、學科多種因素關係進行學理性分析，其影響著教材的編製和教學實踐。在教材編寫原則方面，束定芳（1996）細分出系統原則、個人情感、交際原則、認知原則、文化原則等五大原則，規範出教材編寫的基本要求。在教學方面，陳俠認為（1989）好的教材能吸引學習者自己去打開知識寶庫的大門，渴望求得更多的知識，促進學習者動腦、動手、動筆、動口，五官並用，四肢齊動。因此，教材編寫與教學理論是一體的兩面，兩者之間有著相輔相成的緊密關係。以下進一步探討編寫原則和教學理論對教材的影響與作用。

一　教材的編寫理論

呂必松（1993：216）認為「第二語言教材的編寫原則必須以總體設計中規定的教學原則為依據，但是總體設計規定的教學原則不能完全代替教材編寫原則。第二語言教材因類型不同，編寫原則也不能完全相同。但是不同類型的教材也需要遵循一些共同的原則。」據此，其提出各類教材普遍適用的六大原則：一、實用性原則。強調教學內容和方法上的實用性。教學內容要符合學習者交際需求，並能在應用中得到鞏固。教學方法要「易教易學」，不僅便於教師在課堂上使用，也能促進學習者掌握所學的內容；二、交際性原則。首先，教材的語言材料要有交際價值，教材內容要更接近真實生活。其次，課堂就是一個交際場所，教材內容能讓學習者在課堂學習中感受到身臨其境，體現出語言的現實交際價值；三、知識性原則。教學內容的知識性，不但能使學習者學會語言，還能增長學習者的知識，達到激發學習興趣的效果；四、趣味性原則。具有趣味性的教材，能使教學生動有趣。教材具有吸引力才能調動學習動機，趣味性是促進教學的一種手段；五、科學性原則。這個原則強調第二語言教材的語言規範，以及科學知識的介紹和解釋，也即教學內容要符合語言學習和教學規律；六、針對性原則。該原則要求編寫第二語言教材要明確教材的適用性，要分清楚適用於哪一種教學對象、哪一種教學類型和課程類型，等等。最後，呂必松認為實用性、交際性、知識性和科學性原則都具有針對性問題。以組織教材內容為例，適合成年人的教材，兒童就不會有興趣。反之，在成人教材中過多選用兒童故事，就會引起成人的反感。

劉珣（2000）在此基礎上又做了一些補充，歸納出「針對性、實用性、科學性、趣味性、系統性」五大原則，其中的「系統性原則」與呂必松的編寫原則不同。劉珣（2000：317）認為「教材的系統性涉及到很多方面。首先是教材內容在基本知識介紹和技能訓練方面，也就是語音、詞彙、語法、漢字等語言要素和聽、說、讀、寫言語技能的安排方面，要平衡協調、有一定的章法。其次，教師手冊、練習本、單元試題要分工合理，相互呼應。例如，教材程度的銜接，以及聽、說、讀、寫各項技能訓練的配合。其三，教材的圖片、影音聲效、電腦及網路輔助教材的提供，要和課文內容配合適宜，不但可以激發學習興趣，還可以提升教學成效。從而形成系列的、立體的教材體系。」

李泉（2004：450-459）對第二語言教材編寫總結了十條普遍適用的原則：「定向原則、目標原則、特色原則、認知原則、時代原則、語體原則，文化原則、趣味原則、實用原則、立體原則」說明了編寫原則與教學之間密不可分的關係。綜述如下：一、定向原則。指的是確定教材的性質（定性）、設定教材的位置（定位）、規定教材的容量（定量），以此來確定所編教材的基本走向；二、目標原則。是指根據教學對象的不同文化背景、學習目的、學習時間、目的語的基礎等，進行需求分析。再參照教學和課程大綱規定，研究和制定教材的預期目標；三、特色原則。主要是指所編教材要有自己的創新之處，要考慮教材各個環節的組織和以往同類教材的不同之處，而不同之處還要符合第二語言教學和學習規律；四、認知原則。要求教材設計和編寫要考慮到教學對象識別語法結構和功能的能力，對語言現象的歸納概括能力，以及學習者的語言學能因素等；五、時代原則。要求教材的設計和編寫能貼近時代發展的水準和需要，如教學理論、教學方法和編排體例等，都能體現出學科研究的新成果；六、語體原則。要求教材選擇的課文語體特徵要典型，因為目的語的各種語體特點和使用規律，能提供學習者不同交際目的、對象及場合，練習恰當得體的語言溝通能力；七、文化原則。要求教材設計和教學意識要處理好目的語文化和學習者母語文化之間的關係。

上述七項原則之外，李泉（2004）的趣味原則、實用原則、立體原則與其他學者的觀點類同。此外，周育匯（2015）從全方位的華語文教材編寫出發，認為編寫原則是把符合規律性的內容加以有效運用；從教學者的角色來看，是為了挑選適用的教材完成教學成效；從教材使用者看，可準確地把握教學點，使教者及學者能有效授課和學習。綜上所述，國內學者對通用性教材編寫原則的認識大同小異。其中，科學性、趣味性、針對性和實用性原則為核心原則，實用性、交際性、現代性和系統性等原則為一般共識，都是值得重視的部分。同時，各項原則也明確了對外漢語教材編寫所要遵循的基本要求和方向。

臺灣華語文教材編寫研究方面，葉德明（1985，2006b）提出整體語言（Whole Language）編寫設計主張，透過學習者認知過程，找出聽、說、讀、寫的自然習得順序，再配以適當教學策略形成整體性的編寫教材原則。其中主要包括三大部分：一、整體語言的發展趨勢，主張語言教學順序應該從整體化（Whole）到個別語言單位（Part），即每一課應先做整體瞭解，再進一步學習生詞、句型、語言功能等等。此外，強調以學習者為中心（Learner Centered）的課程內容要將語言知識應用於生活的學習目的；課程設計重視群體交流，互助合作學習；聽、說、讀、寫技能需按照學習語言的發展順序同時並進，不能忽略漢字習得；啟發學習者以「舊知」學習「新知」，必要時可以從學習者母語出發帶動目的語的學習；鼓勵學習者克服習得困難與瓶頸，以達成學習目標；二、以學習者的觀點設計教材和教學，包括從認知歷程探究學習過程而形成有意義的學習，將所學的新知儲存到長期記憶中，並與舊有知識概念相結合，在真實情景中進行練習與實際溝通；三、教學者的 6W 策略：「who」著重瞭解教學對象特質，以此針對學習者需求編寫教材；「why」是指用什麼方法達到什麼目的；「where」分清教材是以目的語為學習環境的，還是以非目的語為學習環境；「when」是指課程的精細安排，即什麼程度、什麼時候要達到什麼效果等；「what」是指學習者及其所學內容的差異性，透過實際情景進行教學，以達到各種教學目的；「how」是指使用什麼教學法進行教學，從行為到認識，再到建構主義，將各種教學法運用於不同的學習情境，教材也應該及時加入新教學法的指導作為編寫參考。可見臺灣的華語文教材編寫原則主要以教學法和教學理論為基礎，教材編寫重視以學習者為中心的課程安排和設計。內地學者的編寫原則更重視教材本身和語言學習規律的關係，再深化到教材內容及編寫體例的設計和安排（呂必松，1998；劉珣，2000；趙金銘，1998）。

二　教材與教學理論

教材是課堂安排與教學法選用的直接依據，是語言教學中最基本的要素之一，是師生互動及自主學習的重要媒介，是語言輸入的重要管道。此外，教材是靜物，教學是動態歷程，動靜兩者成為了一體的兩面。教材是教學實施的依據之一，而教材的編寫是以實際的教學為基礎。故此，教材編寫和組織教學都應圍繞著相關理論進行，可見教材也是教學理論的集中體現。

呂必松（1995）指出對外漢語教學這門科學的研究對象主要有三個：一、對漢語本身的研究，依據漢語特質針對外國人學漢語的特點和難點來研究；二、對教學理論和方法的研究；三、漢外文化對比研究。相關研究不但能指導教材內容及性質定位，還可以加強語言的實用性。語言習得並非單純的紙上談兵，必須具有實際溝通交際作用，呂叔湘（1983：3）認為「教學理論從實際事例而生，在一定程度上可以說由實際的材料來決定理論。」可見漢語本體研究是教材設計和應用的基礎，教材編寫理論和原則又是指導教材編寫內容的準則。換言之，科學合理的教材編寫理論是編寫理想教材的重點，而理想的教材又能促進教學法和教學理論的形成和發展。

在漢語本體研究方面，必須考慮到漢語和其他語言一樣，在語音、語法、詞彙等方面都有各自的特點，這些特點是教材和教學必須要突破的難點和重點。趙金銘曾說（1989：47）:「教學和教材要針對這些本國人看起來容易、外國人學起來難的地方進行突破，這就需要我們根據不同學習者學習漢語的難點和特點來進行漢語研究，從中總結出若干問題，歸結成若干規律，從而形成一種或幾種體系。諸如語音教學體系、語法教學體系、教學法體系等，其中每一種又可以有幾種不同的體系。如此才能使學習者發現和意識到漢語與母語之間不同的特質。」在教學實務方面，呂叔湘（1984：5）提出「把漢語作為外語來教，跟把英語或日語作為外語來教，遇到的問題不會相同，把漢語教給英美人，或者阿拉伯人，或者日本人，或者巴基斯坦人，遇到的問題不會相同；在國外教外國學習者漢語跟在國內教外國學習者漢語，情況也不完全相同。」可見，抓住外國人學習漢語中的特點和難點，對教材內容和編寫體例進行深化研究，形成教材編寫正確的原則和方法，是教材編寫理論的重要基礎。因此，探討教材是根據什麼教學理論編寫的，是結構性還是功能性的教材，或是「結構—功能—文化」相結合的教材，能從教材的教學實際情況體現出來（吳勇毅，1987）。因為教材內容和編寫體例受教材編寫理論的指導，而教學法思想也影響著教材。可以說，教材在教學應用中不斷摸索、體味和總結，才能與教學共同完成語言學習目標，再形成更新、更好的教學法和教學理論。據此，我們認為教材編寫理論是指導教材編寫的根本，而教學理論是指導教學和教學法的理論基礎。

三　教材的評估理論

（一）教材評估意義

有了教材的編寫原則，選擇和使用教材也要有教材評估的依據（李泉，2006；魏紅，2009）。趙金銘（1998：39）曾說「教材評估對教材的編寫和研究、教材的選擇和使用，既有理論指導意義又有實際應用價值。通過對以往教材的評估，教材編寫者可以從中吸取營養，獲得啟發和借鑒，同時也可以捨棄某些陳舊的觀念和做法。而教材評估研究本身就是教材研究的重要內容。毫無疑問，教材評估可以推動教材的開發和建設，促進教材編寫品質的提高。」可見，教材評估的作用不只是為了保持優良傳統，更重要的是科學化的更新教材，重視教材編寫框架的突破，力求通過有效評估實現教材創新發展。

教材評估從本質上而論，評估本身是一個直接的、分析性的配對過程，將教材的需求與問題解決方法配對（周雪林，1996）。若沒有評估理論的指導，教材類型就會大同小異，真正有創新和實用價值的教材就會產出得有限。缺少理論支撐，又未經過認真評價的教材，會有些共同的缺點：一、內容和形式比較呆板；二、練習數量不足或練習內容和方式與教學目的不一致；三、教材的外文翻譯不太理想，國外反映比較強烈。可以說專門針對國外漢語教學的特點編寫的教材很少，大部分教材對國外多不適用。吳勇毅（2004）認為從總體上來說，我們的理論研究還不能滿足教學發展的需要，但是也有大量適用於教學的研究成果還沒有及時吸收到教材中來。可見，教材評估及其理論的合理應用，更能體現出實際應用價值。

（二）教材評估目的

李泉（2012）認為教材評價之用途與目的主要可分為兩方面進行

探討。首先，在教材研究與編寫方面，他認為「教材評估多是對現有某類型教材進行全方位的評估，以獲取全面的評價資訊，也可以就教材進行封閉式評估，以獲取特定的評價資訊，還可以就現在教材某一個或幾個方面的問題進行定向評估，以獲取專項評價資訊。」其次，在選擇和使用教材方面，他提出「教材評估可以在教材使用之前進行，多用於決定該教材是否被採用，也可以在教材使用過程中進行，多用於決定對該教材是否進行必要的補充和調整，還可以在教材使用之後進行，多用於決定該教材是否繼續使用，或是為教材的修訂提供參考意見」。最後總結評論了教材評估在教材編寫和研究及教材選擇和使用方面，既有理論指導意義又具實際應用價值。

Alan Cunningsworth（2002）根據教材評估目的將評估分為三種「一是選擇新教材所作的評估，是最為常用的一種評估；二是對已經投入使用的教材進行評估以揚長避短，發揮其優點，修正不足之處；三是以比較為目的的評估，教材存在競爭的情況下或現存教材受到被其他教材取代之威脅時，可以制定一套具有共用標準的指標體系對這些教材加以評估。」以上專注於華語文教材評估的相關理論，不但由整體語言發展趨勢出發，也結合了行為和認知理論，通過對教材全面且有效的分析，建構出華語文教材評估理論與原則，為本書提出重要的理論基礎。

(三) 教材評估標準

對外漢語教材評估理論研究起步較晚，到目前為止，主要多依據西方語言學家的評估理論進行探討。如 Hutchinson and Waters（1987）所設計的教材評估方法指出評估教材的工作實際上是一種對照過程（matching）。評估者應列出某一種課程的教學目的及對教材的要求，進行教材自身的需求分析，同時列出一種教科書的特點，做出客觀分析，然後兩相對照進行評估（錢瑗，1995）。

教材是否能夠滿足學習者的需求，是評估最基本的依據，在這種基礎之上，評估是一個直接的、分析性的配對過程，即將需求與可能的解決方法進行配對分析，達到教學目的和滿足學習者的需求，是評價教材的兩大主要內容，然而要進行客觀公正的評估，還必須設計一套全面且合理的評估標準（周雪林，1996）。趙金銘（1998）的對外漢語教材評估表依據語言教材編寫理論，結合學習者背景和教材內容，對教材的編纂系統及編排內容的方法，從微觀角度上提出了評價教材優劣的評估模式和建議；吳勇毅和林敏（2006）則從學習者的角度進行了教材評估研究，並構建出以學習者為評估者的對外漢語教材評估模式。該研究以教材評估理論、教學理論、認知心理學、跨文化理論為基礎，以綜合課教材《漢語教程》為評估實驗的研究對象，以問卷調查方式獲取學習者對教材的評估意見。同時也請教師填寫相應的問卷作為參照，再比較分析師生評估結果的差異，證實學習者的看法及態度與教師的不同。進而探討和設計了對外漢語教材評量模式，並說明了該模式的應用方法，設計出與趙金銘面對不同的教材評估運行體系，為教材的評估標準提供了不同層面的研究材料。然而，臺灣在這方面卻較為欠缺，相關研究仍有待開展。

（四）教材評估方法

英國語言學家哈默（Harmer, 1983）認為評判教材的依據，首先要看它是否能夠滿足學習者的需求。這說明滿足學習者需求是達到教學目的，以及作為教材評析的重要內容。在此前提下，教材評估類型和方法一般可分為印象性評估和系統性評估（程曉堂，2002），李泉（2006）認為「印象性評估又稱為參考性評估，評估者常憑藉經驗與直覺來對教材進行主觀的、隨意的、印象性的評價。系統性評估包括評價教材本身的科學性、合理性和有效性的內部評價（internal evaluation），以及評價教材對於某一使用對象群體的適用性的外部評價（external evaluation）」。顯然，印象性評價和系統性評價各有其特點。印象性評價的主觀性和個性似乎更為明顯，徐志民（1984）認為「印象性評價主要針對教材最突出的特點進行評論，呈現教師對教材的主觀意識，有的側重於分析思想內容和語言形式的關係處理。」此外，各家對於「印象性評價」也做了補充說明，如王還（1987）在此方面著重於評價語法點的安排；溫潔（1990）注重教材的體例設計評價；還有吳勇毅（2004）提出的對文體修辭編排進行評價的論點等，均為本書對臺灣當代主流材進行問卷調查及分析的理論基礎。

綜上，教材是聯接師生之間教與學的主要工具，也是教學依據。教材不但要體現教學內容、教學方法和編寫原則，也要確保教學大綱的實施。在這樣的前提下認識教材，合理有效地使用、評估和研發教材，對提高教與學的品質及促進課程建設具有極為重要的作用。

第三節　臺灣華語文教材的編寫與研究

臺灣近四百年的華語文教學歷程（1627-迄今），早期傳教士時期和日據時期均以漢方言習得為主，進入當代開始教授漢語普通話（1946-2018）[1]。此時期的教材多由華語文教學中心研發編寫，少數由民間的文教單位或數位產業界研製。電腦和網路的普及使教學虛擬化，各種數位多媒體教材湧現，但多為數位產業界開發，缺乏專業華語文教材編寫團隊與之合作的作品。以當代的書面教材而論（1946-2018），九〇年代之前多由授課老師或教學團隊共同合作編寫，或由

1　參見本書第二章。

教師自行編寫講義，相關教材及其教學法基本上只在所屬教學機構流通。此時的正式出版教材以臺師大國語教學中心的出版品為主，如重視語法句型分析的《國語會話》（1967），強調文化傳播的《中國的風俗習慣》（1977）等。進入九〇年代，華語文學習者的數量日漸增加，教學機構和正式出版的教材越來越多。一九九五年臺灣師範大學率先成立了「華語文教學研究所」，其後數十所院校也隨之設立了華語文教學專業，致力於學科的專業化、學術化和國際化，將實務面帶向學術面，促進了華語文教材的編寫與研究（賴明德，張郇慧，2013：131）。此階段開始依循各國外語標準與指標編寫有官方出版的分級教材，標誌性教材為《實用視聽華語》（1999）和《當代中文課程》（2015）[2]。此外，還結合專業領域出版了新聞、商業、觀光、古文、歌曲、廣播劇和數位多媒體等方面的華語文教材。同時配合時代需求，針對不同國家的學習者編寫了「國別化」和「本土化」的教材等（賴明德，蔡雅熏，2013：281-314）。學科相關研究還針對上述教材，以及法律、醫學、航空、新住民[3]等教材的編寫設計進行了研究。當代華語文教材呈多元發展趨勢，對於教材編寫、教學法和學習型態等產生了很大的影響（賴明德，2013）。

本節主要針對臺灣當代華語文教材的定義與屬性、教材編寫理論、教材編寫設計、教材發展評估相關研究進行探討和總結。在華語文教材定義的探討中，闡明了華語文教材和對外漢語教材具有相同學科屬性。目前，教材編寫理論方面，業界的相關研究有限，對編寫理論的涉獵較少，多為教材結合教學法的分析。教材內容的編寫設計方面，雖然於九〇年代確立了華語文教學專業的學科地位，促進了華語

2　這兩套教材的詳盡分析參見本書第六章。

3　新住民是指一個地區中，最晚到達該地定居的新居民或族群。通常是因為工作、就學、戰亂或是入籍等原因而移居該地的（引自百度百科）。

文教材的編寫與發展，相關研究也有所增加，但多為單課單篇的教材編寫設計及內容分析，缺乏實證研究與理論支持。教材編寫評估方面，主要參考大陸學者的評估理論、美國 5C、CEFR 歐洲共同語言參考架構作為參考標準，針對臺灣和美國中文教材的課程設計、教材編訂、教學應用等進行了評估與展望，但研究數量稀少，理論研究結果不足。綜述與探討如下[4]。

一　臺灣華語文教材的定義與屬性

相對於「對外漢語教學」而言，臺灣所稱的「華語文教學」與「對外漢語教學」具有相同的學科性質。劉珣（2000：11）認為「對外漢語教學是指對外國人的漢語教學，也包括對第一語言不是漢語的海外華人進行的漢語教學。這一名稱基本上體現了這個學科的特點和內涵，在國外也產生了廣泛的影響，而且簡潔上口、符合漢語習慣。海外的同行們，根據各自的不同情況，有的把『對外漢語教學』叫『中文教學』，有的叫『中國語教學』，有的也叫『華文（語）教學』。這些名稱在國際場合上常常使用，已被各國學者和教師所接受。在學術上較能精確地指稱這一學科內涵性質的，應當是『漢語作為第二語言教學』，即『Teaching of Chinese as a Second Language』（英語縮寫為 TCSL）。其指的是在中國進行的對外國人的漢語教學、即『對外漢語教學』，其也能指世界各地的漢語教學」。此外，大陸學者張西平（2009）在《世界漢語教育史》一書中將臺灣各時期的二語習得與教學統稱「華語文教學」[5]。以上是前人論述的華語文教學定義。

4　本書收集的主要研究資料截止於二〇一八年。

5　包括一九四六年以前傳教士和日本人學習臺灣的閩南話和原住民的語言。

葉德明（2006b）對臺灣華語文教材的定義提出了一些看法。她認為華語文教材為一種整體語言（Whole Language）性質的教材，是依據學習者的學習認知歷程，重視漢語及漢字特質，配合漢語聽、說、讀、寫習得的發展順序，結合教與學的策略，編製出來的一種貫穿教與學的，科學系統化的教學材料。此外，葉德明（2006）根據臺灣的社會情況，提出「華語文教學」，指的是標準發音的「國語」（漢語／普通話／華語）[6]作為第二語言教學。其認為「華語」指的是對外代表標準漢語的名稱，以利於外國人學習中國語言所遵循的語音、語法、語詞、語用、語意等的語言內容而言，且延伸出「華語文教學」之稱。此外，她也提到華語作為第二語言的學習者各自有其本國的語言，為使華語學習者不致勉強稱「華語」為「國語」，而稱之為「華語文教學」。參考上述學者對「對外漢語教學」和「華語文教學」的說明和定義，我們認為兩者具有相同的學科內涵性質。因地制宜，本學科所使用的教材既可稱為「對外漢語教材」，也可稱為「華語文教材」。本文中所指稱的「華語文教材」，也即漢語作為第二語言教學的「對外漢語教材」。

二　臺灣華語文教材編寫理論研究

臺灣華語文教材編寫理論研究起步較晚，數量也比較有限。進入二十一世紀以來，臺灣當代華語文教材編寫研究專書進入發展期，葉德明和賴明德等學者，為該領域的研究做出較大貢獻。具代表性的教

6　此處的「國語」是指臺灣從一九四六年開始推行的「國語運動」，經過近十年政策的實施（1946-1955），將當時的日式（日文）教育漸扭轉為國語教育（參見本書附錄九；褚靜濤，2015）。故「國語運動」所推行的即「現代標準漢語」，也就是目前我們所說的華語（普通話）。

學理論專著主要為《華語文教學規範與理論基礎》（葉德明，2006）；其他相關論著對於教材編寫理論涉獵較少，多為教材介紹，如臺灣僑務委員會（1999）出版的《僑務委員會華語文教材簡介》等。此外，在教學沿革概述方面，賴明德主編的《臺灣華語文教育發展史》（賴明德，2013）一書，針對當代臺灣華語文教材發展階段進行了劃分，同時由多位學者對各階段的發展情況進行了概述。綜上，目前相關專著主要分為華語文教材編寫原理、華語文的教材類別與介紹、華語文教育沿革等三大方面的論述，呈現出相關論著從實務到理論，再探討當代史料的總體先後順序，具體分析如下。

（一）關於臺灣當代華語文教材與編寫理論

此類研究主要圍繞教材編寫的原則、功能以及分類方法、階段劃分等主題展開討論，較早形成系統性的研究成果，具有一定的理論性。葉德明（2006）在《華語文教學規範與理論基礎》中提出華語文教材編寫的四階段要點與 6W 編寫原則[7]。四個階段要點包括：第一學習階段，可利用每日生活所接觸的情景為重心，以語境化的方式配合句型練習；第二學習階段，重視語言自動生成，並能運用所學處理問題；第三學習階段，應幫助學習者體認和理解書面語的運用，酌量加入生活中的書面用語；第四學習階段，則擴充書面用語、成語、典故，並逐漸向文言文發展，教材編寫可突破各種文體，形式自由，配合學習策略及學習者需求進行編製。文化導入要依據社會發展的需求而增補，教學方法應以語言習得及心理認知理論為基礎，教材內容應以實際生活的溝通方式進行編寫。同時，教材編寫還要考慮如何促進使用成效，從而達到語言習得的功能性目的。

7　有關「6W編寫原則」的詳細內容，參見本書第二章第二節。

（二）關於臺灣當代華語文的教材介紹

臺灣華語文教育沿革方面的研究得益於對教學實務的梳理與說明，相關論述起步晚、數量少，且只針對當代進行了探究。臺灣僑務委員會（1999）出版的《僑務委員會華語文教材簡介》，梳理了早期臺灣海外華文教材，並進行了教材內容的簡單介紹。該書基於年齡、教育背景、國別特點等進行教材分類，介紹由僑務委員會編輯出版的海外華文教材。包含從幼兒到成人，針對華僑或華裔背景所設計的教材，但也有部分適用於略有中文基礎的外國人士。為因應遍及全球僑民教育的需求，部分教材提供不同國別的雙語或多語對照版本，或是針對單一國家推出國別化教材，以符合當地環境與文化。雖然該書主要是搜集和介紹僑務委員會的華文教材，理論性不強，但是能為相關研究提供豐富的參考史料。

1　關於臺灣當代華語文的教育沿革

近期由賴明德主編的《臺灣華語文教育發展史》（賴明德，2013）一書，是目前最具系統性的當代華語文教育沿革的專書，該書梳理了臺灣當代華語文教學及教材的發展歷程，分析了當代各階段的發展特徵及其相關成果；以年代特點為標準，劃分出臺灣華語文教育沿革發展的五個階段：第一階段為一九七一年以前，華語文教材多由授課老師個人或教學團隊共同合作編寫，所編寫的教材多在自己所屬教學單位流通；第二階段為一九七一年至一九八〇年左右，國際漢學與東亞政經文化研究需求引發了華語文習得的潮流，國外的大學也陸續開設中文課程，此時期來臺學習華語文的外籍人士日漸增加，華語文教材編寫已從第二語言學習者的角度出發，注重語法及語言結構形式的教學；第三階段為一九八一年至一九九〇年左右，正式出版的華語文教材和多媒體教材激增。其中，僑務委員會出版了大量僑民華文教材，包括不同程度的各類型華語文教材，針對不同年齡、地區、語言、文化等需求，研發出各類專門型教材。該階段的教材可謂迅速發展；第四階段為一九九一年至二○○○年左右，配合教材國別化觀念的萌生，針對不同國家編寫出版的教材增多，令臺灣的文學作品、文化生活也慢慢融入教材當中；第五階段為二○○○年之後，此階段的華語文教材開始注重語言能力分級標準構建，更能科學系統化地協助師生選用教材，有利於教學銜接。同時，教材也步入數位科技化時期，紙本與數位合一，數位化趨勢強勁發展，使華語文互動式數位教材全面啟動。數字科技大量融入華語文教材，同時影響了課程的實施和教學法，推進了華語文教材網路化，華語文數位學習雲端化等未來發展趨勢。

綜上所述，臺灣華語文教材編寫及其理論的相關論著，一方面將教材編纂與教學相結合，對教材的教學原則、教學方法、教學設計、課程設計與規劃等，進行了說明與探討；另一方面，整理和爬梳了當代部分教材，並進行了類別和介紹，進而對當代華語文教材的發展沿革進行了綜述。可見為數不多的華語文教材編寫相關論述與研究，未構建或明確提出華語文教材編寫的理論及原則，亦未對臺灣華語文教材發展演變進行追溯研究。

三　臺灣華語文教材編寫設計研究

自一九九五年臺灣師範大學率先成立華語文教學研究所以來，各大專院校陸續成立相關科系，至今已產出兩百多篇華語文教材編寫相關研究的期刊和碩博士論文。筆者在二○一八年，使用賴永祥（2007：583-588）的圖書管理分類法，篩選臺灣圖書館的中文資料，從中獲得始於一九八九的華語文相關研究資料（1989-2018）[8]，再梳理出華語文教材編寫設計的研究。總體而論，當代華語文教材編寫研究主題多元，以教材編寫設計、教材內容分析（含對比分析）為主，其中僅有數篇教材評估研究。從時間縱向維度來看，大致分為三個發展階段。第一階段共九年（2000-2008），只有二十九篇教材編寫相關研究；第二階段也是九年（2009-2017），相關研究突增至一百八十五篇，平均每年約為二十一篇；第三階段為筆者開始篩選整理相關研究資料的時間（2018年6月），當時圖書館只收錄了三篇相關研究（參見表2-1）。

表2-1　臺灣當代華語文教材編寫研究類型

教材研究發展階段	篇數	主要研究內容	教材評估
第一階段（2000-2008）	29	教材的編寫設計、內容分析或對比分析，詞彙和語法研究共二十七篇。	2篇
第二階段（2009-2017）	185	教材的編寫設計、內容分析或對比分析，詞彙和語法研究共一百八十篇。	5篇
第三階段（2018）	3	學位預備華語文教材研究一篇，教材編寫設計一篇。	1篇

資料來源：筆者自行設計

第一階段（2000-2008）的相關研究多為臺灣師範大學華語文教學研究所的師生，這與該校首創華語文教學研究所有直接關係。該階段以教材編寫設計和內容分析方面的研究居多，具有代表性的相關研究主要以中醫（張惠雯，2001）、新聞（徐筠惠，2002）、觀光（金惠淑，2004）、佛教（鄭垂莊，2006）、法律（陳淑惠，2007）、俄語背景

8　本節所探討的華語文教材相關研究文獻，是參考賴永祥（2007）的圖書管理分類法，從臺灣圖書館收錄的中文資料中篩選出來的。筆者於二〇一八年截止本文主要研究資料的搜尋，並開始篩選有關華語文教材編寫相關研究的資料。篩選結果顯示，自二〇〇〇年陸續出現針對華語文教材編寫的碩博士論文和期刊文獻。

華語學習者（黃惠莉，2008）和西班牙華語文教材（努麗雅，2008）為主題進行研究。

第二階段（2009-2017），臺灣各大學陸續成立華語文教學相關係所，促進了華語文教學相關研究的發展。但相關研究仍以教材編寫設計和內容分析為主（參見表2-1）。該階段的教材編寫研究增至一百八十五篇。隨著數量的增加，研究主題也豐富了不少。研究主題包括教材編寫設計、內容分析、詞彙和語法探析等，還增加了以新住民（梅氏清泉，2011；）、東南亞（游佩棻，2008）、泰籍勞工（周曉陽，2015）、客家文化（楊佩玲，2015）、歌曲詩詞（李清水，2015）、學位預備（黃馨誼，2012）、航空（張玉佳，2017）……為主題的研究。在教材內容分析方面，第一階段的研究只針對單一教材進行分析，第二階段增加了教材對比分析的研究（蔡怡珊，2013；顏燕妮，2014；劉建甫，2014）。總體來說，第二階段研究內容豐富，面向廣泛，以亞洲華語文學習者為背景的研究較多，開始針對「職場」華語文教材進行研究（王薏婷，2012），還增加了編寫東南亞勞工（周曉陽，2015）和新住民（譚翠玉，2015）[9]華語文教材的研究。

第三階段（2018[10]），為華語文教材編寫研究，該階段針對留學生學科技能的華語文教材編寫與設計展開研究（劉宜雯，2018）。研究者將留學生概括為學位生和非學位生，並說明因臺灣少子化的社會現象，外籍學生已成為臺灣大專院校的重要學生來源之一。研究者認為，當前學位留學生所需要的華語文教材，須符合其所就讀的專業學科進行針對性的編寫。該研究以國內學者的教材編寫理論（李泉，

9 新住民是指一個地區中，最晚到達該地定居的新居民或族群。通常是因為工作、就學、戰亂或是入籍等原因而移居該地的（引自百度百科）。

10 二〇一八年為本文搜集主要相關研究資料的截止時間。

2006；趙金銘，1997，1998）。此外，還增加了以英語課程（EAP）[11]相關理論為基礎的一般性學科的專業華語文教材（張曉君，2004）。該研究的自編教材適用於臺灣學位留學生入學前的華語文習得，針對學術中常用的中文詞彙和句型，加強其閱讀和寫作能力。自編教材著重於學位預備華語文的簡報製作、口頭報告編寫、新聞閱讀等一般性學科的學習技能培訓。依據臺灣科技部門的「一般性學科學習華語文養成課程之教材編寫與海外教學實施研究計畫」進行研發，以一般性學科學習華語教材為範圍，漢語預備教育課程為概念，自編了十二個單元不同主題的華語文教材。期望藉由各項學科學習技巧的輔助，讓學習者在面對教科書或中文文獻資料時，更容易掌握重點。

自編教材依據各自不同的主題編輯單元內容，教材語體以書面語為主。該教材所使用的詞彙，是從學術文章、學術講座、研究報告等文稿中篩選出來的，適用於訓練閱讀和寫作技能。課文中除了學術性用語之外，還加入了臺灣的社會文化元素，以增強教材的實用性。在編寫過程中，為使教材內容具有完整性，課文中也會出現難度較高的詞彙。考慮到教學時間的限制，為了幫助學習者完成學習任務，教材中介紹了能引導學習的字典、語料庫、線上翻譯等學習工具；課文中的專有名詞也加上了英文注解。最後，該研究所提出的針對性、普遍性、實用性、科學性等四項編寫原則，仍源自於國內學者的教材編寫理論（李泉，2006；趙金銘，1997，1998）。

從上述發展階段來看，初期和中期主要針對「專業華語文教材」

---

11 EAP全稱English for Academic Purposes，即學術英語課程。作為學術課程之前的橋樑課程，專門提高英語聽、說、讀、寫能力，為專業課程打下良好堅實的基礎。其課程專注於閱讀、寫作、聽力與口語訓練，同時加強專業領域的寫作能力，幫助學習者成功升讀專業課程，增加學習者英語會話的自信心，瞭解英語國家文化，更好地融入本地生活。完成EAP課程要求等級的學習者可以直接銜接大學專業課程（僅針對提供有條件錄取的學校或者專業），不再需要進行雅思或托福考試。

編寫內容進行探究；二〇一八年之後，留學生預科班的學科技能的華語文教材開始引起研究的重視。

四　臺灣華語文教材發展評估研究

臺灣的華語文教材發展及評估研究過少，主要針對當今系列式教材的發展、教材評估要素屬性、教材設計與評鑒發展、專業華語教材設計與評鑒發展，以及商務漢語教材評估指標建構等進行了探討與研究。

《臺灣現今華語文教材的評估與展望》（陳燕秋，2001）是當代第一篇華語文教材評估的研究。該研究以臺灣當代主流華語文教材《實用視聽華語》（1999）為研究對象，透過學習者的使用問卷和訪談調查，對教材內容設計及未來發展進行了評估。該文針對華語文教學的課程設計、教材編訂、教學和評估四個環節，進行了深入的探討。並從教材目標、題材內容、詞彙、語音、語法、練習活動設計、輔助工具和翻譯效果等方面，提出現有教材需要改進和注意的具體建議，以利於教材編寫和改版作為參考。其後為《華語文教材發展研究——以系列式教材為例》（詹秀嫻，2002），探討了華語文教材編寫與評估原則，分析了美國中文教材、大陸對外漢語教材和臺灣華語文教材的發展情況，又對教材類型和編輯出版進行了探究，提出華語文系列教材的編寫與發展模式，再將其應用於美國大學系列華語文教材的設計。該文引用了 Dick and Carey（1990）的系統化設計流程理論，透過教學設計基本架構中的學習者、教學者、教材和學習環境相互之間的關係，說明了教材在整體教學設計和教材發展中不可或缺的地位。然後，又從美國大學中文學程的教學整體規劃探討了華語文教材的設計於發展，她認為教材發展的程式分為縱向和橫向兩方面。縱向面可依時間程式分為前置籌備、發展執行、後續完善三大階段。前置籌備階段需要收集資料、需求分析、同類型教材分析等，以及發展運行期間的安排和編寫內容的組織，如字詞頻和語法等級相關資料的編排程式等。後續完善階段進行試教或教材的實驗，執行評估與修改的工作。從發展的橫向面來看，依不同級別程度分為零起點、初級、中級、高級、特級五個進程，按不同層次及不同需求對教材內容進行分析和規劃，並設計出教材發展模式圖。

上述兩篇論文，前者評析了臺灣主流華語文教材《實用視聽華語》(1999)，針對教材目前所體現出的問題，提出具體可行的編寫及改編應注意的事項，開啟了當代華語文教材評估研究的大門，為華語文教材編寫和發展提供了有效的參考建議。後者針對國內對外漢語教材和美國的中文教材，進行了內容與編輯出版等方面的綜合性評析，以其研究結果應用於美國系列華語文教材的編寫和發展。教材與教學是分不開的，在美國的教學環境中，不但要注意華裔學習者與非華裔學習者不同的漢語學習情況，還要考慮教材的針對性和適用性等問題。吳勇毅（2009：89）認為「對外漢語教學不等於華文教學，對現實的認識與語言教學理論的發展以及國際上第二語言／外語教學的潮流等，對傳統的漢語教學模式提出了挑戰，促使新的漢語教學模式得以萌芽。」這意味著，華語文教材編寫要考慮到漢語作為第二語言或外語教學的差異。兩岸的教材分析只能為編寫美國中文教材提供參考，並不能完全套用。

《以二維品質理論探討華語教材評估要素屬性》(雷燕玉，2010)使用管理專業的「二維品質」理論探討了華語教材評估要素的屬性。狩野紀昭（1984）的「二維品質」模式主要包括魅力品質、一元品質、當然品質、無差異品質和反向品質。該研究的創新之處是使用了管理專業理論應用於華語文教材評估標準的研究，以「二維品質」觀點結合趙金銘（1998）、吳勇毅和林敏（2006）的教材評估理念，對主流華語文教材《新版實用視聽華語》（2007）的教學理論、學習理論，以及教材的語言材料、練習編排、教材配套材料等進行了評估要素的探究。趙金銘、吳勇毅和林敏的教材評估模式站在教學品質的角度，說明了學生是教材的最終使用者，所有的教材規劃者都是服務使用者的提供者。提高教師素質和教材品質是提高教學成效的重要因素，而一般教材的內容編纂、改版、再版，以及教材的選用，幾乎都是以編輯者和學者專家的決策為中心，較少納入使用者（師生）的評估意見。最後，該研究說明教材編纂應考慮學習者能力需求對這些項目加以針對性的取捨，才能增加學習者對教材的滿意度。

《專業華語教材設計與評鑒發展研究》（曾品霓，2017）以華語文教材編寫理論為基礎，以華語文教材評鑒為指標，針對體育運動華語文教材[12]進行了編寫與評估的研究。研究者首先說明了運動健康產業帶來了可觀的經濟效益，發展這方面的華語文教材具有一定的前景。然後，通過文獻分析法，整合了專業語言教學、英語作為外語教學、對外華語文教材的評鑒標準與方法，並將評鑒準則分為基本理念、教學理論、學習理論、教材配套、版面設計、專業知識、語言內容、練習活動等八個面向，再細分出五十項針對專業華語文教材的評鑒標準供學界參考。研究者參考上述內容，自編了運動華語文教材的範本，邀請了八位專家學者使用「專業華語教材評鑒表」對自編的運動華語教材範本進行了評估，再依據專家評估意見加以修改和定稿。最後，以國內學者的教材編寫理論為基礎（李泉，2006；趙金銘，1997，1998），提出編寫專業華語文教材的定向原則、目標原則、特

12 體育運動是在人類發展過程中逐步開展起來的，其為有意識地對自己身體素質的培養。體育運動主要包括走、跑、跳、投，以及舞蹈等多種形式的身體活動，這些活動就是人們通常稱作的體育練習（引自百度百科）。

色原則、認知原則、時代原則、語體原則、文化原則、趣味原則、實用原則等九項原則標準，提供專業華語文教材編纂和研究參考使用。

《基於5C的商務漢語教材評估指標之建構》（鍾伃宣，2018）基於5C標準對商務漢語教材評估指標進行了探究。該研究先定義了商務漢語教材和教材評估指標的意涵，認為商務專業用語和交際漢語緊密結合，商務漢語是以交際為主的專業程度最低的專用漢語；而該文中的商務漢語教材是指能解決商務活動中跨文化交際內容的漢語教材。5C[13]語言學習標準的溝通、文化、連貫、比較、社群等面向，與商務漢語所著重的實用性、交際性、知識性等原則基本一致。研究者通過內容分析法，參考《5C教材評估表》和《七項課程教學要素之教材評估表》擬定教材評估指標；再參考六位審查委員問卷調查的評估意見，構建出以5C為基礎的商務漢語教材評估指標，該評估指標共計兩大規範四十三項屬性。該指標在教材內容方面提出詞彙指標、句型語法指標、聽說讀寫指針、跨文化商務溝通指針等；在教材設計方面提出商務情景任務活動指標、學習評量指標、使用者學習特性與需求指標、輔助工具指標等。上述每一項評估指標均與5C標準相對應，然後通過隨機抽樣，選出初級、中級、高級各三本教材，利用該指標評析了九本教材編寫特色與限制。發現初級與中級教材在跨文化溝通、商務情景任務活動安排上極為出色，符合商務漢語考試大綱重視溝通交際、跨文化知識的標準；而高級教材在此方面所得分數較低。此外，在研究限制方面提出未來研究可以增加德懷術（Delphitechnique）調查、增加海外教材數量等，從而構建更為全面的教材評估指標。該研究成果填補了目前缺乏商務漢語教材評估研究的空缺，並提供相關教材編寫與發展參考使用。

---

13 美國的二十一世紀外語學習標準包括溝通、文化、連貫、比較、社群等面向，簡稱5C標準。

綜上，通過對臺灣當代華語文教材編寫相關研究的探討，我們發現絕大多數研究都參考使用了國內外學者的教材編寫理論和原則進行研究，截至目前還未見華語文教材編寫理論建構研究，也未能針對華語文教材演變發展歷程進行通盤整體的研究。這引起筆者對臺灣華語文教材整體演變發展的研究興趣，期望能以本書補充學科研究之不足。

第三章
臺灣早期傳教士時期華語文教材發展研究

探討臺灣華語文教材演變發展，要從有史料記載的早期傳教士時期開始。一六二七年登島的荷蘭傳教士喬治・甘治士（Rev. Georgius Candidius, 1597-1647）是第一個接觸並學習原住民語言「西拉雅語[1]」的人（林昌華，2009）。顯然此時期還沒有當地語言本體知識的研究，甘治士通過自學西拉雅語，使用拉丁字母為西拉雅語發明了文字，稱為「新港文」，自此展開了臺灣四百多年的語言教材的發展歷程。十七至十九世紀（1627-1894）是臺灣早期傳教士華語文教學時期。其間，鄭成功驅離荷蘭和西班牙殖民者（1662-1682）至清朝統治時期（1683-1894）推行華文母語教育（其不屬於第二語言習得的研究範疇）。因此，十七世紀的傳教士華語文教學至一六六二年截止；經過鄭成功時期之後，因《南京條約》（1842）與《天津條約》（1858）迫使清朝政府開放中國通商口岸對外交流，基督新教派又隨之進入中國，同時衍生至臺灣（史明，1980；昭璉，1980），開啟了十九世紀的傳教士華語文教學階段（1865-1894）。一八六五年來到臺灣的傳教士，以學習閩南話為主[2]，原住民的語言為輔（費德廉，2006）。

1　西拉雅語（Siraya Language）屬於南島語系的次語群，目前為死語（村上直次郎，1933；興瑟，2000），已經無人使用。傳教士為西拉雅語發明的新港文在臺灣一直使用到十七世紀末，長達一百五十多年（李瑞源，2012）。新港文文獻圖片參見附錄一、二。

2　當時臺灣的漢方言以閩南和客家話為主。

本章以臺灣社會環境為依託（1627-1894），從時間縱向維度將此時期分為十七世紀和十九世紀兩個階段。從內容橫向角度對早期傳教士具代表性的華語文教學材料進行探析。值得一提的是，該時期還沒有語言本體知識的研究，也沒有學科理論的基礎，教材的編寫體系尚未完備。傳教士作為編寫者，只能自創文字翻譯聖經和編寫教學材料，以宗教傳播為目的進行教學。我們在後文中依據早期傳教士語言習得的描述，以及宗教課程的教學記錄，還有傳教士編纂的字典等，以本書所提出的教材分析方法（框架）為基礎（參見本書第一章第二節），對該時期華語文教學材料的總況、特徵、應用和局限進行分析與探討。

第一節　臺灣早期傳教士時期華語文教材總況（1627-1894）

一六一九年第一個來到臺灣的西班牙神父馬地涅（Bartolome Martinez, 1585-1629），受西班牙在菲律賓殖民的總督 Alonso Fajardoy Tenza 派遣前往中國福建（夏于全，2001），在回程之時遇到海難被迫停滯在當時的臺灣島（被稱為福爾摩沙）。滯留期間，他用古拉丁語記錄了所見所聞，並提出臺灣島可以作為西班牙前往中國傳教的跳板，可擴張宣教版圖及殖民勢力。回國之後他將親筆寫下的《征服福爾摩莎島的利益（Utilidad de la conquista be Isla Hermosa）》（Bartolome Martinez, 1619）呈交給西班牙政府（楊福興，2012）。但其停留時間較短，並未與當地居民發生語言接觸，也未產生以漢語作為二語習得的學習或教學材料。

一六二四年荷蘭人占領南臺灣，建立殖民統治系統，以商業利益為基礎，結合語言教育發展宗教傳播，展開以基督教為基礎的宗教殖民主義（1624-1662）。一六二七年登島的荷蘭牧師喬治・甘治士（Rev. Georgius Candidius, 1597-1647），以及其後陸續而至的傳教士，開始學習臺灣的語言推展宣教事業。甘治士自學原住民語言「西拉雅語[3]」以後，使用拉丁字母為西拉雅語發明文字，稱為「新港文」[4]或「番仔契」，他是第一位為原住民的語言創造文字的人（林昌華，2009；李亦園，1982）。此間的語言學習與教學材料，主要以教會宣教事業的相關紀錄為主，描述了傳教士自學西拉雅語，再發明西拉雅語的文字新港文，又使用新港文翻譯聖經[5]，教授當地人和接續而至的傳教士，進行基督教義的宣傳。

一六二六年馬地涅隨西班牙遠征軍再次來到北臺灣的淡水聖多明哥城（Santo Domingo）[6]，他作為道明會（Dominica）管區長，在淡水建造了兩個教堂；一六二九年八月他於海中遇難身亡，後由愛斯基委（Jacinto Esquivel）接續他的宣教事工（1629-1633），編著《淡水語詞彙》（*Vocabulario de la lengua de los Indios Tanchui en la lsla Hermosa*），譯有《淡水語教理書》（*Doctrina cristiana en la lengua de los Indios Tanchui en la Isla Hermosa*）。其後，由基洛斯神父（Teodoro Quiros de la Madre de Dios）接續西班牙的宣教事業（1633-1642），一六三九年其致函馬尼拉教會中心，建議設立教會學校培養未來進入中國內陸與日本的宣教士（賴永祥，1970），可見當時還沒有正式的華語教學系統和制度，仍處在自學及搜集整理自學語言材料的階段。隨

---

3 西拉雅語（Siraya Language）屬於南島語系的次語群，目前為死語（村上直次郎，1933；興瑟，2000），以西拉雅語發明的新港文在臺灣一直使用到十七世紀末，長達一百五十多年（李瑞源，2012）。新港文文獻圖片參見附錄一、二。

4 參見本書附錄二。

5 參見本書附錄一。

6 聖多明哥城（Santo Domingo）是西班牙遠征軍於一六二六年以武力占領臺灣之後，在淡水所建的城寨，隨後又占領了雞籠和滬尾。

著西班牙殖民勢力的減弱，一六四一年西班牙撤離臺灣，結束了十五年左右的殖民（1626-1641），學校並未建成。期間，西班牙至臺的宣教士約四十位左右（Jose M. Alvarez, Formosa, 1930），皆以「宗教殖民」為核心進行語言習得與教學。

一六六二年鄭成功戰勝荷蘭和西班牙，將之驅離臺灣之後，進入明鄭（1662-1682）和清治時期（1683-1894）。此時期，漢人從福建大量遷入臺灣，漢文化及社群得以不斷發展，擴大了漢人的勢力範圍（孫清玲，1999）。漢語方言（以閩南話為主）開始在臺灣通行，除了原住民的語言之外，還有閩南話、客家話和廣東話等。其中說閩南話的人數最多，由此開始發展漢語作為母語的華文教育。臺灣華文母語教育雖不屬於二語習得，但此現象卻影響了傳教士開始學習更多的漢語方言，促使十九世紀返臺的傳教士更加重視閩南話的學習。

跨越明鄭與清治的華文母語教育時期（黃新憲，2004，2010），清朝政府於一八四二年開放對外交流[7]。十九世紀中葉，一八六五年基督新教派長老教會再次登島宣教[8]。此時期的代表人物英國長老教會第一位駐臺傳教士馬雅各醫生（James Laidlaw Maxwell, 1836-1921），於

7 一八四二年《南京條約》使五口通商，以及一八五八年《天津條約》迫使清政府開放對外交流，外國人開始合法學習中文。

8 基督教會自十九世紀中葉重返臺灣以來，傳教士的語言學習至今從未間斷。日據初期，因為教會和日本政府的關係尚可，傳教士可持續其宣教事業。當時的傳教士先到廈門接受廈門音短期培訓再到臺灣宣教。因廈門所學不足，傳教士除繼續努力自學之外，就是跟著臺灣漢人語言教師學習漢語（張美月，2008）。從一九一三年甘為霖編著的《廈門音新字典》和一九二三年巴克禮增編的《廈英大辭典・補編》等，皆體現出傳教士自學教材編寫機制仍持續發展，直到一九三九年實行所謂「皇民化日式教育」才全面禁止學習漢語。進入當代，二十世紀六〇年代的傳教士開始引進美國英文版的中文教材，這也引發了臺灣師範大學於六〇年代開始研究當時的美國中文教材，之後又翻譯耶魯中文教材改編成華語文教材，臺灣當代華語文教材自此得以發展。如今的傳教士已使用正式出版的華語文教材，脫離了早期的自編教材和自學體制。

一八六五年抵達臺南行醫傳教，自學閩南話，創建了臺灣第一個西式醫院「新樓醫院」；英國長老教會首位駐臺牧師李庥（Hugh Ritehie, 1540-1879）在高雄和臺南傳教並成立多所教會（1867-1879），他本人能使用閩南語和客家話與當地人溝通，透過傳道養成班教導新進傳教士中國方言（閩南話和客家話），以培養外籍教會人員發展教會事工（賴永祥，2008c）。英國的巴克禮牧師（Thomas Barclay, 1549-1935）在臺傳教六十年（1875-1935），不但自學閩南話拉丁文字「教會羅馬拼音」（簡稱教羅或白話字）[9]，還使用「教羅」翻譯聖經，組織推動「教羅運動」，並創立「教羅刊物」《臺灣府城教會報》推廣神學教育（盧俊義，1985；蔡培火，1925），將教羅推廣至民間和學術領域（蔡培火，1925；參見本書附錄三）。

此外，受到杜嘉德（Carstairs Douglas, 1830-1877）影響的傳教士開始重視字典的編纂，編寫英漢字典成為當時傳教士二語習得方面的一大特色。譬如一八七三年來臺的杜嘉德所編著的《廈英大辭典》[10]和一八九三年馬偕編纂的《中西字典》[11]都是具代表性的著作。《中西字典》是第一本由傳教士用漢字部首編寫的字典，對於華語文教學而言，有相當大的研究價值。另外，甘為霖（1913）編纂的《廈門音新字典》[12]；巴克禮（1923）編纂的《廈英大辭典・補編》等，都是專為學習廈門音而編撰的詞典。

此階段的華語教學材料除教會相關史料以外，亦保存了少量傳教士自學和教學的記錄，以及教羅刊物和字典辭書等。從中可以發現編

9 於一八五〇年由福建廈門基督教長老教會推出了閩南音「白話字」（Pe-ōe-jī），又稱「教會羅馬字」（Kàu-ōe Lô-má-jī），簡稱「教羅或白話字」。由馬雅各引進臺灣推動宗教活動及翻譯聖經等。

10 參見本書附錄四。

11 參見本書附錄五。

12 參見本書附錄六。

寫教材的語言隨著社會環境的變遷而改變。如荷蘭教傳士自學原住民的西拉雅語，先克服語言溝通障礙，又發明創造西拉雅語的文字「新港文」，再使用新港文翻譯聖經進行宗教殖民式的語言教學；而十九世紀重返臺灣的傳教士，因漢族社群的壯大，更重視閩南方言的習得，並為閩南話發明了「教會羅馬拼音」，進而興建醫院和學校，使用教羅編纂字典，創辦教會刊物，發展語言學術事業等等。方方面面均體現出當時傳教士華語文教材的編寫和發展特色。我們將此階段一部分教材相關文獻整理如表3-1：

表3-1　臺灣早期傳教士語言習得的具體材料

資料來源：筆者自行設計

時期	傳教士	語言習得及教學情況和材料	備註
十七世紀	甘治士（荷蘭）	為西拉雅語（Siraya Language） 創造新港文，相關資料有一六五〇年左右的古荷蘭文和新港文並列的馬太福音翻譯本，以及一七八四年用新港語書寫的契約書（參見本書附錄一、二）。	參考文獻： 1.荷蘭時代基督教史（徐謙信，1965） 2.西班牙治臺期間的原住民政策（林道生，1995） 3.東印度事務報告（程紹，2000） 4.從新港文書看16-19世紀的平埔族（李瑞源，2012） 5.古文書與平埔研究（胡家瑜，2000）
	尤羅伯（荷蘭）	傳教士自學原住民的西拉雅語，再自創西拉雅語的文字「新港文」。因此創建了臺灣第一所基督教小學，教原住民拉丁字母拼寫「新港文」。同時	參考文獻： 1.殖民背景下的宣教：17世紀荷蘭改革宗教的宣教師與

續表

時期	傳教士	語言習得及教學情況和材料	備註
十七世紀	尤羅伯（荷蘭）	教授新進傳教士分辨西拉雅語母音和子音的不同，並使用測驗評估學習成績（Campbell, p.138；興瑟，2000）。學習新港文的原住民和傳教士在做禮拜、讀經班、禱告會等活動中溫故而知新，在「做中學」的過程中加強理解和鞏固所學，也即培養信仰的同時，提升學習興趣和教學成效。	西拉雅族（林昌華，1995） 2.明末荷蘭駐臺傳教人員之陣容（賴永祥，1996） 3.*Arrival in the Island*（Campbell, 1915） 4.荷蘭改革宗教在臺灣的教育事工（興瑟，翁佳音譯，2000） 5.原住民概述——荷據下的福爾摩莎（甘為霖，李雄揮譯，2003）
	愛斯基委（西班牙）	1.《淡水語詞彙》（*Vocabulario de la lengua de los Indios Tanchui en la lsla Hermosa*）； 2.《淡水語教理書》（*Doctrina cristiana en la lengua de los Indios Tanchui en la Isla Hermosa*）。	參考文獻： 1.賴永祥（1970：145-146） 2.李毓中、陳宗仁（2017） 3.李毓中、陳宗仁（2018）
十九世紀	杜嘉德（英國）	1.杜嘉德（Carstairs Douglus）·《廈英大辭典》英國杜魯伯納公司（Trubner & Co London，1873）； 2.杜嘉德（Carstairs Douglus）·《廈英大辭典》（1993）。	參考文獻： 1.洪惟仁（1991：1831-1873） 2.村上之伸（2003） 3.賴永祥（2007）：教會史話——杜嘉德於亞細亞號船上

續表

時期	傳教士	語言習得及教學情況和材料	備註
十九世紀	杜嘉德（英國）		的書信 4.賴永祥（2008a） 5.馬重奇（2014） 6.周長楫（2015） 7.臺灣教會公報（1903期）
	馬雅各（英國）	十九世紀中葉首位重返臺灣的傳教士，於1865年抵達臺南行醫傳教。自學閩南話，又從「新港文」的「蕃仔契」[13]得到靈感，重新思考對漢人傳教的問題。教導民眾「教羅／白話字」，使用教羅翻譯，以其研讀聖經進行宗教傳播，馬雅各成為臺灣第一位使用教羅翻譯聖經的牧師，還創建了臺灣第一個西式醫院「新樓醫院」。馬雅各以閩南話培訓當地醫護人員，在實際操作中，練習和加強語言溝通及應用能力，達到教學相長的功效。	參考文獻： 1.臺灣教會公報（1993a，2136期） 2.董芳苑（1996） 3.蔣為文（2012）
	甘為霖（英國）	一八八八年出版了《新港腔馬太福音傳》，一九一三年出版了《廈門音新字典》（*Choan-chiu, Chiang-chiu*, 1913），簡稱《甘典》。一八九一年在臺南創立了第一所盲人學校訓瞽堂，並編纂了點字書刊《點字初學書》等，是第一本專為弱勢族群盲人所編的字典。	參考文獻： 1.甘為霖（1913）《廈門音新字典》 2.William Campbell李雄揮（譯）（2003） 3.張屏生、張毓仁（2004；2013）

續表

13 參見本書附錄二。

時期	傳教士	語言習得及教學情況和材料	備註
十九世紀	甘為霖（英國）		4.賴永祥（2008b） 5.賴永祥（2008c） 6.臺灣教會公報（1940期） 7.*The Messenger*（1873）
	巴克禮（英國）	一八八一年在英國學習印刷撿字和排版，一八八四開啟臺灣印刷出版業，在臺南創辦「教羅刊物」《臺灣府城教會報》（今臺灣教會公報），並籌備建校培養學術人才；並於一九一二年完成重譯的新約聖經；後因甘為霖過世，一九二三年監印第二版《甘典》；於一九九○年補編《增補廈英大辭典》。	參考文獻： 1.Thomas Barclay（1889） 2.萬榮華（1936）；楊雅婷譯（1972） 3.詹正義（1976） 4.劉富理（1982） 5.臺灣教會公報（1988b） 6.馬重奇（2015）
	馬偕（加拿大）	首位強調漢字教學的傳教士，編纂了《中西字典（*Chinese Romanized Dictionary of Formosan Vernacular*）》（1893）。其他著作文章參見本書表3-2。	參考文獻： 1.馬偕（1893）《中西字典》 2.馬偕、林耀南譯（1959） 3.郭和烈（1971） 4.馬偕、林晚生譯（1982） 5.臺灣教會公報（1988a） 6.馬偕、陳宏文整理（1996） 7.陳俊宏（2000）

通過上述總況分析，不難發現此時期的華語教材及工具書均圍繞著宗教進行發展。以下將從教材的特徵、應用、局限三個方面細述此時期華語文教材（教學材料）的發展情況。

第二節　臺灣早期傳教士時期華語文教材特徵分析

分析說明教材特點，一要說明教材使用何種語言編製，二要看當時社會背景下的語言習得及教學的需求，這些都是影響教材的主要因素。教材體例和教學應用是順應社會發展和需求演變而形成的，而教材的局限性則體現出當時教學應用的缺失和問題。早期傳教士時期的教材編寫體例並未成形，而且傳教士的語言習得和教學都以宣揚聖經教義為主軸。再加上早期一切事務都要從零開始，無可供參考的學習材料，語言教學沒有正式的教育機制，以「自學（語言）、自創（文字）、自編（教材）」的形式進行發展。體現出十七和十九世紀傳教士華語文教學材料的以宗教為核心的「自學、自創、自編」色彩。一方面，當時的華語教學機制不夠成熟，相關學習材料還不是正式出版的教材，基本上只是圍繞著聖經內容訓練語言技能，多以教會史料及傳教士所見所聞手抄整理的記錄為準，這也是早期傳教士華語教學階段的特色之一。這裡我們把這些學習材料統稱為「華語文教材」[14]。另一方面，編寫教材所使用的語言也是決定教材編寫體例和形式特徵的主要因素。一般來說，人類是先有語言再有文字，但並不是所有語言都有文字，而教材卻要依賴文字才能編製。在原住民不懂荷蘭語或西班牙語的情況下，傳教士便自己學習原住民的語言，學會之後再發明創造西拉雅語的文字，進而翻譯聖經傳播宗教，同時也作為語言教材。

14 參見本書第二章第三節。

然而，十七世紀的臺灣共有七大部落（族群），每個部落都有自己的語言卻沒有文字，而且七大部落的語言並不能互相溝通。在這種情況下，傳教士只發明了西拉雅語的文字，並不能滿足其他族群的需要。

十七世紀的臺灣還沒有機會接觸漢字，西方傳教士不瞭解漢字形體基本上是中國各種方言統一的文字載體。雖然中國方言的發音各異，言語間很難溝通，但是漢字的書面形體符號可以代表各種不同方音的意思。因為漢字能跳脫出拼音文字的拼讀性質，具有獨特的「形—音—義」特質。基本上，只要學會漢字就不需要再為每種方言發明文字，就能以漢字進行書面溝通，這是漢字的特徵之一[15]。當時的西方傳教士卻沒有注意到這一點，習慣性的依照母語拼音文字的思維模式，發明創造了西拉雅語的文字「新港文」。之所以先創造這種文字，在甘治士給巴達維亞的報告書中提到，主要是因為說西拉雅語的族人溫順聰穎，開朗樂觀，容易打交道和接受外來事物，發明他們的文字利於初期傳教事工（W. M. Campbell〔坎貝爾〕，李雄揮譯，1915）。但是傳教士不能只在一個族群中發展宗教事業，必須擴大宣教區域，面對語言不能互相溝通的其他族群時，單使用新港文翻譯聖經就出現了教學和宗教傳播上的局限和瓶頸。另外，為了更有效的搜集、記錄、儲存和傳承自學經驗，十九世紀的傳教士開始研發編纂閩南話字典，作為輔助學習的工具書。在這個過程中，傳教士對中國文化有了更深刻的認識，逐漸感受到漢字的重要性，開始使用漢字補編沒有漢字的字典，進而編纂使用漢字部件進行檢索的閩南話字典[16]。可見，早期傳教士跟著時代的腳步，從自學語言到自創、自編教材，走向深刻體認中國文化之路，進而呈現出漢字在教材中的萌芽狀態。

---

15 當今臺灣推行「國語運動」使原住民也接受國語（普通話）教育。當前，漢語（漢字）已通行於臺灣，並未影響目前臺灣原住民族群的母語的使用。

16 參見本書第三章第一節；附錄四、五、六。

一　甘治士發明的新港文

荷蘭人於一六二四年占領南臺灣，以商業利益為基礎開始殖民臺灣。神職人員喬治·甘治士於一六二七年（Rev. Georgius Candidius）來到臺灣，開始研習原住民文化和語言，發現臺灣眾多原住民部落中，說西拉雅語（Siraya）[17]的平埔族沒有中央政府、統治者及社會階級的觀念。再加上沒有自己的文字，所以不能記載原住民的信仰知識，容易接受外來文化的影響。因此，甘治士使用拉丁字母為西拉雅語發明了「新港文」，再使用新港文翻譯聖經，將其作為學習「新港文」的教材[18]，建立了教會學校，不但教導新進西方傳教士，同時也教導原住民習寫母語文字新港文。他是第一位在臺灣發明文字和進行教學的人。推廣了一段時間的新港文之後，傳教士也強迫其他族人都要學習新港文，以及閱讀用新港文翻譯的聖經，這就產生了新港文在教學應用和宗教傳播上的局限性。

從教會相關史料中可以發現，甘治士以第二語言學習者身份自學西拉雅語並為其發明文字，再使用他發明的西拉雅語（新港文）翻譯聖經應用於宗教傳播進行語言教學。他不僅以此教導新進傳教士，同時也教導西拉雅族人學習新港文。如此，一本新港文聖經翻譯本（教材），既要教第二語言學習者（傳教士），又要教母語學習者（說西拉雅語的原住民），可見該階段的教學情況相當複雜。這種教學模式直接影響了教材編寫的體例和形式，在總體結構、編寫體例之章節安排，以及文字和圖片規範等方面，均參照聖經的編排方式用「新港文」進行編寫（參見本書圖3-1）。自學語言、自創文字、以宗教傳播為核心、以聖經為教材編寫範例，是該階段教材的編寫特徵。

---

17 參見本書第三章第一節注腳說明。

18 參見本書附錄二。

Het H. Euangelium
na [de beſchrijvinge]
MATTHEI.
Het eerſte Capittel.

1 HET Boeck des
Geſlachtes JE-
SU CHRISTI,
des ſoons Da-
vids / des ſoons Abrahams.
2 Abraham gewan Iſa-
ac. ende Iſaac gewan Ja-
cob. ende Jacob ghewan
Judam / ende ſijne broe-
ders.
3 Ende Judas ghewan
Phares ende Zara by Tha-
mar. ende Phares ghewan
Eſrom. ende Eſrom gewan
Aram.
4 Ende Aram gewan A-
minadab. ende Aminadab
gewan Naaſſon. ende Na-
aſſon gewan Salmon.
5 Ende Salmon ghe-
wan Boöz by Rachab.
ende Boöz gewan Obed by
Ruth. ende Obed ghewan
Jeſſe.
6 Ende Jeſſe ghewan
David den Koningh. ende
David de Koningh gewan
Salomon by de ghene die
Urias

Hagnau ka D'lligh
Matiktik ka na ſaſoulat ti
MATTHEUS.
Naunamou ki lbægh ki ſoulat.

1 SOulat ki kavouytan
ti JEZUS CHRI-
STUS, ka na alak ti
David, ka na alak ti
Abraham.
2 Ti Abraham ta ni-pou-alak
ti Iſaac-an. ti Iſaac ta ni-pou-alak
ti Jakob-an. ti Jacob ta ni-pou-
alak ti Juda-an, ki tæ'i-a-papar'ap-
pa tyn-da.
3 Ti Judas ta ni-pou-alak na
Fares-an na Zara-an-appa p'ouh-
koua ti Thamar-an. Ti Fares ta ni-
pou-alak ti Eſrom-an. Ti Eſrom ta
ni-pou-alak ti Aram-an.
4 Ti Aram ta ni-pou-alak ti
Aminadab-an. Ti Aminadab ta ni-
pou-alak ti Naaſſon-an. Ti Naaſ-
ſon ta ni-pou-alak ti Salmon-an.
5 Ti Salmon ta ni-pou-alak na
Boös-an p'ouh-koua ti Rachab-
an. Ti Boös ta ni-pou-alak na O-
bed-an p'ouh-koua ti Ruth-an. Ti
Obed ta ni-pou-alak ti Jeſſe-an.
6 Ti Jeſſe ta ni-pou-alak ti
David-an ka na Mei-ſaſou ka Si
bavau. Ti David ka na Mei-ſaſou
ta ni-pou-alak ti Salomon-an p'ouh-
A koua

CHAP. I. (1) THE book of the generation of Jesus Christ, the son of David, the son of Abraham. (2) Abraham begat Isaac; and Isaac begat Jacob; and Jacob begat Judas and his brethren; (3) and Judas begat Phares and Zara of Thamar; ar ! Phares begat Esrom; and Esrom begat Aram; (4) and Aram begat Aminadab; and A·· inadab begat Naasson; and Naasson begat Salmon; (5) and Salmon begat Booz of Rachab; and Booz begat Obed of Ruth; and Obed begat Jesse; (6) and Jesse begat David the king; and David the king begat

A

圖3-1　荷蘭文（左）和新港文（右）並列的聖經《馬太福音》

資料來源：賴永祥（1996）

二　基督教新派的廈門音字典

十九世紀中葉，基督新教派開始派遣有科學知識背景的傳教士和神職人員駐臺布教，他們留下不少觀察描述當時社會、文化、宗教的遊記，其編寫形式宗教色彩濃重，卻也留下諸多教會史料。目前，教會史料多為使用中文彙整的資料，以及一部分原文或翻譯記錄，主要收錄於《臺灣教會公報》和賴永祥的《教會史話》專輯。遊記基本上都是翻譯本，也有後人用中文為傳教士寫的傳記（林耀南，1959；周學普，1960；詹正義，1976；劉富理，1982；王榮昌，2012）。這些文獻皆以傳教事業為主要內容，偶有略述宣教過程中傳教士語言習得及教學的事蹟。

以馬偕而論，因其善於實踐而不喜理論撰寫，一生只出版一本英文傳記《From Far Formosa: The Island, its People and Missions》；自編一本《中西字典》。由馬偕口述，MacDonald 代筆編輯出版的馬偕傳記（J. A. MacDonald, 1895），有別於傳統的宣教記錄及個人傳記（Levfere, André, 2004a & 2004b）。全書三分之二描寫臺灣島嶼的人文地理，記錄了馬偕在臺灣的一生。鉅細靡遺地描述漢人和原住民的族群特色、生活習俗、宗教觀念、典章文物、植被生態等，內容豐富多元，充分體現出馬偕融入臺灣的生活經歷。這本英文版的馬偕自傳，之後由三位學者翻譯成不同的中文版[19]。其中稍微提到馬偕在臺灣學習閩南語的經歷，但敘述得並不具體，而且內容有限。譬如馬偕初到臺灣，從西海岸帶回一位當地男僕，他們使用閩南話進行交談，增加了馬偕學習閩南話的機會。後來馬偕又到街上或山上和一般民眾

19 《臺灣遙寄》（林耀南譯，1959）、《臺灣六記》（周學普譯，1960）、《福爾摩沙紀事：馬偕臺灣回憶》（林晚生譯，1982）。

來往學習閩南話，並收集、整理相關語料，每日努力鑽研漢語（漢字），記錄學習內容和經驗，編寫教學材料和字典（林晚生，1982）。

關於傳教士字典的編纂體例，以《中西字典》（馬偕 [George Leslie Mackay], 1893）為例，為了幫助後人學習漢語（漢字），馬偕整理、分析、歸納，記錄了多年的宣教經驗，從中將所收集的語料和自學語言的心路歷程彙集成冊，於一八九三年出版了《中西字典》（*Chinese Romanized Dictionary of Formosan Vernacular*）。有別於其他傳教士的字典，馬偕編撰了以漢字部首進行檢索的閩南話字典，以「教羅」解釋字義和詞義，編寫出不使用英文翻譯和注釋的《中西字典》（參見本書圖3-2；附錄五）。

耶穌降世一千八百七十四年英嘉拿大國偕叡理作

中西字典

大清光緒十七年臺北耶穌聖教會寄印

上海美華書館復板

CHINESE ROMANIZED DICTIONARY

of the

FORMOSAN VERNACULAR.

1095 一 It=chit.
903 丁 Teng=jîn-teng.
987 七 Chhit=chhit.
374 丂 Khó=chhoán-khùi, chhut liát.
723 三 Sam=sa^n.
25 丈 Tiōng=tn̄g.
741 上 Siōng=téng.
183 下 Hā=ē-bīn.
1046 万 Bān=chheng-bān.
717 不 Put=m̄.
894 丏 Bián=bô-khòa^n-kì^n.
516 丐 Lí=bun-lí.
52 丑 Thiú=thiú-sì.
1125 与 Ú=sa^n-kap.
307 丐 Kài=khit-chiáh.
671 丕 Phi=kék-tōa.
974 且 Chhiá^n=koh-teki.
763 世 Sè=sè-kan.
… 丘 Khu=…u, khóng-tsú ê-miā.
… 丙 Péng=piá^n
78 丞 Sêng=sêng-siu^n.
909 丟 Tiu=hiat-tiu.
899 丙 Thiam=chhun-chih chí-mih.
508 両 Lióng=niú^n.
526 两 Lióng=nn̄g-ê.
700 並 Pēng=sa^n-kap.
876 罒 Tó=lé-khì.
494 丨 Khùn=chhng kè-khì.
433 丩 Khiu=tîn-á-tì^n.
中 Khóa=kha-hoáh, ūn-ūn-á.
423 个 Kò=chit-ê.
1066 丫 A=a-thâu.
156 丰 Hong=hong-tsu.
105 中 Tiong=tiong-ng.
261 丯 Kài=chháu-hoat sì-sòa^n sa^n-hāi.
丮 Kek=chhiú-kiáh khì-bāi.

圖3-2　《中西字典》（馬偕，1893）

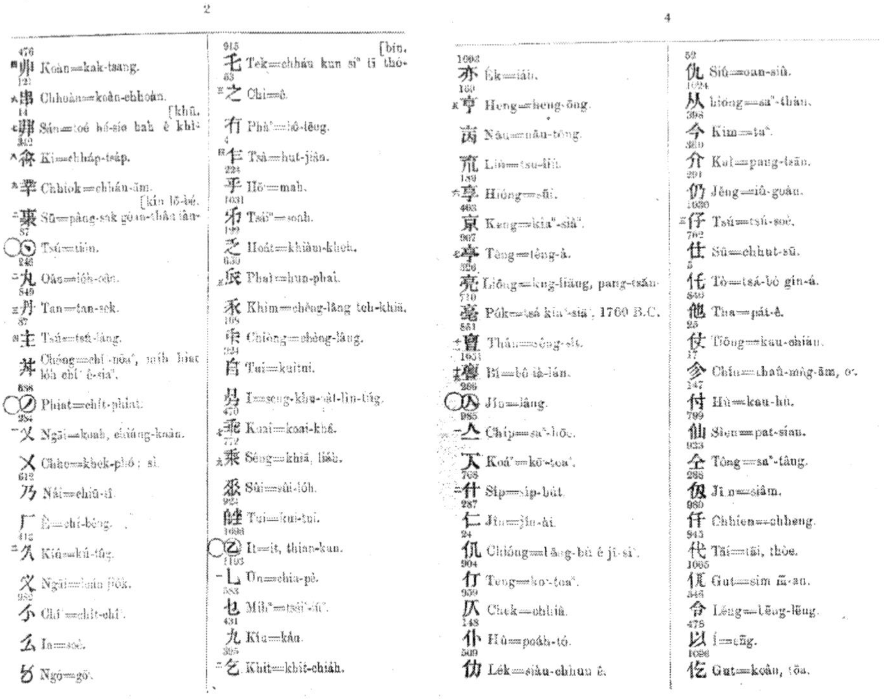

圖3-2 （續）

該辭書共收九四五一個漢字，分為四大部分。第一部分包括作者背景和成書過程，以及將漢字和漢字部件作為編寫體例的特別說明。在正文首頁有英文標注的「Chinese Romaniezed Dictionary of Formosan Vernacular」[20]（《中西字典》）。字典的編寫體例將漢字部首（部件）的筆劃由少至多進行排序，每個部首（部件）下寫出相關的漢字，然後以拉丁字母拼寫出教羅（標示廈門方音），以「=」相隔標示漢字的不同閩南話讀音的「訓讀」和「義讀音」。第二部分記錄了廈門方言聲母系統的研究內容，以「十五音」為基礎，用教羅說明了閩南話聲

20 「Chinese Romaniezed Dictionary of Formosan Vernacular」譯為「中文羅馬拼音字典——臺灣的白話字」。

母的音值等。第三部分記錄了廈門方言韻母系統研究內容，用教羅說明了廈門方言的七十七個韻母的音值等。第四部分記錄了廈門音聲調系統的研究內容，說明了當時廈門音系統的七個聲調的用法（參見本書圖3-2；附錄五）。

關於十九世紀傳教士的語言習得材料，教會史料中僅保存了少量傳教士自學語言和教學的材料。如傳教士所見所聞的遊記（略述了傳教士二語習得經歷）、教羅刊物、傳教士編纂的字典工具書等，從不同的角度略述了傳教士語言教學和學習的經驗。雖然遊記和傳教士二語習得的教材沒有直接關係，但是該階段年代久遠，相關資料取得不易，筆者往往要搜集和整理大量相關材料，抽絲剝繭才能得到少量的相關資料，遊記中描寫傳教士二語習得或編寫教材的部分，便成為本書的重要參考文獻。參閱相關文獻，筆者發現此時期的華語文教學材料（教材）形式多元，此時期與十七世紀相比，不再只依賴翻譯聖經作為教學材料，開始編纂閩南話字典辭書輔助教學與學習，但還未發現具有正規編寫體例的華語文教材。從目前的相關研究和文獻來看，當時還沒有正式的華語教學系統和制度，傳教士仍以「自學（語言）、自創（文字）、自編（教材）」的形式研發教學材料。不過，在宗教傳播過程中，從西方引進了醫學、教育等相關學習材料，以及傳教士撰寫的遊記、教羅刊物和傳教士編纂的字典等，雖各有不同的編寫特徵，卻都不是正式的華語文教材，更談不上正式的教材編寫體例了，只能作為參考資料輔佐華語文教材研究。

第三節　臺灣早期傳教士時期華語文教材教學應用分析

荷蘭於一六二四年占領南臺灣建立了殖民統治系統，甘治士是期間第一個接觸、學習、教授當地語言的傳教士。其後，尤羅伯來臺與甘治士一起工作，不但自學語言，還研究當時的社會結構和文化風俗。甘治士在其著作中比較了他在臺灣與巴達維亞（今雅加達）的傳教經驗。發現當時原住民的學習能力比巴達維亞原住民強很多，主要原因在於當時沒有任何中央政府或強而有力的統治者壓制外來宗教的發展，再加上原住民沒有文字，其思想信仰不能被記載和釋義。相較於臺灣的原住民，在當時移居臺灣的漢人，已經有自己的悠久傳統文化，難以接受外來宗教信仰，比原住民更難傳教。於是，甘治士便把精力先集中在原住民身上，為他們發明文字，再用新港文翻譯聖經進行宗教傳播和語言教學（參見附錄一、二）。其後，十九世紀來臺的傳教士不但又引進了閩南話的拉丁文字「教羅」，甚至還研發了使用漢字編纂的閩南話字典。形成十七世紀和十九世紀不同的教學應用特色。

一　十七世紀傳教士華語文教材的教學應用特點（1627-1662）

十七世紀的華語教學以基督教義為核心，以殖民統治為目的。語言教材的教學應用主要體現在宗教傳播與殖民利益兩個方面。一六二四年荷蘭所占領的南臺灣，受荷蘭東印度公司管轄，傳教士一方面要傳教，另一方面還要統領荷蘭士兵協助東印度公司推行政務（歐陽泰，2007）。最初為了傳達教義，順利佈道和讀經，傳教士的首要任務是自學原住民語言，其學習材料來自於實際生活環境。雖然沒有正式的語言教材，卻能以宗教殖民信仰和學以致用的精神而達到較好的學習效果，且持續發展和不斷傳承下去。甘治士一六二七年抵臺自學原住民的語言並發明新港文進行語言教學，帶領眾教士翻譯新港文聖經，宣導基督教義和信仰，進而培養傳教人才。一六三七年他結束了在臺的傳教工作，與甘治士共同宣教的尤羅伯教士於一六二九年至臺。二人師承荷蘭萊頓大學神學院（Leiden Missionary Seminary）雅格・亞米紐斯（Jacobus Arminius, 1560-1619），他們以相同的基督教義，堅持以教徒母語佈道。傳教士學會當地語言，有如下好處：一、方便深入民間進行宗教殖民式的統治和管理；二、傳教士身處二語習得的「目的語」環境，有利於他們習得當地語言，比教導當地人學習外語較有學習動機和主控權；三、學會當地語言不但能說明溝通，還可以建立感情基礎。從相關史料記錄來看，當時還是以殖民利益至上，以教徒母語佈道是發展宗教傳播的最佳選擇。

（一）荷蘭傳教士華語文教材的教學應用特點

尤羅伯號稱以「一手火槍、一手棉布」進行宗教社會活動（李瑞源，2012）。在原住民的教化方面，他一面指揮士兵在各部落損毀丟棄原住民的神像，驅逐尪姨（女巫）；一面鼓勵原住民將子女送到教會學校接受教化，並送給這些家庭棉布和衣物以資獎勵。荷蘭人對原住民恩威並施，體現出宗教與教育並行的特點。其間，他也一邊執行任務，一邊瞭解當地文化和學習原住民語言。當時臺灣共有七種互不能溝通的語言。除了新港文（西拉雅語）之外，還有北方三語及南方三語（張勝昔，2016 b：440-441）。在這種情況下，傳教士來臺之後又常常染病逝世[21]，即使健康的牧師們各學不同的語言，也沒有足夠的人力、物力和精力應付七種方言的習得。無奈，牧師們只能全部學習新港文（西拉雅語），造成教材教學應用上的後患。

在牧師的培育方面，尤羅伯一方面要求傳教士要具有較高層次的學習背景，來臺以前必須學習荷蘭文、拉丁文、希臘文、希伯來文等

21 當時至臺的三十一位牧師，兩年內就有十位離世。

語言，這不但增強了傳教士的語言學習能力，更利於來臺後學習原住民的語言。另一方面，他積極建校且興建教員宿舍，教授傳教人員及原住民新港文，以滿足當時傳教的需求（林昌華，1995）。一六三六年尤羅伯在新港社創立了臺灣第一所教會小學，招收了二十多名新港社學童，隨後又興建了教化原住民的成人學校。將宗教教育制度化，導入讀寫識字能力訓練。尤羅伯在學校裡教原住民和傳教士以拉丁字母拼寫新港文，分辨母音和子音的不同（William Campbell, p.138；興瑟，2000），還教原住民拿筆在紙上寫字。學校每週有兩次宗教性質的教學，說西拉雅語的原住民和傳教士一起上課學習新港文（William Campbell, 1915 pp.15-20）。教學過程以聖經為教材文本，同時還測驗學習者是否可以將所念的母語（西拉雅語）用新港文正確拼寫出來（William Campbell, pp.195-196；興瑟，2000）。具有一些西拉雅語基礎的牧師也在其中學習，達到教學相長之功效。尤羅伯牧師（Robertus Junius）於一六四三年的報告中記載了當時語言教材的應用情況：

> ……新港學校已有八十名學生，其中有二十四名學生在學習書寫，大約有八到十個人能整齊的書寫新港文，在鄰近的目加留灣學校中，全部的九十個學生中也有八個能夠書寫，牧師們也在其中學習西拉雅語閱讀聖經……（甘為霖，李雄揮譯，2003）。

尤羅伯在明教義、受洗禮、毀偶像、做禱告等宣教活動中，有強大的行動力，且要求嚴謹，他自己使用新港文（西拉雅語）帶動大家做禮拜、讀經、禱告等，以「做中學」的方法加強理解和鞏固所學。既培養了原住民的信仰，也提升了自己和傳教士們的語言能力。可藉由當時福爾摩莎長官范德堡（Johan van der Burg）任期的一封書信，瞭解當時的學習情況（1636年11月15日至1640年3月11日）：

> ……尤羅伯不管在哪裡都使用新港文（西拉雅語）對廣大群眾講道，村民因為聽得懂自己的母語，就都很熱心聽講，而且也要求其子女認真上學受教。他們每週兩次在學校接受宗教教學，其它日子學讀、寫。有些學生能很熟練地背早晚禱告、十誡、主禱文和信條，並和牧師們一起做信仰告解（confession），其方式好得讓許多基督徒自認不如（甘為霖，李雄揮譯，2003：255頁）。

除了講道以外，尤羅伯還在安息日禱告中加強語言學習的效果。下面我們從他當時禱告情況的描述，一窺結合語言教學推動宗教活動的方式：

> ……我們安息日（筆者按：復活主日）很準時上教堂。早上很認真聽講，晚上則認真複習，所以學得快記得牢（甘為霖，李雄揮譯，2003：266）。
>
> ……他們（原住民）禱告時，當中有許多人，不論是在晨昏、餐前餐後，以及其他必要的時刻，總能從靈魂熾熱的最深處，以適當的禱詞……。有些被召喚禱告的人，也能夠即席地以適切的詞語來禱告，其詞句之精闢、論點之有力，往往讓人以為是事先經過數個小時準備和構思的（甘為霖，李雄揮譯，2003：345）。

由此可見，尤羅伯透過信仰教化同時提升了牧師（二語習得）和原住民（母語習得）的學習興趣和應用能力。通過明教義、安息日、做禱告等宗教活動將語言習得融入生活習慣。尤羅伯不但自己使用原住民的語言在當地生活和工作，而且也能抓住學習語言的好方法教導原住民和傳教士。譬如以聖經為題材培養語言應用能力，在課堂和生活中不斷地預習和複習，體現出語言學習結合宣教事業的成功（徐謙信，1965；賴永祥，1970，1996；中村孝志，1997；甘為霖，李雄揮譯，2003）。

（二）西班牙傳教士華語文教材的教學應用特點

此外，西班牙天主教派在北臺灣殖民十五年（1626-1641），於一六四一年撤離臺灣。其雖未如荷蘭傳教士在語言教育方面留下卓越成就，但也編纂和翻譯了少量利於宣教事業的語言學習材料，在本章第三章第一節已做簡單介紹，不再贅述[22]。當時，天主教隸屬於福建代牧區管理（福州教區前身），直到一八八三年改歸新成立的廈門代牧區管轄（廈門教區前身）。此間，來臺神職人員先在福建教會進行語言訓練和學習。

（三）荷西傳教士華語文教材及教學應用特點

總的來說，臺灣早期傳教士並不止是單純的神職人員，他們還有監督原住民和編寫報告的責任。圍繞宣教工作所發展出來的語言教材與教學，建立在殖民者政治和商業利益之上。教材具有兩個應用特點：一、以宗教殖民統治為核心，調查信徒歷史文化思想，評估教學環境，使用信徒母語推動教學；二、使用自學自創的信徒母語文字編寫傳播教義的材料，再通過宗教傳播活動，活學活用當地語言，促進

---

22 西班牙傳教士在臺期間，編纂了《淡水語詞彙》（*Vocabulario de la lengua de los Indios Tanchui en la Isla Hermosa*）和《淡水語教理書》（*Doctrina cristiana en la lengua de los Indios Tanchui en la Isla Hermosa*）。

教材發展。可見學習語言是傳教生活和工作中的重要基礎，在宗教殖民統治之下，體現出當時教材的教學應用特點及其教學目的。

二　十九世紀傳教士華語文教材的教學應用特點（1865-1894）

基督新教於十九世紀中期再次登島，英國長老教會於一八六五年進入南臺灣，加拿大教會於一八七二年進駐北臺灣，開啟了以閩南話為主的傳教士華語教學時期（董芳苑，1996；蔣為文，2012；張勝昔，2016b：443）。主要代表人物包括杜嘉德、馬雅各、李庥、甘為霖、巴克禮、馬偕等。眾教士創建學校和醫院，開啟臺灣印刷出版和醫療事業，編寫漢語字典等，在華語文教學材料編寫和發展方面貢獻良多[23]。以下通過對傳教士字典編纂歷程的探討，以及教會史料中的蛛絲馬跡，探討當時語言教材的教學應用情況。

英國長老教會牧師杜嘉德（Carstairs Douglas, 1830-1877），自一八五五年六月抵達廈門，在閩南地區生活了二十二年，於一八七三年刊行了《廈英大辭典》，以下簡稱《廈英》。一八五八年夏天，杜嘉德搭船至臺灣北海岸停航數天，當時他給教會的信函中寫到「此島美麗的山嶺吸引了我，但沒有機會親訪田禾豐茂人口眾多的平地」（賴永祥，2007）。一八六〇年杜嘉德偕同兩位廈門信徒及眾多書冊抵達北臺灣的淡水港，期間還造訪了艋舺鎮區（今臺北萬華），在其宣教信函中提到當時通用語言的情況，或許這與編纂《廈英》以達到廣泛應用之初衷有關：

23 相關詳細情況，已在本章第一節作了先行說明，可供參酌。

> （杜嘉德在亞細亞號船上的書信）……整個鎮區為福建漳州和廈門一帶來的移民，講閩南話，而全島也以閩南語為普遍。跨過海峽，仍通行同樣的語言，覺得很不平常。在大陸隔了一百哩，就使我們覺得言語不通了。為了這個理由，似乎應該由廈門已經建立的教會來擔任傳道工作……（林治平，1994）。

可見，一切以宗教為核心是傳教士學習和教授語言的基礎。在思想上，杜嘉德的演講使馬雅各、甘為霖、巴克禮等人立志來臺傳教；在語言習得方面，《廈英》是傳教士學習閩南話的重要工具書，自學和傳播教義成為當時教材應用的方式。

受杜嘉德影響的馬雅各醫生（Dr. James Laidlaw Maxwell, M. D. 1836-1921），於一八六四年到臺灣行醫傳教，被稱為「臺灣宣教之父」。最初他跟隨杜嘉德抵達廈門學習閩南話，除了參與醫療傳教，還將大量的時間和精力用於學習廈門和臺灣通用的閩南方言，同時規劃到臺灣傳教的事務。馬雅各想只要懂得當地語言，加上本地教工同行協助，必能靠著醫學專業行醫傳道。一八六五年他抵達南臺灣宣教，當時缺乏同工幫助，導致傳教工作陷入僵局。不久，英國冒險家必麒麟（Pickering）同馬雅各一起深入臺南東北山區（今新市、崗仔林一帶），希望能更多地瞭解臺灣。他們在拜訪說西拉雅語的平埔族時，被平埔族人當成十七世紀的荷蘭宣教士的親戚而被認可。一次偶然的機會馬雅各發現了平埔族使用「新港文」寫的契約書，當地俗稱「蕃仔契」（參見附錄二），這使他得到靈感，重新思考對漢人傳教的問題。不懂漢字就難以讀懂中文翻譯本的聖經，於是他決定自學廈門教會為閩南話發明的「教會羅馬拼音」行醫傳教。「教會羅馬拼音」是一種使用拉丁字母拼寫閩南話的拼音字，也稱為「白話字」或「教羅」（蔣為文，2012；參見本書附錄三）。馬雅各希望通過教羅培養漢人信徒研讀聖經，繼而順利傳播基督教義。於是他開始在南臺灣推廣和教授教羅，用以開拓宣教事業，成為臺灣第一位推行教羅的傳教士，並翻譯了教羅聖經。此外，他在經年累月的行醫傳教過程中努力學習當地語言，融入以宣教為主軸的生活，自學和傳播教義成為其教材應用的方式。一八七四年他創建了如今仍在使用的臺南新樓醫院，其次子攜夫人在該院以閩南話培育醫生和護理人員二十二年。雖然此時期沒有正式的華語文教材，但所拓展開來的宗教事業與華語文習得相得益彰，也一直進行著教材的研發和應用。

甘為霖（William Campbell, 1841-1921），也是受杜嘉德影響的牧師之一，在臺宣教約四十七年（1871-1917）。一八五五年甘為霖師從杜嘉德學習廈門話，由英國利物浦抵達廈門，一八六〇年自廈門到臺灣。起初在打狗（今高雄地區）幫馬雅各牧師工作，一八七一年在南臺灣府城正式獨立宣教，宣教區域從臺南府城到中部與南部山區，再至澎湖一帶外島偏遠地區，遍訪臺灣各地（臺灣教會公報，2136期）。甘為霖的傳教工作還著重在教羅研究及編寫字典等方面，於一八九一年創辦了第一所盲人學校「訓瞽堂」，親自研究盲人點字法，編寫了供盲人閱讀的《點字初學書》和《馬太福音書》等書冊，被稱為臺灣「盲人教育的開拓者」。一九一三年出版了《廈門音新字典》（*Choan-chiu, Chiang-chiu*, 1913）等[24]。他對臺灣的初期印象記錄於《Sketches from Formosa》（Rev. William Campbell, 1915），從一八七二年十月的中部巡視報告可以看到他當時的宣教理念（《臺灣教會公報》，2160期）：

> 「問道理」在大社遇到的困難，就比我們在南部平埔族人所作的大得多。因為許多老年人只懂一點點漢語，而我們只懂漢語

---

24 參見本書表3-1。

> 而不懂族人所用的語言。禮拜堂所有的聚會都是用漢語，但社民之間仍然使用慣用易懂的熟番語（指巴宰語，Pazeh 語）……（這裡所說「漢語」為閩南話；「熟番語」為臺灣山地原住民的語言）

可見，語言習得重在應用，傳教士自學語言的實際應用過程雖然漫長，但是脫離了課堂的約束，更強調以「做中學」的方式推進教材的教學應用和發展。

巴克禮（Rev. Thomas Barclay, 1849-1935）在臺傳教六十年（1875-1935），是英國長老教會在臺灣傳教最久的牧師，也是臺灣高等教育及印刷業的開拓者。一八七三年他就讀於蘇格蘭神學院時接觸了杜嘉德的《廈英》，於一八七四年底至廈門與杜嘉德學習閩南話，一八七五年六月抵臺傳教，一八七六年其創辦了臺灣第一所大學（今臺南神學院），將「教羅」列為進修科目。當時的教羅與傳統漢字和文言文有所不同。教羅的句子十分白話，接近口語，方便不識字的人學習使用，不需要費時費力認識漢字才能閱讀中文聖經，故也稱作「白話字」，是巴克禮牧師安排在臺南神學院課程中重要的學習內容：

> ……健全且有生命力的教會，每一個信徒不分男女，都要自己會研讀《聖經》。要達到這個目標，使用漢字是無法實踐的，唯有使用教羅，才能達到這個目標。教羅很適合婦女、兒童和沒有受教育的人使用……（詹正義編譯，1976）

一八八一年巴克禮牧師回英國學習撿字印刷排版，一八八四年在臺南新樓創辦教會報社，發行教羅刊物《臺灣府城教會報》（今臺灣教會公報），開啟了臺灣印刷出版事業。之後又重譯《新約聖經》，補編閩南話詞典，將自己的華語文習得和教學經驗，循序漸近地應用於所開創的文教事業（Thomas Barclay, 1889）。巴克禮認為學習語言不是死記硬背，而是拿來用的。由此可見，在沒有正式教學機構的情況下，早期傳教士更強調以身體力行的方式，通過努力實踐進行教材的教學應用和發展，這也是該時期較為突出的教學應用特徵。

發現「漢字重要性」的傳教士非馬偕莫屬，這跟他完全融入當地生活，深刻體認中國文化有一定的關係（臺灣教會公報，1887期）。加拿大牧師喬治．萊斯里．馬偕，又名偕叡理（George Leslie Mackay, 1844-1901），一八七一年抵臺傳教，一八七八年與臺灣基督教信徒張聰明結婚育有三名子女。在臺傳教三十年，成立教會六十所，施洗三千多人，安家立業於臺灣終其一生，享壽五十七歲，葬於今淡水高級中學後院（郭和烈，1971；陳俊宏，2000）。馬偕立志於臺灣傳教之情形記錄於其自傳《From Far Formosa: The Island, its People and Missions》（林耀南譯，1959；周學普譯，1960；林晚生譯，1982）：

> ……我向南、北兩面眺望，隨後又往內陸方向，遙望墨郁的丘淩，心感滿足。我得到一種寧靜、清楚的預示，讓我確信這裡將是我的家，有某個聲音告訴我：我的家就是這裡了！

可見馬偕在臺灣的宣教生活源自於他的信念，他努力融入當地社會與生活，深度鑽研漢學與中華文化，成為第一個採用漢字（部件）編纂閩南話字典的牧師，於一八九三年出版了《中西字典》。有關其教材編寫與發展的相關事項如表3-2。

表3-2　馬偕華語文習得與教學之經歷

編號	經歷事項
1	一八四四年出生，一八五五年十歲的馬偕受賓威廉牧師（Rev. William C. Burns）佈道影響，立下海外傳教的志向。
2	一八七一年於香港收到派駐上海美華書店的宣教師大衛贈與的《漢字刻版字典》（附有「漢字部首表」）。這是馬偕第一次的漢字啟蒙，為編寫《中西字典》埋下伏筆。其後於一八七一年十二月抵臺。
3	一八七二年在臺與李庥牧師共同鑽研漢文，學習閩南話兩個月，開始在淡水正式傳教。
4	一八八二年「馬偕學堂」建造落成，又稱為「理學堂大書院」，位於今臺灣真理大學校內。
5	一八八四年創建「婦學堂」，是臺灣第一所成人女子學校，學生可攜同子女住校求學。該校以提升婦女地位的精神進行教育，兼顧培養教會「女宣道婦」等。
6	一八九三年出版了《中西字典》（*Chinese Romanized Dictionary of Formosan Vernacular*），這是最早使用漢字「部首檢索體例」編纂的傳教士閩南話字典（參見本書附錄五）。全書共收九四五一個漢字，以「教羅」為漢字標音釋義。序文中說明了以《漢字刻版字典》為基礎編纂字典的經過（馬重奇，2014），《中西字典》的簡介可參閱本書第三章第二節第二小節的說明。
7	一八九五年出版《From Far Formosa: The Island, its People and Missions》（馬偕，1982）。後由多位學者翻譯成中文著作（林耀南，1959；周學普，1960；林晚生，1982）。該書中記錄了少許馬偕自學華語文和研發教學材料的經歷。

資料來源：筆者參考《馬偕博士日記》（陳宏文，1996）整理

馬偕初到臺灣，努力鑽研漢文兩個月，就學會了閩南語的八個聲調和一些簡單的語句，熟記九百多個漢字，以及《漢字刻版字典》上

的兩百一十四個漢字部首之後，便使用不夠流利的閩南話開始講道傳教。他重視學以致用，每晚佈道都使用閩南話與讀書人進行辯論，學習常用的俚語和俗語（林治平，1994）。馬偕融入當地生活，常常與當地民眾或孩童交談，還僱用當地男僕，其抓住各種學習機會，努力練習閩南話和漢字，在他的自傳中記載如下（Mackay, *from Far Formosa*, 1895）：

> ……當時我有個漢人男僕，是我和李庥及德馬太到西海岸去旅行時跟我回來的，我們常常在一起說閩南話。……有一天我在一個山丘上看到幾個牧童，就跑過去打招呼，可是他們看到我就躲起來。後來，我每天都去那個山丘上找他們，慢慢地變成好朋友，每天和他們在一起長達五、六個小時，跟他們說話，也聽他們說話，把聽到的新字句記下來。於是，詞彙就很快的增加了。……

據史料記載，當時有很多人不願意和外國人打交道，小孩子更怕長著大鬍子的馬偕，一看到他就跑。他就找機會掏出自己的懷錶，用手搖晃著吸引牧童的注意，孩子們很好奇，禁不住誘惑就慢慢地接近他了。日間，他從牧童那裡學習口語，夜間利用書籍研究中國文字。因為沒有教師可以幫助他，也沒有可以輔助的漢字字典，常常要花幾個小時才能弄懂一個字或一句話。經過不懈努力，他不但學會了俚話、俗語和鄙語，而且還總結出一些學習方法。他重視語言的實用性，認為在民間所學的詞語是一般民眾所使用的，而漢字讀物是官員和文人所使用的（漢語作為母語的中文讀物）。不但如此，他每天堅持研習漢字和教羅，雖然學習過程很艱難，但他認為最好的辦法就是堅持不懈的練習，而且一定要念出聲來。他善於分析語言的規律性，自學漢字一段時間以後，就分析出漢字沒有名詞複數（漢語複數不能加「s」），以及漢語時態等不同特質。在發音方面，他發現外國人聽起來一樣的發音或聲調，閩南人卻把它們念做高、低、緩、急等不同的八聲，而不同的聲調又代表著各種不同的意思，所以他特別注意聲調的模仿和練習。這種聽、說、讀、寫並進的學習方法儘管很不容易，但馬偕憑藉堅持不懈的努力，抵臺五個月後即能使用嫺熟的閩南話公開講道。其獨子偕睿廉（G. W. Mackay, M. A. D. D.）曾推崇父親是天生的演說家，中國話流利得和當地人無異（郭和烈，1971）。筆者參考和整理郭和烈（1971）描述的馬偕宣教內容，梳理、歸納出馬偕自學華語文的四個主要特徵：一、摸清楚語言的特質，發現母語與目的語之間的差異；二、重視二語習得「目的語」環境中的實際溝通與操練；三、強調勤於開口說話，抓住實際溝通的機會，不斷接觸和使用所學語言，不能只坐在教室裡紙上談兵；四、要有持之以恆的學習態度和信心。馬偕以基督宗教傳播為主軸，語言習得為基礎，並將所學應用於醫學傳教和社會人文教育的歷程，說明「自學」其實就是一種自我「教與學」的經驗應用過程。這種獨特的教學應用過程，體現出傳教士對自學經驗的傳承，對漢語特質的探索，對自我學能的開發等應用特徵。

基於上述對早期傳教士的研究，總結和歸納該時期在教學應用上的三個特點包括：一、通過教學應用的分享，加強對自我學習能力的認識，提高自學效率，縮短自學時間，繼而提供更多教學經驗和成果；二、通過教學應用的分享，加強對漢語特質的研究，進而從漢語特質出發修訂和研發新的教學材料；三、通過教學應用的分享，從當地人民需求著手開發華語文教學材料，改進宗教傳播方式，提升當地人文教育和醫療水準，使宗教傳播與華語文教學的應用相得益彰。

然而，該時期的教學材料也有一些忽視漢語特質所體現出來的問題，對於這些存在於教學中的瓶頸和局限性探討如下。

第四節　臺灣早期傳教士時期華語文教材局限分析

語言教材從研發編製到適才適用，非一蹴而就。我們通過對早期傳教士教學材料的應用研究，發現傳教士發明的編寫教材的「新港文」和「教羅」，是說明西方傳教士記錄（記憶）當地語言的一種符號，這種發音符號只能代表「一種語音（當地人的母語）」的意義。傳教士教當地母語者學自己母語的發音符號（文字），再使用這種拼音「符號」翻譯聖經，使當地母語者能用自己的母語閱讀聖經，瞭解基督教義。換句話說，傳教士為當地語言所發明的拼音符號「新港文（西拉雅語）」和「教羅（閩南話）」，只便於會說這兩種語言的人使用。「漢字」就不同了，中國方言眾多，漢字是漢語（含方言）的「共同載體」。中國人學會漢字，基本上「看」得懂「漢字」的意思，用漢字寫的書大家就都看得懂，而且這也不影響中國人各自說自己的方言[25]。傳教士代代傳承的自學漢語的經驗達到一個層次時，就悟出了「漢字」在漢語中的「重要任務和地位」。發明一種中國方言的拼音符號，解決不了中國複雜的語言問題，若想擴大宗教傳播範圍，必須得學會漢字。換言之，傳教士需要面對「新港文」和「教羅」的局限性，挑戰學習漢字的任務，就不用再為各種中國方言發明文字[26]。可見教材所使用的語言文字，甚至其標音符號，都需要慎重考慮。

一　十七世紀傳教士華語文教材的局限

荷蘭與西班牙殖民臺灣以前，島上的七個原住民族群沒有統治機

25 由於臺灣一九四六年開始推行的「國語運動」，目前臺灣的原住民也接受國語（普通話）教育，漢語和漢字已通行於臺灣。

26 參見本書第三章第三節。

構，每一個族群部落的語言各有不同，也沒有自己的文字。荷蘭殖民時期（1624-1662），為了盡快進行有效的統治，殖民者欲建立原住民議會組織，便為西拉雅語（Siraya）發明了「新港文」，以宣導基督教義為核心，翻譯新港文聖經及編寫教學材料，強迫全島的原住民都要學習西拉雅語和新港文，方便宗教傳播和殖民統治。在各族語言互不能溝通的情況下，新港文教學材料在教學應用上產生了局限性。

荷蘭殖民時期（1624-1662），傳教士以新港文傳教長達二十四年。一六三七年右尼武斯牧師（R. Junius）在屏東當地建校宣教，因學校所教的新港文和屏東一帶其他原住民的語言完全不同，致使招生和課程的出勤率不足。二十年之後，在一六五七年巴達維亞和臺灣教會討論此事項的記錄中寫道（W. M. Campbell, 1915）：

> 其實早在幾年前就已經在報告上寫了。例如一六四〇年的報告中已經提到「沒有任何南部的村子能懂新港語」、「南部的牧師及教師們選出來準備受洗的人對基督教義沒有足夠的瞭解，因為這些教義是以他們完全不懂的新港語教授的。」換句話說，屏東原住民課堂上聽了二十幾年他們完全不懂的語言。（W. M. Campbell, 1915）

屏東一帶的原住民被迫學習一種陌生語言的文字「新港文」長達二十四年，直到一六六一年鄭成功打敗荷蘭殖民者時，屏東不懂西拉雅語的原住民最快樂的事就是不用再學新港文了，還撕掉新港文教學材料洩恨（張勝昔，2016b：441）。可見只發明某一族「語音」的拼音符號（新港文）解決不了多語宣教的問題。傳教士從自學西拉雅語，到創造西拉雅語的文字「新港文」，再到一批又一批的教授他人，卻忽略了七種原住民的語言並不能互相溝通的事實，只推廣新港文教學便形成宗教傳播中難以克服的瓶頸。

二 十九世紀傳教士華語文教材的局限

十九世紀的傳教士不僅學習和研究閩南話，還不斷地搜集和研究十七世紀的傳教情況，漸漸發現新港文教學材料的應用局限問題（甘為霖，李雄揮譯，2003）。於是，開始編纂使用教羅為漢字（部件）表音釋義的閩南話辭典（馬偕，1893）[27]。同時，還為早期沒有漢字的閩南話辭典進行了補編，為辭典添加了漢字（甘為霖，1913；巴克禮，1923，1990）[28]。

十九世紀的臺灣已發展成以漢人為主的社會結構。漢人有幾千年的傳統思想文化，還有自己的語言和文字，對漢人傳教是件不容易的事。十九世紀第一位到臺灣宣教的傳教士馬雅各（1865），發現使用中文翻譯的聖經只適合受過教育會寫漢字的人使用，而在當時會讀寫漢字的人較少，故中文聖經阻礙了傳教速度。為瞭解決這個問題，他開始推廣和教導教羅，配合當時的社會情況，使多數會說閩南話而不會寫漢字的民眾，學會拼寫教羅（閩南話），這樣即可以研讀教羅翻譯的聖經（《臺灣教會公報》，2136期），又解決了一時的宣教困難。隨著時間的推移，更多傳教士陸續來臺，他們學習教羅時，發現教羅是某一種方言的拼音文字，而中國大多數的方言並不能進行溝通。因此，教羅也成為拓展宣教區域的語言障礙。甘為霖在一八七二年十月的中部巡視報告中寫道：「南部山地人只懂一點閩南話，而牧師只懂閩南話不懂各部落族人所用的語言。禮拜堂所有的聚會都使用閩南話，而當地人卻使用原住民的熟番語（巴宰語，Pazeh 語）」可見教羅重蹈覆轍，如同新港文一般，不能解決宣教中的語言障礙問題。牧師們開始意識到，為島上每一種方言發明文字並編寫教材和翻譯聖經的

27 參見本書第三章第二節；圖3-2；附錄五。

28 參見本書第三章第三節；附錄四、五、六。

實際操作性太低，最後只能使用漢字來解決問題（《臺灣教會公報》，2160期）。

十九世紀末，傳教士意識到漢字才是在中國進行宗教傳播的根本和關鍵，開始思考漢字在教材中的應用，以解決華語文教材的局限性問題。然而，漢字又不是那麼容易推廣和學習的。原因在於：一、漢字不能見字拼音；二、學習漢字的「形—音—義」聯結路徑跟學習拼音文字的心理認知不同（張勝昔，2016a：64-138）。對於習慣使用拼音文字的西方傳教士來說，讀寫漢字是一種新的挑戰，但是又必須面對。因此，傳教士先從字典著手，開始編纂以漢字部首作為檢索體例的閩南話字典（馬偕，1893），打破了教材局限性問題的僵局。

第五節　本章小結

本章依據早期傳教士時期華語文教材演變發展的相關記事，探討了該時期華語文教學材料的總況、特徵、應用和局限，總結了教學材料的演變發展特徵。

在教材編寫和設計方面，早期傳教士憑藉自學語言的經驗，以基督宗教為核心翻譯聖經，以傳教為目的組織學習材料。在沒有語言本體研究和教材編寫理論的情況下，只能自創文字，借助聖經內容的詞彙、語法、話語篇章等進行聽、說、讀、寫等言語技能的訓練。

在教材應用和局限方面，指出了教學材料依託宗教傳播進行發展的局限性。首先是傳教士自創的拼音文字「新港文（西拉雅語）」和「教羅（閩南話）」只能局限在某一種族群中使用，形成多語溝通上的障礙。其次是傳教士自創文字的「自學」和「教學」的複雜歷程問題。早期傳教士身兼「學習者」與「教學者」兩種角色，這個複雜的歷程包括：一、傳教士自學漢語（二語習得）；二、傳教士教授新進傳教士（二語教學）；三、傳教士教當地人讀寫漢字（二語習得者教母語者）。在「教」的部分，「傳教士教傳教士」和「傳教士教當地人」是不同的，而且所教的內容又不是傳教士的母語。在「學」的部分，傳教士自創的文字是利於拼讀的拼音文字，如若不會說這種文字的語言，就不懂這種文字的發音和意思。在這種情況下，只發明一種方言的拼音文字，卻強迫使用不同語言的其他族群一起學習，勢必會造成學習瓶頸。

在教材編寫和發展方面，提出該時期教學材料的三個發展特徵：一、使用自創文字翻譯聖經和編寫華語文教學材料，進而使用教羅編纂閩南話字典；二、補編沒有漢字的閩南話字典，編纂以「漢字部件」為檢索體例的閩南話字典，扭轉華語文教學材料的發展趨勢；三、華語文教學材料依託宗教傳播內容進行編寫、應用和發展，深受宗教影響形成編寫、應用和發展上的局限。

綜上，該時期的華語文教學依託著宗教傳播內容向前邁進，形成一段具有強烈宗教色彩的「自學（語言）、自創（文字）、自編（教材）」的華語文教材演變發展歷程。

第四章
臺灣日據時期華語文教材發展研究

本章以臺灣日據時期的社會環境為依託（1895-1945），對該時期具代表性的華語文教材進行探析。十九世紀末期，經過「明鄭」和「清治」兩百多年的發展，臺灣已進入完全漢文化教育階段。當時近百分之八十的人使用閩南話，引起日本對閩南話的重視。為了盡快達到語言溝通效果以利殖民統治，第一任學務長伊澤修二以「日本人學臺語[1]，臺灣人[2]學日語」的想法，成立了當時的華語文教學機構。除了殖民政府成立的教育機構[3]，還開立了數家私立補習班和學校（許佩賢，2015）。日本人在臺灣的「二語習得」以閩南話為主，其他漢方言為輔（熊南京，2007），目的在於盡速培育來臺的日本人學會臺灣當地語言，作為殖民統治及日本人教臺灣人[4]學日語的基礎建設。此時絕大多數的華語文教材由日本人編寫，他們以殖民統治為目的，使用漢字呈現教材中的閩南話內容[5]，研發適合日本人使用的「假名標音」符號[6]，並針對日文和閩南話的語法規則進行了對比分析[7]。雖

1　此處的「臺語」指閩南話、客家話、廣東話和原住民語言。

2　此處的「臺灣人」是指生活在臺灣的中國人。

3　日據時期的教育機構包括小學、中學、中等專科學校、大校等（許佩賢，2015）。

4　此處的「臺灣人」是指生活在臺灣的中國人。

5　值得注意的是日據時期華語文教材所使用的漢字也稱為「白話字（漢字）」（參見本書第四章第二節第二小節；楊蕙菁，2004），日據時期的「白話字」和早期傳教士時期的「白話字（教會羅馬拼音／教羅）」不同（參見本書第三章第一節）。

6　參見本書第四章第二節。

7　參見本書第四章第二節。

然此時期的教材編寫體系已初具雛形[8]，但語言本體知識的研究和學科理論基礎還不成熟，我們在後文根據實際的教材內容及形式，以本書提出的教材分析方法（框架）為基礎，對該時期華語文教材的總況、特徵、應用和局限進行分析與探討。

第一節　臺灣日據時期華語文教材總況（1895-1945）

日據時期的華語文教育受到第一任學務長伊澤修二[9]語言學專業的影響。伊澤修二留學美國，跟隨電話發明人貝爾（Alexander Graham Bell）門下學習發音和音標學，是戰前日本漢學界第一個採用語音學研究北京話和閩南話的學者（黃新憲，2005）。

當時，日本人和初到臺灣的傳教士一樣面臨著語言不通的問題。伊澤修二曾向臺灣長老教會的巴克禮牧師請教有關語言教育的問題（陳文添，2008；洪惟仁，1992），他比較了傳教士「以教徒母語布道」的做法之後，決定讓日本人也先學會臺語，再推行臺灣的「國語[10]普及」的語言同化政策（吳文星，1987：4）。因此，傳教士發明和使用教會羅馬拼音[11]的相關研究，也成為日據時期制訂「臺灣語假名」和各項「臺語」研究的重要參考資料[12]。雖然日本人學習閩南話只是作為殖民統治上的一種過渡手段，但也留下了一些「臺語教材」和字典、辭書等材料[13]，成為研究此時期的重要文獻資料。

8 參見本書圖4-1；圖4-2；圖4-3。

9 伊澤修二是日據時期臺灣總督府任命的第一任學務長。

10 此處的「國語」指的是日文（日語）。

11 早期傳教士時期的教會羅馬拼音也稱為「教羅」或「白話字」。

12 此處的「臺灣語假名」和「臺語」指的是閩南話。

13 此處的「臺語教材」指的是日據時期的閩南話教材；字典、辭書是日據時期日本人學習閩南話教材的工具書。

伊澤修二參考臺灣傳教士的華語習得和教學經驗，讓日本人先學會閩南話之後，再推行日語教育，亦即他所強調的「語言同化主義」（都斌，2012）。伊澤修二的任期很短，總督府也沒有完全接受和採用他的理念，日據後期就改為推行「日式皇民化」日語（文）教育。日據初期，伊澤修二以自己的語言專業帶領同僚積極研究漢語，從閩南話發音和基礎會話開始著手研發教材（馬淵東一，1948；酒井亨，1994）。伊澤修二率領小川尚義、東方孝義等人，研究編製培訓日本人學習閩南話的會話課本、字辭典、華語文教材和專書等三十餘本（村上嘉英，1966；黃秀敏，1994；洪惟仁，2009）。中日戰爭爆發（1937）之後，日本直接實施「日式皇民化」政策（1937），廢止了殖民教育制度中的漢方言和原住民等語言的相關課程，一九四二年甚至將使用教羅編輯的《臺灣教會公報》也停刊了，日語成為當時唯一的通用語言（陳君慧，2002：18）。日據時期的華語文教學因此無疾而終。總體來說，日據時期的教育機制較為複雜，包括國民教育、中等教育、師範教育、高等教育、原住民的教育等（許佩賢，2015）。語言教育主要分為日本人的漢語習得、臺灣民眾的母語和日語習得，原住民的日語習得等。本文篩選出此時期華語文（閩南話）作為第二語言習得的教材，取其代表作進行分析與研究（參見表4-1）。

表4-1　臺灣日據時期的主要華語文教材[14]

編號	書名	作者	出版社	發行日期
1	臺灣語	田內八百久萬	太田組事務所	1895/11/28
2	臺灣土語	依野直記	大阪共同商會活版部	1895/12/28

續表

14 表4-1書名中的「國語」指的是日語（日文）；臺灣語、臺灣土語、臺語、土語均指閩南話。

編號	書名	作者	出版社	發行日期
3	日清字音鑑	伊澤修二	著者發行	1895/06/22
4	實用日台新語集	秋山起之	大阪都村活版社	1898/06/06
5	日台會話新編	杉房之助	博文堂	1899/07/16
6	軍隊主用日台會話	前田鐵之助	盛文館	1900/07/01
7	臺灣語通譯教程	山內長人	憲兵司令部	1901/03/30
8	臺灣十五音字母詳解	臺灣總督府民政部學務課	秀英舍	1901/03/31
9	日台會話大全	杉房之助	博文堂	1902/07/05
10	會話參考臺灣名詞集	杉房之助 林久三	博文堂	1903/06/12
11	台語類編	中堂謙吉	臺灣日日新報	1903/12/01
12	日台會話初步	林久三	啟文社	1908/04/20
13	臺灣語講義錄	川合真永	新高堂	1912/10/25
14	獨修自在日台會話活法	川合真永	新高堂	1913/05/05
15	簡易速成日台語入門	川合真永	新高堂	1913/07/30
16	警察會話篇	臺灣總督府警察官及司獄官練習所	臺灣總督府警察官及司獄官練習所	1914/10/15
17	新撰臺灣會話問答	杉房之助	博文堂	1914/12/22
18	臺灣文官普通試驗土語問題答解法	片岡岩	臺灣語研究會	1916/02/20
19	新撰批註日台會話獨修	川合真永	新高堂	1916/02/25
20	國語對譯台大成	劉克明	國語對譯台語大成發行所	1916/11/30
21	臺灣語快捷方式	范亞丕	臺灣子供世界社	1922/08/05
22	臺灣語教科書	臺灣總督府警	無名會出版	1922/12/20

續表

編號	書名	作者	出版社	發行日期
		察官及司獄官練習所		
23	國語對譯台語大成	劉克明	新高堂	1925/07/05
24	臺灣語速修	劉克明	新高堂	1925/12/30
25	實業教科臺灣語及書翰文	劉克明	新高堂	1926/03/20
26	刑務所用臺灣語集	今田祝藏	新高堂	1929/09/15
27	勸業用臺灣語實習資料	臺南州農會	頃安開進堂印刷部	1930/06/09
28	台日新辭書	東方孝義	臺灣警察協會	1931/08/16
29	台日大辭典	小川尚義	臺北臺灣總督府刊行	1932/03/23
30	臺灣語法	陳輝龍	臺灣語學社	1934/07/20
31	警察官對民眾台語訓話要範	小野西洲	臺灣話通信研究會	1935/10/10
32	新選臺灣語教科書（上、下）	張耀堂	新高堂	1935/10/10
33	專賣局臺灣語典	臺灣總督府專賣局	查無資料	1922/03/30
34	臺灣語新編	黃腹	查無資料	1938/06/30
35	改訂師範學校用臺灣語教科書	查無資料	查無資料	1938/08/03
36	銀行台語會話	張文典	查無資料	查無資料

資料來源：筆者搜集、整理

日據時期的語言教材編寫已開始朝向規範化發展，內容以殖民統治為目的，出版發行了閩南話作為二語習得的行政、軍事、警務、獄政、教育等類型的教材（劉惠璇，2010），相關教材主要由日本人編寫和出版（小島武味，1981）。其中，軍警政務方面的教材數量最多（參見本書表4-1），分析與探討具代表性的閩南話教材如下。

第二節　臺灣日據時期華語文教材特徵分析

日據時期為了推進殖民統治的速度，必須先解決語言溝通的問題，閩南話作為日本人的第二語言習得，成為當時殖民統治的重要政策。由於警備制度是殖民統治中的重要環節，而警務人員又是直接與民眾接觸的執法者，「臺語」[15]能力便成為警務工作中最為重要的條件。因此設置了專門的教育機構「臺灣總督府警察官及司獄官練習所」，出版了《訂正臺灣十五音字母詳解》（臺灣總督府學務部，1901）、《警察會話篇》（林久三，1914）、《刑務所用臺灣語集》（今田祝藏，1929）、《警察官對民眾台語訓話要範》（小野西洲，1935）等培訓警政人員的閩南話教材。分析與探討該時期閩南話華語文教材的標音、文字、語法等編寫特徵如下。

一　臺灣日據時期華語文教材的標音特徵

《訂正臺灣十五音字母詳解》（1901）是伊澤修二帶領同僚針對臺語[16]展開研究而出版的，後成為當時教材標音系統的準則。一八九六年，「總督府學務部」出版了伊澤修二主編的《新日本語言集甲號》，確定了臺語的日文假名符號之雛形。九個月後，將《新日本語言集甲號》的假名符號整理成《訂正臺灣十五音及字母表附八聲符號》（參見本書圖4-1；附錄七），同年十一月將「臺語八聲」歸入該

15 此處的「臺語」指的是閩南話。

16 此處的「臺語」指的是閩南話。

書的字母詳解，重新修訂該表字母，於一九〇一年由總督府學務部正式出版了《訂正臺灣十五音字母詳解》（參見本書圖4-1；附錄八）。此後，「總督府學務部」即以此套假名符號編撰臺語教科書，各教育機構亦以此書進行臺語的發音教學，遂成為當時臺語標音符號的依循標準（吉野秀公，1927；陳君慧，2002）。

洪惟仁（1996）認為「臺灣十五音」是源自泉州傳統十五音之類的韻書單音字表。因傳統韻書收字甚多，難以呈現及理解閩南話音系全貌，就在每一個音節中摘取一個常用字製成列表，是單音字表的創始之作。日據時期，參考十五音調查了當時臺灣閩南話方言全貌，編出具「十五音」體例的《訂正臺灣十五音及字母表附八聲符號》和《訂正臺灣十五音字母詳解》等書（參見本書圖4-1）。書名中帶有「臺灣十五音」字樣，指專用於臺灣的十五音研究（樋口靖，1981）。

《訂正臺灣十五音字母詳解》序言中提到，該書於一九〇一年由臺灣總督府民政部學務課發行，東京秀英舍印刷。一至六頁為緒言，內文共一〇一頁。內文的首頁排列了該書韻頭的「標識字母」。之後，每韻兩頁一圖，共有五十個圖解。緒言中說明了該書的編寫體例：一、各字音的聲調練習在每一頁最前面舉一標識字母，左側列臺灣十五音的字母，下面填寫了八個聲調的文字；二、十五音中的每個字母下方的文字旁邊，標識了字母所產生的反切音，代表該語音的日文假名，並標示了八個聲調的聲調符號，說明閩南話音系的假名用法標準。第二行字母以下，因為能夠類推，故頭字之外不另附假名及八聲符號；三、關於五十個圖解的編排，各圖橫排十五個字母代表十五個聲母，縱列八個聲調，其交差之處有代表這個音的漢字，若沒有適當的音節時，以圓圈「〇」來表示空缺。扣除「〇」空缺之後，共收錄了三四八八個音節。上述字音分析方法借鑒了中國傳統聲韻學中的漢字標音反切法。

該書聲調的八聲包括：（一）上平、（二）上聲、（三）上去、（四）上入、（五）下平、（六）上聲、（七）下去、（八）下入。其中第二聲和第六聲都屬上聲，任何第二聲和第六聲都採用同一例字表示。此編排方法源自於《彙集雅俗通十五音》等閩南語音系。上述聲調皆以臺灣總督府所創的「八聲符號」來代表（參見本書圖4-1）。

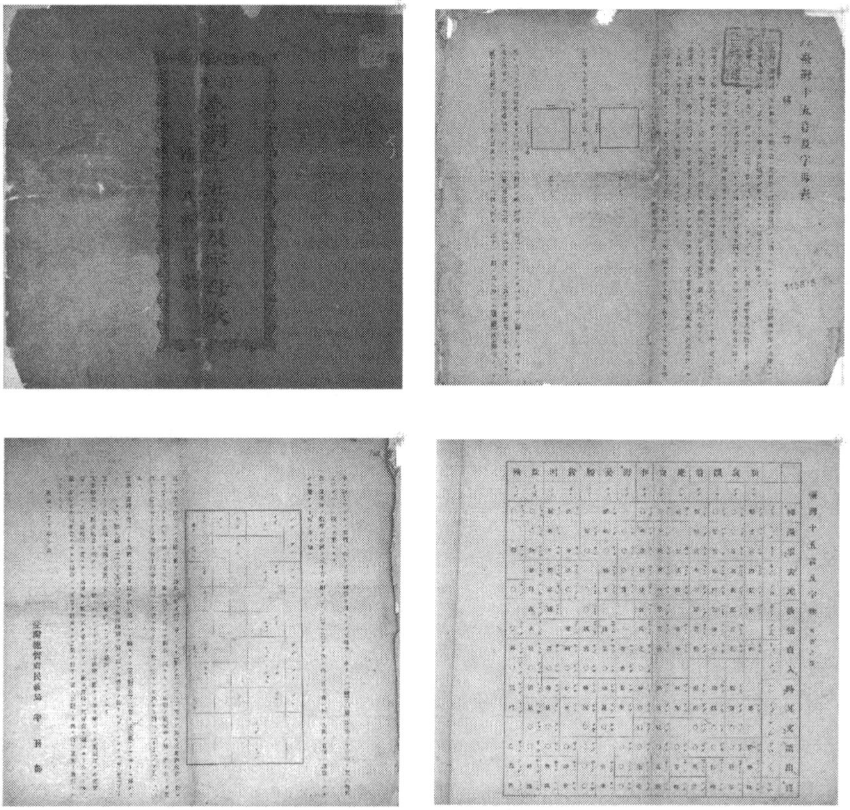

圖4-1　《訂正臺灣十五音及字母表》和《訂正臺灣十五音字母詳解》

資料來源：日據時期臺灣總督府學務部（1896，1901）

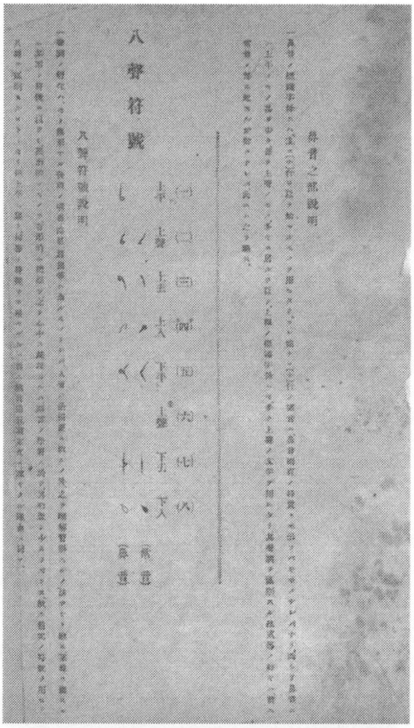
發音之部說明

八聲符號

八聲符號說明

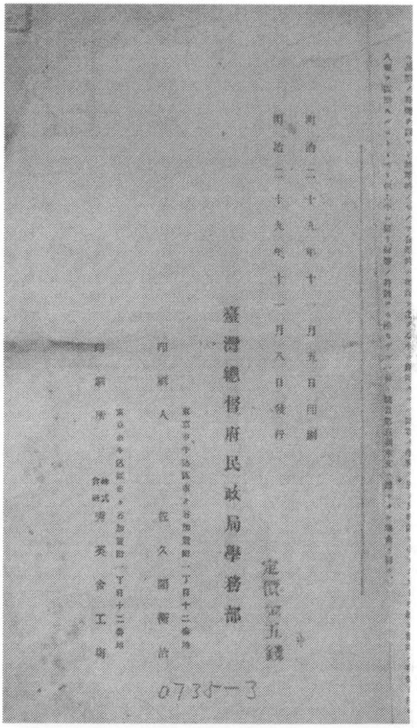
明治二十九年十一月五日印刷

明治二十九年十一月八日發行

定價　五錢

臺灣總督府民政局學務部

印刷人　佐久間衛治

印刷所　秀英舍工場

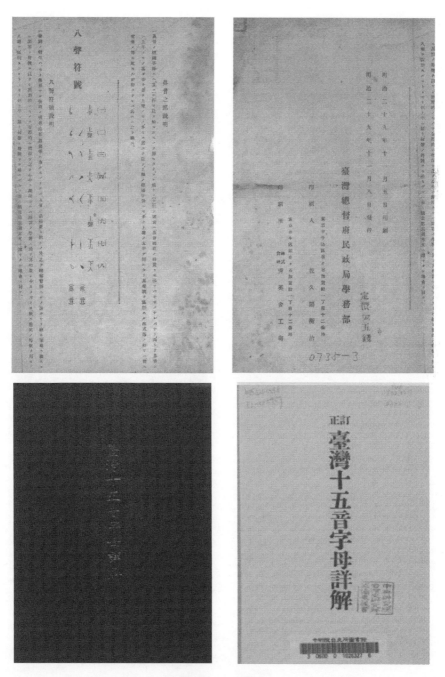

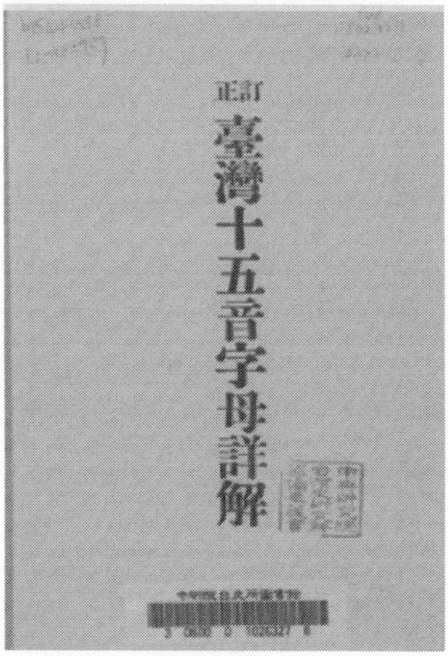
訂正

臺灣十五音字母詳解

圖 4-1　（續）

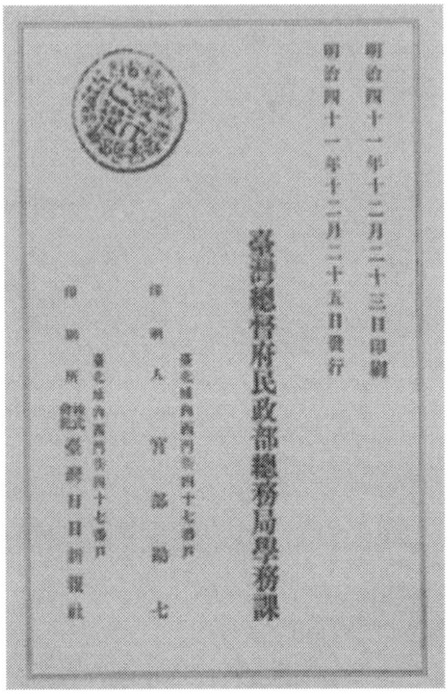

明治四十一年十二月二十三日印刷
明治四十一年十二月二十五日發行

臺灣總督府民政部總務局學務課

臺北城內西門街四十七番戶
印刷人 宮部篤七
臺北城內西門街四十七番戶
印刷所 株式會社臺灣日日新報社

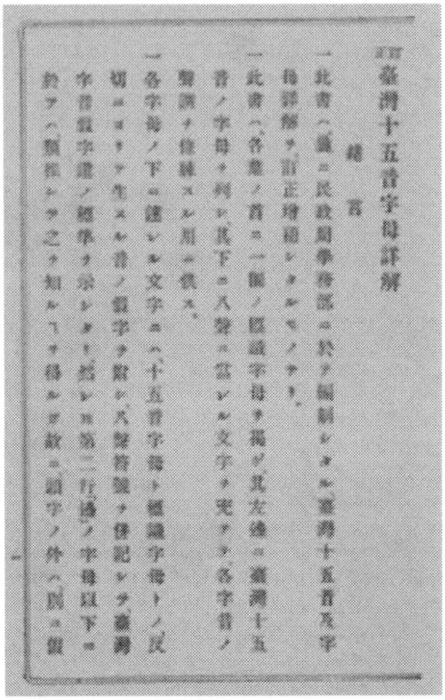

臺灣十五音字母詳解

緒言

一此書ハ臺灣總督府民政部學務部ニ於テ編纂シタル臺灣十五音及字母詳解ヲ訂正增補シタルモノナリ。

一此書ハ各章ノ首ニ一個ノ標識字母ヲ掲ゲ其左傍ニ臺灣十五音ノ字母ヲ列シ其下ニ八聲ニ當レル文字ヲ充テテ各字音ノ聲調ヲ倂識スル用ニ供ス。

一各字母ノ下ニ譯シタル文字ニハ十五音字母ト標識字母トノ反切ニヨリテ生ズル音ノ假字ヲ附シ八聲符號ヲ倂記シテ臺灣字音假字遣ノ標準ヲ示シタリ然レドモ第二行以下ノ字母以下ニ於テハ類推シテ之ヲ知ルヿヲ得ルガ故ニ譯字ノ外ハ別ニ假

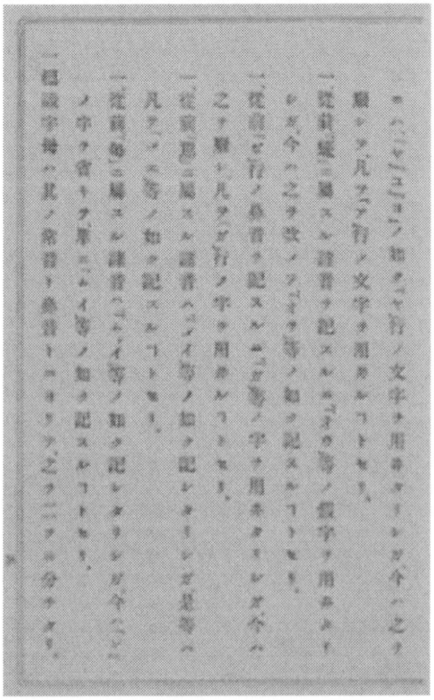

ニハ「ヤ」「ユ」「ヨ」ノ如ク「ヤ」行ノ文字ヲ用ヰ來リシガ今ハ之ヲ改メテ凡テ「ア」行ノ文字ヲ用ヰルコトトセリ。

一從來「鼠」ニ屬スル諸音ヲ記スルニ「オウ」等ノ假字ヲ用ヰタリシガ今ハ之ヲ改メテ「オオ」等ノ如ク記スルコトトセリ。

一從來「ゼ」行ノ鼻音ヲ記スルニ「ガ」等ノ字ヲ用ヰ來リシガ今ハ之ヲ廢シテ凡テ「ガ」行ノ字ヲ用ヰルコトトセリ。

一從來「恩」ニ屬スル諸音ハ「ゴイ」等ノ如ク記シ來リシガ是等ハ凡テ「ヌ」等ノ如ク記スルコトトセリ。

一從來「梅」ニ屬スル諸音ハ「ムイ」等ノ如ク記シ來リシガ今ハ「ン」ノ字ヲ音トナシ單ニ「ムイ」等ノ如ク記スルコトトセリ。

一標識字母ハ其ノ常音ト鼻音トニヨリテ之ヲ二ツニ分チタリ。

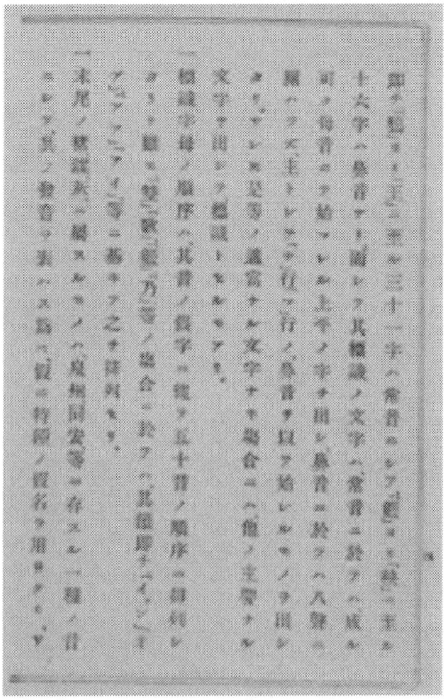

即チ「紙」ヨリ「王」ニ至ル三十一字ハ常音ニシテ「藍」ヨリ「錢」ニ至ル十六字ハ鼻音ナリ而シテ其標識ノ文字ハ常音ニ於テハ成ル可ク母音ニテ始マレル上平ノ字ヲ出シ鼻音ニ於テハ八聲ニ關ハラズ王ト同ジク「ア」行ノ鼻音ヲ以テ始レルモノヲ出シタリ。サレドモ是等ノ適當ナル文字ナキ場合ニハ他ノ主聲ナル文字ヲ出シテ標識トセルモアリ。

一標識字母ノ順序ハ其音ノ假字ニ從テ五十音ノ順序ニ排列シタリト雖モ「雙」「歌」「乳」「乃」等ノ場合ニ於テハ其標識ヲ「ア」「ア」「ア」「イ」等ニ基キテ之ヲ排列セリ。

一末尾ノ標識字ニ屬スルモノハ泉州同安等ニ存スル一種ノ音ニシテ其ノ發音ヲ表ハス爲ニ假ニ特種ノ假名ヲ用ヰタリ。

圖 4-1 （續）

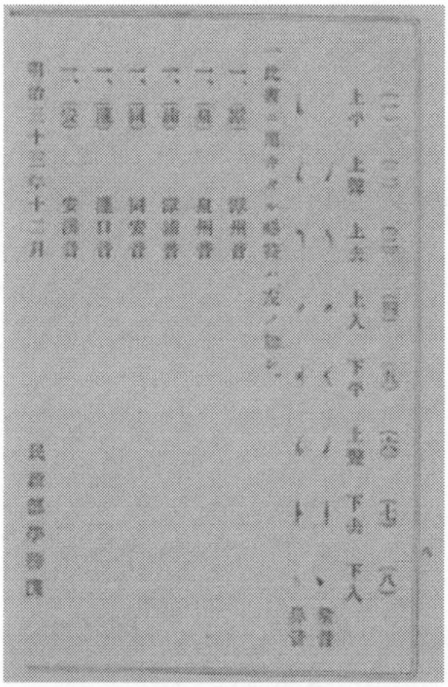

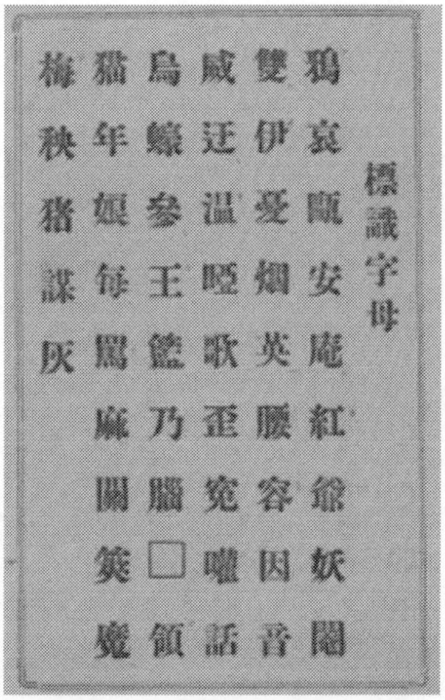

標識字母

鴉哀甌安庵紅翁妖閹
雙伊憂烟英腰容因音
威迂溫啞歌歪寃嚨話
烏蠑參王鑑乃腦□領
貓年娘每罵麻閱簑魔
梅秧豬謀灰

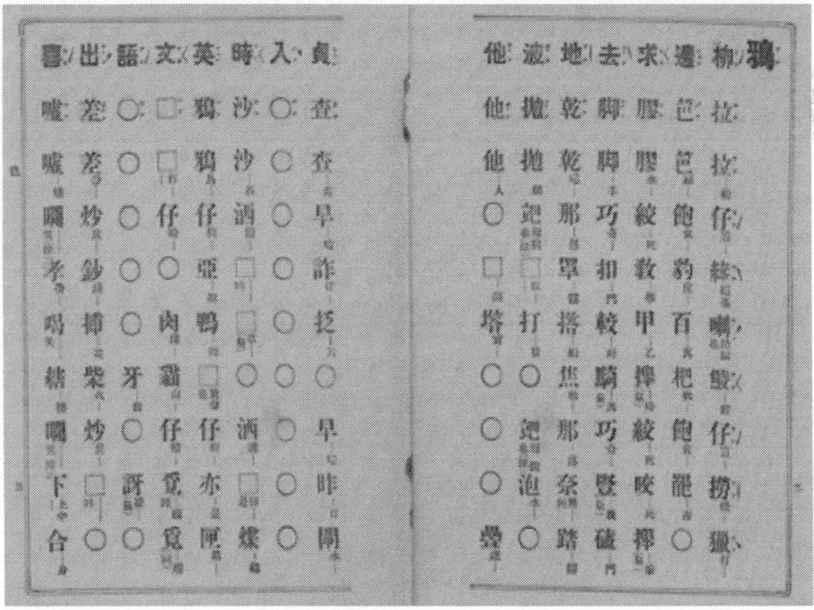

圖4-1　（續）

通過《訂正臺灣十五音字母詳解》對閩南話音系的研究，分類處理了複雜的閩南音系（含聲調）。再從日本人學習閩南話的角度出發為閩南話設計出假名標音符合，成為該時期華語文教材中閩南話的語言載體「白話字」的「音標」（陳君慧，2002）。日本人採用「白話字」（漢字）[17]編寫閩南話華語文教材，主要是因為日本人已具有書寫漢字的基礎，這樣既解決了漢字形體識別的問題；然後再為白話字（漢字）加注日文的假名標音符合，便於日本人拼讀和學習閩南話。

二　臺灣日據時期華語文教材的文本特徵

《警察會話篇》（林久三，1904）是具有代表性的會話教材。全書共四七〇頁，分三卷編排。由日據總督府警察官及司獄官練習所重新修訂再版（1914）。林久三是司獄官練習所的教官兼臺語教師，他以日文對應白話字編寫了這本閩南話教材。教材內容以執行警務時所能預設的情況為語境，採用對話形式呈現警察與民眾之間的溝通內容。該教材第一卷有閩南話發音心得分析、單語和會話內容；第二卷和第三卷只有會話內容。發音心得除了介紹閩南話的常音、鼻音、出氣音和聲調以外，還附有發音和聲調釋義圖，仔細介紹了閩南話發音的口型、唇位、舌位等，說明了所使用的日文假名標音符號，提示了閩南話文白異讀的不同（張振興，1995；曾德萬，2013）[18]。在詞彙方面，列出了數位、行曆、時令、代名詞等四大類的單字或單詞。在會話內容方面，以警務對話情景為主要內容，使用白話字編寫出生動實

17 「白話字」是日據時期書寫閩南話的漢字，其書寫形式增加了日式漢字和現代漢文。該時期的閩南話教材、文學創作、書刊雜誌等皆以「白話字」書寫，形成當時使用漢字書寫閩南話的形式（楊蕙菁，2004）。

18 此處的「文白異讀」是指閩南話的「文讀音」和「白讀音」。一般認為文讀音是讀書音，白讀音是口語音；文讀是方言的外源層，白讀是方言的自源層。

用的對話內容，對話的句型使用「日漢（閩南話）」對譯的方式編寫，但課文中沒有語法的解說。三卷的會話主題如下（參見本書圖4-2）：

一、第一卷：戶口調查ノ事、街路警察ノ事、阿片警查ノ事、樟腦及食鹽取締ノ事、清國人取締；

二、第二卷：衛生警察ノ事、墓地埋葬取締ノ事、屠獸取締ノ事、獸疫警察ノ事、保田ノ事、銃獵取締ノ事、遺失物ノ事、艀船營業取締ノ事、違警罪目標準；

三、第三卷：強盜殺人取調ノ事、賭博犯即決ノ事、贓物故買者取調ノ事、毆打創傷事件取調ノ事、強盜難屆ノ事。

該書從發音到對話介紹得非常詳細，將警務內容進行分類設計會話內容，句型生動實用。課文中的單語（詞彙）還附有例句說明，以幫助學習者理解和練習詞語的用法，但是沒有語法點的說明和解釋；課文中的白話字也都使用假名標示了發音和聲調。整體來說，教材已形成初步的編寫系統（參見本書圖4-2）。

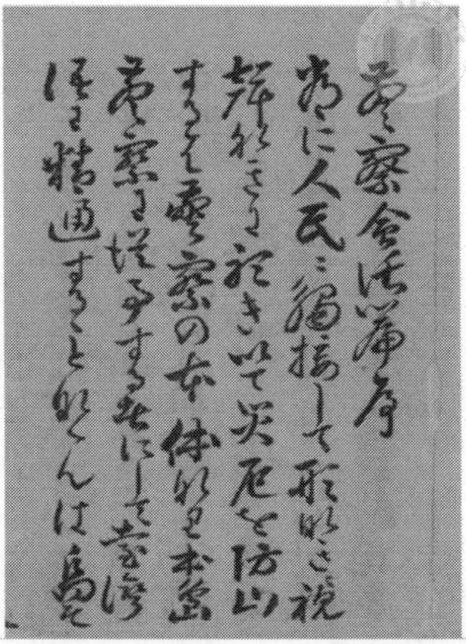

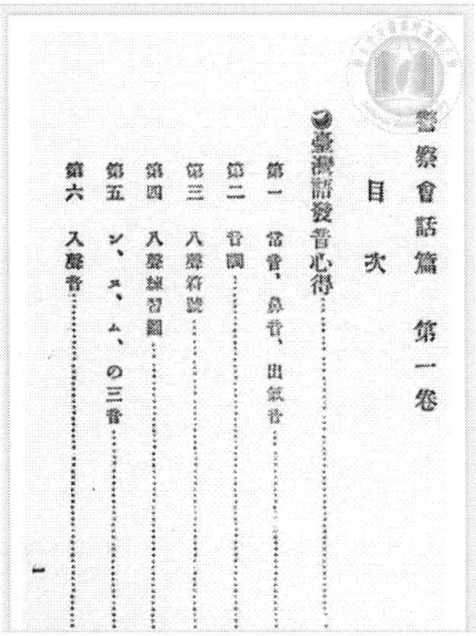

警察會話篇　第一卷

目次

●臺灣語發音心得……一

第一　常音、鼻音、出氣音

第二　音調

第三　八聲看讀

第四　八聲練習圖

第五　ン、ヌ、ム、の三音

第六　入聲音

圖 4-2　《警察會話篇》（林久三，1914）

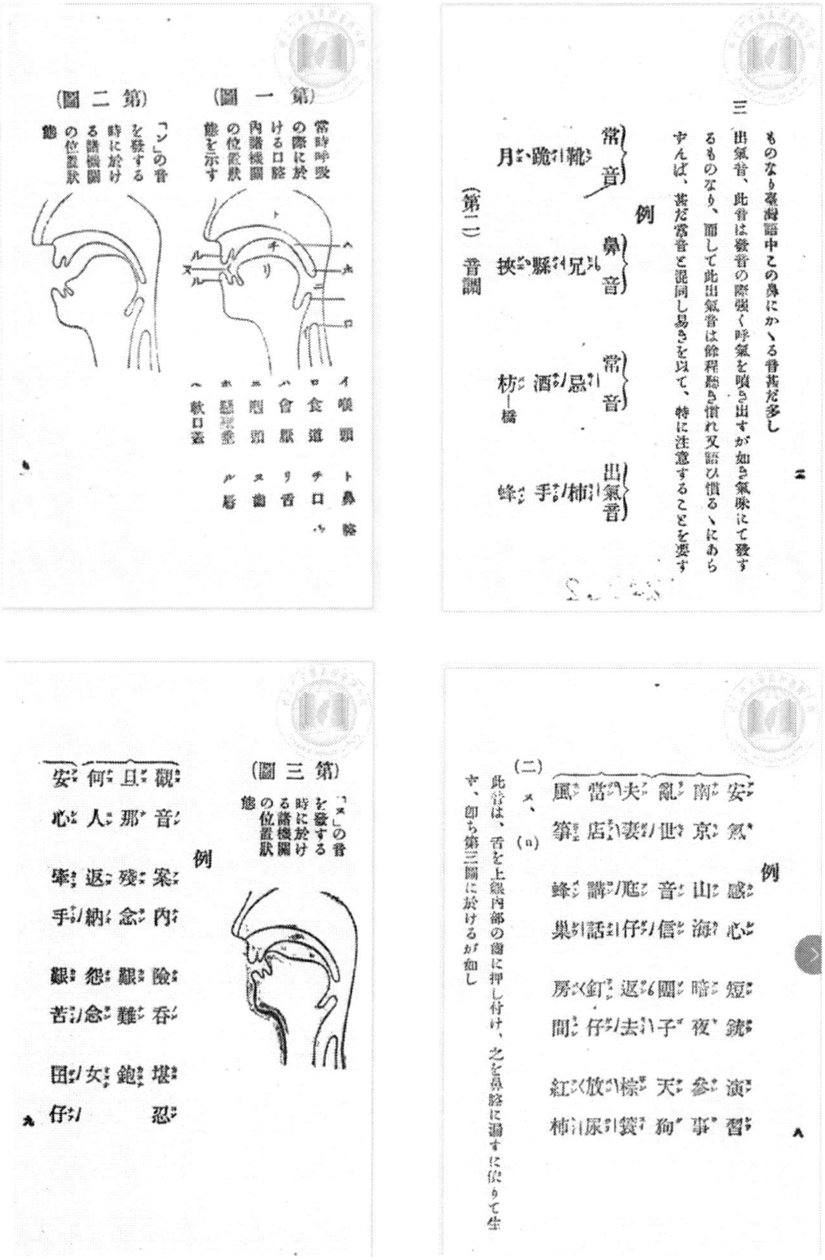

ものなり臺灣語中この鼻にかゝる音甚だ多し

三 出氣音、此音は發音の際强く呼氣を噴き出すが如き氣味にて發するものなり、而して此出氣音は餘程聽き慣れ又語ひ慣るゝにあらずんば、甚だ常音と混同し易きを以て、特に注意することを要す

（二）ㄨ、（n）

此音は、舌を上縁内部の齒に押し付け、之を鼻路に漏すに依りて生ず、即ち第三圖に於けるが如し

圖 4-2　（續）

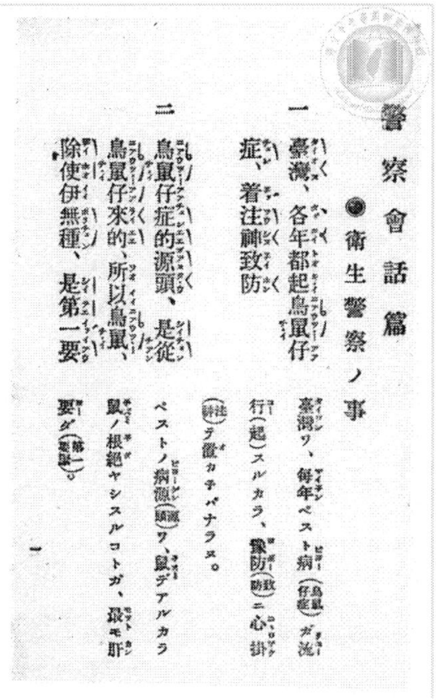
警察會話篇

●衛生警察ノ事

一 臺灣、各年都起鳥鼠仔症、着注神致防

臺灣ハ、每年ペスト病(鳥鼠仔症)ガ流行(起)スルカラ、豫防(防致)ニ心掛(注神)テ置カネバナラヌ。

二 鳥鼠仔症的源頭、是從鳥鼠仔來的、所以鳥鼠、除使伊無種、是第一要

ペストノ病源(源頭)ハ、鼠デアルカラ鼠ノ根絶ヤシスルコトガ、最モ肝要ダ(第一要)。

一

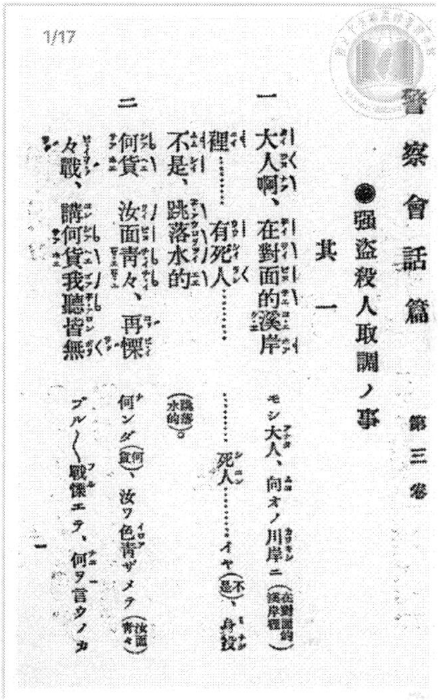
1/17

警察會話篇 第三卷

●强盜殺人取調ノ事

其一

一 大人啊、在對面的溪岸裡……有死人……不是、跳落水的

モシ大人、向ウノ川岸ニ(在對面的溪岸裡)……死人……イヤ(不是)、身投(跳落水的)。

二 何貨、汝面青々、再慄々戰、講何貨我聽皆無

何ンダ(何貨)、汝ハ色青ザメテ(汝面青々)ブル〜戰慄エテ、何ヲ言ウノカ

一

圖4-2　（續）

值得注意的是，日據時期的華語文教材的編寫特色之一，即使用「白話字」書寫閩南話。此時的「白話字」[19]源於「土語文字化[20]」的發展，並形成「白話文學」，促使當時的文化意義與書寫形式逐漸產生變化。譬如日式漢字的增加、現代性漢文的體現等。之後，又發展出對教育體制的「漢文改造」，如使用白話字編製閩南話教材、文學創作、書刊雜誌等。再經過一段時間的應用，便形成了當時閩南話白話漢文的書寫形式（楊蕙菁，2004；張安琪，2006）。「白話字」作為一種「語言載體」，達到了使用漢字書寫漢方言閩南話的效果。雖

19 「白話字」是日據時期書寫閩南話的漢字。

20 此處的「土語」是日據時期所指稱的閩南話。

然「白話字」不能像「教羅」一樣拼讀閩南話，但對於日本人來說，「白話字」的字形是日本人所熟悉的「漢字」形體；再使用日文假名為「白話字」加注上拼音符號，日本人就可以將「白話字」(漢字)的「形—音—義」進行聯結而學會閩南話。在書寫方面，「白話字」更有利於日本人學習，因為日本人本來就有書寫漢字的基礎，所以此時期的教材具有不強調文字書寫的「獨特性」，教材中也就沒有文字書寫的教學內容。不難看出「白話字」是一種既要會寫漢字，又要會說日語才便於學習的「閩南話的書寫形式」。可以說，使用「白話字」和「假名標音」編寫的閩南話教材，只適合受過教育的日本人使用[21]。這種編寫特徵是加速日本殖民統治的一種手段，同時也形成了教材在應用上的局限性。

三　臺灣日據時期華語文教材的語法特徵

日據時期專門研究日本人學習閩南話的語法專書當屬陳輝龍的《臺灣語法》(1934)。該書將閩南話對應日語系統化地分析了閩南話的構詞和句法，是當時僅有的一本可供教材編寫參考的語法書（陳恒嘉，1993)。雖然《臺灣語法》於一九三四年由「總督府警察官及司獄官練習所」出版，發行者和印刷者都是日本人[22]，作者卻是臺灣當地人陳輝龍[23]。他使用日文撰寫該書，文體比較偏向文言和書面語。

---

21 受過教育的日本人不但會說日文，還會寫漢字，只有這樣的人才能將課本中的「白話字（漢字）」和日語的「假名標音」進行「形—音—義」聯結，達到學習閩南話的教學目標。

22 《臺灣語法》（1934）的發行者為加藤重喜，印刷者為船橋寬一。

23 陳輝龍在自序一開始就提到，「內地人的臺灣語研究和我等本島人的國語（日文）習得相結合……」，由此可見，陳輝龍是臺灣的當地人，而非日本人（參見本書圖4-3的自序）。

他在自序中提到，語言是進行溝通的重要工具，透過溝通可以增進相互之間的理解。其認為當時對「臺語」的研究不足，所以作為當地的臺語研究者決定撰寫該書。

該書共四四一頁，分為三大篇（單元），共計二十四章。第一篇是概論，分為緒論和總說兩章。第二篇是品詞論（詞類論），共十四章。包括詞的分類及概要、名詞、代名詞、數詞及助數詞、形容詞、動詞、助動詞、副詞、前置詞、語尾詞（句尾語助詞）、接續詞（連接詞）、品詞的轉成（詞類「轉類 conversion」或「零加接 zero-affixation」）、國語的助詞（日語的助詞 particle[24]）等。第三篇是文章論（說話論），共八章。分為總論、句子的成分、句子成分的排列、句子成分的倒序與省略、句子的種類、子句、句子的解析、結語等。最後是附錄「臺灣話的助數詞」。分析各篇的詳細內容如下。

第一篇「概論」敘述了研究臺語[25]語法的作用及其重要性，還說明了臺語的書面文字的特性。第一篇第一章論述了「單綴語（臺語／閩南話）」[26]、「黏著語（日語）」[27]、「屈折語（英語）」[28]三者的不同特性（陳輝龍，1934：3-4），說明日本人學習閩南話和學習其他語言之間的不同。第二章是總說，提到臺語在書寫方面的問題。認為表義文字的創造速度跟不上語言的發展，再加上一直以來教育不夠普及，使得臺語中有不少「有音卻無相對應的漢字」。因此在探究語源、製造新字、制訂注音字母等問題上，應盡量採用相近的漢字，效仿日語的訓讀和音讀方式，一則取其音，一則取其義；找不到適當能用的文

24 包括「格助詞、後置詞、連詞、句尾語助詞」等不發生詞形變化（conjugation and declension）的「詞類」。

25 此處的臺語指的是閩南話。

26 「單綴語」指的是「臺語」這一類的單音節語言（monosyllabic language）。

27 「黏著語」指的是「日語」這一類的加添語。

28 「屈折語」指的是「英語」這一類的語言。

字，該書則以假名符號表示（陳輝龍，1934：23-25）。

第二篇是「品詞論（詞類論）」，包括詞類的分類和概要。主要分為名詞、代名詞、數詞及助數詞、形容詞、動詞、助動詞、副詞、前置詞、語尾詞、接續詞、感歎詞、詞類的生成、日語的助詞等十四章。在詞類及詞性的概述中，認為閩南話屬於一種孤立語，詞性界定和詞語功能及語序變換皆有關係，而不只是表現在語形（例句）的變化上[29]。因此，閩南話對應日語進行詞性分類具有一定的困難。作者還引用《馬氏文通》:「字無定義、故無定類，而欲知其類者，當先知上下之文義如何耳」的說法，解釋了漢語詞類的特殊性，並將閩南話詞類分成十一種（陳輝龍，1934：30）。再將閩南話和日語的詞類進行對比分析，找出相對應的關係。

陳輝龍認為助動詞是日本人的學習重點。閩南話的「助動詞」置於動詞前或動詞後，具有協助動詞的敘說功能。相較於日語（黏著語）詞性分明的特性，以語序為主的閩南話（孤立語），助動詞的學習顯得更為重要。諸如此類，該書有系統的對詞性分類及其語法的應用提出深入淺出的見解。該書部分內容截圖如下。

29 此處的「語形」指的是各種語類的應用。

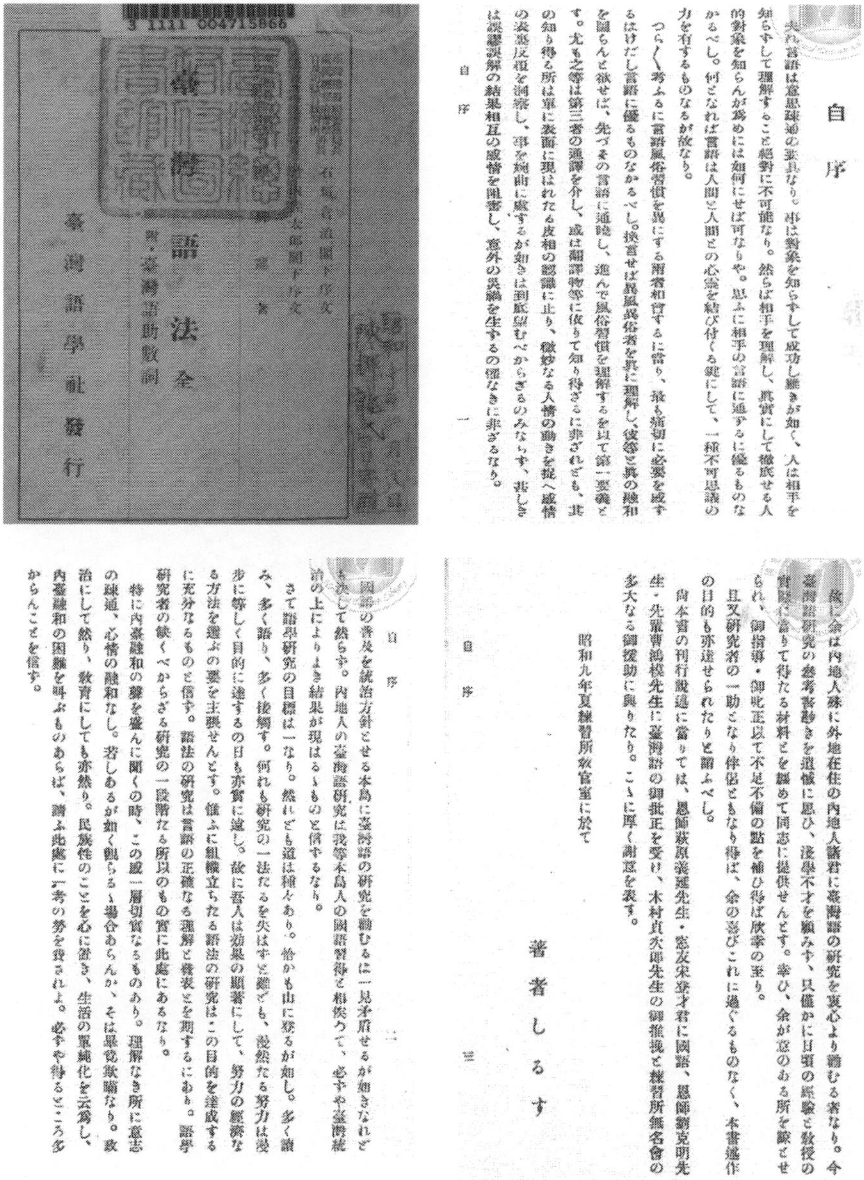

自序

大凡言語は意思疎通の要具なり。事は對象を知らずして成功し難きが如く、人は相手を知らずして理解すること絕對に不可能なり。然らば相手を理解し、眞實にして徹底せる人的對象を知らんが爲めには如何にせば可なりや。思ふに相手の言語に通ずるに優るものなかるべし。何となれば言語は人間と人間との心靈を結び付くる鍵にして、一種不可思議の力を有するものなるが故なり。

つらつら考ふるに言語風俗習慣を異にする兩者相會するに當り、最も痛切に必要を感ずるはけだし言語に優るものなかるべし。換言せば異風異俗者を眞に理解し、彼等と眞の融和を圖らんと欲せば、先づその言語に通曉し、進んで風俗習慣を理解するを以て第一要義とす。尤も之等は第三者の通譯を介し、或は翻譯物等に依りて知り得ざるに非ざれども、其の知り得る所は單に表面に現はれたる皮相の認識に止り、微妙なる人情の動きを捉へ感情の表裏反復を洞察し、事を婉曲に處するが如きは到底望むべからざるのみならず、甚しきは誤謬誤解の結果相互の感情を阻害し、意外の災禍を生ずるの僅なきに非ざるなり。

自序　一

國語の普及を統治方針とせる本島に臺灣語の研究を勸むるに一見矛盾せるが如きなれども決して然らず。內地人の臺灣語研究は我等本島人の國語習得と相俟って、必ずや臺灣統治の上によりよき結果が現はるゝものと信ずるなり。

さて語學研究の目標は一なり。然れども道は種々あり。恰かも山に登るが如し。多く讀み、多く語り、多く披綱す。何れも研究の一法たるを失はずと雖ども、漫然たる努力は漫歩に等しく目的に達するの日も亦實に遠し。故に吾人は効果の顯著にして、努力の經濟なる方法を選ぶの要を主張せんとす。惟ふに組織立ちたる語法の研究はこの目的を達成するに充分なるものと信ず。語法の研究は言語の正確なる理解と發表とを期するにあり。語學研究者の缺くべからざる研究の一段階たる所以のもの實に此處にあるなり。

特に內臺融和の聲を盛んに聞くの時、この感一層切實なるものあり。理解なき所に意志の疎通、心情の融和なし。若しあるが如く觀らるゝ場合あらんか、そは畢竟欺瞞なり。政治にして然り、教育にしても亦然り。民族性のことを心に留き、生活の單純化を云爲し、內臺融和の困難を叫ぶものあらば、請ふ此處に一考の勞を費されよ。必ずや得るところ多からんことを信ず。

自序　二

故に余は內地人殊に外地在住の內地人諸君に臺灣語の研究を衷心より勸むる者なり。今臺灣語研究の參考書尠きを遺憾に思ひ、淺學不才を顧みず、只僅かに日頃の經驗と教授の實際に當りて得たる材料とを纒めて同志に提供せんとす。幸ひ、余が意のある所を諒せられ、御指導・御叱正以て不足不備の點を補ひ得ば欣幸の至り。

且又研究者の一助となり伴侶ともなり得ば、余の喜びこれに過ぐるものなく、本書述作の目的も亦達せられたりと謂ふべし。

尙本書の刊行親遂に當りては、恩師萩原豪延先生・恋友宋登才君に國語、恩師劉克明先生・先輩黄鴻模先生に臺灣語の御批正を受け、木村貞次郎先生の御推挽と練習所無名會の多大なる御援助に與りたり。こゝに厚く謝意を表す。

昭和九年夏練習所教官室に於て

著者しるす

自序　三

圖4-3　《臺灣語法》（陳輝龍，1934）

目　概

凡例

特殊性に鑑み深く關心を有たれたし。
一、本書の發音は主として廈門音に依れり。
一、附錄として臺灣語の助數詞を卷末に揭げ、五十音順に排列して研究の便に供せり。
一、本書は讀解を容易ならしむる爲、臺灣語には附號假名及び國語譯を施したり。その一般を示さば次の如し。

（イ）附號

種別＼聲調別	上平	上聲	上去	上入	下平	下去	下入	用氣
常音	附せズ	／	＼	・	く	｜	・	・
鼻音	˪	˪	˥	˪	˅	˪	˳	
發調の說明	高調にして平坦而して稍長く引かる	高調にして急激に上昇して短し	低調急激に低下して短し	低調急激に音尾の促るものなり	低調に始まりて漸次屈曲して音尾上昇す	中調にして稍長く平坦なり	高調急激に音尾の促るものなり	假名との間に「・」印を附したるは口氣を強く口外に吹き出すものなり

聲調別	上平	上聲	上去	上入	下平	下去	下入	備考
常調	附さず	／	＼	・	く	｜	・	
轉調	↓下去	上平	↗上聲	・下入	＼上去	＼上去	・	鼻音の轉調は常音に同じ
備考				母音にて促りたる時は上聲の樣に轉ずることあり	漳州音は下去調に轉する		母音にて促りたる時は上去の樣に轉ずることあり	

▲但し語尾詞は轉調に關係なし。

（ロ）假名

假名は國語の五十音圖中のア行・カ行・サ行・タ行・ナ行・ハ行・マ行・ラ行・パ行・バ行・ザ行・ガ行・ン及新造假名文字（ヂ行・ヅ行・カ行・タ行・パ行）を使用せり。國語の五十音文字を使用せるものゝ中、詳細に見れば多少異る所なきに非ざるも、大體に於て同樣なれば、特に著しく異るものゝみを簡單に左に說明せん。

臺灣語の五十音圖

ア A	カ KA	サ SA	タ TA	チ CHA (tsa)	ナ NA	ハ HA	マ MA
イ I	キ KI	シ SI	テ TI	チ CHI	ニ NI	ヒ HI	ミ MI
ウ U	ク KU	ス SU	ツ TU	ツ CHU (tsu)	ヌ NU	フ HU	ム MU
エ E	ケ KE	セ SE	テ TE	チェ CHE	ネ NE	ヘ HE	メ ME
オ O	コ KO	ソ SO	ト TO	ツォ CHO	ノ NO	ホ HO	モ MO

圖 4-3　（續）

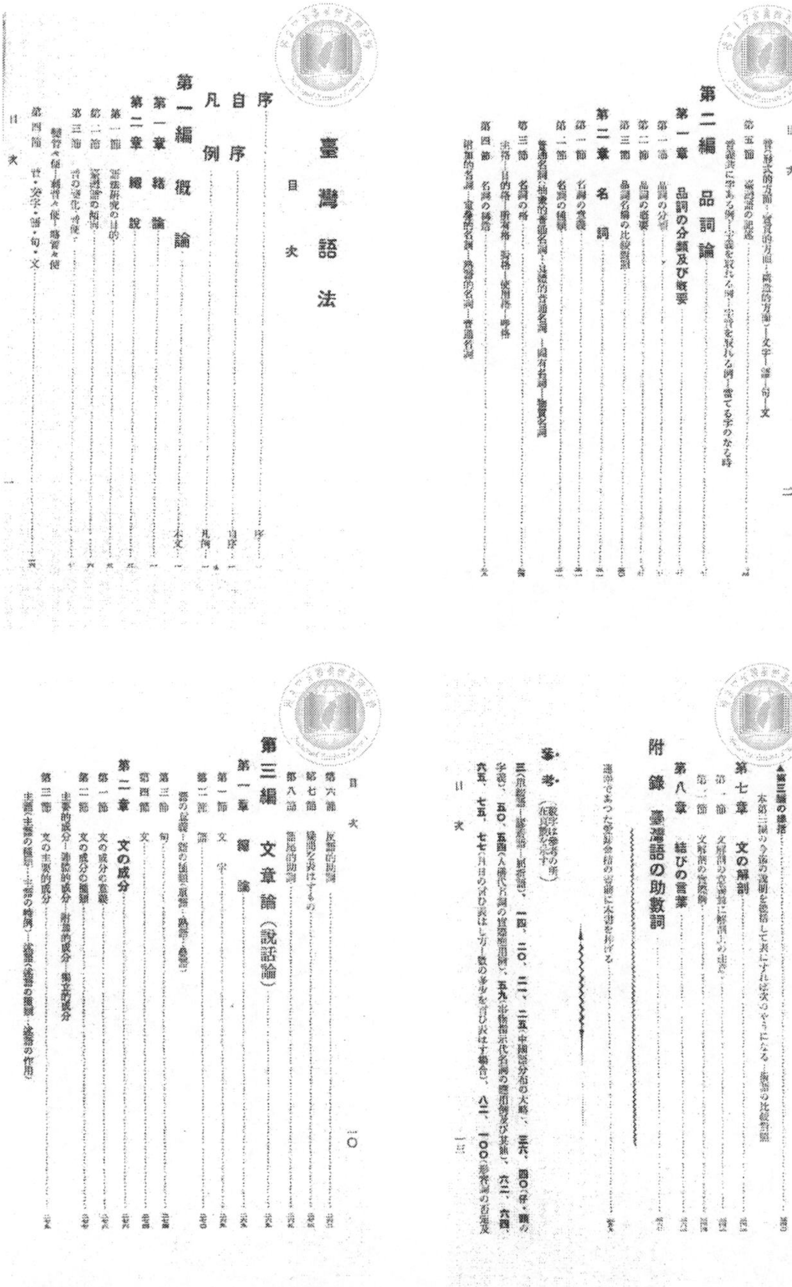
臺灣語法
目次
序
自序
凡例
第一編　概論
第一章　緒論
第二章　總說
第二編　品詞論
第一章　品詞の分類及び概要
第二章　名詞
第七章　文の解剖
第八章　結びの言葉
附錄　臺灣語の助數詞
第三編　文章論（說話論）
第一章　緒論
第二章　文の成分

圖 4-3　（續）

第一編　總論
第一章　緒論

[illegible]方法は思想の交換である等に於ける[illegible]なものである。これは文化[illegible]的[illegible]る。幼稚人の思想感情等は、身振・手眞似或は顏色・音聲等に依つて[illegible]ねばならない時が、片輪である者の使用する武器であることは勿論[illegible]のものと、文字に表はして後代永く殘し遠く[illegible]文章との二つに分けて考へることが出來る。恰かも車の兩輪の如く、言語は言語の精髓ある生命を持續し、文章は新人文化の保存に缺くべからざるものである。

思ふに世は日進月歩、一日として停止してゐない。森羅萬象は時々刻々に變化し、幼稚にして未開なる太古より、文化燦爛たる現代に至る迄、恐らく片時と雖ども停止はしなかつたであらう。言語にしても然り、恐らく太古は今日我々が見る如く、斯く豐な言葉にして、多様なる言語ではなかつたらう。それが文化の進むに從ひ、進化に進化を重ね、變遷に變遷を重ねし結果が、今日の言語となつたのだと思ふ。勿論簡單なる場

合に言語の亡び行く例もあり、進歩發達の極めて遲々たるものもある。が言語はその性質として、如何に進歩發達しても限度があり、限界がある。卽ち相互の理解を必要條件とするのである。何故ならば、言語は人間相互の約束に依つて成立し、意志の疏通・思想感情の發表・智識の交換をする一の媒介であり、談話であるに過ぎないからである。從つて相互間に相通することがなければ、言語としての價値がないばかりでなく、毫も生命を維持することは出來ないのである。つまり相互間に理解し得てこそ、言語としての價値があり、生命があるのである。從つて斷片的に、非組織的に、非系統的に、その時に當り機に觸れて言語は作り出され、發達して來たものである。かくの如くにして出來、作り出された言語ではあるけれども、亂雜を嫌ふ人間の通有性は、永い間知らず〳〵とそれを組織化し、系統化し、且つ自然の陶汰と相俟つて、此處に一の秩序あり組織ある言語が出來たのである。勿論これは教育の力に負ふ所多々あるは事實である。言語は地理的・歷史的・自然的關係に依つて、その組織や傾向等は必ずしも同一ではない。つまり各々異つた進歩發達を遂げて、各々異つた傾向を示し組織を持つてゐるのである。[1]單綴語と云ひ、[2]膠着語と云ひ、[3]屈折語と言ふは、皆これ發達したその傾向、組織の上よりの分類であるのである。

地理的・歷史的・自然的等の關係に依つて、差異を生ずるは一人言語のみでなく、森羅萬象悉くさうである。その例は廣く全世界の現實に求めなくとも、同一國内否眼前にいくらもその例はあるのである。

今我々が研究する語法もその例に洩れない。されぱその傾向・形式・組織等を探究整理し、それに依つて

第五節　臺灣語の記述

臺灣語を書き表はすのに、音・義共に凡て文字があるのではない。音あつて文字のないものが、臺灣語にかなりあるのである。音あつて未だに文字のない所以のものは、歷史的關係(表義文字を使用する歷史)及び教育の不備に加へて、方言的言語の辿る運命の一つであるかも知れない。世は日進月歩、言語はこれに從つて發達するので、文字(表義文字)のこれに伴はないのは或は止むを得ないかも知らない。

思ふに我々は其の思想を發表し現する時、これを文字に記す時、臺灣語は別に一體をなすが爲め、日々の談話と文字の關係は、餘り重要視しなかつたのである。從つてそれが元一致して居つても、時と所及び自然的關係に從つて、推移變遷して隔りが大きくなつて、今日の如き狀態になつたのであらう。その爲めに言文一致が叫ばれ、方言の文字化を云々する時、これが解決に幾多の困難を覺ゆるのである。臺灣語の記述は實にこれと同一運命にあるのである。幸ひ國語を持つ臺灣語はいくらか、異つた立場にあるのであるが然し、語學として學問として研究する時、これは大いに考ふべきことであり遭遇すべき問題である。語源の探研、新字の製造、注音字母の制定、符號假名の研究等問題は種々あり、多く殘されてゐるのである。が決して短日月の間に解決し得る性質のものではない。

さればこの過渡期にある臺灣語は如何に?。音義共に文字あるものは別とし、ないものは出來るだけ近接な文字を使用し、或は意義或は字音を取つて記述するより外ないのである。恰かも國語の當字を使用して

名詞の身分稱といふ。身分稱は左の四種に分けることが出來る。

1. 強制稱—法律等で定めてあり或は慣用の自他稱呼の人代名詞　朕 陛下 等
2. 尊　稱—自分より目上の者に對する自他稱呼の人代名詞　我 足下 等
3. 平　稱—自分と同輩の者に對する自他稱呼の人代名詞　汝 我 等
4. 卑　稱—自分より目下の者に對する自他稱呼の人代名詞　恁 丈 此箍 等

第一號　第一人稱代名詞

第一人稱代名詞は、自稱とも云つて、發言者自身の名の代りに用ひるのである。今身分稱に分けて說明しよう。(實例は五十四頁の參考を參照)

1. 強制稱……朕=朕　臣=臣 等

右は、法律或は古來よりの慣用稱呼で、從つて濫りに使用しない。朕は天皇陛下の御自稱であり、臣は人民の帝王に對する自稱である。

2. 尊　稱……我=私　不肖=不肖　鄙人=拙者　賤妾=妾(女) 等

右は、目上に對する自稱であるから謙遜し、或は禮を失せざる程度に使用せねばならない。

3. 平　稱……我=私　鄙人=拙者　賤妾=妾(女) 等

圖 4-3　（續）

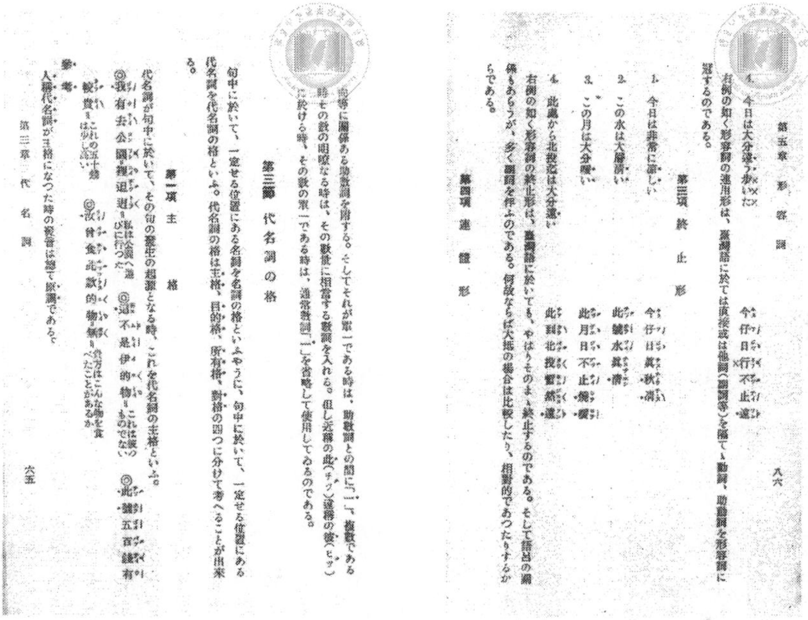

圖4-3　（續）

綜上，日據時期的軍、政、警、教四個方面的閩南話教材居多，這些教材的編寫者、出版者、使用者幾乎都是日本人。教材具有一定的編寫體例，已研發出日本人學習閩南話的專用拼音（假名標音）、白話字、語法系統。教材內容主要包括緒言、課文內容、章節目次、補充資料和附錄等部分。教材版面多以直式安排，使用日文、白話字、假名標音編寫閩南話發音的課文內容。白話字右邊加注「日文假名標音」，課文內容之後附有日語譯文等。依據當時的閩南話華語文教材的編排體例來看，教材基本上由生詞、例句、例句日文對譯、假名標音（發音練習）、補充資料和附錄等編排而成。教材編寫已具備基本的編寫系統和體例。

第三節 臺灣日據時期華語文教材教學應用分析

日據初期為了穩固政權，殖民政府以「臺灣人[30]學日語，日本人學臺語[31]」作為當時的語言教育方針，建立學校實施語言同化主義。提倡日本人學習閩南話的伊澤修二（1851-1917），擔任總督府學務部第一任部長期間（1895-1897），呈遞《臺灣教育意見書》，主張通過語言同化主義推行語言教育分工模式，設定學校制度和教育政策（小川尚義，1907：1-2）；並建立師範學校來培養日本人成為日語教師，以利於推行日式教育，加強殖民統治（熊南京，2007：47）。

在閩南話課程方面，最初因缺乏殖民統治管理人才，積極培養和訓練日本人學習閩南話，成立了臺灣語講習會、土語[32]傳習所、警察官及司獄官練習所、總督府講習班等機構，旨在快速培訓日本人學會閩南語，使其可以更好執行各類管理及政策推廣，以及教授日語等工作（郭媛玲，2003）。此類華語文教學機構規模不大，類似短期補習班的性質，尚不能稱為學校。除此應急式的短期補習班外，伊澤修二以「永遠的教育事業」為理念，成立臺灣師範類型的大學[33]，培育日本人成為各類公立學校的正式日語教師。日據初期的閩南話課程主要培訓與當地民眾頻繁接觸的基層公務人員[34]，重視聽、說訓練，重在提升臺語溝通能力。

---

30 此處的臺灣人指的是臺灣的中國人。

31 此處的臺語指的是閩南話。

32 此處的臺灣語和土語均指閩南話。

33 始建於一九二二年的臺灣師範大學（National Taiwan Normal University）位於臺北市，簡稱師大或臺師大（NTNU）。該校前身為臺灣日據時期於一九二二年創辦的「臺灣總督府臺北高等學校」。於一九四六年成立臺灣省立師範學院，一九五五年改制為臺灣省立師範大學，一九六七年升格為國立臺灣師範大學，現j為臺灣四大學府之一。

34 此時期所使用的教材參見本書第四章第二節；表4-1。

在教材和工具書研發編製方面，代表人物主要有伊澤修二、林久三、今田祝藏、小野西洲等。伊澤修二主編了《新日本語言集甲號》、《臺灣十五音及字母詳解》、《訂正臺灣十五音字母詳解》（陳君慧，2002：18-19）。林久三、今田祝藏、小野西洲不但從事華語文教學，也編寫警政華語文教材。然而，一九三九年開始推行日式教育，停辦了各級學校的臺語（閩南話）課程，相關教材也置之高閣，乏人問津。

在教材的教學應用方面，專門研發日本人學習閩南話的教材，其目的就是要促進學習效果與教學成效，以加強殖民統治。語言教學通常都要從發音入手，而日本人學習閩南話發音與傳教士的學習情形不同，對於他們來說，只能參考傳教士的教學經驗，構建最適合日本人的教學模式。這一時期的教材非常重視聽說訓練，使用大量的時間進行閩南話的語音教學和訓練。在教學中，語音訓練所使用的時間比例最高，學會標準發音之後才進行會話練習。教材使用「日漢（白話字）」對譯直式編寫，並在白話字右邊加注假名標音符號，本來就會書寫漢字的日本人，白話字的書寫練習並不那麼重要，重要的是能用「假名標音」拼出閩南話發音，再和白話字的意思進行聯結。因此，標準的閩南話發音是日本人學閩南話的重點。一八九六年，伊澤修二在臺北士林的講學機構「芝山巖學堂」進行全程講習指導，開始了為期六十天的閩南話教學，其課程記錄如下：

先不教會話，只按照所謂臺灣的十五音字音，從早到晚做八個聲調的練習，這幾乎長達三個星期，占六十天的三分之一。其次，眾所周知臺灣的八聲不是聽一下子就能學會的，勤學苦練是重點，到了能模仿一些的階段才開始聽得明白。講習員等在二十天之間從早到晚做發音練習，學會八聲之後，花四十天的時間教授會話內容（吉野秀公，1927：52）。

由此可知，當時的教學主要由「發音」和「會話」兩大部分組成。因殖民統治重視語言溝通能力，所以強調「聽、說」的訓練。《臺灣土語叢志》第一卷（杉房之助，1899：9-18）提到日本人學習閩南話的五大難關包括：一、發音及聲調複雜；二、名詞、動詞、形容詞的數量過多；三、助詞、連接詞、前置詞（介詞）與日文不同難以理解；四、詞性系統難以構建；五、省略語及俗訛字（俗體字）難以掌握應用。另外，日語跟臺語的發音差距太大，是學習難關的主要因素，某些學習者因無法克服發音這一難關而放棄學習。

伊澤修二在一八九六年於芝山巖學堂第一次講習結束之後提到（吉野秀公，1927：55-70），講習課程使用的「臺灣十五音字母」，參酌了漢人學習閩南話的傳統韻書（謝秀嵐，2002），以及「教羅」能反映實際讀音的拼音文字特質等。然而，日本人學習閩南話有其特色和難點，為了盡速培養大批通曉閩南話的學員，必須瞭解日本人的習得特徵，方能提升教學效率。歷來日本人學習漢語的標音幾乎都使用假名標音符號，故「臺灣十五音字母」也採用假名標音方法。由此可見，在教材編寫方面很重視教材應用的針對性。

第四節　臺灣日據時期華語文教材局限分析

日據時期華語文教材的局限性包括：一、教材的發音系統，當時日本人針對閩南音系的十五音進行研究之後，研發了使用日語假名為閩南話標音的符號，使用「假名標音」符號學習閩南話發音，只有會日語的人才方便使用，因此限制了教材的發展性[35]；二、教材的文字

35 本文針對臺灣華語文教材近四百年的整體演變發展進行研究，這裡的「限制」指的是：一、只適合會說日語且受過教育會寫漢字的人使用；二、此類教材不能像當今的華語文教材通行於全世界。所以日本殖民結束後就不再使用，造成資源浪費和使用上的限制。

系統，使用白話字（漢字）書寫閩南話，部分有音卻無相對應的漢字需要製造新字，但表義文字的創造速度跟不上語言的發展。再加上白話字只利於有漢字基礎的人學習和使用，形成了教材持續應用與發展上的局限性；三、教材的主題內容，大部分局限於殖民統治的行政管理和軍警訓練領域，過於強調殖民統治的需求，只適合會說日語且受過教育會寫漢字的行政和軍警人員使用，過於針對性的學習內容，限制了學習背景和身份；四、此類教材指向特定受眾人群，不適於全面性推廣，不能像當今的華語文教材通行於全世界（通識性）。日據結束後，當時的閩南語教材及其教學不復存在，時至今日，此類教材不再為學習者使用，充分體現出教材在當時社會背景之下的針對性所產生的局限性。

第五節　本章小結

關於日據時期的華語文教材編寫特徵，初期語言不通成為殖民統治的第一大問題，當時的警察又包攬了大部分管控殖民地的工作，語言能力成為提升警政人員工作效率的重要條件。於是成立了「總督府學務部」和「警察官及司獄官練習所」負責編寫「臺語」[36]教材，再通過教學回饋進行教材研究。此時期以殖民統治為核心，教學重視培養實務工作的語言溝通能力，大部分教材以軍警政務的聽說訓練為主。在教材編寫設計方面，首先研發訂定了「臺灣十五音字母及八聲符號」的假名標音法（1901），作為教材發音系統的依據和準則（參見本書圖4-1）教材內容使用白話字加注假名標音符號，主要課文內容附加日文對譯。總結該時期華語文教材的主要編寫特徵為：一、教

36 此處的「臺語」主要指閩南話。

材編寫以殖民統治為目的；二、教材使用日語假名標音法；三、教材書面文字使用白話字；四、版面以直式編排，在白話字右邊加注假名標音符號；五、課文以會話或篇章形式呈現，重視語言實際溝通能力的訓練。

關於日據時期的華語文教材發展特徵，值得注意的是，日本人使用「白話字＋假名標音符號」取代了傳教士自創的「教羅」。雖然「白話字」和「教羅」都是學習閩南話的文字，但兩者之間有共性和個性的區別。這種文字的質變和發展關係，提示我們對比分析了新港文、教羅、白話字、漢字在華語文教材更迭演變中的質變和發展關係，呈現出臺灣華語文教材演變發展的量變的多樣性和質變的複雜性[37]。

表4-2　臺灣三個時期華語文教材的更迭演變

資料來源：筆者自行設計

文字類別 語言與教學	新港文（西拉雅語）	教羅（閩南話）	白話字（閩南話）	漢字（漢語／華語）
字形	拼音文字	拼音文字	表意文字	表意文字
發音	西拉雅語	閩南話	閩南話	漢語
語法	西拉雅語	閩南話	閩南話	漢語
學習者	傳教士	傳教士	日本人	華語學習者
學習目的	宗教傳播	宗教傳播	殖民統治	第二語言習得
教學者	傳教士	傳教士	日本人	華語文教師
教學目的	宗教傳播	宗教傳播	殖民統治	第二語言習得
所處環境	目的語環境	目的語環境	目的語環境	目的語環境

37 參見本書第二章第二節；圖2-1；表4-2。

對比分析結果顯示：一、新港文和教羅的字形相同；白話字和漢字的字形相同；二、教羅和白話字的發音相同；三、教羅和白話字的語法相同；四、新港文和教羅的學習者和學習目的相同；五、新港文和教羅的教學者和教學目的相同；六、四種文字所處的目的語環境相同；七、其他項目相互之間均有不同。

可見華語文教材在缺乏語言本體研究和學科理論基礎的情況下，受到不同時期不同教學目的的影響，演變發展出量變的多樣性和質變的複雜性特徵。因此，本書有必要建立一個教材分析框架，承接當代華語文教材進行整體性的研究（參見本書圖1-2）。

第五章
臺灣當代華語文教材發展研究（第一階段）[1]

臺灣華語文教學沿革，從十七世紀發展到二十世紀中葉，已經走出以漢方言作為二語習得的時代，步入當代以習得普通話（國語，指中國語）為目標的華語文教材發展時期（1946-迄今）。此時期的語言本體研究和學科理論基礎已比較成熟，對普通話和漢字體系也有了更好的研究。這些學科理論對於教材的編寫、分析、評價具有重要的指導意義。臺灣當代第一階段（1946-1998）在推行國語[2]的基礎上（臺灣大百科全書，2004；褚靜濤，2015）[3]，開始研究美國英文版的中文教材。六〇年代的美國中文教材已具有一定的學科理論基礎，其編寫思路及體例符合當時的需求。基於臺灣當代第一階段華語文教材客觀上的缺乏，只能借用美國中文教材進行翻譯並直接改編成用漢字編寫的華語文教材。值得一提的是，臺灣當代華語教學機構的大部分教材只提供內部使用，教材和教學法均不對外公開，基本上只有臺灣師範大學國語教學中心出版的華語文教材對外公開銷售，且通用於各華

1　本書將臺灣當代華語文教材發展時期劃分為兩個階段。第一階段（1946-1998）開始研究和翻譯美國英文版的中文教材改編華語文教材，標誌性教材是《國語會話》（1967），此為改編華語文教材階段。第二階段（1999-2018）開始自編華語文教材，由官方正式出版了兩套通用型的主流教材《實用視聽華語》（1999）和《當代中文課程》（2015），此為自編華語文教材階段。

2　此處的「國語」指的是中文、普通話、華語文。

3　臺灣從1946年開始推行「國語運動」，經過近10年政策的實施（1946-1955），將當時的日式（日文）教育漸扭轉為國語（普通話）教育（參見本書附錄九）。

語教學機構。當代第一階段標誌性教材《國語會話》（1967）是由臺師大國語教學中心直接翻譯具有一定學科理論的耶魯中文教材改編而成的，故本章主要針對耶魯中文教材和《國語會話》進行分析，對當代第一階段華語文教材的總況、特徵、應用、局限進行探討如下。

第一節　臺灣當代第一階段華語文教材總況（1946-1998）

臺灣推行、通用國語（普通話）之後，六〇年代初，基於傳教目的，西方傳教士順應時代需求開始學習華語／普通話，引進了美國英文版的中文教材（李振清，2005）。一九五六年臺灣師範大學成立「國語教學中心」（簡稱 MTC）之後，開始研究分析美國中文教材，並翻譯了《國語入門（*Mandarin Primer*）》（趙元任[Yuen Ren Chao]，1948）[4]；《說中文（*Speak Chinese*）》（Henry & Gardner, 1948）[5]；《說華語（*Speak Mandarin*）》（Henry & Gardner, 1967）[6]等美國中文教材（參見本書附錄十）。最後以耶魯中文教材為範本，將翻譯內容直接改編成《國語會話（一）》（臺灣師範大學國語教學中心，1967）和《國語會話（二）》（臺灣師範大學國語教學中心，1985）等華語文教材。期間，各大學和私立華語文教學機構紛紛成立[7]，亦翻譯美國中文教材改編以漢字編寫的教材。如中華語文研習所（TLI）的《新華文讀本》（何景賢，1960）；臺大華語研習所（ICLP）的《新編會話》

4 以下簡稱《國語入門》。

5 以下簡稱《說中文》。

6 《說華語（*Speak Mandarin*）》（1967）由《說中文》（1948）修訂擴充而成。以下簡稱《說華語》。

7 如一九五八年成立的「中華語文研習所（TLI）」；一九六一年成立的「臺大華語研習所（ICLP）」等。

（洪秀芳，1977）等，多以耶魯中文教材為基礎翻譯改編而成，但均不公開使用，也不對外銷售。臺灣當代華語文教學機構的多數自編教材；一、不具代表性；二、不公開教學；三、不對外銷售。只有臺灣師範大學國語教學中心一直領銜出版通用型教材至今，該中心當代第一階段最具代表性的教材是翻譯耶魯中文教材改編的《國語會話》（1967）。分析探討耶魯中文教材《說華語》和《國語會話》的教材特徵如下。

第二節　臺灣當代第一階段華語文教材特徵分析

臺灣當代一直由臺灣師範大學主導研發官方出版的主流華語文教材。於六〇年代開始研究美國英文版的中文教材，主要以耶魯中文教材《說華語》為範本，直接翻譯改編成用漢字編寫課文內容的華語文教材《國語會話》[8]。這兩本教材均採用《Dictionary of Spoken Chinese》（1947，1996）[9]進行詞類劃分和編寫。本節以《說華語》和《國語會話》為例進行對比，分析探討該階段具代表性的教材內容與特徵如下。

8　參見本書第五章第二節。

9　耶魯中文教材詞類包括：A（adverb），即副詞；L（localizer），即方位詞；M（measure），即量詞；N（noun），即名詞；NU（number），即數詞；P（particle），即助詞；PN（pronoun），即代詞；PW（place word），即處所詞；QW（question word），即疑問詞；SP（specifier），即指示語；TW（time word），即時間詞；V（verb），即動詞。其中V又分為六種：AV（auxiliary verb），即助動詞；CV（coverb），即動介詞；EV（equative verb），即係詞；FV（functive verb），即動態動詞；RV（resultative verb），即結果補語動詞；SV（stative verb），即狀態動詞等。

一　耶魯大學中文教材《說華語》(*Speak Mandarin*)

《說華語》(1967)由《說中文》(1948)修訂擴充而成。與時俱進，編寫者一九六七年針對《說中文》不合時宜的部分做了一些修正，將《說華語》改版更名為《說華語》(Henry & Gardner, 1967)。該教材包括課本和學生作業本。課本由 Henry C. Fenn 和 M. Gardner Tewksbury 編製，共二十課，二三八頁，為十六開本。每課以語法重點為中心，分為對話、生字、句型、注釋四部分。學生作業由 Henry C. Fenn 和 Helen T. Lin, Henry T. K. Kuo, Joseph Kuo 合編，每課分為詞彙練習、句型練習、問答、翻譯四部分。兩本教材都使用英文和耶魯羅馬拼音[10]編寫，改版更名後仍無漢字。該教材雖然沒有漢字，但已具有一定的學科理論基礎。教材受到翻譯法和聽說法的教學法思想影響，重視漢語語法結構的分析，可提供課堂教學進行大量重複性操練(吳勇毅，2021：260)。

(一)語音處理

全書採用耶魯羅馬拼音進行編寫，教材的漢語發音指導中[11]使用英文解釋漢語發音的方法和技巧，選用接近漢語發音的英文(詞或句)來解釋說明漢語的發音。編寫者在發音指導中提到「很多漢語普通話的發音實際上和英語發音是一樣的」[12]，體現出該教材當時的發

10 耶魯拼音方案(Yale Spelling System)，是一九四三年初，美國因二戰需要培訓一批來華軍人，在耶魯大學進行短期漢語訓練。由美國耶魯大學遠東語言研究所擬訂了一個拼寫漢語的拉丁字母方案。這個方案主要用來編寫漢語的口語教材，供學員進行會話練習(尹斌庸，1987)。

11 漢語發音指導位於該教材的Guide to Pronunciation of Chinese Sounds (pp. xi-xii)。

12 原文為「Many sounds in Mandarin Chinese are for practical purposes identical with their English counterparts.」。

音教學特點。列舉說明如下：

1. 關於母音和母音組合（Vowels and Vowel Combinations, p. xi），將中文拼音中的「a」比對英文句型「a as in father…」來解釋和說明漢語發音；將漢語的「i」比對英語的「I as in machine」進行說明。
2. 關於聲母（Initial Consonants, p. xii）發音和音位的練習，教材使用英語有「n、s、l」的詞彙比對說明漢語聲母「n、s、l」的發音。但漢語聲母「n、s、l」的發音只是大致接近英語母音前的「n、s、l」。例如使用「name、same、love」引導漢語聲母「n、s、l」的發音練習；但是英語母音後的「l」和漢語聲母「l」不一樣，教材並未注意到類似這樣的差異。關於韻尾輔音（Final Consonants, p. xiii），並未提到 -r（兒化韻）的發音特徵。
3. 關於各類音節（Checklist of Syllables, pp. xv-xvii）的漢英對比分析，如母音「ang」使用英文「father」中的「a」的發音解釋說明漢語的發音位置；英文「under」的「un」和漢語的「en」的發音比對；英文「lung」的「ung」和漢語「eng」的發音比對等。
4. 使用名詞複數（Initials）的「s」提示說明漢語的輕聲。但是該教材的漢語發音（聲調）部分並未提示輕聲和變調等相關問題的解決方案。

（二）漢文書處理

全書未使用漢字，該教材的編寫者認為學中文不一定要拼音和漢字一起學，漢字不是拼音文字，「讀寫漢字」對於「聽、說」並沒有太大的幫助（Henry & Gardner, 1967）。因此，該教材僅使用耶魯羅馬拼音編寫了索引（Index），而且索引和生字表沒有拼音和漢字互相對照，查閱起來較為不便。

（三）詞的選用

該教材完全未使用漢字，字及詞語以拼音形式出現，像「你忙嗎？」這樣的表達方法均用「nǐ máng ma?」的拼音替代漢字。所以我們這裡將「nǐ máng ma?」這樣的表達方法視作本書的「字／詞」。首先說明詞彙量的問題，該書選用日常生活常用的詞語八五〇個。第一課生詞最少，共二十五個。第十五課生詞最多，共六十八個，平均每課生詞約為四十至五十個。針對在美國學習中文的初學者來說，每課的生詞數量較多，學生不易吸收。以上統計還不包括表達（expressions）和俗語（common sayings）。其次為詞彙的實用性，該書配合生詞列出的禮貌用語（courtesy expressions）、課堂用語（classroom utility expressions）和名言（aphorisms）等均為日常生活用語，包括自我介紹、衣食住行、購物、交際溝通等方面的詞彙。

（四）詞類劃分

該教材的詞類包括：A（adverb），副詞；L（localizer），方位詞；M（measure），量詞；N（noun），名詞；NU（number），數詞；P（particle），助詞；PN（pronoun），代詞；PW（place word），處所詞；QW（question word），疑問詞；SP（specifier），指示語；TW（time word），時間詞；V（verb），動詞。其中 V 又分為六種：AV（auxiliary verb），助動詞；CV（coverb），動介詞；EV（equative verb），係詞；FV（functive verb），動態動詞；RV（resultative verb），結果補語動詞；SV（stative verb），狀態動詞[13]等。耶魯教材的這種詞類劃分及其語法規則在當時通行較廣，它是以英語母語者學習漢語為背景的研究，故懂得英文的學生很容易接受這套詞類系統。然而，漢語

13 該詞類的中文翻譯參考了鄧守信老師的解說（2021年4月19日）。

與西方語言在本質上存在著極大的差異性，再加上漢語學習者來自世界各地，不一定都懂得英語。因此，編寫華語文教材直接套用耶魯詞類劃分及其語法系統是否客觀、科學，還有待考察和研究。

（五）句型處理

句型是教材的骨幹，該教材主要以直述句、複合句、疑問句等進行語法分析及句型練習。例如「誰都不喜歡他（遍指句）」、「連老師也不知道（加強句）」，以及被動句的「把」和「被」等等。該教材使用句型圖表的方式呈現基本句型，使初學者一目了然，能幫助學習者構建清晰的語法概念（參見本書圖5-1）。不僅如此，還附加了很多替換練習、梯形練習、問答練習、課室活動等，系統地安排了各種句型練習，以瞭解句式的變化。然後再採用翻譯（將中文翻譯成英文）、造句等方式進行活用句型的練習。

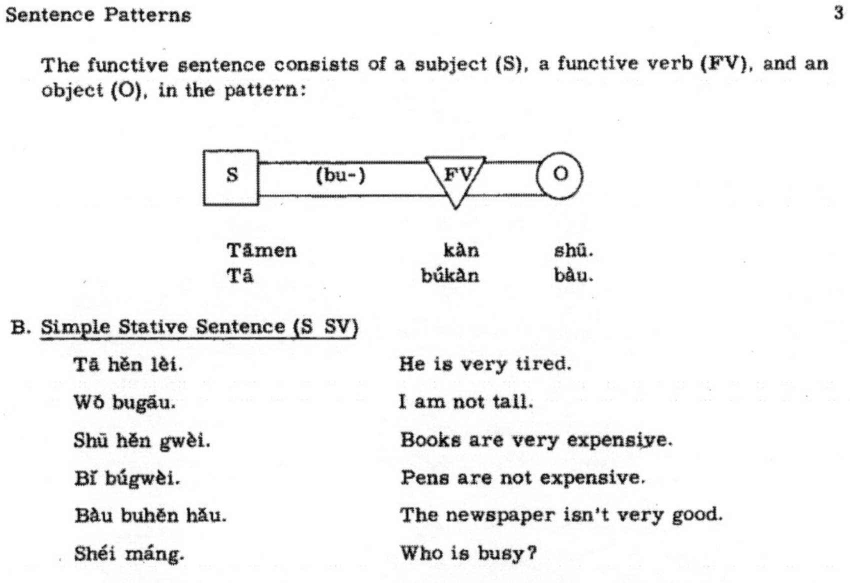
Sentence Patterns　　3

The functive sentence consists of a subject (S), a functive verb (FV), and an object (O), in the pattern:

S　(bu-)　FV　O

Tāmen　kàn　shū.
Tā　búkàn　bàu.

B. Simple Stative Sentence (S SV)

Tā hĕn lèi.	He is very tired.
Wŏ bugāu.	I am not tall.
Shū hĕn gwèi.	Books are very expensive.
Bǐ búgwèi.	Pens are not expensive.
Bàu buhĕn hău.	The newspaper isn't very good.
Shéi máng.	Who is busy?

圖5-1　《說華語》（1967）語法概念（句型）圖表

資料來源：《說華語》（1967）

The stative sentence consists of a subject (S) and a stative verb (SV):

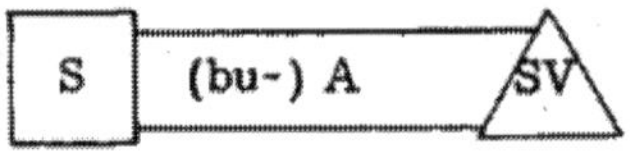

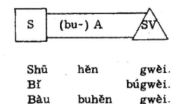

Shū	hěn	gwèi.
Bǐ		búgwèi.
Bàu	buhěn	gwèi.

C. Three Types of Questions

1. Simple Questions with the Interrogative Particle ma

Tā kàn bàu ma?	Does he read the newspaper?
Nǐmen búmài bǐ ma?	Don't you sell pens?
Nín máng ma?	Are you busy?
Shū búgwèi ma?	Isn't the book expensive?

Simple questions are formed by adding the interrogative particle ma to statements, without change in word order:

Functive Sentence

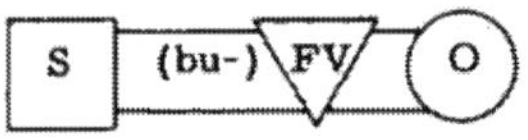

ma?

Tā kàn bàu ma?

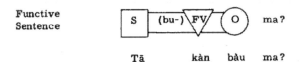

Sentence Patterns 33

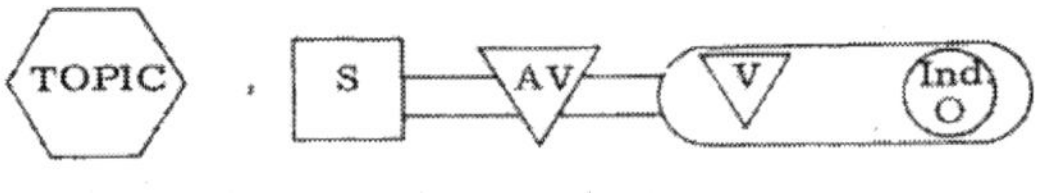

Jèige byǎu, wǒ ywànyi gěi nǐ
'I'd like to give you this watch.'

圖5-1 （續）

NOTES

1. Numbers below 10,000

a.

	NU-NU/M -chyān	NU-NU/M -bǎi	NU-NU/M -shŕ	NU digits
1				yī
2				lyǎng-
10 (b)			shŕ	
12 (b)			shŕ	èr
20			èrshŕ	
63			lyòushr	sān
100		yìbǎi		
204 (c)		èrbǎi	líng	sz̀
385		sānbǎi	bāshr	wǔ
411 (b)		sz̀bǎi	yīshr	yī
1,000	yìchyān			
2,006 (c)	lyǎngchyān	líng		lyòu
2,217 (b)	lyǎngchyān	èrbǎi	yīshr	chī
3,090 (c)	sānchyān	líng	jyǒushr	
4,300	sz̀chyān	sān(bǎi) (e)		
9,999	jyǒuchyān	jyǒubǎi	jyǒushr	jyǒu

Notes **47**

Note that in non-monetary situations such as the apportionment of goods among people, the pattern is modified by prestatement of the topic:

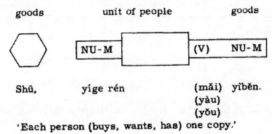

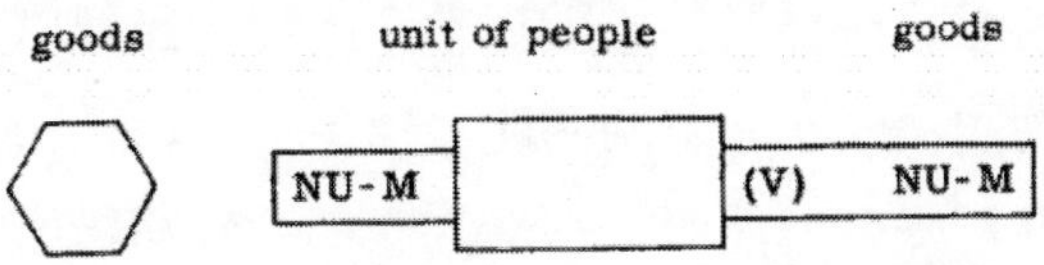

Shū, yíge rén (mǎi) (yàu) (yǒu) yìběn.

'Each person (buys, wants, has) one copy.'

圖5-1　（續）

從教材內容的編排方式來看，句型練習多為機械式操練，缺少練習活動內容的變化。重複性操作不但容易形成學習的倦怠感，也忽略了語言的交際功能。在句型難易程度方面，對於語法點的安排操之過急：一、第一課就把簡單疑問句「他看報嗎？」和難度較高的「他看報不看？」兩種疑問句一口氣教完。難度較高的疑問句對於學第一課的初學者來說具有程度銜接上的難度；二、在第八課先教方位詞「頭」[14]，在第十九課再教常用的方位詞「邊」[15]。顛倒了語法出現的次序；三、在第九課就教疑問詞的特殊用法「誰都想……」，教材對該語法點的英文詳盡解說，超過初學者所能接受的程度。如若提供更多相關例句和語境搭配教學和練習，更能幫助理解和實際應用。諸如此類，形成了該教材在語法點銜接上的問題。

此外，課文中某些例句不是流利自然的中國話。由於初級教材要考慮到學習者的程度和接受能力而選擇詞彙和語法，課文內容的編寫設計因此受到一定的限制，安排不當就涉及到語句的自然表達，以及教材內容的實用性。例如該教材第一課、第四課和第六課等的某些語句（參見本書表5-1），處理好這些編寫問題才能使課文內容既生動又實用。

（六）課文內容

該教材以語法點為核心編寫課文內容，這種處理方式強調有系統的逐步處理語法層次之間的問題，學生可以把精力集中在某些語法點的問題上進行學習。然而，課文內容卻受到初級所能選用的字、詞、語法的限制，使得某些對話內容顯得不夠自然流利，也影響了課文內容的趣味性。在版面編排方面，全書沒有適合教材內容的插圖作為課文內容的輔助說明。只有第十九課插入一幅簡單的地圖。由此可見，想要教學生動有趣，教學者要自行準備更多教具和材料，才能使單調的課文內容生動活潑起來。

---

14 如「前頭、後頭、前邊、後邊」等。

15 方位詞「邊」相較於「頭」，「邊」的用途較多、限制較少。

表5-1　《說華語》不符合華人口語習慣的句子

課文	對話內容
第一課	A：報好嗎？（*符合華人口語習慣的句子為「報紙好看嗎？」） B：報不很好。（*符合華人口語習慣的句子為「好看／不好看」）
第四課	A：張先生有幾個孩子？ B：對不起（*中國人回答時不會說「對不起」），張先生沒有太太，可是他有一個女朋友，很好看。（*答非所問）
第六課	A：他們唱歌嗎？（*語義不詳） B：他們還不唱歌呢。（*語義不詳）

資料來源：《說華語》（1967）

（七）作業練習

該教材附有學生作業本一冊，每一課的作業分為詞彙練習、句型練習、問答、翻譯四部分，分別有填空，代換、問答、中翻英、英翻中、複述等各種方式的練習。練習目的在於不斷重複操練大量的重要句型，使學生加深記憶。作業本內容基本上可以和課文所學互相搭配進行練習。

綜上所述，《說華語》已具有一定的理論基礎。教材選詞實用，語法解釋詳細，為華語文教材編寫和發展提供了重要參考資料。總結歸納教材編寫特徵如下：一、在整體編排方面：該教材為初級課本，以英文對應耶魯羅馬拼音編寫。課文以對話形式呈現，對話之後有生詞、語法解釋和練習，教材的最後附有詞彙索引表。不足之處，首先是教材的程度銜接問題，學完該教材的初級課程之後，無適當的銜接教材。其次，全書以英文對應耶魯羅馬拼音編寫，不利於漢字教學，若搭配其他漢字課本，教材內容要相互匹配才能使用，具有一定的難度；二、在語言要素方面：使用耶魯羅馬拼音和英語說明進行語音教學；選用適合初級程度的生活常用詞彙編寫課文內容；因使用羅馬拼音編寫，使教材不具備漢字教學功能；教材採用耶魯的詞類劃分及其語法規則，以語法分析為核心，以句型骨幹列出句型圖，有系統地分析漢語語法結構；在詞類劃分和語言釋義方面，英文的解釋過於詳盡，不能簡明扼要的說明語法概念，反而會對初學者形成干擾；三、在語言技能方面：強調英語和漢語相似語音的發音教學和練習；句型分析搭配重複性練習是該教材的教學重心，但科學化的句型結構分析並不能涵蓋「全語言」[16]功能。以結構主義的語言學習原理為基礎，對句型進行大量的反覆性操練，偏重機械化的練習不容易激發學習興趣；四、在配套材料方面：教材附有學生作業本提供課堂和課後練習。練習內容和方法仍以機械化的操練為主，缺乏理解性的實際溝通培養，減少了實際使用中文的機會。

二　臺灣師範大學華語文教材《國語會話（一）》

《國語會話（一）》（1967）由臺灣師範大學國語教學中心編撰。該教材採用耶魯中文教材的編寫系統，在耶魯中文教材《說華語》的基礎上添加了漢字[17]，使用耶魯羅馬拼音和國語注音符號為漢字標音。教材中保留了英文版的英文注釋，為了加強說明效果，在英文注釋中夾雜了漢字詞彙和短語輔助說明和釋義。教材重口語練習及中華文化的傳播，課文內容生動實用，選詞適合當時的社會背景（參見本書附錄十一）。分析其具體教材內容如下。

---

16 「全語言」是二十世紀八〇年代興起的一種語言教學理念，強調在完整的語言和社會情景中，對語言學習者實施「聽、說、讀、寫」的統合教學（楊潔，2002）。

17 此處的資料來源於筆者進修臺灣師範大學華語文教學研究所時，在葉德明和陳懷萱教授課堂上所做的課程筆記。

（一）發音處理

該教材採用國語注音符號和耶魯羅馬拼音為課文中的漢字標音；省略了原版用英文解釋漢語發音的指導（Guide to Pronunciation of Chinese Sounds）。在批註（NOTES -p.15）中，增加以英文解釋漢語聲調的變化規律和特徵。減少了用英文解釋漢語發音的教學內容，仍採用接近漢語發音的英文（詞或短句）對應說明漢語語音的發音技巧。每課生詞（Vocabulay）和句型（Patten Sentences）標示國語注音符號和耶魯羅馬拼音，再輔以英文翻譯[18]。

課文分兩大部分，第一部分是漢字加國語注音符號及耶魯羅馬拼音，第二部分是中文拼音和英文翻譯。教材添加國語注音符號為漢字標音，是為了加強初級會話的發音練習效果。當時的編寫理念認為拼讀漢語只使用耶魯羅馬拼音具有語音上的干擾，輔助漢語發音的效果不佳（參見本書圖5-2）。

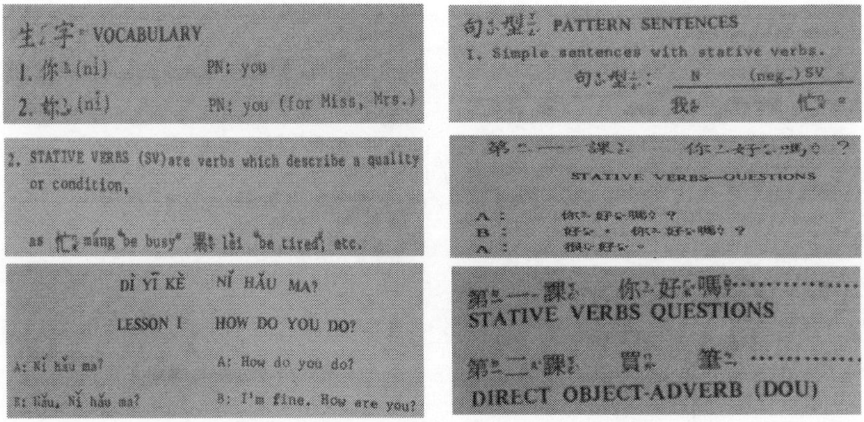

圖5-2　《國語會話》第一冊發音的編寫方式

資料來源：《國語會話》（1967）

18 參見該教材的「VOCABULARY」，p7。

(二) 漢文書處理

該教材的課文內容使用漢字編寫，標示國語注音符號和耶魯羅馬拼音，並附加英文翻譯（參見本書圖5-3；附錄十一），打破了當時美國英文版中文教材編寫者對漢語的認識和看法[19]。《國語會話》的索引（Index）不再使用拼音，只有標示國語注音符號的漢字及對應英文翻譯。漢字表和索引（Index）都有漢字和國語注音符號及相對應的英文解釋，便於使用者查閱參考，亦使學習者更加瞭解漢語（漢字）本質，編寫方法越來越客觀和科學。

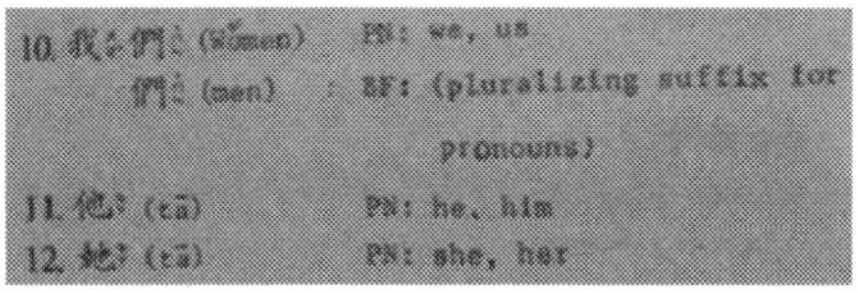
10. 我們 (wǒmen) PN: we, us
們 (men) BF: (pluralizing suffix for pronouns)
11. 他 (tā) PN: he, him
12. 她 (tā) PN: she, her

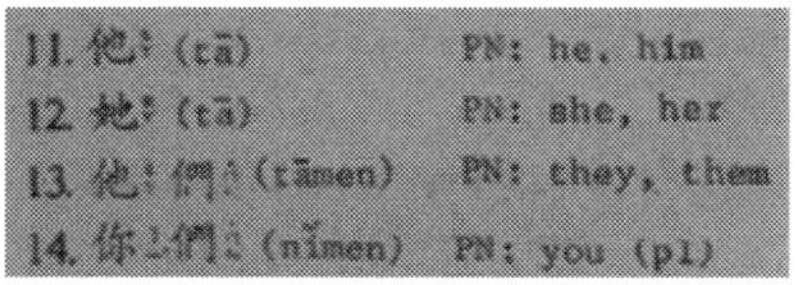
11. 他 (tā) PN: he, him
12. 她 (tā) PN: she, her
13. 他們 (tāmen) PN: they, them
14. 你們 (nǐmen) PN: you (pl)

圖5-3　《國語會話》第一冊漢文書處理的方式

資料來源：《國語會話》（1967）

(三) 詞的選用

首先是教材的詞彙量，全書使用常用詞彙約六百個。第二課的生詞最少，只有十二個；第二十課之後的生詞量不斷增加，每課的生詞約為三十五至四十五個。平均每課生約有三十個生詞。其二為詞彙的實用性。因教材採用漢字編寫，能將字延伸為詞或片語，再延伸出短句（參見本書圖5-4；附錄十一），一方面可以瞭解漢語的特質，另一方面可進一步熟悉漢語「詞」的結構特性[20]。此外，教材重視詞彙的

---

19 《說華語》的作者Henry & Gardner認為漢字不是拼音文字，學中文不一定要拼音和漢字一起學。

20 漢語五種詞的結構類型包括偏正結構、述賓結構、述補結構、聯合結構、主謂結構。

重現來增強學習記憶和學習效果，形成類推的學習技巧，達到「i+1」的學習效果。其三為詞彙與語法之間的關係。將詞延伸為片語與短句的方式，可有系統地逐步處理語法中各層次之間的問題，更能有效地瞭解漢語語法結構。另外還在批註（NOTES, p.15）中增加了以英文解釋生詞或語法特徵的說明。《國語會話》的詞彙選用和安排，相較於只使用拼音編寫的教材而言，更能達到整體性的教學效果。

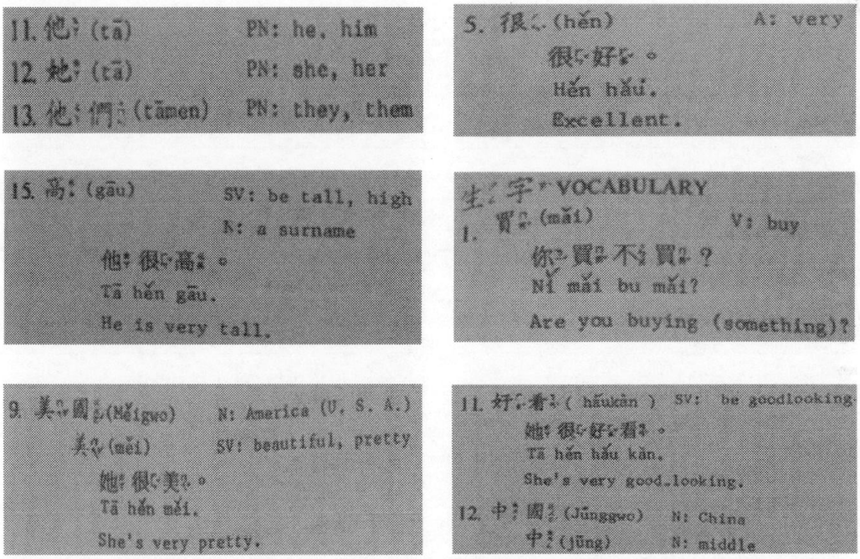
11. 他 (tā) PN: he, him
12. 她 (tā) PN: she, her
13. 他們 (tāmen) PN: they, them

5. 很 (hěn) A: very
很好。
Hěn hǎu.
Excellent.

15. 高 (gāu) SV: be tall, high
N: a surname
他很高。
Tā hěn gāu.
He is very tall.

生字 VOCABULARY
1. 買 (mǎi) V: buy
你買不買？
Nǐ mǎi bu mǎi?
Are you buying (something)?

9. 美國 (Měigwo) N: America (U. S. A.)
美 (měi) SV: beautiful, pretty
她很美。
Tā hěn měi.
She's very pretty.

11. 好看 (hǎukàn) SV: be goodlooking
她很好看。
Tā hěn hǎu kàn.
She's very good-looking.
12. 中國 (Jūnggwo) N: China
中 (jūng) N: middle

圖5-4　《國語會話》第一冊生詞的選用及編排方式

資料來源：《國語會話》（1967）

（四）詞類劃分

《國語會話》與《說華語》的詞類略語有所不同，在詞類劃分及語法系統上的改變和演進（參見本書表5-2），體現出改編教材的編寫者對漢語的認識和研究的不同。

表5-2　《國語會話》與《說華語》詞類略語表的比對

《國語會話》	《說華語》
A副詞（adverb）	A副詞（adverb）
AV助動詞（auxiliary Verb）	AV助動詞（auxiliary Verb）
CV動介詞（coverb）	CV動介詞（coverb）
EV係詞（equative verb）	EV係詞（equative verb）
FV動態動詞（functive verb）	FV動態動詞（functive verb）
L方位詞（localizer）	L方位詞（localizer）
M量詞（measure）	M量詞（measure）
N名詞（noun）	N名詞（noun）
NU數詞（number）	NU數詞（Number）
O受詞（object）	O受詞（object）
P助詞（particle）	P助詞（particle）
PN代詞（pronoun）	PN代詞（pronoun）
PW地方詞（place Word）	PW地方詞（place Word）
QW疑問詞（question Word）	QW疑問詞（question Word）
RE結果動詞尾（resultative Ending）	RE結果動詞尾（resultative Ending）
RV結果補語動詞（resultative verb）	RV結果補語動詞（resultative verb）
SP指示語（specifier）	SP指示語（specifier）
SV狀態動詞（stative verb）	SV狀態動詞（stative verb）
TW時間詞（time Word）	TW時間詞（time Word）
V動詞（verb）	V動詞（verb）
VO動受複合詞（verb Object）	VO動受複合詞（verb Object）
PT句型（pattern）	BF黏著形式（bound Form）
B限制式（bound form）	DO直接賓語（direct object）

續表

《國語會話》	《說華語》
PV後置介詞（post verb）	EX慣用語（idiomatic Expression）
RC結果複合動詞（resultative compound）	IO間接賓語（indirect object）
MA可移副詞（movable Adverb）	RVE結果動詞結尾（resultative verb ending）
DV方向動詞（directional Verb）	S主語（subject）
AT修飾詞（attributive）	T話題（prestated）topic
IE慣用語（idiomatic expression）	
ON擬聲詞（onomatopoetic term）	
PosN位置詞（positional noun）	
DC方向複合詞（directional compound）	

資料來源：《說華語》（1967）&《國語會話》（1967）

（五）句型處理

該教材為初級課文，以語法結構分析為核心，搭配句型練習對語法進行說明和解釋，系統化地呈現語法層次結構，聚焦於語法的分析和處理，以達到系統性的解釋，以及適當練習的教學目的（參見圖5-5；附錄十一）。句型作為該教材的骨幹，以圖示呈現句型結構的層次、說明瞭解句式的變化、建構基本的語法結構與概念。此外，採用替換、梯形和問答等練習方式，有系統地安排學生熟練各種句型，以翻譯、造句來增強練句型的練習效果（參見圖5-5；附錄十一）。

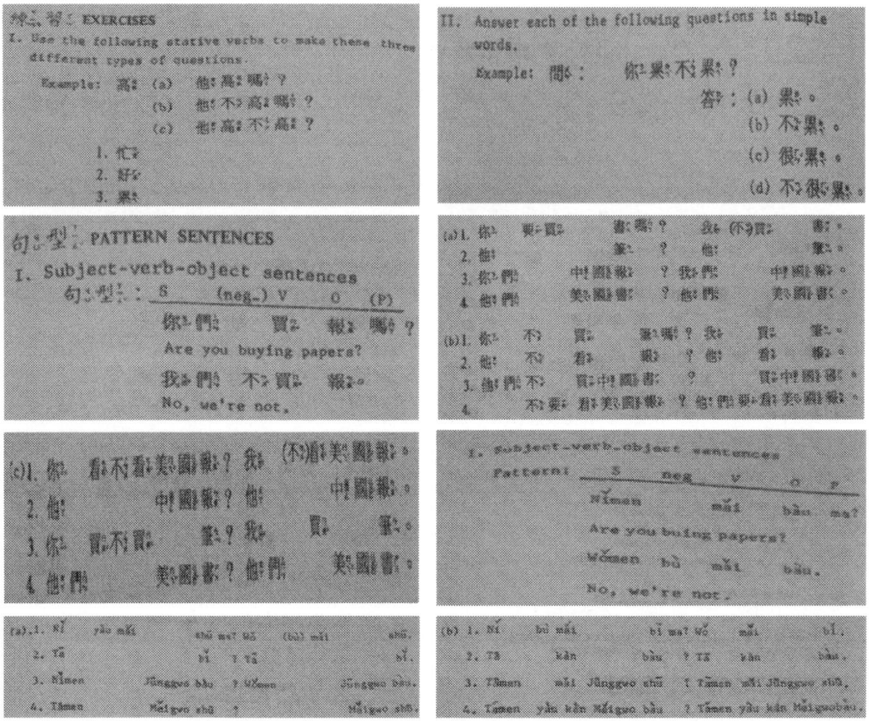

圖5-5　《國語會話》第一冊的句型圖例

資料來源：《國語會話》（1967）

可見，該教材是在翻譯法和聽說教學法的思想指導下進行設計和編寫的。主要仰賴語法結構的翻譯進行句型的聽說操練，低估了語言的內涵及實際溝通的作用。該教材相較於英文版的中文教材，不符合中國口語習慣的句子較少，但仍有一小部分例句為了配合語法教學，而顯得不夠自然。譬如在第一課就介紹「你好嗎？」和「妳忙不忙？」[21]兩種疑問句式，對於零起點教學的第一課來說難度較高。這部分與耶魯英文版中文教材沒有太大的區別。第二課的「美國筆不都很貴」[22]，

21 《國語會話（一）》，頁2。

22 《國語會話（一）》，頁20。

沒有搭配「……都很 SV 或……都不 SV」進行循序漸進的教學，容易造成學習和理解上的困擾。在這一方面該書還有進步的空間。

（六）課文內容

該教材的課文內容以實際生活中的常用語句為主。句型多為自然流利的日常用語。課文內容較適合在華人社會中使用，具有實際溝通作用。該教材不足之處：一、教材編排設計欠缺情景圖片的搭配；二、重視語法結構分析，以及句型的重複操練而難以引起學習興趣等（參見本書圖5-6；附錄十）。

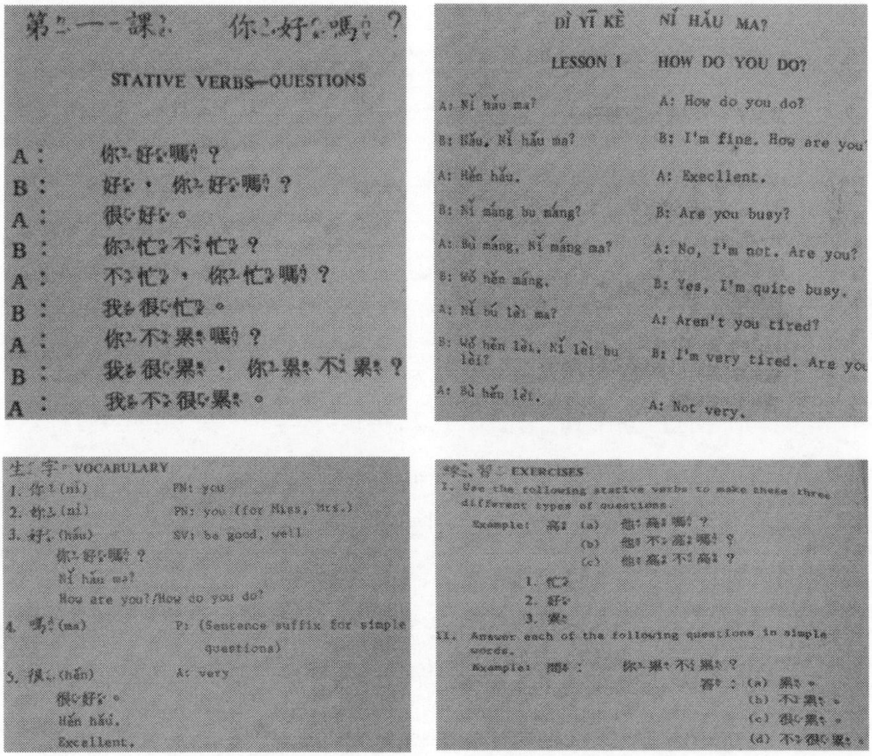
第一課　你好嗎？

STATIVE VERBS—QUESTIONS

A：你好嗎？
B：好，你好嗎？
A：很好。
B：你忙不忙？
A：不忙，你忙嗎？
B：我很忙。
A：你不累嗎？
B：我很累，你累不累？
A：我不很累。

DÌ YĪ KÈ　NĬ HĂU MA?

LESSON I　HOW DO YOU DO?

A: Nĭ hău ma?　A: How do you do?
B: Hău, Nĭ hău ma?　B: I'm fine. How are you?
A: Hĕn hău.　A: Excellent.
B: Nĭ máng bu máng?　B: Are you busy?
A: Bù máng, Nĭ máng ma?　A: No, I'm not. Are you?
B: Wŏ hĕn máng.　B: Yes, I'm quite busy.
A: Nĭ bú lèi ma?　A: Aren't you tired?
B: Wŏ hĕn lèi, Nĭ lèi bu lèi?　B: I'm very tired. Are you?
A: Bù hĕn lèi.　A: Not very.

生字 VOCABULARY
1. 你 (nĭ)　PN: you
2. 妳 (nĭ)　PN: you (for Miss, Mrs.)
3. 好 (hău)　SV: be good, well
你好嗎？
Nĭ hău ma?
How are you?/How do you do?
4. 嗎 (ma)　P: (Sentence suffix for simple questions)
5. 很 (hĕn)　A: very
很好。
Hĕn hău.
Excellent.

練習 EXERCISES
I. Use the following stative verbs to make these three different types of questions.
Example: 高 (a) 他高嗎？
(b) 他不高嗎？
(c) 他高不高？
1. 忙
2. 好
3. 累
II. Answer each of the following questions in simple words.
Example: 問：你累不累？
答：(a) 累。
(b) 不累。
(c) 很累。
(d) 不很累。

圖5-6　《國語會話》第一冊課文內容和文字

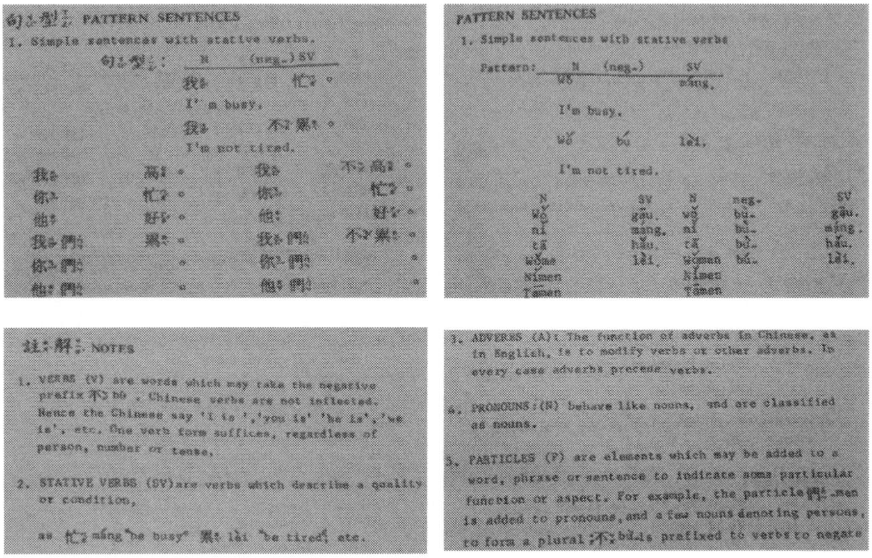

句型 PATTERN SENTENCES

1. Simple sentences with stative verbs.

句型： N (neg.) SV

我 忙。

I'm busy.

我 不累。

I'm not tired.

我	高。	我	不高。
你	忙。	你	忙。
他	好。	他	好。
我們	累。	我們	不累。
你們	。	你們	。
他們	。	他們	。

PATTERN SENTENCES

1. Simple sentences with stative verbs

Pattern: N (neg.) SV

Wǒ mǎng.

I'm busy.

Wǒ bú lèi.

I'm not tired.

N	SV	N	neg.	SV
wǒ	gāu.	wǒ	bù.	gāu.
nǐ	mang.	nǐ	bù.	máng.
tā	hǎu.	tā	bù.	hǎu.
wǒmen	lèi.	wǒmen	bú.	lèi.
Nǐmen		Nǐmen		
Tāmen		Tāmen		

註解 NOTES

1. VERBS (V) are words which may take the negative prefix 不 bù . Chinese verbs are not inflected. Hence the Chinese say 'I is ','you is' 'he is','we is', etc. One verb form suffices, regardless of person, number or tense.

2. STATIVE VERBS (SV)are verbs which describe a quality or condition,

as 忙 máng "be busy" 累 lèi "be tired", etc.

3. ADVERBS (A): The function of adverbs in Chinese, as in English, is to modify verbs or other adverbs. In every case adverbs preceue verbs.

4. PRONOUNS:(N) behave like nouns, and are classified as nouns.

5. PARTICLES (P) are elements which may be added to a word, phrase or sentence to indicate some particular function or aspect. For example, the particle 們 .men is added to pronouns, and a few nouns denoting persons, to form a plural;不 bù is prefixed to verbs to negate

圖5-6　（續）

資料來源：《國語會話》（1967）

《國語會話》是翻譯美國英文版中文教材改編而成的初級華語文教材。該教材延用了耶魯中文教材的編寫系統，保留了英文版中大部分的英文解釋和說明。該教材的主要特徵包括：

一、在整體編排方面：該教材為初級課本，中英對照的目錄之後是以漢字編寫課文內容。課文以對話形式編排，對話、生詞、句型解釋和練習，以及詞彙索引表均使用漢字、國語注音符號、耶魯羅馬拼音、英文翻譯編寫；注釋和詞類略語表使用英文編寫。

二、在語言要素方面：使用漢字標示國語注音符號和耶魯羅馬拼音，以及英語解釋說明加強語音訓練。選用適合初級程度的常用詞彙和日常用語編寫對話課文內容。生詞及其所延伸的短語和例句都加注了國語注音符號、耶魯羅馬拼音、英文翻譯。句型的語法分析只加注了國語注音符號和英文翻譯。使用國語注音符號輔助發音，一是國語注音符號「直式」的「一字一標音」[23]，可以對應「漢字形體」練習發音，以增強漢字「形一音一義」聯結的效果。二是減少了發音問題的處理不夠徹底的現象，如以英文解釋說明漢語發音與實際漢語發音不盡相同的例子等。三是增加了「一／不」的聲調變化規則，並解釋說明了「輕聲」、「重音」、「分段」等語音變化，以加強發音練習。句型結構分析附有英文翻譯及釋義，不符合漢語表達方式及不夠自然的字句減少，但缺乏搭配得當的圖片、實際生活情景、角色扮演等輔助會話練習。

三、在語言技能方面：使用英語解釋說明漢語發音技巧；使用漢字編排課文內容，以提供學習者接觸和學習漢字的機會[24]，提升了學習者對漢字的認識。重視句型語法結構分析，以聽說教學法進行重複性練習，體現出結構主義教學觀的特徵。

四、在配套材料方面：該教材未編寫高級程度的教材，學完此教材的初級課程，無可銜接的同系列的中級和高級課本。此外，教材始終未編寫教師手冊和作業本，影響了教材的教學功能。

總體而論，漢語教材過多使用拼音文字和英文翻譯，減少了學習者接觸漢字及閱讀漢語的機會，也會間接影響教材功能及教學應用。以下繼續探討《國語會話》的教學應用情況。

---

23 國語注音符號是直式標音，而中文拼音是橫向發展，中文拼音過長時，其長度就會超過漢字形體，對應不上整句或整段裡的每一個字。所以，該教材漢字的右邊標示國語注音符號，下面標示中文拼音。另外再單獨使用中文拼音編寫課文內容（參見本書圖5-6；附錄十一）。

24 耶魯英文版的中文教材使用羅馬拼音對應英文編寫（無漢字）。使用這樣的中文教材不能直接接觸漢字，而且需要為漢字教學另外編寫教材。

第三節　臺灣當代第一階段華語文教材教學應用分析

當代第一階段（1946-1998）在其所處的時代，以普通話和漢字為中心，漢語本體研究及學科理論為基礎，以《國語會話》（1967）為標誌性教材，展開了以漢字編寫華語文教材的研發和教學實踐。由於《國語會話》早已停用，相關的教學資源和記錄在當時並沒有系統化地整理及保存，在教材的教學應用方面，只能以目前有限的資源進行分析與探討[25]。

《國語會話》（1967）的教學包括發音符號、詞彙、語法解釋、句型練習、課文內容，以及漢字筆順的介紹和練習等（葉德明，1985）。在語音方面，向來外國學生的語音語調就是華語文學習的難點之一，因此必須要勤練勤學。當時的教材編寫者認為要養成發音的好習慣，應該先學習正確且合乎中國人傳統音系的「國語注音符號」，就跟學日文必須從「平假名」和「片假名」開始，學習英文必須從英文字母開始一樣。當時的教學理念認為只使用羅馬拼音拼讀漢語，會造成西語背景華語學習者的發音混淆干擾而影響學習效果。因此，寧可教ㄅ、ㄆ、ㄇ、ㄈ這種中國的本位符號，也不要學生帶著母語拼音符號的發音習慣習得不夠標準的華語。使用國語注音符號可以避免像[sh/ㄕ]、[q/ㄑ]、[x/ㄒ]、[u/ㄨ]、[ü/ㄩ]、[o/ㄛ]等易混淆的拼音字母的發音偏誤。如英語母語者常把「女[nǚ]」讀成「努[nǔ]」；把「去[qù]」讀成「[qiù]」，而國語注音符號則拼為「女[ㄋㄩˇ]」、「努[ㄋㄨˇ]」和「去[ㄑㄩˋ]」。因為國語注音符號與拼音字母的形體及拼讀規則均有所不同，所以不易產生混淆（參見本章第二節第一小節（一）語音處理）。

25 此處的教學應用內容多為筆者在臺灣師範大學進修葉德明教授課程的筆記。

在漢字方面，該階段的教材內容主要以漢字編寫，教材的使用者基本上要會讀寫漢字。當時國外的中文教材都以羅馬字母對應英文翻譯進行編寫，這樣就要單獨學漢字，或者不學漢字。不難看出，使用羅馬字母的版本不能讓學生進一步瞭解和掌握中文的精髓。第一階段的華語文教材開始以漢字編寫課文內容，再以羅馬拼音和英文對照編排，附加在漢字編寫的課文之後；課文中的生字也標注了羅馬標音和國語注音符號。這種漢字版本的教材才能以聽、說、讀、寫並進的方式進行教學。學習中文與學習其他拼音文字稍有不同，拼音文字易於拼讀，但抽象不具表意功能，以拼音字為主的語言，其文字的閱讀與書寫可以稍後。而漢字是表意文字，可直接從字形上學習辨義功能，故學寫漢字的時間越早越好。但是，當代第一階段的早期教材中並沒有編寫漢字教學內容。在當時，編寫者認為教材是教學的工具，教師可憑藉自身的修養與能力充實教學內容，如此即可根據不同的班級情況活用教材。

在詞彙語法方面，詞類和語法結構的解釋，以及句型練習是當時編寫教材的重點。詞彙教學重視漢語「詞」的結構特性與其他語言文字的不同。語法教學以實際情景中的句子進行講解，簡明扼要得進行有系統的語法解釋，配合適當的句型有系統的變化替換練習，既能使學生瞭解語法重點，又能增加說話的熟練度和流利度。課文內容主要是衣、食、住、行方面的日常用語，結合實際生活的使用情況進行教學。內容充實生動，能夠學以致用。

在文化交流方面，重視文化內涵的教授，注意實際語言環境的應用，教導可以啟發思想的詞彙，教學內容兼顧深厚傳統文化內涵的介紹，通過不斷地潛移默化，使學習者在學習語言時，也能瞭解中國人的思想文化、風俗習慣和道德觀念等。此外，學習者與中國人交談時所面臨的文化習俗問題，教學時需要特別注意和提示。譬如學習者掌握不好「問」和「吻」的聲調所引發的誤會，他們常常把「老師我想問你……」說成「老師我想吻（問）你……」；還有中國人打招呼常常會問「吃了嗎？」、「出去呀？」、「回來啦！」等等，都是學習者需要瞭解的風俗文化和生活習慣。在教學中應該提示和教導學習者如何自然應對。

《國語會話》的教學應用反映了當時在教學實踐方面的探索和成果。語言教材的編寫總是受到時代背景、教學理念、教學目的等方面的影響。該教材的編寫受到當時翻譯法和聽說教學法思想的指導，走的是結構主義教學理論的路子，同時也體現出當時的教學應用的情況和特色。

第四節　臺灣當代第一階段華語文教材局限分析

《國語會話》的教材內容受到耶魯中文教材的影響，其編寫系統、編排體例、課文內容等方面的改變較小。最大的改變是使用漢字編寫課文內容。臺灣的對外華語教學和美國的漢語作為外語教學有一定的差異，華語文教材直接翻譯美國英文版的中文教材再進行改編，勢必會產生一定的局限。《國語會話》使用漢字改編的華語文教材，課文共分兩大部分：一、漢字標注耶魯羅馬拼音和國語注音符號的對話內容（但是並無漢字教學內容）；二、耶魯羅馬拼音對應英文翻譯的句型分析和對話內容。這樣的編排方式，一來課文中同時出現兩種拼音符號易產生視覺負擔；二來改編教材雖使用漢字編寫，但課本中卻無漢字教學的內容，這樣就不能加強使用漢字編寫教材的效果。

英文、拼音、注音都不能直接代表漢字，漢字有其字源和理據，漢字習得必須「形－音－義」聯結才能達到學習效果。如果教師未接受過漢字教學的專門訓練，或沒有專門教授漢字的課本，首先要在漢字本體研究和漢字教學上多下功夫，其次還要瞭解學習者的心理認知過程。吳勇毅、徐子亮（1987：33）認為「成年人的第二語言能力的發展和他們的思維能力的發展並非是同步的。他們的思維能力高於第二語言能力。成年人的智力已得到了充分的發展，而且有學習和使用母語的經驗，因此可以不完全按照聽、說、讀、寫的順序進行學習。從讀寫漢字開始，學生可以同時利用聽覺（音）和視覺（形）學習漢字，這樣是可以促進理解和記憶的。」另外，在教學規劃和課程設置方面，學者們依據語言與文字的關係，以及四種語言技能之間的關係，提出了「先語後文」、「語文一體」或「分科教學」等不同的教材處理方法（吳勇毅、徐子亮，1987）。可見完全不使用漢字編寫教材，見不到漢字的形體，只強調漢語聽說能力，或使用有漢字的教材卻不進行漢字教學，都較難達到漢字「形—音—義」聯結的學習效果。

《國語會話》採用耶魯中文教材的編寫方法，強調語法句型結構的分析和重複性操練。對詞類劃分與語法點的解說，仍使用過多的英文釋義，只利於會英語的學習者對語言知識的理解和吸收。此外，《國語會話》為初級教材，沒有同系列的中高級教材可供銜接使用，而且未編寫作業本和教師手冊。

第五節　本章小結

臺灣當代第一階段的語言本體研究和教材相關理論已有了一定的基礎，開啟了以普通話（漢字）為教學目標的華語教材發展時期（1946-1998）。形成了以漢語本體知識為基礎，以海外教材編寫經驗和理論為參考，以文化傳播與交流為目的的華語文教材編寫和發展特徵。《國語會話》作為第一階段的改編華語文教材，能顧及到漢語本質而使用漢字和國語注音符號編寫教材，對於聽、說、讀、寫並進的教學有很大的幫助。總的來說，第一階段華語文教材的主要作用包括：一、以教材編寫經驗引進和教材研究開發相結合，翻譯美國英文版中文教材，改編成通用型主流華語文教材；二、首創採用漢字、國語注音符號、耶魯羅馬拼音、英文翻譯編排教材的編寫方式；三、教材強調語法分析和句型的重複性操練，忽視了語言在實際溝通中的運用，呈現出教材結構主義教學理論的特點；四、改編教材開啟了當代新的編寫思路，奠定了當代研發自編華語文教材的基礎，促進了當代第二階段教材編寫的發展。

第六章
臺灣當代華語文教材發展研究（第二階段）

二十一世紀以來，臺灣的華語文教學型態逐漸轉型，官方開始強化機構建設，並出臺多項管理措施。一九九五年「臺灣師範大學華語文教學研究所」成立，這是臺灣最早成立的碩博士學位教育單位。致力於華語文教學的專業化、學術化與國際化，將華語教學從實務面帶向學術面，並研發華語文教材，自編了《實用視聽華語》（1999）和《當代中文課程》（2015）兩套標誌性教材，使當代華語文教材從改編發展到自編，形成臺灣當代華語文教材發展時期的第二階段（1999-2018）。《實用視聽華語》（1999）改版更名為《新版實用視聽華語》（2007，2017），以下簡稱《視華》；《當代中文課程》自二〇一五年初版至今未曾改版，以下簡稱《當代》。

在政策實施方面，臺灣於二〇〇三年召開了「促進華語文教育實施方案」會議，研擬了多項發展華語文的政策走向、教材編纂、評量準則、評鑒機制、師資培訓、資料庫系統建置、國內外教學交流等項目的實施辦法，進一步推動了教學及教材的發展。二〇〇七年設立了「華語文測驗推動委員會」，建立了華語文知能評量機制（賴明德，2013）；二〇一三年增設了「華語文教育科」負責對外華語文教學工作的推展和實施；二〇一六年，基於新南向華文教育需求（林中威，2017）[1]，推出相關人才培育計畫（2017-2020），補助臺灣大專院校開

1　新南向華文教育指的是臺灣與東南亞各國在教育領域上的交流。從二十世紀六〇年

辦華語文先修課程，設立獎學金，開始大量招收留學生來臺攻讀學位（李仕燕，2018）。至此有關華語文教育的各種建置已趨於完備，同時也促進了華語文教材的編寫與發展。

在學科發展方面，該階段社會語言環境相對成熟，語言本體、語言教學、語言習得等學科理論已成熟完備，華語文教材編寫也在普通話和漢字體系已有的研究基礎上發展起來。第二階段的自編華語文教材以細緻的語言本體知識為依託，以海內外教材編寫經驗和理論為基礎，以文化傳播和交流為目的，語言學家作為編寫者，研發和編製了具有當代特色的「成熟型」華語文教材，為我們提供了探究當代華語文教材的重要材料。

第一節　臺灣當代第二階段華語文教材總況（1999-2018）

邁入當代第二階段，華語文教學相關單位與教學機制越來越健全。教學機構、師資培養、政策管理不斷發展，學習者人數驟增，學習者背景與需求複雜多變，加速了華語文教材的研發與拓展。在臺灣機構多方鼓勵之下，教材的編寫數量、類型、形式不斷提升，一方面研發外向型和專門型教材，朝國際多元化方向發展；另一方面繼續研發主流華語文教材，維持內部需求。其主流華語文教材、數位多媒體、外向型和專門型華語文教材等，皆有長足發展。

此時期仍以臺灣師範大學國語教學中心領銜編製官方出版的通用型主流教材，代表性的主流教材為《視華》（2017）和《當代》（2015）。這兩套教材也是臺灣最具權威性，使用率最高的主流華語文

代起，東南亞各國留學生就一直是臺灣海外留學生的主要來源，約占臺灣外籍留學生總數的一半。

教材（蔡雅熏，2009；袁筱惠，2017；余玉雯，2018），這與筆者於二〇一八年針對臺灣五十六所華語文教學機構的教材使用實際調查結果基本相符。其他教材為坊間各教學機構或個人自編的教材，出版單位眾多，依據不同的編寫目的和編寫理念，針對現有教材的匱乏的現狀，或根據各教學機構的實際教學需求，開發出語言能力、文化、新聞、文學和古文等五大類型的教材。

在教材編寫系統方面，主流教材《視華》仍採用耶魯《Dictionary of Spoken Chinese》（1967，1996）詞類劃分和語法規則進行編寫及改版；《當代》則採用八大詞類（動詞三分）的語法系統進行編寫，其動詞包含了傳統的形容詞[2]。兩套主流教材的等級分類主要參考歐洲語言共同參考框架（The Common European Frame-work of Reference for Languages），簡稱 CEFR；《美國二十一世紀外語學習標準》（*Standards for foreign language learning in the 21st century*），簡稱《標準》；以及加拿大等國的各類國際化語言能力分級標準為教材進行程度分級（賴明德，2013）。其他教材大部分依隨主流教材的編寫系統進行編製，雖然也開發出一部分數位多媒體教材，但是多為業界開發，數位教材還未能走上正規化的統籌。不過，也算是開啟了多媒體教學資源，發揮了科技與互聯網的優勢。特別是臺灣僑務委員會建構的全球華文網，打造數位化的教學資源平臺，設置了臺灣書院，以及設立華語文數位學習中心，研發線上課程，編製了《一千字說華語》等數位多媒體教材，並提供影音及線上互動教學課程。此外，臺灣教育研究院和臺灣師範大學都設立了華語文線上教學資料庫，研究發展線上教材，整合了多項華語文的語料庫，系統化的構建數位化教學網路和平臺（張平，2021）。

2 八大詞類的詞類劃分和語法系統內容較為複雜，在本書第六章《當代》的特徵分析進行了詳細說明（參見本書第六章第一節）。

整體來說，進入九○年代，華語文教材打破了翻譯美國中文教材進行改編的藩籬。但編寫教材的詞類劃分及語法系統卻仍受耶魯語法規則影響。值得注意的是，該階段除了主流教材之外，還出現了大量外向型和專門型的華語文教材，開始編寫臺灣在地本土型教材，以及專為各國不同母語背景學習者編製的教材。值得一提的是，教材開始出現了簡化字，如《實用中文讀寫》和《當代》[3]附加了簡化字課文內容。但附有簡化字的教材自二○○七年至二○一七年僅發展了十年左右，未再持續下去，截止於二○一八年再無簡化字版本教材出現。綜上，臺灣當代華語文教材第二階段與時俱進，重視教材編寫理論的應用，不斷研發和調整教材編寫形式和內容，教材呈多元化和國際化的趨勢發展，已步入自編教材發展成熟期。這些學科理論成熟的教材對於我們的研究具有重要意義。以該階段主流華語文教材《視華》（1999，2007，2017）和《當代》（2015）為例，探討該階段華語文教材的特徵、應用和局限如下。

第二節　臺灣當代第二階段華語文教材特徵分析

一　《新版實用視聽華語》編寫及改版特徵[4]

《實用視聽華語》（1999）[5]是臺灣教育部門委託臺灣師範大學國語教學中心自編的華語文教材，採用二十世紀六○年代耶魯中文教材的編寫系統，由葉德明領銜主編。後因應時代發展變化，於二○○七[6]

3　《當代中文課程》還附加《漢字練習簿》供學習者練習漢字。

4　本節部分資料由王郁瑄協助整理。

5　以下簡稱「一版」。

6　以下簡稱「二版」。

年和二〇一七[7]年進行了兩次改版，改版更名為《新版實用視聽華語》。

《實用視聽華語》（1999）共分三冊，第一冊共有二十五課，六百一十四個生字、八百八十五個生詞和八十九個語法點。教材著重常用基本句型的結構分析和練習，以培養流利的語言表達能力為教學目標。第二冊共有二十八課，九百個生字、一千三百個生詞和兩百五十個語法點。課文內容以多元文化差異的探討為主，強調句型中連接結構的語法點的練習。主課之後附加了廣告、歌詞、笑話等輔助教學內容。第三冊課文，共二十課，七百二十三個生詞、六十八個語法點。各冊教材包括課本、教師手冊、學生作業本、錄音帶、錄影帶和 VCD 六大部分。編寫架構和內容大致相同：一、課文對話；二、生詞及例句；三、語法點及句型練習；四、課室活動；五、短文；六、中英文注釋和說明等。課文內容以短劇、敘述文和議論文等方式呈現，主題多與中華文化有關，強調書面語的訓練與教學。生詞加注了中文拼音和國語注音符號，詞類劃分和語法說明均參考使用耶魯中文教材的編寫系統。

第二版《新版實用視聽華語》（2007）為了跟進國際華語文教學趨勢的發展，其編寫團隊於二〇〇七年參考美國 5C 外語學習目標修訂了教材中不合時宜的部分，發行了第二版《新版實用視聽華語》（2007），共分五冊，將初版的第一冊拆分為第二版的一、二兩冊；將初版的第二冊拆分為第二版的第三、四兩冊；將初版的第三冊改為第二版的第五冊。第二版教材除了將初版拆分為五冊，還增加了通用拼音，教材架構、編寫體例、編寫方法和教材內容，皆沿用了初版的形式。

第三版《新版實用視聽華語》（2017）針對教材課文內容與現況不符的部分又進行了修訂，這次改版主要參考了教材使用者提供的改

7　以下簡稱「三版」。

編意見[8]，發行了第三版《新版實用視聽華語》(2017)。第三版的編修重點包括：一、加強各冊各課之間的銜接與連貫；二、明示各冊各課的教學目標；三、將課文內容調整得更為生活化與現代化；四、增加練習活動形式與解答；五、針對第五冊難度偏高的問題進行編修，調整各課內容的長度與深度，增補具體的教學說明與練習活動，提高前四冊的詞彙與句型在第五冊的重現率等。基本上第二版和第三版的教學目標無太大的差異，全套共計五冊。但是第三版對該教材進行了程度分級，將第一冊和第二冊劃分為初級，學習內容著重在「組詞成句」的訓練；第三冊和第四冊劃分為中級，學習重點從「組詞成句」延伸至「組句成段」的培養；第五冊則為高級，著重在「組段成篇」能力的訓練和發展。

基於《新版實用視聽華語》的編寫及改版的整體情況分析。以下將從三個版本的發音處理、選詞處理、句型處理、語法系統、課文內容等五大部分來分析說明該教材的編寫及改版特徵。

(一) 發音處理

該教材初版採用國語注音符號和中文拼音為漢字標音，而第二版和第三版除了沿用初版的標音系統以外，又增加了通用拼音。三個版本的語音教學都安排在第一冊第一課之前，在正課教學之前進行發音訓練。此外，第二版和第三版的第一冊和第二冊的作業本都有聲調和發音的練習題，每課約有兩大題；第一冊的教師手冊中還附有發音部點陣圖和發音對比練習題；第一冊前三課有發音和聲調的測試；第一冊的第四課之後無發音練習。練習題的形式還包括選擇題、填空題，連連看等題型。

8 以下簡稱二〇一七年版。

（二）選詞處理

一九九九的初版教材，在當時只能以臺灣教育部門的「常用語詞調查報告書」為參考標準，因為二十世紀九○年代還沒有 CEFR 等國際性的分級標準可供參考。第三版的目標生詞的總詞彙量相較於第二版有所減少。主要是刪減了第二版第三冊和第四冊中一些不合時宜的詞彙，使課文內容更為生活化與現代化（葉德明，2021）[9]。比對各版教材的詞彙總量我們發現，第二版的第三冊和第四冊的目標生詞數量有所增加，其餘冊數的目標生詞總量並無太大的改變；第三版教材為了配合課文內容背景的改編，接續刪減了第三冊和第四冊的生詞總量。比對分析三個版本的詞彙變動情況，各冊詞彙的改編主要體現在延伸詞彙的增減。故以課文目標詞彙為核心編寫的教師手冊和作業本的更動也不大。

（三）語法系統

歷經兩次改版，該教材至今仍使用耶魯語法系統。該教材參考耶魯大學（Yale University）一九九六年出版的《Dictionary of Spoken Chinese》的詞類劃分和語法規則為詞類標記[10]（參見本書表6-1）。

9　參見本書第六章第一節。

10　表6-1的中文為筆者自行翻譯補充，原版教材中的該表沒有中文翻譯。

表6-1 《實用視聽華語》(1999)詞類略語表

A副詞	Adverb
AV助動詞	Auxiliary Verb
BF黏著形式	(Unclassified) Bound Form
CONJ連詞	Conjunction
CV動介詞	Coverb
DC趨向複合詞	Directional Compound
DEM指示代詞	Demonstrative Pronoun
INT感歎詞	Interjection
IE慣用表達	Idiomatic Expression
L方位詞	Localizer
M量詞	Measure
MA可移動副詞	Movable Adverb
N名詞	Noun
NU數詞	Number
NP名詞短語	Noun Phrase
O受詞	Object
P助詞	Particle
PN代詞	Pronoun
PT句型	Pattern
PV後置介詞	Post Verb
PW地方詞	Place Word
QW疑問詞	Question Word
RC結果複合動詞	Resultative Compound
RE結果動詞尾	Resultative Ending
S主語	Subject

續表

SV狀態動詞	Stative Verb
TW時間詞	Time Word
V動詞	Verb
VO動賓複合詞	Verb Object Compound
VP動詞短語	Verb Phrase

資料來源：《實用視聽華語》（1999）

第三版對詞類略語表進行了微調（參見本書表6-2），新增了ADV、AT、I、ON 等標記，並刪減了 S、O、A、L、MA、NP、PV、VP2等標記，且翻譯了中文名稱，還對詞類標記做了較為詳細的解說，加註了詞類特徵及範例的說明（參見本書表6-2）。

表6-2　《新版實用視聽華語》（2017）語法術語表

標記	英文名稱	中文名稱	詞類特徵	範例
ADV	Adverb	副詞	修飾動詞或副詞，出現於動詞或副詞之前。	很、剛、明天、大概
AT	Attributive	定語	修飾名詞，以「定語＋的」的形式出現於名詞之前。	錯、男、單身、彩色
AV	Auxiliary Verb	助動詞	修飾或補充主要動詞的意義，出現於主要動詞之前。	能、要、可以、應該
BF	Bound Form	黏著形式	本身無法獨立成詞，需和其他成分搭配，組成一個詞。	包「子」、花「兒」、北「部」、好「極了」
CONJ	Conjunction	連詞	連接名詞或句子。	跟、和、可是、而且
CV	Coverb	動介詞	出現於名詞之前，修飾後面所接的動詞，功能和介詞相當。	從、在、把、關於

續表

標記	英文名稱	中文名稱	詞類特徵	範例
DC	Directional Compound	趨向複合詞	表示動作的方向，由趨向動詞和表示趨向的結果複合詞尾（RE）組成。	進來、出去、打開、脫下來
DEM	Demonstrative Pronoun	指示代詞	指稱特定對象的名詞性成分，可出現於量詞或「數詞＋量詞」的組合之前。	這、第、每、另外
V	Verb	動詞	用來表示動作或事件，能單獨成為謂語（predicate），也能接賓語或補語。	吃、看、介紹、覺得
I	Interjection	嘆詞	表示說話者的感覺或情緒。	嗯、哇、哦、哎呀
IE	Idiomatic Expression	慣用表達	表示特殊的意義和用法，出現於特定的情景，如問候、祝賀或表示禮貌等。	對不起、好久不見、大驚小怪、吃喝玩樂
M	Measure	量詞	表示單位或分類的名詞性成分，後面通常接名詞。	個、本、張、件
N	Noun	名詞	表示具體或抽象的事物。	書、年、商店、圖書館
NU	Number	數詞	表示計算和測量數量的名詞	五、百、一些、多少
ON	Onomatopoetic Term	擬聲詞	模仿自然聲音的詞。	噓
P	Particle	助詞	表示語法意義，本身無法單獨出現。	嗎、呢、了、著

續表

標記	英文名稱	中文名稱	詞類特徵	範例
PN	Pronoun	代詞	表示已提過的名詞，後面接「的」可組成所有格。	我、他、您、他們
PT	Pattern	句型	在句中具有固定搭配形式的成分，表示特定意義。	越……越……、動不動就……、只要……就……、不但…而且……
PW	Place Word	處所詞	表示地點的名詞，也可作為副詞。	這裡、外面、附近、當中
QW	Question Word	疑問詞	表示疑問的詞。	哪、誰、多少、怎麼
RC	Resultative Compound	結果複合詞	表示動作或狀態的結果，由動詞或狀態動詞和結果複合詞尾（RE）組成，中間通常可插入「~得~」和「~不~」。	打開、打破、受不了、背下來
RE	Resultative Ending	結果複合詞尾	表示動作結果的動詞性成分。	完、著、光、飽
SV	Stative Verb	狀態動詞	表示主語性質或狀態的動詞性成分，可受程度副詞（如「很」）修飾。	高、怕、方便、希望
TW	Time Word	時間詞	表示時間的名詞，也可作為副詞。	剛剛、上午、從前、後來
VO	Verb-Object Compound	動賓複合詞	經常互相搭配而形成一個動詞的動賓組合。	生氣、開車、上課、走路

資料來源：《新版實用視聽華語》（2017）

（四）句型處理

該教材的句型處理以句型結構的語法分析為核心，依據語法點的先後順序設計常用句型練習，語法的數量和難度皆以循序漸進的方式呈現。例如第一冊和第二冊每課安排了三至五個語法點，例如第一冊第一課「呢」的疑問句和「姓、叫、是」的不同使用方法等等；第二課的「SV（忙、累、餓）」、「很 SV（很忙）」、「不 SV（不忙）」；第十二課的「年、月、日」和量詞的「本、杯、輛、塊……」等。第二冊第一課的「什麼、嗎、哪」的疑問句，以及「SV＋了（熱了）」「S＋不 V＋（O）＋了（他不教中文了）」等；第二課的「往＋方位＋V（往下看）」、「要是……就……」、「先……再……」等；第十三課的「再、才、就」、「越……越……」、「越來越……」等。第三冊和第四冊每課約有八至九個語法點。例如第三冊第一課的「V＋起來（看起來）」、「……沒關係，……就好了。」、「總是」、「還是……吧」、「來（我自己來吧）」、「V（吃）不了（幾口）……就……」、「……對……有興趣」，以及嘆詞和語助詞的用法等；第十三課的「這就……（這就過去）」、「反正」、「只有……才……」、「趁著」、「AABB（雙音節 SV 的重疊-歡歡喜喜）」、「就是（就是愛和我開玩笑）」、「再不……就……」、「什麼都……就是……」、「倒是」等。第四冊第十二課的「不是……，而是……」、「經過」、「不至於」、「又＋不／沒（加強否定的語氣）」、「該（輪到的意思）」、「SV 的要命（熱的要命）」、「V＋掉（扔掉）」、「不能不」等。第五冊每課約有四至五個語法點。例如第五冊第一課的「只不過……而已」、「……不用……，只要……就……了」、「……就算了，何必還……、「不光是……，其他……」、「何況」；第二十課的「……，亦即……」「……不再……，而是……」、「……，又怎能……」「……不僅……，更……」等。

此外，第一冊和第二冊皆以詞類標記標示了句型中的語法結構，附加了句型的英文翻譯，並提供例句進行代換練習，幫助初學者建立較為清楚的語法概念，以增加初學者的學習興趣和信心。第三冊和第四冊教材均採用中英對照分析解釋語法點，除了使用各種題型練習句型之外，編寫者還在課室活動中增加了問題討論、角色扮演、辯論和遊戲活動等。第五冊僅以中文解釋語法，並以學過的生詞編排相關例句，以提高生詞的重現率。

（五）課文內容

在課文內容方面，三個版本的總課數調整不大，而且課文主題幾乎相同[11]，只有第三版第五冊教材改版後的課文較為不同，刪減了第二版中的六課內容，總課數從第二版的二十課，減少為十四課（參見本書表6-3）。總的來說，該教材三個版本的課文內容及編排形式差異不大，初級教材的課文均以兩篇對話的形式呈現；中級教材主要為一篇對話搭配一篇手寫字體的短文；高級教材以文章的形式呈現。

二　《當代中文課程》編寫特徵[12]

《當代》（2015）是臺灣官方出版的第二套主流華語文教材，由臺灣師範大學的鄧守信教授組織臺師大國語教學中心資深教師編寫。作為一套全新的教材，其結合溝通式教學和任務導向的原則進行編寫，使教材內容都更貼近當今社會的真實生活，以提供符合海內外需求的當代華語文教材。該套教材共分六冊，全方位訓練華語學習者「聽、說、讀、寫」的各項語言技能。教材內容主要為課文、生詞、

11 參見本書第六章第一節。

12 本節參考《當代》網路資料撰寫，一部分資料由林孟潔協助整理。

文法、課室活動和文化點滴等。中文拼音和漢字教學只安排在第一冊的第一課到第八課當中。以下針對該教材的發音處理、漢文書處理、詞類劃分、語法系統、課文內容和教師手冊等六大部分，探討該教材特徵。

（一）發音處理

該教材的標音方式主要包括：一、教材以中文拼音為課文、生詞、句型等進行標音；二、只有第一冊到第四冊的生詞使用國語注音符號標音，語音教學和課文內容不使用國語注音符號；三、部分教材內容使用了國語注音符號，卻未編排國語注音符號的教學內容；四、於第一冊前八課中融入了中文拼音的教學內容。該教材的發音訓練（參見圖6-1）。

編寫者認為中文拼音對於學習者來說並不陌生，中文拼音的字母只是一種代表漢語發音的拉丁字母符號，這些字母符號具有協助學習者辨讀漢字準確發音的功能。使用這些他們已熟悉的字母「準確拼讀」漢語（漢字）是學習者最終的學習目的，而不是只強調看到拼音字母發出字母的正確讀音。為了降低零起點學習者在初學時面對單調的發音練習，故將中文拼音教學內容分散在第一冊前八課中，以拼音的實際應用為教學重點。讓學習者能在實際「拼讀」漢語（漢字）的過程中體驗學習的成就感，進而增強學習興趣和效果。

Notes on Pinyin and Pronunciation

1. The Tones 基本聲調

First tone　一聲（一）	接 jiē、喝 hē、他 tā
Second tone 二聲（ˊ）	來 lái、茶 chá、人 rén
Third tone　三聲（ˇ）	你 nǐ、我 wǒ、請 qǐng、很 hěn、哪 nǎ
Fourth tone 四聲（ˋ）	是 shì、這 zhè、姓 xìng、叫 jiào、要 yào
Neutral tone 輕聲 (no tone mark)	嗎 ma、呢 ne／我們 wǒmen、你們 nǐmen、 是的 shìde、謝謝 xièxie、什麼 shénme

2. Third Tone Change 三聲變調

(1) When two characters with third tones are found together, the first third tone is pronounced with a second tone as in these two examples in this lesson:

小姐 xiǎojiě（ˇˇ→ˊˇ）　你好 nǐ hǎo（ˇ+ˇ→ˊˇ）

Despite the change in pronunciation, however, it is still marked as a third tone in pinyin.

(2) Rules for third-tone changes 三聲變調原則：

ˇ ˇ (ˊ) 小 姐	ˇ 我	ˇ ˇ (ˊ) 很 好	ˇ (ˊ) 很	ˇ 一 好喝
ˇ ˇ (ˊ) 你 好	ˇ 李	ˇ ˇ (ˊ) 小 姐	ˇ (ˊ) 我	ˇ 一 喜歡
ˇ ˇ (ˊ) 很 好			ˇ (ˊ) 你	ˇ 好嗎

圖6-1　《當代中文課程》第一冊第一課發音教學

資料來源：《當代中文課程（一）》（2015）

（二）漢字書寫處理

在漢字教學方面，該教材課文中的對話和短文以繁簡兩種字體進行編排。第一冊的第一課到第八課的最後面附有漢字簡介說明；第一冊和第二冊的教材還附加了漢字練習簿，練習簿中有簡繁搭配的說明和練習（參見本書圖6-2）。

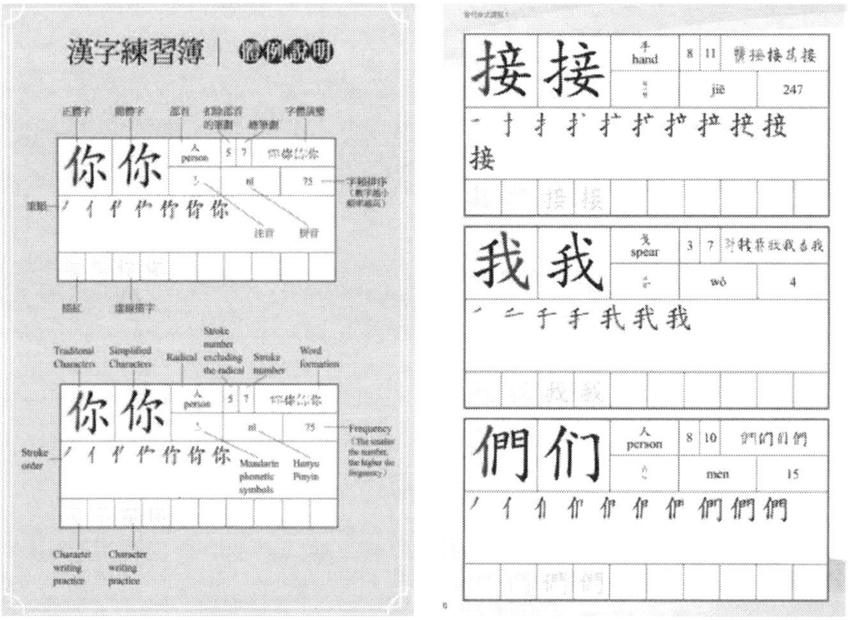

圖6-2　《當代中文課程》漢字練習簿的漢字體例說明

資料來源：《當代中文課程（一）》（2015）

（三）詞類劃分

該教材共收四九五九個生詞，各冊生詞處理方面，主要分為詞彙（Vocabulary）、名稱（Name）、片語（Phrases）三大部分（若有四字格和成語，則歸入 Phrases）。生詞都是繁體字，標注了中文拼音和國語注音符號，還附有英語詞類標示和英文注釋。表6-3為該教材官方公佈的各冊不同程度所對照的生詞及語法量的參照表。在此，我們先進行該教材的詞彙分析，再說明其詞類劃分情況。

表6-3　《當代中文課程》各冊生詞／語法量的程度對照

冊數／課數	生詞量／累積生詞量	語法量	CEFR / ACTFL兩個標準等級
第一冊 共十五課	569/569	77/77	A1-A2 novice-intermediate low
第二冊 共十五課	659/1228	89/166	A2-B1 intermediate low-intermediate high
第三冊 共十二課	851/2079	87/253	B1 intermediate high
第四冊 共十二課	997/3076	96/349	B1- B2 intermediate high-advanced mid
第五冊 共十課	926/4002	86/435	B2- C1 advanced mid-advanced high
第六冊 共十課	957/4959	106/541	C1 advanced high-superior

資料來源：《當代中文課程》教材介紹（2015）

值得注意的是，該教材只針對生詞在當課的意思進行英文注釋。多義詞出現在其他課文中，會依據其他課文中的意思解釋其不同語義。

圖6-3顯示課文生詞清單的編排情況為：一、課文中若有專有名詞，如「烏龍茶、日本、美國」等名稱，以及人物、飲食和地理等方面的專有名稱，均置於「Names」一欄中；二、將當課專有名詞之外的詞分成兩大部分，一是八大詞類的詞彙（Vocabulary）[13]，二是短語

13 Vocabulary也被稱為「生詞」。

當代中文課程 1

生詞二 Vocabulary II

01-4

Vocabulary

1	請	qǐng	ㄑㄧㄥˇ	(V)	please
2	喝	hē	ㄏㄜ	(V)	to drink
3	茶	chá	ㄔㄚˊ	(N)	tea
4	很	hěn	ㄏㄣˇ	(Adv)	very
5	好喝	hǎohē	ㄏㄠˇ ㄏㄜ	(Vs)	(lit. good to drink) to taste good
6	什麼	shénme	ㄕㄣˊ ˙ㄇㄜ	(N)	what
7	人	rén	ㄖㄣˊ	(N)	person, people
8	喜歡	xǐhuān	ㄒㄧˇ ㄏㄨㄢ	(Vst)	to like
9	呢	ne	˙ㄋㄜ	(Ptc)	sentence final particle
10	他	tā	ㄊㄚ	(N)	he, him
11	不	bù	ㄅㄨˋ	(Adv)	not
12	哪	nǎ / něi	ㄋㄚˇ / ㄋㄟˇ	(Det)	which
13	要	yào	ㄧㄠˋ	(Vaux)	to want to
14	咖啡	kāfēi	ㄎㄚ ㄈㄟ	(N)	coffee

Names

15	烏龍茶	Wūlóng chá	ㄨ ㄌㄨㄥˊ ㄔㄚˊ		Oolong tea
16	日本	Rìběn	ㄖˋ ㄅㄣˇ		Japan
17	美國	Měiguó	ㄇㄟˇ ㄍㄨㄛˊ		America

Phrases

18	對不起	duìbùqǐ	ㄉㄨㄟˋ ㄅㄨˋ ㄑㄧˇ		I'm sorry.
19	哪國	nǎ guó / něi guó	ㄋㄚˇ ㄍㄨㄛˊ / ㄋㄟˇ ㄍㄨㄛˊ		Which country?

圖6-3　《當代中文課程》第一冊第一課的生詞表

資料來源：《當代中文課程（一）》（2015）

（Phrase）[14]類。詞彙（Vocabulary）裡的生詞是八大詞類中的詞[15]；短語（Phrase）裡的生詞為該教材所界定的片語；三、在其編輯理念中提到課本中所指稱的片語，範圍較廣，除了語言學上相對於「詞」的「片語」以外，還涵蓋了教學中的固定語（idiomatic expression or chunks）、四字格和成語等概念。有關八大詞類的劃分情況分析說明如表6-4。

表6-4　《當代中文課程》的八大詞類

八大詞類	Parts of speech	Symbols	例子
名詞	Noun	N名詞	五、水、幾、他、學校、昨天
動詞	Verb	V動詞	吃、告訴、容易、快樂、知道、破
副詞	Adverb	Adv副詞	不、也、很、就、常、到處、難道
連詞	Conjunction	Con連詞	和、跟、因為、而且、雖然
介詞	Preposition	Prep介詞	從、對、在、跟、給、向
量詞	Measure	M量詞	個、杯、次、頓、張、公尺
助詞	Particle	Ptc助詞	的、得、嗎、掉、把、喂、完、啊
限定詞	Determiner	Det限定詞	這、那、哪、某、每

資料來源：《當代中文課程》教師手冊總則（2015）

表6-4顯示了《當代》八大詞類的劃分符號與例子，《當代》各冊教材的前言中皆以中、英文介紹了該詞類劃分的方法；各冊教師手冊的總則中也詳細介紹了採用八大詞類的意義。說明了鄧守信教授有感於學習者未能對漢語詞類及簡單的句法建立基本概念，以此套詞類架

14 Phrase也被稱為「片語」。

15 該教材所定義的八大詞類為「名詞（Noun）、動詞（Verb）、副詞（Adverb）、連詞（Conjunction）、介詞（Preposition）、量詞（Measure）、助詞（Particle）及限定詞（Determiner）」。

構作為編寫《當代》的骨架，以減少習得上的一些偏誤。例如，將「恐怕」劃分為「活動副詞（MA），學習者學習時就不會出現「我恐怕蛇」之類的偏誤。鄧守信指出「八大詞類」的劃分方法，能讓學習者對漢語詞類產生一種相對正確的基本概念。參考該教材的教師手冊總則內容，分述八大詞類如下（參見圖6-4《視華》的生詞索引及語法詞類略語表中的「MA」）：

kǒngpà	恐怕（恐怕）	MA : (I'm) afraid that, perhaps, probably	4
kōngcì/kōngqì	空氣（空气）	N : air	10
kǒudài	口袋（口袋）	N : pocket, bag, sack	9
kū	哭（哭）	V : to cry	12
kuàilè	快樂（快乐）	SV : to be happy	13
kuàizih/kuàizi	筷子（筷子）	N : chopsticks	3

330

INDEX I

語法詞類略語表

GRAMMATICAL TERMS KEY TO ABBREVIATIONS

A ---------- Adverb
AV ---------- Auxiliary Verb
BF ---------- (Unclassified) Bound Form
CONJ ---------- Conjunction
CV ---------- Coverb
DC ---------- Directional Compound
DEM ---------- Demonstrative Pronoun
INT ---------- Interjection
IE ---------- Idionmatic Expression
L ---------- Localizer
M ---------- Measure
MA ---------- Movable Adverb

圖6-4　《視華》生詞索引及語法詞類略語表

資料來源：《實用視聽華語（一）》（2017）

一、名詞（noun）包括一般名詞、數詞（一、二、三）、時間詞（昨天、明年、以後）、地方詞（前面、旁邊）、代名詞（你、我、他）。名詞在句子成分中，可以在主語、賓語及定語的位置。其中，時間詞則可以在狀語的位置。如：我後天早上去跑步。

二、動詞（verb）在句子當中為謂語成分，為句子中最重要的一環。Teng（1974：84-92）指出「為了讓學習者可以透過詞類來掌握動詞的句法行為，在動詞之下，區分了動作動詞（V）、狀態動詞（Vs）和變化動詞（Vp）這三大類，也就是動詞三分的概念。」動作動詞就是一般具體可見的動詞，如走、跑、跳，這類的動態動詞；狀態動詞（Vs，即 State Verb）指的是動作的靜止狀態，除了英文語法中所有的「形容詞（Adjective）」以外，還包括認知動詞（cognitive verbs）、情態動詞（modal verb）、意願動詞（optative verbs）及關係動詞（relational verbs）。該教材動詞類的劃分及其相關句法規則，可以看出動作動詞、狀態動詞、變化動詞在句法結構上有明顯差異，說明了動詞三分和句法的關係（參見該教材前言及教師手冊總則；Teng，1974）。

三、副詞（adverb）有修飾動詞片語或是句子的功能，副詞置於動詞之前或是句首時，一般作為狀語。出現在句首的副詞是表示評價的副詞或表示猜測的副詞。該教材的副詞類別有表示否定的「沒、不」；表示程度的「非常、很、太」；表示時間與頻率的「常常、總是」；表示地方的「處處、到處、隨地」；表示方式的「互相、親自」；表示評價的「居然、竟然」；表示猜測的「也許、可能、一定」；表示數量與範圍的「全部、大部分」等。

四、該教材的連詞（conjunction）分為兩類，一是「並列連詞」，二是「句連詞」。並列連詞是連接兩個（以上）詞性相同的片語成分，如「睡覺和跑步、小而美」等。句連詞則是把分句連成複合句式，如「雖然⋯⋯可是⋯⋯、不但⋯⋯而且⋯⋯」等。

五、介詞（preposition）用在名詞、代詞或短語前面，合起來表示起止、方向、處所、時間、對象、目的等。有一些詞兼具介詞與動詞性，稱為兼類詞。如「在」可以作為狀態動詞（我在家），也可以作為介詞（我在家寫功課）。該教材對上述不同詞性的詞類進行了標示。

六、該教材的量詞（measure or classifier）有兩種，最常見的就是修飾名詞的名量詞，如「一輛車、一個杯子」等。另外一種為修飾動作數量的動量詞，如「去一趟學校、看兩遍書」等。

七、助詞（particle）是一種封閉的虛詞，因此數量不多，但助詞在語法上具有重要的作用。該教材根據助詞在句法中的不同屬性，將其分為以下六類：

（一）感歎助詞（Interjections）：唉、喂、咦

（二）時相助詞（Phase particles）：完、好、過$_2$、下去

（三）動助詞（Verb particles）：上、下、起、開、掉、走、住、到、出

（四）時態助詞（Aspectual particles）：了$_1$、著、過$_1$

（五）結構助詞（Structural particles）：的、地、得、把、將、被、遭

（六）句尾助詞（Sentential particles）：啊、嗎、吧、呢、啦、了$_2$（此為助詞「了」的一種語法型態）

八、限定詞（determiner）有限定指稱的功能，在句法上可以和其他成分組成名詞片語，出現的順序為「限定詞＋數詞＋量詞＋名詞（這兩杯咖啡都好喝）」。限定詞的數量不多，例如「那、這、哪、每、某」等。

上述參考《當代》教師手冊的總則說明，分析了該教材在詞彙與詞類方面的處理特色。該教材與其他教材的最大不同主要有三點：一、該教材的動詞三分，基本上將「形容詞」標為狀態動詞；二、多義詞僅標注當課所使用的語義與用法。多義詞在其他課文中出現時，再另外列入該課的詞彙表裡進行釋義與說明，使各課的詞彙習得目標

更為明確，並能減輕學習負擔；三、教師手冊的總則指出，教學者與學習者若能掌握該教材的詞類劃分方法，就能理解漢語句法的特色，有效地使用該套教材，以減少語言習得的偏誤現象。

（四）語法系統

該教材六冊共收入五百四十一條語法，各冊語法數量基本上維持均衡狀態，避免各冊或各課之間的語法數量差距過大，語法教學過於集中，造成學習負擔（參見本書表6-5）。

表6-5　《當代中文課程》的語法分配與程度量表

冊數／課數	CEFR等級（ACTFL等級）	語法量／語法累積量
第一冊 共十五課	A1-A2 （novice-intermediate low）	77/77
第二冊 共十五課	A2-B1 （intermediate low-intermediate high）	89/166
第三冊 共十二課	B1 （intermediate high）	87/253
第四冊 共十二課	B1-B2 （intermediate high-advanced mid）	96/349
第五冊 共十課	B2-C1 （advanced mid-advanced high）	86/435
第六冊 共十課	C1 （advanced high-superior）	106/541

資料來源：《當代中文課程》教材介紹（2015）

該教材將第一冊和第二冊設定為初級語法，從第二冊開始語法難度不斷提升，逐漸提高各冊語法難度。該教材主編鄧守信認為，教材的語法點安排具有三大特點：一、功能（Function）；二、結構

（Structures）；三、用法（Usage）。功能指的是一個語法點在句法上、語義上或交際上的功能。並不是每一個語法點都可以交代這些功能，有些只有交際功能，有些只有語法功能，要視語法點的性質而定。在結構（Structures）這個部分，依照每個語法的特性，有的時候能說明語法點的基本結構，有時候只能列出如公式一般的結構，如「S＋V＋O（我吃飯）」。這個部分，除了公式般的關係之外，亦可以使用大量例句進行說明。關於語法的用法（Usage），指的不是語用（pragmatics），而是指這個語法點何時可以使用、何時不可以使用，使用時需要注意什麼（參見本書圖6-5；該教材 p.29）。關於語法的「用法」，是提醒學習者使用這個語言形式要注意的地方（鄧守信，2010，2018）。

圖6-5顯示《當代》初級教材對語法點的功能、結構及用法上的處理皆以英文解釋說明，便於懂英文的學習者在預習和複習時自己閱讀理解。然而，對於英文程度不好的學習者而言，就會造成一定的學習困擾。整體來說，該教材走的是以功能為主的路子，所採用的八大詞類與其語法規則相輔相成，形成自成一格的編寫系統。

（五）課文內容

該教材每一課都分為兩大部分，但各冊的文體形式不同。第一冊各課包括兩篇實用的日常會話；第二冊包括一篇對話和一篇短文；第三冊和第四冊的課文形式基本相同，均為一篇長篇對話及一篇書面語體的短文，兩冊的主要差異在於，第四冊所探討的主題更多元化；第五冊和第六冊的課文內容均選自真實語篇，課文內容涵蓋社會、政治、經濟、文化、科技等多項議題，能使學習者接觸和學習不同領域的各類文章。

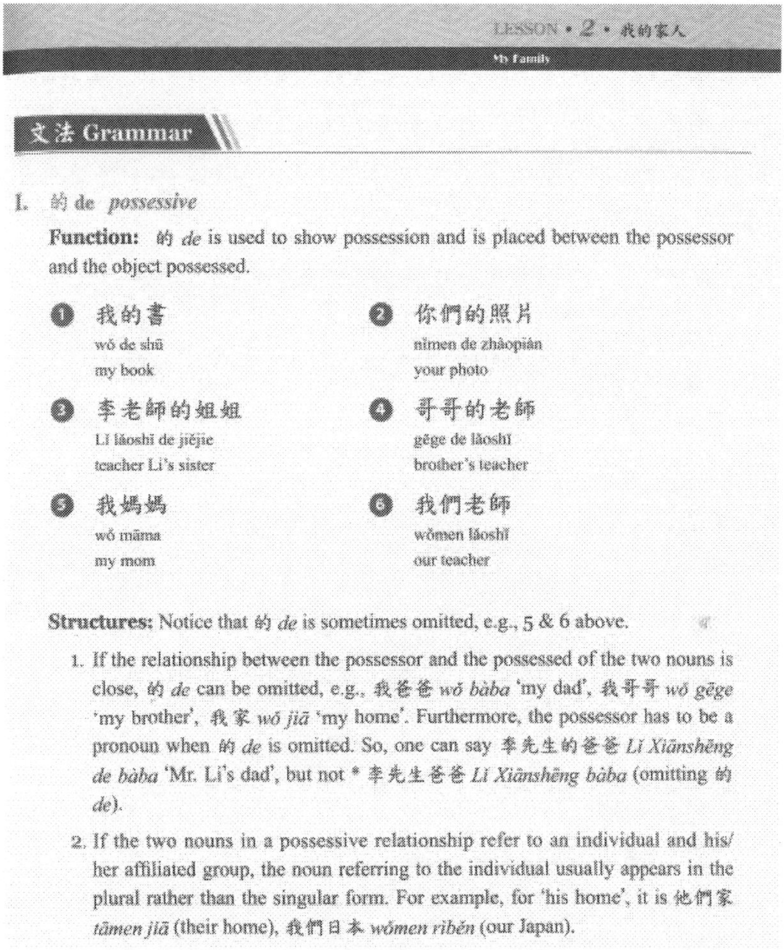
LESSON • 2 • 我的家人
My Family

文法 Grammar

I. 的 de *possessive*

Function: 的 *de* is used to show possession and is placed between the possessor and the object possessed.

1. 我的書
wǒ de shū
my book

2. 你們的照片
nǐmen de zhàopiàn
your photo

3. 李老師的姐姐
Lǐ lǎoshī de jiějie
teacher Li's sister

4. 哥哥的老師
gēge de lǎoshī
brother's teacher

5. 我媽媽
wǒ māma
my mom

6. 我們老師
wǒmen lǎoshī
our teacher

Structures: Notice that 的 *de* is sometimes omitted, e.g., 5 & 6 above.

1. If the relationship between the possessor and the possessed of the two nouns is close, 的 *de* can be omitted, e.g., 我爸爸 *wǒ bàba* 'my dad', 我哥哥 *wǒ gēge* 'my brother', 我家 *wǒ jiā* 'my home'. Furthermore, the possessor has to be a pronoun when 的 *de* is omitted. So, one can say 李先生的爸爸 *Lǐ Xiānshēng de bàba* 'Mr. Li's dad', but not * 李先生爸爸 *Lǐ Xiānshēng bàba* (omitting 的 *de*).
2. If the two nouns in a possessive relationship refer to an individual and his/her affiliated group, the noun referring to the individual usually appears in the plural rather than the singular form. For example, for 'his home', it is 他們家 *tāmen jiā* (their home), 我們日本 *wǒmen rìběn* (our Japan).

圖6-5　《當代中文課程》第一冊第二課的文法說明

資料來源：《當代中文課程（一）》（2015）

《當代》前四冊有六位人物角色，課文圍繞著這些人物的生活背景延展內容，教材討論的主題各異，但是又能在一個主架構中維持整體一致性，對各項議題展開討論。此外，每一課的插圖能配合課文內容引導對話或文章情景的理解，也能提升課文的可讀性。在教學和練習上，以及情景的引導上都能起到很好的輔助作用。例如，在教學前可以使用圖片進行預習；在課堂中可以作為教學活動參考的圖片，引出重要生詞和語法點，進行分組討論或搶答等；課後還可以使用圖片作為看圖說故事的作業，複習課文內容和引導寫作等（參見本書圖6-6；該教材 p.86）。

LESSON 5

牛肉麵真好吃

Beef Noodles Are Really Delicious

對話一 Dialogue I 05-1

月　美：很多人都說臺灣有不少有名的小吃。
Yuèměi：Hěn duō rén dōu shuō Táiwān yǒu bù shǎo yǒumíng de xiǎochī.
明　華：是啊！牛肉麵、小籠包、臭豆腐…都很好吃。
Mínghuá：Shì a. Niúròu miàn, xiǎolóngbāo, chòu dòufu... dōu hěn hǎochī.
月　美：你最喜歡吃什麼？
Yuèměi：Nǐ zuì xǐhuān chī shénme?
明　華：牛肉麵。牛肉好吃，湯也好喝。
Mínghuá：Niúròu miàn. Niúròu hǎochī, tāng yě hǎohē.
月　美：這麼好吃，我很想吃。
Yuèměi：Zhème hǎochī, wǒ hěn xiǎng chī.

圖6-6　《當代中文課程》第一冊第五課插圖

資料來源：《當代中文課程（一）》（2015）

《當代》第一冊到第四冊，每一課除了課文、生詞、語法以外，還有教室活動（Classroom Activities）與文化點滴（Bits of Chinese Culture），這個部分不僅能讓學習者瞭解中華文化，也能搭配課室活動擴展討論空間，進行多層次的交際練習。該教材的課室活動以任務為導向，將當課及前後各課的內容融為一體，有系統的安排課室活動讓學習者完成一系列的任務，可檢視當課學習的整體情況。文化點滴（Bits of Chinese Culture）主要呈現臺灣社會的生活、文化、習俗等，取材新穎風趣，包括學習者不太容易發現的文化點滴和語言現象的介紹說明。各課的文化點不一定與課文有密切而直接的關係，但能與課文產生間接關係，編寫者希望學習者在吸收語言知識的同時也能瞭解當地的社會環境。

第五冊和第六冊的課文都是真實語篇，每一課的主題都是比較有爭議性的話題，也是值得深入討論的議題。因此，每一課開始前都會有引言與課前活動，希望學習者在進入正課之前，可以透過預習掌握先備知識。在課文後面還附加了「課文理解」，可借助這個部分測試學習者的理解程度。基本上，第五冊和第六冊的內容豐富實用，但是學習內容偏難。

（六）教師手冊

《當代》的各冊教師手冊最前面是用英語寫的漢語介紹，介紹了該教材的詞類劃分及語法系統，同時說明了採用新詞類劃分及其語法系統的教材編寫原則等。各冊相同的部分有用中文撰寫的教師手冊總則，包括編輯理念的說明等。如該教材的八大詞類和語法功能的介紹；課室活動、文化點、語音教學原則的說明等。此外，均以中文說明了各冊教學目標、教學重點、學生作業本參考解答等。各冊不同的部分包括：一、第一冊、第二冊、第五冊增加了教學範本和教學流程的建議，對教學內容和步驟進行了說明與指導。補充了相關教學資源，針對課文內容中的多元議題，以及文化點添加了可供參考的輔助材料；二、第一冊的第一課到第六課附加了漢字教學說明，第七課附加了標點符號的使用說明，第一課到第八課附加了發音練習指導等；三、第一冊教學範例較為詳細的列出教學目標、教學資源、時間分配、教學活動或教學步驟等內容，以指導教材的教學應用。可見該教材對第一冊的指導和說明較為重視。

第三節　臺灣當代第二階段華語文教材教學應用分析

一　《新版實用視聽華語》教學應用分析

（一）《新版實用視聽華語（一）》的發音

《視華》是一套「結構—功能」綜合性教材，各冊內容由發音、漢字、課文、生詞、語法、課堂活動、短文等單元構成。教學重視標準漢語發音，以及日常生活常用會話的實際溝通能力，再延伸到多元文化內涵的認識，最終達到流利的語言交際能力和書面寫作能力。

《視華》發音教學編排在第一冊的第十頁到第四十二頁。使用英文介紹教學內容，首先說明中國幅員遼闊，方言眾多，普通話為官方語言通行於全國。因此，除了中文拼音以外，世界各地的漢語課程還使用不同的標音系統，例如臺灣的華語文教材所使用的國語注音符號和通用拼音等。為能符合世界各地學習者的需求，該教材同時採用上述三種拼音系統，但只進行國語注音符號和中文拼音的教學。教學內容共分六大部分，從聲調開始，針對發音拼寫、常用語言、三聲變調、輕聲變調，以及課堂用語等進行教學。另外，在第四十一至第四十四頁還加註了漢字學習的說明，並在第四十四頁展示了十二種漢字結構，作為認識和瞭解漢字的啟萌，這也是該教材唯一解釋說明漢字的內容。針對上述教材內容，我們認為《視華》的發音教學對於初學者來說可以達到入門引導的作用。但是教材和教師手冊所提供的輔助材料不足，教學者須自行規劃教學，設計活動和教具而形成教學負擔。此外，某些班級同時學習國語注音符號和漢語拼音時，造成學習困擾，影響教學效果。

關於發音教學所產生的困擾包括：一、自行準備 b、p、m、f……等聲母跟韻母結合練習的備課材料和教具，以解決教材內容的不足之處；二、教材中完全沒有設計和提供課室活動，若想讓學習者積極參與練習，教師需要自行設計活動；三、因同時介紹和練習國語注音符號和中文拼音，學習者選擇不一致時，兩種拼音都要教，加重教師的備課負擔，且增加教學時間。通過教案觀察課堂教學內容，不難發現教材中隱藏的一些問題及其優缺點。《視華》第一冊第一課的教學應用，可參考本書附錄十三之一的典型教案進行分析探討。

為了更全面地瞭解該教材的教學應用情況，以下我們以《視華（一)》的第一課為例，繼續探討初級教材（綜合課）的教學內容。

（二）《新版實用視聽華語（一)》的綜合課

以該教材第一冊的第一課〈您貴姓？〉為例，體現出教材「結構—功能」相結合的編寫方式。教材遵循語法是語言的組織規律的概念，依據語法教學的基本原則，組織架構了課文內容，句子長短適中，語法結構層次分明，可循序漸進教學，適合零起點的學習者使用。本教案以打招呼、介紹自己、詢問姓名和國籍的溝通能力為教學目標；重視代名詞、名詞、動詞、助詞、副詞、疑問詞的正確使用；

並在對話練習過程中檢視和糾正學習者的發音、聲調、語序等偏誤現象，以達到教學效果。

初級綜合課，需要將言語要素融入語言實際溝通能力的訓練中。《視華》第一冊第一課〈您貴姓？〉的課文內容簡單易學，將語法點和重點詞彙置於語言規則和句型結構形式之中，可以達到反覆操練短小單句，再進行擴展的教學效果。句子和語法簡短精練，容易自我監控。利用簡短的句子能使學習者集中精力練習語義表達和語用變化的技能，減少二語習得的偏誤現象，完成適當的交際技能的培養。從該課教案內容和實施過程可以看出，我們似乎一直都在處理生詞和語法的教學內容，其實已不經意的將句型帶入到課文的日常會話情景之中，這體現出語言形式的選擇和自我監控的實施是一種潛意識的認知學習歷程。該課內容簡單實用，其即學即用的教學效果能引發學習興趣。

值得一提的是，該教材各冊各課皆無漢字教學內容，只在學生作業本中有二至三頁的生字部首和筆順練習。或許編寫者認為漢語特質決定了漢字習得屬於一種單項技能的培養，較難融入聽、說、讀、寫並進的綜合技能的訓練。否則，就不會在沒有漢字教學的情況下，卻在作業本中出現習寫生字的作業。這是該教材在漢字習得方面略顯不足的部分[16]（參見本書附錄十三之二：《視華》第一冊第一課教案）。

（三）《新版實用視聽華語（二）》的教學應用分析

《視華（二）》延續第一冊的教材內容，課文中增加了不少語言

16 參見本書第五章第三節有關《國語會話》在漢字方面的教學應用分析。當時的教材編寫觀點認為「教材是教學的工具，教師以本身的修養與能力可以充實教材的教學內容而活用教材……」。所以，《視華》的漢字教學仍然需要教學者自行處理來活用教材。

形式及語言功能，使初級學習者能夠更為準確流利得進行日常溝通。以《視華（二）》第七課〈你要把這張畫兒掛在哪兒？〉為例，以搬家後整理房間的對話為主題，使用大量的「把」字句，對居家物品的移動、處置和擺放進行了描述和討論。生動自然地將「把」字句導入日常生活，達到句型擴展和應用的效果。將課文內容、語法點和語義之間的層次進行了有機結合。體現出漢語作為第二語言習得的基本規律，聯結了認知和模仿，加強了理解和記憶。在語法點方面，強調趨向補語、直述句、「把」字句的教學，搭配直接教學法、視聽教學法和肢體教學法（TPR）等，反覆操練本課句型，使學習者能熟練的將直述句轉換成「把」字句，再引導學習者精讀課文內容，並進行課文內容分析討論和搶答活動。最終能將「把」字句應用於實際溝通中。

值得注意的是，「把」字句在日常生活中的使用，是要看情況而定的，吳勇毅（2016：253）認為「典型的把字句表示廣義的處置。即施事者通過某個動作行為使受事者發生變化。強調動作對受事者的影響，使受事者產生某種結果，發生某種變化，處於某種狀態等。所以句中的動詞一般是有處置意義的動作性動詞。」例如「要上課了→老師把門關上了」；或「風太大→請把門關上」等語境下的「把」字句。一般來說，是要強調某種原因才使用「把」的。教師應注意選擇較為恰當的語境進行「把」字句教學與練習，而非隨手拈來的直述句都用來轉換「把」字句。譬如有學生反映在日常生活中常常無法適當地使用「把」字句。例如學生回到租屋處想喝水，就端起桌上的白開水對房東說：「我把水喝了。」，而房東卻莫名其妙的回答：「喝吧，幹嘛還要說『把』？」，學生解釋今天學「把」字句的時候，老師說「我把水喝了。」、「我把書打開了。」……。學生並沒有意識到應該在房東問：「誰把水喝了？」的時候才說：「我把水喝了（此時強調喝水的不是別人而是自己）。」可見，「把字句」需要「強調」處置的

「原因」，而不只是「強調」處置「前→後」產生的「變化」，如此才能讓學生體會到「把」字句真正的用途和語感。因此，我們在該課的教案中利用暖身活動的短片、在上課前關教室的門、在講課前打開書……等情景[17]，不斷地引導學習者瞭解和意識「把」字句「強調」處置的「原因」。這是使用該教材應注意的部分。

（四）《新版實用視聽華語（三）》的教學應用分析

《視華（三）》的課文內容圍繞著幾名留學生在臺灣的日常生活展開，如他們在校園中的求學情況等。課文內容著重以大學校園活動與生活話題擴展語言知識的同時，也增強語境意識，加強各種話題表達技巧。以《視華（三）》第四課為例進行分析，該課通過學生的對話，談論臺灣和美國不同的地理環境對其社會發展形成的影響，探討了地理概念、生態環境、旅遊規劃等方面的問題，學習者通過該課的學習，加強談論相關主題的話語表達能力（參見本書附錄十三之四：《視華》第三冊第四課教案）。

綜上，語言教學不只是語言知識的傳授，還應培養學習者掌握語言的規則、功能、文化的運用等。這一課主要引導學習者將語言知識應用於實際生活，以加強了學習意願，產生學習興趣和成就。該課的對話討論了大多數學習者不甚瞭解的美國地理概況，但是生詞和語法點的處理得當，教師可以根據當地的生活環境，設計旅遊或生態之旅等活動，將課文內容擴展到日常生活之中，提升該課的趣味性和實用性，取長補短，因地制宜，促進學習者語言實際溝通的能力。

17 參見本書附錄十三之三。

（五）《新版實用視聽華語（四）》的教學應用分析

《視華（四）》中級程度的綜合課以口頭和書面的成段表達為主要訓練目標。課文的呈現以長篇會話為主，另加一篇短文，延展閱讀能力的訓練。以《視華（四）》第五課為例，在掌握語言知識的基礎上訓練學習者的成段表達能力，以達到能夠談論藝術表演相關話題的溝通能力（參見本書附錄十三之五：《視華》第四冊第五課教案）。

透過對該課的分析，可以發現教材希望以觀看表演為話題，討論文化藝術活動的多層次交際內容。教材的好處是內容豐富且詳細。例如每個生詞都給舉出例句，每個語法點都有中英文對照的釋義，這些材料為教師備課提供了便利性。但是語法練習的類型略顯單一，缺少活動安排等。此外，教材還有詳細的文化注釋，提供了課室活動和課後閱讀供教師選擇。總體來看，教材的內容很充實。不足之處，此類主題與興趣愛好相關，感興趣並有相關經歷的學習者參與度會更高一些，對此話題不感興趣的學習者可能參與討論的意願不高。此外，課文中涉及到的京劇藝術，欣賞起來有一定的難度，可簡要介紹一二，提供一些補充材料。課文想要面面俱到，而重點不夠突出，內容太多而略顯得結構凌亂，有些抓不住重點。此外，課文的對話內容略顯生硬，不夠生活化和自然化，帶著「課本語言」的味道，課文的趣味性可以再加強些。由此可見，該冊教材在編寫上還有很大的發展空間。

（六）《新版實用視聽華語（五）》的教學應用分析

《視華（五）》設定為高級程度教材。此階段的教學重點在於培養學習者篇章閱讀及書面表達能力。第五冊圍繞著華人的生活及其傳統風俗文化，也描述了中國傳統的生活環境和習慣。課文內容豐富，生詞量較多且與華人生活和文化相關，每課設計了具體活動，課文不僅談論歷史傳說及其由來，還有現代生活的習俗等。對華人文化進行了全方位的介紹，根據該階段學習者的接受程度進行調查，在學習方面略顯吃力。

以第五冊的第二課〈歡樂過春節〉為例，探討分析這一課的教學應用情況。該課以中國節慶為主題，通過相關主題的生詞、句型和語法練習，旨在讓學習者達到用中文敘述傳統節日的活動及風俗文化等，並能解釋節日的歷史由來和目的。通過對課文內容的瞭解探討中國春節相關的文化之外，還能以口頭及篇章形式表述學習者母國或他國的傳統節日（參見本書附錄十三之六：《視華》第五冊第二課教案）。對教師而言，教學的難處在於教學前需要做大量的資料收集，利用各種輔助材料補充相關故事和傳說內容，才能將學習者帶入節日情景，引發學習者對中國傳統節日「春節」的學習興趣。否則該課的生詞過多，課文較長，很容易讓學生感到無聊和厭倦。另一方面，本課的語法點較為簡單，如「當……時」、「例如……等等」似乎與課文內容難度不太相符。這一課的內容，需要花時間和精力引導學習者運用所學對春節的來龍去脈多做複述練習，再用中文講述自己國家的節日，然後進行作文寫作的練習，經教師修改後再做口頭演講，學習者較不會產生挫敗感。該冊基本上能培養學習者口頭和書面的成段表達，搭配教師自行備課所補充的資料可以達成教學目標。

二　《當代中文課程》的教學應用分析

《當代》是臺灣當代第二階段官方出版的第二套華語文教材。由臺灣師範大學的鄧守信教授組織該校國語教學中心資深教師團隊編寫。該機構是臺灣具有指標性的語言教學單位，出版的華語文教材亦被廣泛使用，尤其《視華》（2017）和《當代》（2015）更是各華語文教學機構的必備教材，具權威性及實用性，且使用率頗高的綜合型華語文教材（袁筱惠，2017；余玉雯，2018），顯見兩套教材在臺灣並駕齊驅的地位。《當代》共分六冊，以任務導向和溝通式教學為主，全方位訓練華語文學習者「聽、說、讀、寫」各項語言應用能力。該教材前三冊以口語訓練為主，後三冊以書面語培養為重心。教材各冊的教學側重點不同：第一冊每一課有兩篇會話，會話內容都圍繞著當課主題，著重培養日常會話的運用；第二冊為一篇日常會話和一篇短文，除了會話練習，還訓練閱讀能力；第三冊，為一篇長篇會話和一篇書面語體的短文，亦即從較長的會話內容，開始進入書面語及篇章的訓練；第四冊的編寫體例與第三冊相同，但會話內容和篇章討論的議題較深，亦即維持會話與篇章兩種形式擴展談論話題能力；第五冊和第六冊的課文內容，參考真實語篇改編的文章，內容含括社會經濟、政治文化、科技發展等不同領域的文章。第五冊選擇較為有趣且具爭議性的主題，透過正反兩面的論述，加強學習者對篇章的理解及口語能力的表達；第六冊則採用專題性較強的文章，以拓展學習者不同語體和專業領域的語言運用能力。目前臺灣的華語文教學機構，每週上課五天，每天上三個課時的綜合課，約三個月為一學期，每學期可以學完一冊綜合型課本。不間斷地持續學習，約一年半能將該教材六冊全部學完。

基於筆者在臺灣的多年教學經驗，結合本書對該教材的內容特徵分析，從教材內容切入，針對該教材具代表性的課程教案進行了分析，對其教學應用的實際情況探討如下。

（一）《當代中文課程（一）》綜合課（含拼音與漢字教學）

《當代中文課程》第一冊的課文內容主要包括對話、生詞、文法、課室活動、文化點滴等。其中，語音和漢字融入第一冊前八課的具體課文內容當中進行教學。歸納第一冊第一課到第八課的語音教學重點如表6-6（參見本書附錄十三之七）[18]。

表6-6　《當代中文課程（一）》第一課到第八課的語音教學重點

課程	中文拼音教學重點
第一課 歡迎你來臺灣！	1.以當課的單音節詞彙為主，教授中文拼音，以及基本聲調練習，並介紹調號及其書寫方式。 2.聲母「b-、p-、m-、f-、d-、t-、n-、l-、j-、q-、x-」等的拼音練習。 3.漢語「第三聲」和「不」的變調原則，如「你好、很好」等。 4.學會聽辨聲調。如「接、茶、我、是」等。
第二課 我的家人	1.聲母「b-、p-、m-、f-、d-、t-、n-、l-、j-、q-、x-」等的拼音練習。 2.「不」的變調:「不喝、不來、不喜歡、不是」等。 3.「一」的變調:「一張、一個」等。
第三課 週末 做什麼？	1.聲母「b-、p-、m-、f-、d-、t-、n-、l-、j-、q-、x-」等的拼音練習；六個韻母「-a、-o、-e、-i（yi）、-u（wu）、er」等。 2.聲調練習。
第四課 請問一共 多少錢？	1.聲母「g-、k-、h-、z-、c-、s-、j-、x-」與韻母「-ü（yu）/ -ia（ya）、-ie（ye）、-üe（yue）」等的拼音練習。如「哥哥、喝、個、幾、接、謝謝、覺、學」等。 2.複習同聲調連讀及第三聲變調。
第五課 牛肉麵 真好吃！	1.聲母「zh-（zhi）、sh-（shi）」一韻母「-ai、-ei、-ao、-ou、-ui（wei）、-iao（yao）」等的拼音練習。如「支、照相、買、賣、老師、對、小、要」等。 2.介紹拼音標調原則（調號位置）等。 3.「一」的變調（進階）。如「一張（L2）、一杯、一支、一千／一起（L3）、一種、一百／一萬、一共」等。

續表

18 漢字教學內容較為簡單，附在該教材第一冊第一課的教案中進行分析。

課程	中文拼音教學重點
第六課 他們學校 在山上	1.聲母「f-、l-、z-（zi）、s-（si）」和韻母「-an、-en、 -uo（wo）、-iu（you）」等的拼音練習。如「做飯、籃球、怎麼、坐、昨、有、遊」等。 2.第一聲搭配第一、二、三、四聲的聲調練習。
第七課 早上九點 去KTV	1.介紹四個送氣聲母：「p-、t-、k-、q-」；及其與韻母「-ang、-eng、-ian（yan）、-ua（wa）」等的拼音練習。 2.四個送氣音與不送氣聲母（b-、d-、g-、j-）進行對比，瞭解送氣與不送氣的差別。如「你們、日本、熱、吃、茶、臭、共、東、做飯等」。 3.第三聲搭配第一、二、三、四聲的聲調練習。如「我們、喜歡、老師、美國、請問、好看、姐姐」等。
第八課 坐火車去 臺南	1.韻母「-iang（yang）、-ing（ying）、-uai（wai）、-uan（wan）、-uang（wang）、-üan（yuan）、-ün（yun）」等的拼音練習。如「兩、定、請進、漂亮、圖書館、外帶、網球」等。 2.第四聲搭配第一、二、三、四聲的聲調練習。如「看書、大樓、電影、謝謝」等。

資料來源：《當代中文課程（一）》（2015）

表6-6分析和歸納了《當代（一）》第一課到第八課的中文拼音教學特點。該冊前八課都有發音和漢字教學內容。除此之外，該冊以美國 5C 與歐洲語言共同架構為目標[19]，將語言知識和文化融入課室活動，進行以情景為主的溝通式教學。第一冊的課文有兩個對話，對話內容以臺灣社會環境中的日常生活為背景，培養華語文的聽、說、讀、寫言語技能。以該冊第一課〈歡迎你來臺灣！〉課文來說，對於零起點學習者程度較難，內容較多。在正式授課之前，教師可使用備課材料補充零起點學習者的基礎會話知識，先練習簡單的自我介紹和

19 《美國二十一世紀外語學習標準》（*Standards for foreign language learning in the 21st century*），簡稱《標準》。

打招呼的用語，再進入接機和聚會時的會話情境。如此，會更瞭解如何使用中文表達個人喜好、道謝、回應謝意等禮貌用語。同時也利於借助本課內容教授拼音和漢字。

筆者參考之前的教師備課記錄（含學習者反饋），分析了該課的教學情況。首先是零起點學習者上完此課最少需要二十至二十五個課時，其中約使用五個課時補充重要句型練習（如漢語的「姓、叫、是」的不同用法等）；約使用六個課時練習第一個對話內容的重要生詞和句型；約使用六個課時補充和練習第二個對話情景的基本句型（如班級中不同學習者的國籍、嗜好、各種茶葉和飲料的名稱等）；約使用三個課時結合本課內容練習發音和漢字（參見本書附錄十三之四：《當代》第一冊第一課教案）[20]。

在課文內容方面，使用該教材的師生都認為該課內容、詞彙、語法等程度偏高，不適合零起點初級程度學習者使用。特別是學習者語言程度差異大的初級班，老師不僅需要調整教學內容，還得自行補充適合零起點的材料，並且要時常補課或只選擇課文中較為常用的部分進行教學，沒辦法將此課全部教完，以免學習者受挫。完全以情景為主的課文內容，對於初級者來說，不但句子過長，而且語法太難。如該課的第一句話就問「請問你是陳月美小姐嗎？」然後對方回答「是的。謝謝你來接我們。」這兩句話對於零起點的初學者來說很不容易掌握。該教材以情景為主的課文內容，如若不借助該課對話上方的插圖瞭解會話情景和人物（機場接機），第一課的對話對於零起點的初學者來說很難理解和吸收。在詞彙方面，初級會話一般都使用基礎詞彙。以「茶」為例，該課一開始就教「烏龍茶」，還不如教「紅茶、綠茶」可以用「紅、綠」帶出顏色的教學。要不然就只教「茶」這個

20 目前，《當代（一）》已改版拆成三冊。

名詞比「烏龍茶」易學又實用。

在語音教學方面，大多數師生對於該教材的發音教學持正面看法。認為將中文拼音融入課文中進行教學和練習，能提升學習興趣，促進教學成效。學習者一直機械性地操練無義的拼音符號，不但容易疲倦，也很難產生成就感。使用拼音拼讀課文中的簡單片語或短語，可以練習常用的你好、請問、請喝、謝謝、不客氣、對不起等日常用語[21]，既可以幫助學習者練習拼音，又可以馬上得到實際應用，無形之間提升了綜合課的教學成效。

（二）《當代中文課程（二）》的教學應用分析

《當代（二）》的課文內容改為一個對話加上一篇短文，人物角色與第一冊相同，沒有發音和漢字教學內容。第二冊將第一冊的基本生活用語擴展到更為廣泛的話題之中，使學習者能夠流利表達出自己面臨的處境及需求，並開始接觸短文體裁，瞭解篇章的基本結構。以《當代（二）》第一課為例，課文根據問路的對話內容，學習路徑指示，以及說明地點和指示方向的語言溝通能力；短文和相關課室活動，練習說明自己所處的方位，去特定地點的經過，還有相關情景的介紹，並討論自己對環境的感受等（參見本書附錄十三之五：《當代》第二冊第一課教案）。

總體而論，《當代（二）》的課文涵蓋了衣、食、住、行，各方面的基本生活內容，參考 CEFR-A2能力指標進行編排。對話交際主題中的大部分詞彙和句型（語法）沒有跨級的分布與安排，但是以情景為主的對話內容常常不能明確地表示地點和方位（余玉雯，2018）。該課的對話練習，僅能依據課文中的插圖判斷對話空間。如本課會話

---

21 參見《當代（一）》第一課的會話內容；本書表6-6。

中的問路語境，可得知問路人走在去某個地點的路上，以此判斷大概的對話地點。但本課會話上方的插圖只提供了會話中第五句之後的方位和路線圖，並沒有顯示第五句之前的對話空間。因此，本課會話中的第五句所說的「……，到了下一個路口，右轉……」的「下一個路口」的所處空間在插圖中顯示的不夠明確，插圖中的問路人已經站在要右轉的路口了，而不是站在「上一個路口」。如此，課文中的插圖就不能表示「下一個路口」的「下一個」的意思。該課的這張插圖比較適合練習「……，在這個路口右轉，……」或「……，前面的路口右轉，……」等句型。因此，在教學中只能以情景的設想或教師補充材料進行說明。對於初級學習者而言，具體地點的方位參照非常重要（余玉雯，2018）。在課堂教學中解釋說明諸如此類的不明地點及指示，增加了不少額外的教學時數。除此之外，該課的插圖數量適當，插圖與課文緊密配合，能提升課文的可讀性。

筆者參考之前的教師備課記錄（含學習者反饋），發現教學中體現出來的一些問題。首先，教師為達到教學目的，需拆分較長的句型及語法點，通過反覆操練組詞成句的替換練習，學生才能明白較長的句型的功能和用法。其次，多數教師對於本課插圖增加內容的可讀性和生動性較為滿意。例如「A 離 B 的距離」的句型練習插圖（p.14），以長度單位標示了地點之間的實際距離，較為客觀的表達出「遠／不遠／比較遠／很遠」等個人主觀的感受[22]。這是本課與其他教材在細節上的不同處理方法，解決了不同國情或個體主觀感受的差異問題，是值得一提的優點。

22 參見本課會話第六句「……，聽起來不遠。」（p.2）

（三）《當代中文課程（三）》的教學應用分析

《當代（三）》基本上參照 CEFR-B1進行程度分級。課文內容仍以臺灣當地文化特色為主。根據該冊的課文內容，設計了與前兩冊不同的人物角色，開始進行話語篇章的訓練，用以銜接第四冊的教材內容。該冊第三課〈外套帶了沒有？〉以情景為主，通過對環境氣候的討論，瞭解中國節慶的文化內涵，再探討中國節慶與氣候環境之間所產生的關係。這種以情境為主的教材內容，筆者認為使用「魚骨圖」[23]將會話和短文的教學內容組織結合在一起進行教學，可以在對話教學中以隱性教學的方法將短文的生詞和內容相互融合，透過分組討論的方式，對文化情境進行更為深入的瞭解和學習（參見本書附錄十三之六：《當代》第三冊第三課教案）。

「魚骨圖」具有「特性要因分析」的功能，指的是一種發現問題的「根本原因」的分析方法，有助於說明產生問題的各因素之間是如何相互影響的。使用「魚骨圖」規劃教學和設計本課教案，可以將本課會話和短文的生詞分成四大項集中說明中國節慶的文化內涵。課文中環境與氣候的生詞包括：一、氣候類型；二、氣候特徵；三、氣候與生活；四、氣候與活動等四大類。短文中與節慶相關的生詞包括：一、節慶背景；二、節慶食物；三、節慶意涵；四、節慶活動等四大類。課文在節慶介紹中提到人們隨著季節的更迭，因不同環境、不同季節、不同氣候的相互影響形成了中國的三大節慶。如春節時期，因天氣寒冷而不事耕種，人們忙碌了一年也需要休息，所以就有了除夕這個節日。課文中也說明了端午和中秋都有跟季節氣候有關的背景。以這樣的思路規劃教學，就能將本課生詞和語法點環環緊扣課文內容

23 「魚骨圖」即「特性要因圖」，是一種發現問題「根本原因」的結構圖。因此，也被稱為「因果圖」。

相互呼應了。既能適當融入文化內涵，又能兼顧語言知識的學習，從而進行有系統的綜合性的教學。

李巍（2008：38）指出：「教學法綜合了教學原則、教學方法、教學技巧等內容。教學原則是指從宏觀上指導整個教學過程和全部教學活動的總原則，它貫穿於總體設計、教材編寫、課堂教學、測試和評估全過程。教學方法則是在教學原則指導下，在教材編寫和課堂教學中的具體處理方法。好的教學法不僅能指導教學，同時也是編寫教材的指南。」他認為「結構─功能─文化」相結合的教學法是多種教學法綜合出來的方法，「結構─功能─文化」邏輯層次中的三者並不是平行的，而是相輔相成的滲透關係，這對於教材編寫、漢語交際能力培養，以及有系統地教學都是非常重要的。縱使課文內容、生詞和語法點再長再難，採用適合的教學法就能將教材的優勢發揮出來。這一課，從「一件外套」討論到三名留學生對海島氣候的不同感受，又延伸至中國重要節慶的深入探討，不仔細分析和歸納，很難找出三個話題的關聯性。這是以情景為主的教材的一個難點。經過多次備課會議和教學經驗的分享，及學生們不諱言的建議，我們嘗試使用「魚骨圖」規劃設計教學的方法。在「魚骨圖」的巧妙安排下，學習者將生詞和語法點結合起來進行練習也就更得心應手。相對來說，課文內容也能符合中級程度的學習者了（參見本書附錄十三之九）。

（四）《當代中文課程（四）》的教學應用分析

《當代（四）》維持對話與篇章兩種文體擴展學習者討論問題的能力，為學習第五冊爭議性教材內容打下基礎。以該冊第六課〈天搖地動〉為例，主要討論自然災害的發生等情況。教師可在授課前要求學習者通過預習，準備與自然災害相關的影片和材料，簡要說明所經歷過的各種災害的情況，若從未經歷過災害的同學，可以一起學習面對各種災害時該如何防範和躲避、如何保護自己和家人，如何進行救援等。這一課是兼具知識和實用性的好課文，課文中有眾多物品名稱，生詞難易適中且實用，使用圖片進行教學的效果很好。

該冊教材使用英文對某些語法點的多項功能進行的詳盡說明和解釋，對於不懂英文的學習者而言如同虛設，這些分得很細的語法功能，既複雜又難以應用，使用英文進行說明和解釋對於語法的理解說明並不大。如該課第三個語法點「The Various Functions of 多」對「多」的五種語法功能的英文解釋；第六個語法點「The Various Meanings of the Verb Complement 下來」動詞補語的六種語義的英文解釋等，造成了多數學習者的困擾。

（五）《當代中文課程（五）》的教學應用分析

《當代（五）》的教材難度為 CEFR B2-C1等級。除了適合學習過前四冊的學生以外，也適合學習時數超過六百小時，且具備三千詞彙量的學習者。第五冊教材內容主要為當代具有爭議性的主題，課文綜合整理相關議題的主要論點後重新撰寫而成，文章體例以論說或夾敘夾議的方式為主，重視正反立場的表述及辯論。課文內容具有一定的深度和廣度，培養中高級學習者對議題論點的掌握及辯論能力。透過使用「魚骨圖」設計該冊第九課〈有核到底可不可？〉，第一部分以臺灣爭論了十幾年的核電議題為核心，從歷史中吸取教訓，對臺灣的地理環境進行了評估，並分析了輻射的破壞性及其替代方案，引導學習者對核能議題進行正反論點的辯論；第二大部分以核能的優缺點對成熟的核能環境進行了正反兩方的辯論；第三大部分主要為各種議題正反思辨能力的訓練。通過臺灣核能發電的建設與運轉等社會議題，探究了核能發電與綠色能量之間的衝突，進而瞭解臺灣民眾「迴避問題→期許未來→預設現況」的思考模式。在這種情況下，需要為社會議題負起社會責任的人、事、物也常常被不經意的遺忘。

「魚骨圖」的特性要因分析法，將生詞和語法點進行了系統化的分類，將課文輪廓較為清楚地展示出來。然後，再結合課文內容進行課前活動、論點呈現、口語表達等討論活動，對課文內容進行了主題延展和語言實踐等方面地練習。總體而論，該冊教材的使用說明與教師手冊概況了各課的教學方針和教學順序，對於課前準備有一定的幫助，但對於學習者而言，教材強調正反思辨的難度卻饒富挑戰性。使用「魚骨圖」將各課生詞進行分類，再展示課文中正反兩面不同層次內容之間的關係，從而訓練學習者對議題論點的理解和辯論能力。

在教學中，發現課文的議題不符合學習者的興趣與需求，教師可以利用本課的語言知識，引導學習者討論其他議題，引發學習者的表達意願，訓練溝通和辯論能力。換言之，若教學只圍繞著臺灣的核能問題進行探討，並不能達到較為理想的學習效果。因為某些學習者的國家並沒有核能問題，而某些國家的核能問題不是社會持續討論的熱點。因此，教學中要重視學習者的興趣，培養他們對國際事件正反論點的答辯能力。

（六）《當代中文課程（六）》的教學應用分析

《當代（六）》課文選材多元，內容多為論說形式的長篇文章。適合具有篇章理解及成段表達流利的高級程度學習者使用。教學重視學習者對不同語體語言知識的運用。通過語言擴展和語言實踐等方面的訓練，進行長篇寫作能力的培養。以該冊第三課為例，前面兩大部分，使用「魚骨圖」將課文內容及生詞等進行了系統性的分類，匯出兩篇課文之間環環相扣的關係；第三大部分為引導式寫作的口頭報告，再通過報告的方式驗收學習成果。

《當代（六）》的課文由編寫者綜合整理各種真實語篇改編而成。雖然社論或新聞是提升高級閱讀和寫作能力的好教材，但是社論或新聞也會出現不符合規範的語句。編寫者將二〇一二年「全球華人藝術網」的篇章改編撰寫成該冊第三課的課內容[24]，語句通順，內容實用，具有較高的可讀性。大部分的生詞和語法點能緊扣內文，以「i+1」的原則進行高級程度的篇章訓練。值得注意的是，該課共十一個語法點，不但每個語法點要做四至六項填空練習，還要求使用這十一個語法各寫一篇短文（參見本課的「語言擴展」練習）；另外，作業本中的填空練習難度較高，即便漢語為母語的學習者做起來也很吃力（參見該課作業本 pp.10-11）。再加上課文和作業中的各種練習，一般學習者並不能負荷本課全部的練習內容，較難達到練習所預期的效果。教師應根據班級情況適度調配課堂中的練習和寫作要求，以達到較為理想的教學成效。

探討了兩套教材的教案應用及實施情況，我們發現：一、《視華》程度分級較低，語法層次比較有系統，教材程度銜接方面較為合理；二、《當代》各冊程度偏高，特別是第一冊不太適合零起點學習者使用，中級和高級教材的程度也相對偏高；三、兩套教材的發音和漢字教學完全不同，《視華》的發音和漢字教學編排在第一冊正課之前集中教學。《當代》則分散在第一冊的前八課，融入在課文內容中進行教學；四、「教學法」具有整個學科理論和實踐的含義，改善教學方法和提高教學品質是一個不容忽視的問題。

兩套教材的教學法比一比，我們發現：一、初級課程較常使用視聽法（Audio-lingual approach）、直接法（Direct Method）、聽說法（Audio-Lingual Method）、全身反應法（Total Physical Response）和

---

24 參見《當代（六）》課程重點說明（p. XVIII）。

任務法（Task-Based Approach）等；二、中、高級課程較常使用視聽法（Audio-lingual approach）、認知法（Cognitive Approach）、功能法（Functional methodology）和任務法（Task-Based Approach）等；三、這些教學法可以針對課文內容在課堂上穿插使用，因為「綜合教學法」才是結合了各種語言教學法流派和對外漢語教學理論與實踐的產物。

在長期的實踐中，綜合教學法吸取第二語言教學法的優點，結合漢語的特點而成。王素梅認為（2007：146）「綜合法不是一種固定的教學法，既重視語言功能的教學和交際能力的培養，又重視語言結構的教學；既重視語法知識的理解和掌握，又重視通過模仿和操練培養言語技能；既重視課堂上的自覺學習，又重視課下自然的習得；既強調以學生為中心，又重視教師的主導作用。」這也就是說「教學有法、但無定法、貴在得法」，教學沒有固定和死板的方法，需要抓住教學的原理和規律，選擇恰當而合適的方法，才能在教學中要做到因材施教，將「教」與「學」兩者有機結合。分析了兩套教材的教學應用之後，以下進一步探討兩套教材在實踐中所形成的更迭發展特徵。

三　當代華語文教材的實踐與發展

基於《視華》和《當代》教學應用的分析與討論，我們歸納出兩套教材體現在語法系統上的更迭發展特徵如下（參見表6-7）。

表6-7　《當代中文課程》&《新版實用視聽華語》詞類略語對照表

《當代中文課程》		《新版實用視聽華語》	
N名詞	Noun名詞	N名詞	Noun名詞
		NU數詞	Number數詞
		PN/PRON代詞	Pronoun代詞
		PW地方詞	Place Word地方詞
		TW時間詞	TW時間詞
V動詞	V動詞	V動詞	Verb動詞
	Vi動作不及物動詞		
	Vst狀態及物動詞		
	Vpt變化及物動詞		
	V-sep動作動詞	VO動賓複合詞	Verb Object Compound 動賓複合詞
	Vp-sep變化動詞		
	Vs-sep狀態動詞	VO動賓複合詞	Verb Object Compound
		SV狀態動詞	Stative Verb狀態動詞
	Vs不及物狀態動詞	SV狀態動詞	Stative Verb狀態動詞
	Vs-pred唯謂特徵		
	Vs-attr唯定特徵	SV狀態動詞	Stative Verb狀態動詞
		AT定語	Attributive定語
	Vaux助動詞	AV助動詞	Auxiliary Verb助動詞
	Vp不及物變化動詞	V動詞	Verb動詞
		SV狀態動詞	Stative Verb狀態動詞
Adv副詞	adverb副詞	A副詞	Adverb
		MA可移動副詞	Movable Adverb
Conj連詞	Conjunction連詞	CONJ連詞	Conjunction連詞

續表

《當代中文課程》		《新版實用視聽華語》	
Prep介詞	preposition介詞	CV介詞	Coverb介詞
M量詞	Measure量詞	M量詞	Measure量詞
Ptc助詞	Particle助詞	P助詞	Particle助詞
		INT/I感歎詞	Interjection感歎詞
		RE結果動詞尾	Resultative Ending
Det限定詞	Determiner限定詞	DEM限定詞	Demonstrative Pronoun
		S主語	Subject主語
		O受詞	Object受詞
		ON擬聲詞	Onomatopoeia擬聲詞
		AT定語	Attributive定語
		BF黏著形式	（Unclassified）Bound Form
		DC趨向	Directional Compound
		IE慣用表達	Idiomatic Expression
		L方位詞	Localizer方位詞
		NP名詞短語	Noun Phrase名詞短語
		PT句型	Pattern句型
		PV後置介詞	Post Verb後置介詞
		QW疑問詞	Question Word疑問詞
		VP動詞短語	Verb Phrase動詞短語
		RE結果動詞尾	Resultative Ending
		RC結果複合動詞	Resultative Compound

資料來源：臺灣師範大學國語教學中心《當代中文課程》教材介紹[25]

25 臺灣師範大學國語教學中心（http://www.mtc.ntnu.edu.tw/）。

表6-7比對分析了《當代》和《視華》的語法詞類略語，可以發現「八大詞類」的名詞包括了「耶魯詞類」的「名詞、數詞、代詞、地方詞、時間詞」；動詞包括了耶魯詞類的「動詞、動賓複合詞、狀態動詞、定語、助動詞、變化動詞」；副詞包括了耶魯詞類的「副詞、可移動副詞」；助詞包括了「助詞、感歎詞、結果動詞尾」。其中，八大詞類的動詞三分最為複雜，將「耶魯詞類」的「VO 動賓複合詞」細分為「動作動詞、狀態動詞、變化動詞」，將「耶魯詞類」的「SV 狀態動詞」細分為「狀態動詞、不及物狀態動詞、唯謂特徵、唯定特徵、不及物變化動詞」。其他如「連詞（Conj）、介詞（Prep）、量詞（M）、限定詞（Det）」這四類與耶魯詞類基本相同。但八大詞類的「介詞（Prep-Preposition）」，耶魯標記為「介詞（CV-Coverb）」；以及八大詞類的「限定詞（Det-Determiner）」，耶魯標記為「限定詞（DEM）」。值得注意的是，《當代》不像《視華》那麼重視語法結構的分析，有關耶魯句型結構的標記，如「S 主語、O 受詞、ON 擬聲詞、AT 定語、BF 黏著形式、DC 趨向、IE 慣用表達、L 方位詞、NP 名詞短語、PT 句型、PV 後置介詞、QW 疑問詞、VP 動詞短語、RE 結果動詞尾、RC 結果複合動詞」等，《當代》皆不採用。舉例說明，《當代》第一冊第一課的「QW 疑問詞—嗎」只用英文解釋說明為「Ways to Ask Questions in Chinese: Asking Questions with 嗎 ma」也就是只用英文解釋了「嗎」這個疑問詞的漢語提問的語法功能[26]。對比分析兩套教材的語法詞類略語，可以發現兩套教材在編寫系統和教學原則上具有上述的差異特徵。討論了兩套教材的教學應用之後，以下進一步探討兩套教材的教學局限。

---

26 參見《當代中文課程》（2015）第一冊第一課的「各課重點」（p.XVIII）。

第四節　臺灣當代第二階段華語文教材局限分析

前面的章節我們已經討論了兩套主流教材的內容特徵和教學應用的情況。教材的內容特徵分析方面，兩套教材均為官方出版的自編教材，教材編寫體系已趨於完備，教材主體已能針對各項語言技能進行教學與操練，配套的材料也相當齊全。在教學應用方面，我們以兩套教材的一部分課程教案為例，說明了按照教案實施教學的情況，對教材的教學應用進行了深入探討，並總結歸納了教學目標和成效。發現影響兩套教材使用效果和教學品質的問題，主要存在於教材的課文內容、詞類劃分、語法規則、配套材料，以及語音和漢字教學的編排等。以下從這些方面入手，分析說明兩套教材的局限。

一　課文內容的局限

目前臺灣廣泛使用的華語文教材基本上以《視華》（2017）和《當代》（2015）為主。《視華》一九九九年初版至今，已使用了二十多年，雖然經歷了二次改版，教材編排和課文內容仍有不太符合時代需求的部分。如課文內容過時而影響生詞的選用和安排等（參見本書圖6-3）。《當代》二〇一五年初版至今未曾改版，教材內容更貼近現代生活，且內容豐富多元，較符合當今學習者的需求。

趙金銘（1998）提出教材編寫者可以針對以往的教材進行科學合理的評估，獲得理論指導和實際應用的新啟發。若能捨棄某些舊有觀念和做法，更能減少修訂改版的局限。另一方面，教材經久不衰，也有其不可被取代的優點。《視華》是一套「結構—功能」相結合的教材，教材內容有固定的個人領域和公眾場所的情景，可從局部到整體較有系統的呈現課文內容。《當代》是偏向於功能語法的教材，以語義和情景為基礎編寫教材。以情景為主的課文內容的常常空間顯示不明，特別是初級程度的第一冊和第二冊，以公眾場所情景為主的課文內容對於初學者而言，比較容易產生學習困難。因此，要多一些最基本的個人領域的會話情景，較利於初級學習者以簡單而有限的詞語學習會話內容。也就是說，以一個人所能觸及的事物設計對話內容，能縮小課文內容的場景，聚焦學習目標，激發學習興趣與動機。此外，《當代》各冊的課文內容的交際領域也較多無明確場景，只能從對話內容推斷為公眾場所，課文內容所處的具體情景區分不夠明顯（參見本書附錄十三），影響了教材的教學效果。若能更精準得界定課文中的明確場景，更利於使用詞彙定義明確的情景或語境。蔡雅熏（2009）認為圖片或影音設計對於華語文教材書面解理的幫助有限，建構學習者交際需求常用的情景心理圖像，才能達到引發學習者對於真實情景的聯想。作為一套全新的教材，在課堂活動方面，可以透過更多數位影音效果輔助教學內容。如結合多媒體使教材更為現代化、資訊化、趣味化（呂必松，1988；李泉，2012），促進以情景為主的教學效果。基本上，《當代》課文中的語境不夠明確，且語法較難，是在課文內容上較為明顯的局限。

二　發音和漢字教學的局限

此外，兩套教材的發音和漢字教學的編排有所不同，《視華》將中文拼音教學安排在第一冊正課前面的一至四十二頁進行「集中」教學；而漢字部分，只在第一冊第四十一至第四十四頁上方做了漢字筆劃和結構的簡單介紹。《當代》則將中文拼音和漢字教學分散安排在第一冊前八課中，這樣就可以使用課文中的生字、生詞或短語（片語）進行有意義的發音和漢字練習。例如練習拼讀「你好、請問、請喝、謝謝」等常用詞彙，可以馬上知道所拼讀的意思，並在當課的會話句型練習中學以致用；再以「你」字進行漢字教學，可以達到一定的「聽、說、讀、寫」並進的學習效果（吳勇毅、徐子亮，1987），進而產生學習成就感。相較之下，《視華》將中文拼音集中教學，不能系統化的對照後面正課的課文內容進行及時地練習和使用。有經驗的老師需要自行補充和改編發音教材，將前面共四十二頁的中文拼音分別對照後面正課的生詞進行教學和練習，需要使用大量時間備課。這是《視華》在發音和漢字教學方面的局限性。

三　詞類劃分及語法系統的局限

教材的詞類劃分和語法規則相輔相成，形成教材的語法編寫系統。《視華》一直依據耶魯大學《Dictionary of Spoken Chinese》（1996）的語法規則進行詞類劃分，教材編寫系統及原則也受耶魯中文教材影響至今。耶魯編寫系統重視語法結構的分析與操練。因此，《視華》受其影響走的是「結構—功能」相結合的路子。本書對該教材進行的特徵分析和問卷調查均顯示，其語法系統有層次，能循序漸進地教學。但是該教材一、二冊只採用英文解釋說明初級語法，對於英文不好的華語學習者而言，是一種學習和理解上的局限。

《當代》所定義的八大詞類為：名詞（Noun）、動詞（Verb）、副詞（Adverb）、連詞（Conjunction）、介詞（Preposition）、量詞（Measure）、助詞（Particle）及限定詞（Determiner）。其中，動詞又分為動作動詞（V）、狀態動詞（Vs）和變化動詞（Vp）三大類（參見本書圖6-4）。該語法系統中的狀態動詞（State verb）又包括：一、形容詞（adjectives），如「大、小、高矮」等；二、認知動詞（cognitive verbs）如「愛、恨、覺得」等；三、關係動詞（relational verbs）如

「有、是、叫、姓」等。形容詞可作為修飾語（即定語），如「大車」；也可以作為謂語使用，如「我的車很大」。八大詞類最大的特色就是的將傳統的形容詞納入狀態動詞（Vs），是為了預防「受英語形容詞前面有係詞」的影響（Teng, 1974），如「我的車是大」這樣的偏誤句型。上述《當代》的詞類劃分和語法系統的分析，顯見該語法系統是以英文為主要參照進行的語法研究，忽略了其他語言背景的學習者對語法的理解和吸收。再加上《當代》的編寫基礎以語義為基礎，傾向於語境下的語言引用，語法點的介紹簡化了「句構分析」，句型練習的處理基本上採用：一、初級的「功能—練習」；二、中級的「功能—使用—練習」；三、高級的「原文—功能—解釋—例句」的方式，多數句型並不展示句子的詞序位置。此外，該教材課文中的句子較長，語法點較難，又只使用英文解釋語法功能，造成不懂英文的學習者的學習困擾。課文內容若能緊扣場景中的語境進行編寫，語法點再輔以簡單的中文敘述，更有助於多國背景學習者理解和吸收。以免形成程度銜接上的問題，造成教學及理解吸入方面的局限。

四　作業和教師手冊的局限

關於作業和教師手冊的局限：一、《視華》第一冊到第五冊的作業本中每課皆有將英語句型或段落翻譯成中文的練習題，致使英語程度不好的華語文學習者向筆者反映，自己是來學習中文的，不是來學習英文的。在學費相同的情況下，既然有「英翻中」的練習，就不應該忽視其他語言翻譯中文的練習；二、《當代》的課本和教師手冊使用大量的英文說明和釋義，不利於瞭解教材的語法說明。如《當代》第一冊到第四冊都使用英文解釋語法功能；課本和教師手冊只使用英文編寫前言及編輯要旨等，均不利於八大詞類及其語法規則的推廣和應用；三、兩套教材的第一冊和第二冊的課本和作業本都使用英文解釋說明生詞及例句、文法及例句，以及作業要求和說明等，對於不懂英語的華語文學習者而言，這些英文解釋說明如同虛設。

第五節　本章小結

教材是學習的依據，也是具有憑藉性、示範性、引導性和權威性的教學工具。華語文教材不但要教導語言知識，還要提升語言的實際溝通能力。因此，需要科學化和規範化的編寫和發展。本章通過對臺灣當代華語文教材的總況分析，總結該階段華語文教材的發展特徵為：一、當代華語文教材從改編發展到自編，皆受美國中文教材及其相關研究的影響；二、當代較為完備的華語文教材數量過少，具有程度分級的系列華語文教材更少，只有《視華》或《當代》這兩套官方出版的主流華語文教材；三、當代主流華語文教材的編寫方式缺乏系統性，如教材的選詞標準、音標系統等均不一致；四、當代主流華語文教材的詞類劃分及語法規則的系統性不穩定。特別是詞類劃分及語法規則不夠穩定的更迭改變，直接影響著教材的編寫和應用，形成當代華語文教材的演變發展特徵之一。

本章通過對臺灣當代華語文教材編寫和發展的整體性探討，得出上述相關研究結論。有關教材編寫設計和教學應用不同層面的教材感知差異問題還需要進一步思考。下面繼續探討《視華》和《當代》的教師的教學感知和回饋。

第七章
臺灣當代主流華語文教材教學應用調查研究

當代華語文教材融會了海內外多種學科的理論基礎和實踐經驗，在漢語本體研究和教材編寫的理論基礎上，華語文教材已形成較為完整的編排體系。《新版實用視聽華語》（2017）和《當代》（2015）在整體結構和編排內容上已相當完備。對其進行教材評估，不但能提供教材選用理論上的指導，也能提高教材編寫品質，推進教材發展。從教學者角度對教材進行分析，一方面可通過教師對教材的認識瞭解教材對語言教學的作用，另一方面可通過教師對教學現場的專業審視瞭解學習者對教材的直接反映。本章通過教學者的教學回饋問卷調查，分析了兩套教材的教學應用情況，從教學者的角度探討了教材的實際應用效果，從較為客觀的角度揭示兩套教材在教學實踐中所產生的問題，力圖為教材創新發展提供可參考的相關研究資料。

第一節　研究設計

本章對《視華》和《當代》進行了教學者的問卷調查與評估，對教材編寫及教學應用的實際情況進行調查和分析如下。

一　研究問題

我們在教材的教學應用中可以發現教材編寫原則、編寫系統、編寫體例，以及教材實施過程中出現的問題。教材評估能客觀和科學化地說明和詮釋這些問題，評估結果是提高教材品質的重要借鑒。本章所要探討的問題如下：

一、教學者對教材的教學應用感知如何？

二、教學者對教材編寫內容的評估如何？

三、教學者對教材編寫系統的評估如何？

四、教學者對教材修訂改版的建議如何？

希望通過對以上問題的分析探討，瞭解臺灣當代華語文教材的教學應用情況，並發現教材編寫所存在的問題，為教材編寫與發展提供具有參考價值的建議。

二　研究對象

本書由臺灣八所大學的七十三位資深華語文教師對《視華》和《當代》兩套教材進行了評估式的教學應用問卷調查研究。這八所大學為：淡江大學、文化大學、臺灣大學、臺灣師範大學、臺灣政治大學、臺北教育大學、臺灣科技大學、高雄中山大學。問卷調查對象皆為曾使用或正在使用兩套教材進行教學的華語教師。最後我們回收有效問卷六十六份、《視華》為三十七份、《當代》為二十九份。

三　研究方法

問卷編製參考吳勇毅、林敏（2006）設計的評估問卷，從教材課程目標要求的「自身需求分析」和教材本質特點的「客觀對象分析」兩大方面著手，針對教學者對教材的教學應用、編寫內容、編寫系統和教材修訂改版四個方面的回饋，設計了半結構式問卷《臺灣當代主流華語文教材評估問卷調查表（教學者）》（參見本書附錄十二）。本問卷中的半結構化題目側重於教學者的專業感知、教學效果及省思等評估內容。問卷內容的設計方法說明如下：

一、教材的整體編排要注意各種不同程度外國學生的接受能力及需求，依據教材編寫的針對性、實踐性、趣味性、科學性原則進行編寫，使教學內容和學習目的相適應，達到語言教學材料的實用價值（趙賢州，1988）。此外，教材的佈局結構要清楚明了，教學者和學習者都能明白教學進程和目的，提供教學者好教，學習者好學的條件（Penny, Ur., 1996），形成習得心理認知上的「正遷移作用」（Ellis R., 1977），以及「i＋1」（Krashen, 1985）的學習效果。可見教學過程中的教學者觀察、心得和經驗是提供給教材編寫的建議，利於教材的編寫、修訂和改版。據此，我們將這部分放在評估問卷的首位。

二、教材的詞彙詮釋，首先要考慮詞彙的數量和重現率，詞彙出現的頻率越高，就越容易被注意，越能加強記憶。雖然有詞彙大綱的指導和分級，但是教材中詞彙覆蓋範圍要靈活，不易過多而影響吸收和運用，又不能太少而達不到教與學的效果，或低於學習者的學習期望值。其次，要考慮到詞彙在生活中的實用性，詞彙的詮釋不單要著重於詞性的解說，還要強調其不同場合的不同使用方法。教材詞彙除了要重視實用以外，還要兼顧其語義、語法、語用各方面的練習。由此可見詞彙在語言教材中的主要地位。對於教學而言，教材詞彙的選擇科學有效，詮釋清楚實用，不但可以幫助預習，也能提高教學者備課與教學的成效。可以說教學者對教材詞彙詮釋品質的感觸既專業又深刻，對於評估調查而言是非常重要的（參見本書附錄十二）。

三、教材的語法解釋，不能太著重於句型結構的語法解釋和說明，需要根據學習情況來決定語法解釋的編排和呈現。此外，學習者不都是語言學家，教材中所附的英文（外文）語法翻譯應少用「語法術語」進行語法分析，應邏輯層次清楚地表述語法結構，結合真實語境進行大量操練較為合理（Tony O'sullivan, 1990）。大多數學習者一是可能看不懂語法解釋說明，或一看到令人難以理解的「語法術語」就放棄閱讀這些外語解釋說明，如此語法解釋便形同虛設，根本就不能輔助教與學。相反，沒有那麼多形式和結構化的練習，就要多提供真實語境進行操練，方能提升語言的實際溝通與應運能力。可見語法的編排雖見仁見智，但教學者能依據其專業能力判斷不同背景和程度的學習者所適合的語法解釋與教學法，並對教材編修提出更為專業有效的建議（參見本書附錄十二）。

四、課文內容的重要性。一方面，課文內容可以直接影響學習興趣，若課文內容與實際生活脫節，就會枯燥無味，容易形成失敗的學習經驗。故課文語境應與實際生活做有機結合，形成有意義的學習，以免產生機械式的學習（奧蘇伯爾，1994）。另一方面，課文內容需掌握程度上的需求，激發自主學習的趣味性，以利於預習和課堂教學順利進行（Brina Saeton, 1982）。最後需要注意的是，雖然第二語言學習者的「目的語」知識不足，但成人第二語言學習者的心智已成熟，已具備各方面不同的專業知識（吳勇毅、徐子亮，1987）。因此，就算是初級教材的課文內容也必須符合成人學習者的學習目的與要求。在教學過程中，教學者可以通過自己的經驗結合課堂觀察，從語言學等專業角度提出對教材課文內容更為有效的建議（參見本書附錄十二）。

五、教材的課堂活動。教學活動異於教學中的遊戲，這個觀念是很重要的。某些成人初級華語文教學的教師使用「蘿蔔蹲」等幼兒遊戲作為課堂活動，成人學習者會覺得這種遊戲太幼稚無聊。因此，課堂活動要根據學習者背景進行設計。即便教材沒有設計生動且實用的活動，教學者也要視班級情況安排既能激發學習動機，又能提升教學效果的活動。久而久之，教學者就能積累經驗，靈活運用教材所設計的活動。所以，課堂活動設計也是問卷調查中的一個重要部分。

六、教材練習要從心理認知層面深入探討，從認知處理過程來看，語言習得若是一種靜止而沒有活力的知識，就很難啟動其交際溝通能力。徐子亮（2000）從心理認知角度提出「練習是第二語言教材最重要的組成部分之一，在教材中具有舉足輕重的地位，甚至可以說是一部教材成敗的關鍵」。桑代克（Thorndike, 1898）曾提出三個著名的學習效率理論，其中第二個就是練習率（The law of exercise），不僅對練習方式進行了大量研究，還特別強調了練習的重要性。德國學者艾賓浩斯（Ebbinghaus, 1913）在學習心理學基礎上透過實驗提出分散練習（spaced practice）優於集中練習（mass practice）的論點，其認為集中練習可以將片斷的知識記憶重組成更為有意義的、可實際應用的知識，為有效的練習提供了理論指導方向。然而，教材中的練習也不能完全依賴理論指引，還要結合一線教學現場的實務經驗進行操作較為客觀。教學者是教學現場的引領者，具有語言習得方面的專業知識與經驗，能夠判斷和鞏固知識，以及增加語言交際能力的練習機會，也能引導學習者完成練習，使教學達到教學目標。教材編寫應多聽取教學者的感受與意見，以利於教材編寫與修訂（參見本書附錄十二）。

七、教材編排形式與配套材料應受到編寫者與使用者重視。隨著科技不斷發展，教材形式與配套材料的類型更為多樣化，逐漸向數位化方向發展，其未來的發展前景不容小覷（陸儉明，2019）。一方面電子產品的普及淘汰了舊式磁帶和光碟等配套形式，使學習者期望更高標準的配套產品（Alan Cunningsworth, 2002），配套的內容設計也越來越向趣味化與真實化的方向發展。例如做出一些著名景點的「QR CODE」置於教室走廊或任何學習者容易接觸到的牆面或學習角落，學習者只需使用手機或 iPad 掃描「QR CODE」，就可以顯示具有影音聲效的立體實景（還配有目的語的介紹說明），把靜態的教學內容引入真實世界來提升語言習得效果，不但能引起學習者的關注和興趣，也大大拓展了科技趣味結合語言知識學習的範圍。另一方面教學者若能參與其中，勢必在教材形式與配套研發與設計中起到重要作用。可見多媒體數位化的學習模式已成為必然的發展趨勢。

本問卷還有三道開放式題目：一、您認為該教材最為突出的地方是什麼？包括各冊之優點和缺點；二、通過學習該教材，學習者是否得到應有的進步？包括各冊教材不同特徵及學習目標等[1]；三、如果該教材需要再版，您認為教材應做哪些改變或調整，從而更適合學習者的需求？包括各冊之不同特徵。開放式題目希望能進一步瞭解教學者對教材內容的看法、教學目標的效果，以及教學者對教材修訂再版的回饋與建議（參見本書附錄十二）。

問卷正式實施之前，先進行了「先導問卷」調查，以十五位臺北某大學華語中心的資深華語教學者為對象，她們均為華語文教學經驗超過十年以上，且都教過《視華》和《當代》兩套教材。我們採納了上述教學者對評估問卷內容的回饋與建議，對問卷進行了修改。最終設計的問卷包括五十二道半結構化題目和三道開放式問答題。五十二道結構化題目包括：一、教師對兩套主流教材整體編排的感知；二、教師對兩套主流教材詞彙及解釋的感知；三、教師對兩套主流教材語法注釋及練習的感知；四、教師對兩套主流教材課文內容的感知；五、教師對兩套主流教材課堂活動的感知；六、教師對兩套主流教材作業或練習的感知；七、教師對兩套主流教材編寫形式的感知等七大方面的調查。本書問卷的五十二道結構化題目，採用李克特五級量表

1 單從教材對學習進步產生的影響進行說明，不探討其他影響學習進步的因素。

計分，從一=「完全不同意」到五=「完全同意」分五個等級進行測量，數位越大表明贊同程度越高。

第二節　問卷調查結果與討論

一　問卷調查結果整體分析

本次問卷針對《視華》和《當代》進行了教學者對教材的教學應用的評估，獲取了教學者對兩套教材的教學感知與回饋。調查結果的平均值反映了對兩套教材的七項調查結果的得分情況，得分越高表示贊成的程度越高。表7-1中第一項整體編排的平均值，《視華》為3.957，《當代》為4.026；第二項詞彙及解釋的平均值，《視華》為3.793，《當代》也是3.793；第三項語法注釋的平均值，《視華》為3.698，《當代》為3.631；第四項課文內容的平均值，《視華》為3.611，《當代》為3.888；第五項課堂活動的平均值，《視華》為3.686，《當代》為3.986；第六項作業或練習的平均值，《視華》為3.426，《當代》為3.707；第七項編寫形式的平均值，《視華》為3.806，《當代》為3.859。有關七項評估內容的整體平均值，《視華》為3.710，《當代》為3.841，可見《當代》的整體平均值比《視華》高。從這些數值上還可以看出，第一項整體編排《當代》的得分最高，第五項課堂活動《當代》的得分排名第二，說明教學者對《當代》這兩項評估內容的滿意程度最高。此外，兩套教材只有第二項詞彙及解釋的得分相同；第三項語法注釋的平均值《視華》比《當代》高；其他項《當代》的得分均高於《視華》，說明教學者對《當代》更為認可。

關於上述數值體現出來的幾項具體評估結果，首先要說明《視華》是臺灣第一套自編出版的華語文教材，歷經從無到有及兩次改版至今。該教材二〇一七年最新版的編寫系統和整體編排形式變動不大（含教材內的課堂活動設計）[2]，主要是將課文中的美國生活環境改為臺灣的生活背景，以及對課文中較不合時宜的字、詞進行了刪減和補充。其次要說明《當代》是二〇一五年出版的全新教材，不但詞類劃分與《視華》不同[3]，其音標系統、選詞標準、語法規則、句型練習和課堂活動，以及相關練習和討論方式等都是全新的編排方式。因此《當代》的第一項整體編排和第五項課堂活動的得分均為最高。《視華》作為臺灣第一套主流教材，至今已使用了二十多年，其所採用的耶魯漢語詞類劃分法已根植於華語文教師的思路之中。相較之下，以全新的詞類劃分和語法規則編寫的《當代》，對於教學者而言，對教材的瞭解及應用還處在探索期，故《當代》第三項語法注釋的平均值比《視華》低。相關調查結果詳見表7-1。

表7-1　《新版實用視聽華語》&《當代中文課程》問卷調查統計結果

資料來源：筆者自行設計

《視華》教學者評估結果					《當代》教學者評估結果				
角度	平均值	題號	平均值	標準差	角度	平均值	題號	平均值	標準差
整體編排	3.957	1	3.714	0.957	整體編排	4.026	1	4.069	0.593
		2	3.943	0.998			2	4.172	0.468
		3	4.2	0.759			3	3.862	0.833
		4	3.971	0.891			4	4	0.707
	3.793	5	3.8	1.079		3.793	5	3.586	1.053
		6	3.971	0.747			6	3.828	0.966

續表

2　《視華》是採用二十世紀六〇年代耶魯中文教材的編寫系統進行編寫的教材，雖歷經兩次改版，其編寫系統卻從未改變。

3　《當代》的詞類劃分採用八大詞類，《視華》歷經兩次改版，至今仍採用耶魯大學中文教材的詞類劃分法和編寫系統，如句型結構分析和練習形式等都改變不大。

《視華》教學者評估結果					《當代》教學者評估結果				
角度	平均值	題號	平均值	標準差	角度	平均值	題號	平均值	標準差
詞彙及解釋		7	3.4	1.143	詞彙及解釋		7	4.069	0.842
		8	3.914	0.981			8	4.207	0.62
		9	3.914	1.121			9	3.759	0.786
		10	3.486	1.147			10	3.207	1.082
		11	3.371	1.14			11	3.172	1.227
		12	4.486	0.781			12	4.517	0.574
語法注釋	3.698	13	3.629	1.165	語法注釋	3.631	13	3.862	0.875
		14	3.229	1.14			14	3	1
		15	3.771	1.165			15	3.69	0.891
		16	3.514	1.067			16	3.207	1.146
		17	3.686	1.231			17	3.828	0.928
		18	4.057	0.968			18	3.966	0.778
		19	4	1			19	3.862	1.026
課文內容	3.611	20	3.171	1.317	課文內容	3.888	20	4	0.707
		21	3.114	1.231			21	3.552	0.87
		22	3.143	1.167			22	3.379	0.862
		23	3.171	1.175			23	3.724	0.882
		24	4.257	0.852			24	4	0.707
		25	4.086	0.887			25	4.207	0.491
		26	4.229	0.598			26	4.207	0.412
		27	3.714	1.017			27	4.034	0.68
課	3.686	28	3.686	1.183	課	3.986	28	4	0.964
		29	3.286	1.202			29	3.897	1.012
		30	3.857	0.944			30	4.034	0.865

續表

《視華》教學者評估結果					《當代》教學者評估結果				
角度	平均值	題號	平均值	標準差	角度	平均值	題號	平均值	標準差
堂活動		31	3.629	1.087	堂活動		31	4	0.886
		32	3.971	0.954			32	4	0.926
作業或練習	3.426	33	3.6	1.035	作業或練習	3.707	33	3.828	0.889
		34	3.2	1.183			34	3.276	0.996
		35	3.714	1.045			35	4	0.707
		36	3.886	0.993			36	3.897	0.86
		37	3.2	1.132			37	3.862	0.743
		38	3.371	1.114			38	3.897	0.673
		39	3.857	1.004			39	4.103	0.673
		40	3.086	1.245			40	3.517	0.911
		41	3.371	1.19			41	3.345	1.289
		42	2.971	1.224			42	3.345	1.143
編寫形式	3.806	43	4.114	0.832	編寫形式	3.859	43	4.138	0.639
		44	3.886	1.132			44	4.448	0.506
		45	3.514	1.269			45	4.034	0.865
		46	3.829	0.954			46	3.862	0.915
		47	3.886	0.993			47	3.552	1.021
		48	3.343	1.235			48	2.897	1.372
		49	4	0.874			49	4.276	0.649
		50	4.171	0.747			50	4.414	0.682
		51	4.029	0.891			51	4.138	0.99
		52	3.286	1.178			52	2.828	1.365
平均	3.710				平均	3.841			

從前面的探討分析可以看出，教學者對於兩套教材的教學回饋和感知具一致性，也呈現出差異性。以下針對單項調查結果進行對比分析，深挖兩套教材的教學應用情況如下。

二　問卷調查結果對比分析[4]

（一）整體編排

問卷中的一至四題圍繞著教材整體編排內容展開，對比分析兩套教材這四個答題的詳細情況如下（參見本書表7-1）：

第一題：教材的整體編排方式能引起學習者的興趣與動機。

《視華》的調查資料圖：

选项	小计	比例
完全不同意	0	0%
不太同意	9	24.32%
不清楚	1	2.7%
基本同意	22	59.46%
完全同意	5	13.51%

4　筆者因新冠肺炎疫情影響，不能回臺，滯留上海，只能採大陸spss問卷調查進行研究，故其結果圖內文字均為簡體。

《當代》的調查資料圖：

选项	小计	比例
完全不同意	0	0%
不太同意	1	3.45%
不清楚	1	3.45%
基本同意	22	75.86%
完全同意	5	17.24%

第一題，在整體編排方式能引起學習者的興趣與動機方面，《當代》的平均值為4.069，《視華》為3.714。通過上圖的百分比可知《當代》比《視華》高出0.355分，主要是《當代》此題的不太同意和基本同意的百分比領先較高，顯示了教學者對《當代》較為明確的肯定。基於本書第六章對教材的分析及本問卷五十三至五十五開放問答題的調查，可知該調查結果主要體現在兩大部分：一、使用的拼音不同，《當代》只使用國語注音符號和中文拼音兩種音標；而《視華》採用國語注音符號、中文拼音和通用拼音三種音拼。有三種拼音的教材內容過於繁雜，對於學習也沒有多大的幫助。二、《當代》每課的生詞表中，目標詞彙沒有延伸詞彙；而《視華》每課的目標詞彙延伸出更多的相關詞彙，增加了學習負擔；三、語法點的呈現和句型練習的編排方式不同，《當代》沒有語法點的結構分析，只有語法點練習句型，第一冊還在句子下面標注了中文拼音；《視華》使用語法結構分析進行句型說明和替換練習，第一冊的句型下面沒有標注拼音。基本上《當代》的整體編排方式簡明扼要，從視覺觀感和學習負擔等角度來說，比較能夠引起學習者的興趣與動機。

第二題：教材的框架及聽說讀寫各項功能清楚明確。

《視華》的調查資料圖：

选项	小计	比例
完全不同意	1	2.7%
不太同意	4	10.81%
不清楚	0	0%
基本同意	23	62.16%
完全同意	9	24.32%

《當代》的調查資料圖：

选项	小计	比例
完全不同意	0	0%
不太同意	0	0%
不清楚	1	3.45%
基本同意	22	75.86%
完全同意	6	20.69%

第二題，在教材框架及聽說讀寫各項功能清楚明確方面，《當代》的平均值為4.172，《視華》為3.943。通過上圖的百分比可知《當代》比《視華》高出0.229分，主要是《視華》此題的完全不同意和不太同意都高於《當代》的零百分比。說明教學者對《視華》的不滿意態度較為明確。基於本書第六章對教材的分析及本問卷五十三至五

十五開放問答題的調查，可知該調查結果或許是因為《視華》不但沒有漢字教學內容，也未提供單本的漢字練習簿；而《當代》不僅在第一冊的第一課到第八課融入了漢字教學內容[5]，還提供簡繁對照的漢字練習簿。此外，《當代》的句型練習和主題討論更為豐富多元，且系統地進行教學和練習。

第三題：教材內容與目前學習者的程度可適當銜接。

《視華》的調查資料圖：

选项	小计	比例
完全不同意	0	0%
不太同意	2	5.41%
不清楚	1	2.7%
基本同意	22	59.46%
完全同意	12	32.43%

5　參見《當代》（2015）第一冊，Introduction to Chinese Characters Basic Chinese Strokes, 頁21。

《當代》的調查資料圖：

选项	小计	比例
完全不同意	0	0%
不太同意	3	10.34%
不清楚	3	10.34%
基本同意	18	62.07%
完全同意	5	17.24%

第三題，在教材內容與目前學習者的程度可適當銜接方面，《視華》的平均值為4.2，《當代》為3.862。通過上圖的百分比可知《視華》比《當代》高出0.338分，主要是《視華》的完全同意的百分比領先《當代》較多，說明教學者對《視華》可適當銜接的滿意度較為明確。基於本書第六章對教材的分析及本問卷五十三至五十五開放問答題的調查，可知產生這種差異的原因：一、《當代》採用的八大詞類劃分法還未能普及，該教材又常使用英語對八大詞類及其語法規則進行解釋和說明；語法點的句型練習，沒有語法結構分析，只使用句型填空和主題討論進行替換練習，對於英語不好的師生而言，具有一定的理解難度；二、《當代》只有課本的「序」是中英對照編排，而主編的話、系列規劃、漢語介紹、各課重點、詞類略表、課堂用語、人物介紹等都只用英文說明，英文程度不好就讀不懂這些說明；《視華》的上述內容都使用中文撰寫，利於師生瞭解教材內容與程度，能掌握教與學的進度。此外，《視華》二〇一七年改版的編修重點提出加強各冊及各課之間的銜接與連貫，以及明示各課的教學目標等，使《視華》在「程度可適當銜接」方面得到教學者的認可。

第四題：學完此教材以後，華語文學習者可能達到的程度很明確。

《視華》的調查資料圖：

选项	小计	比例
完全不同意	0	0%
不太同意	4	10.81%
不清楚	2	5.41%
基本同意	22	59.46%
完全同意	9	24.32%

《當代》的調查資料圖：

选项	小计	比例
完全不同意	0	0%
不太同意	1	3.45%
不清楚	4	13.79%
基本同意	18	62.07%
完全同意	6	20.69%

第四題，在學完教材以後的學習者達到的程度很明確方面，《當代》的平均值為4，《視華》為3.971，通過上圖的百分比可知《當代》比《視華》只高出0.029分，雖然《視華》的完全同意的百分比高於《當代》，而《當代》的基本同意和不清楚卻高於《視華》；再加上《視華》的不太同意又高於《當代》，因此產生了些許的差異。基於本書第六章對教材的分析及本問卷五十三至五十五開放問答題的調

查，可知雙方在這方面的得分差距不大，但也說明了一個問題。一般來說，教材的使用者常參照語言測試的結果來確定學習者的語言程度。《視華》參考臺灣教育部門整理的常用詞彙表為選詞標準，《當代》則參考「臺灣華語測驗」的八千詞為選詞標準。故《當代》的教材內容與華語測驗的關聯性較強。

（二）教材的詞彙及解釋

問卷中的五至十二題圍繞著教材的詞彙及解釋展開，對比分析兩套教材這八個答題的詳細情況如下（參見本書表7-1）：

第五題：教材中每一課的生詞數量適當。

《視華》的调查資料圖：

选项	小计	比例
完全不同意	1	2.7%
不太同意	6	16.22%
不清楚	0	0%
基本同意	22	59.46%
完全同意	8	21.62%

《當代》的調查資料圖：

选项	小计	比例
完全不同意	0	0%
不太同意	8	27.59%
不清楚	0	0%
基本同意	17	58.62%
完全同意	4	13.79%

第五題，在教材中每一課的生詞數量適當方面，《視華》的平均值為3.8，《當代》為3.586。通過上圖的百分比可知《視華》比《當代》高出0.214分，主要是因為《視華》的完全同意較高，不太同意較低。顯示教學者對《視華》這方面較為明確的肯定。基於本書第六章對教材的分析及本問卷五十三至五十五開放問答題的調查，可知《視華》每一課的生詞[6]數量比《當代》少一倍左右。以《視華》第一冊的第一課的生詞量為例，一九九九年版為二十二個，二〇〇七年版和二〇一七版均為二十四個；而《當代》第一冊第一課共四十三個生詞。基本上，《當代》各冊各課的生詞量都比《視華》多，容易造成教學、理解和吸收方面的困擾。

6 不含目標詞彙的延伸詞彙。

第六題：教材中採用的生詞總數量適當。

《視華》的調查資料圖：

选项	小计	比例
完全不同意	0	0%
不太同意	3	8.11%
不清楚	1	2.7%
基本同意	27	72.97%
完全同意	6	16.22%

《當代》的調查資料圖：

选项	小计	比例
完全不同意	0	0%
不太同意	5	17.24%
不清楚	1	3.45%
基本同意	17	58.62%
完全同意	6	20.69%

第六題，在教材中採用的生詞總數量適當方面，《視華》的平均值為3.971，《當代》為3.828。通過上圖的百分比可知《視華》比《當代》高出0.143分，主要是因為《視華》的基本同意較高，不太同意較低，顯示教學者對《視華》這方面較為肯定。基於本書第六章對教材的分析及本問卷的調查，我們發現前面第五題的調查顯示《當代》各冊每一課的生詞數量基本上都比《視華》多。從整體上來看，《當代》的生詞總數量也比《視華》多。例如《當代》第一冊第一課生詞

數量就比《視華》多將近一倍（參見本問卷第五題的說明）。

第七題：教材中採用的生詞適合交際溝通使用。

《視華》的調查資料圖：

选项	小计	比例
完全不同意	0	0%
不太同意	14	37.84%
不清楚	0	0%
基本同意	18	48.65%
完全同意	5	13.51%

《當代》的調查資料圖：

选项	小计	比例
完全不同意	0	0%
不太同意	3	10.34%
不清楚	0	0%
基本同意	18	62.07%
完全同意	8	27.59%

第七題，在教材中採用的生詞適合交際溝通使用方面，《當代》的平均值為4.069，《視華》為3.4。通過上圖的百分比可知《當代》比《視華》高出0.669分，主要是因為《當代》的完全同意和基本同意都領先於《視華》不少，且不太同意又低於《視華》，顯示教學者對《當代》抱持非常肯定的態度。基於本書第六章對教材的分析及本問卷的調查，可知《視華》兩次改版都提到要重修教材中不合適宜的生

詞，但二〇〇七年版只針對第三、四冊的生詞做了微調，各冊的課文數量和內容都未改變；二〇一七年改版才改變了課文內容背景，將課文中的美國生活環境改為臺灣的生活背景。即便是這樣，課文中的主角和他們所經歷的事件卻沒有變動。相較之下，《當代》是二〇一五年出版的全新教材，其編寫內容是依託當今社會環境編寫的，能順應社會發展的需求。

第八題：教材中生詞之重現率高，可以幫助學生記住這些詞彙。

《視華》的調查資料圖：

选项	小计	比例
完全不同意	0	0%
不太同意	6	16.22%
不清楚	0	0%
基本同意	22	59.46%
完全同意	9	24.32%

《當代》的調查資料圖：

选项	小计	比例
完全不同意	0	0%
不太同意	1	3.45%
不清楚	0	0%
基本同意	20	68.97%
完全同意	8	27.59%

第八題，在教材中生詞之重現率高和能幫助學生記住詞彙方面，

《當代》的平均值為4.207，《視華》為3.914。通過上圖的百分比可知《當代》比《視華》高出0.293分，主要是因為《當代》的完全同意和基本同意都高於《視華》，不太同意的百分比又低於《視華》很多，顯示教學者對《當代》較為肯定的態度。基於本書第六章對教材的分析及本問卷的調查，可知在這一方面，《視華》的生詞有大量的延伸詞彙，延伸詞彙偶爾也會出現在課文中，擠占了目標詞彙的重現率。《當代》的生詞沒有延伸詞彙，增加了生詞在課文中的重現率，各冊各課的生詞表也編排得清楚明了，不會增加記憶負擔。可見，《視華》在詞的選用和編排方法等方面仍有改變的空間。

第九題：教材中生詞的「詞類劃分」易於學習者理解與學習，以及教學。例如使用動詞三態劃分詞類等。

《視華》的調查資料圖：

选项	小计	比例
完全不同意	1	2.7%
不太同意	4	10.81%
不清楚	6	16.22%
基本同意	13	35.14%
完全同意	13	35.14%

《當代》的調查資料圖：

选项	小计	比例
完全不同意	0	0%
不太同意	3	10.34%
不清楚	4	13.79%
基本同意	19	65.52%
完全同意	3	10.34%

第九題，在教材中生詞的「詞類劃分」易於學習者理解與教學方面，《視華》的平均值為3.914，《當代》為3.759。通過上圖的百分比可知《視華》比《當代》只高出0.155分，主要是因《視華》的完全同意高於《當代》近百分之二十，顯示教學者對《視華》「詞類劃分」易於學習的直接肯定。基於本書第六章對教材的分析及本問卷的調查，可知在此方面：一、《視華》的「詞類劃分」已被大多數教學者接受及使用了二十多年；二、其「詞類劃分」及其語法功能有中文說明；三、每個語法點都列出了句型結構，語法句型結構中的「詞類」位置及功能也說明得很清楚。《當代》則以八大詞類（動詞三分）的新詞類劃分法把形容詞歸入動詞組。在使用上，教學者若能理解和掌握《當代》的新詞類劃分，教學就可得心應手，也易於學習者理解和使用。反之，如教學者對《當代》的新詞類劃分不甚瞭解，就會覺得難以掌握而不宜教學，仍習慣使用《視華》的「詞類劃分」。

第十題：教材中生詞的翻譯、批註、詞性標示是準確的。

《視華》的調查資料圖：

选项	小计	比例
完全不同意	0	0%
不太同意	11	29.73%
不清楚	4	10.81%
基本同意	15	40.54%
完全同意	7	18.92%

《當代》的調查資料圖：

选项	小计	比例
完全不同意	1	3.45%
不太同意	8	27.59%
不清楚	7	24.14%
基本同意	10	34.48%
完全同意	3	10.34%

第十題，在教材中生詞的翻譯、批註、詞性標示準確方面，《視華》的平均值為3.486，《當代》為3.207。通過上圖的百分比可知《視華》比《當代》高出0.279分，主要是因為《視華》的完全同意和基本同意都領先於《當代》，且不清楚的百分比低於《當代》不少，顯示了教學者對《視華》這方面瞭解和肯定。基於本書第六章對教材的分析及本問卷的調查，可知在這一方面，《視華》和《當代》的詞性標示和翻譯[7]都使用英文。但《視華》採用耶魯詞類劃分系統已二十

7 兩套教材的初級教材，其詞類和語法的說明都採用英文撰寫。

幾年，大部分教學者已習慣使用耶魯的詞類劃分法。《當代》使用新的詞類劃分，教學者還需要時間去學習和接受。

第十一題：對詞語的用法、使用條件、場合、情景有準確的說明和足夠的例子。

《視華》的調查資料圖：

选项	小计	比例
完全不同意	1	2.7%
不太同意	12	32.43%
不清楚	1	2.7%
基本同意	18	48.65%
完全同意	5	13.51%

《當代》的調查資料圖：

选项	小计	比例
完全不同意	3	10.34%
不太同意	8	27.59%
不清楚	1	3.45%
基本同意	15	51.72%
完全同意	2	6.9%

第十一題，在教材中詞語有準確的用法，及使用情景說明的例子方面，《視華》的平均值為3.371，《當代》為3.172。通過上圖的百分比可知《視華》比《當代》只高出0.199分，主要是因為《視華》的

完全同意和完全不同意都較有優勢，顯示教學者對此題抱持較為明確的態度。基於本書第六章對教材的分析及本問卷前面的調查，可知兩套教材的詞性標示和翻譯[8]都使用英文，但《視華》每一個生詞下面附加了含有生詞的例句，第一冊和第二冊例句中的每一個字的右邊還標示了國語注音符號；例句下方又詳列了例句的中文拼音、通用拼音和英文翻譯；而《當代》卻只有生詞，沒有例句。

第十二題：教材中附有便於查找的詞彙總表。

《視華》的調查資料圖：

选项	小计	比例
完全不同意	0	0%
不太同意	2	5.41%
不清楚	0	0%
基本同意	13	35.14%
完全同意	22	59.46%

《當代》的調查資料圖：

选项	小计	比例
完全不同意	0	0%
不太同意	0	0%
不清楚	1	3.45%
基本同意	12	41.38%
完全同意	16	55.17%

8 兩套教材的初級教材，其詞類和語法的說明都採用英文撰寫。

第十二題，在教材中附有便於查找的詞彙總表方面，《當代》的平均值為4.517，《視華》為4.486，通過上圖的百分比可知《當代》比《視華》只高出0.031分。此題《當代》的基本同意占有一些優勢之外，不太同意和完全不同意為零；而《視華》的完全同意又比《當代》稍高。這顯示教學者對兩套教材的滿意度接近，對《視華》的瞭解和肯定較為直接。基於本書第六章對教材的分析及本問卷前面的調查，可知《當代》和《視華》的詞彙總表，都是繁體字和簡化字並列。《當代》標示了生詞所處的課數和頁碼，《視華》只標示了生詞的課數未標示頁碼。《當代》只標注了中文拼音，《視華》標注了國語注音符號和中文拼音，還加注了英文翻譯，內容上顯得較為複雜。相較之下，《當代》編排得比較簡潔清楚，便於查找。

（三）教材的語法注釋及練習

問卷中的十三至十九題圍繞著教材的語法注釋及練習展開，對比分析兩套教材這七個答題的詳細情況如下（參見本書表7-1）：

第十三題：課文中的語法解釋說明條理清晰，學生可以看得明白。

《視華》的調查資料圖：

选项	小计	比例
完全不同意	1	2.7%
不太同意	9	24.32%
不清楚	2	5.41%
基本同意	16	43.24%
完全同意	9	24.32%

《當代》的調查資料圖：

选项	小计	比例
完全不同意	1	3.45%
不太同意	2	6.9%
不清楚	1	3.45%
基本同意	21	72.41%
完全同意	4	13.79%

第十三題，教材中語法解釋說明條理清晰明白方面，《當代》的平均值為3.862，《視華》為3.629。通過上圖的百分比可知《當代》比《視華》高出0.233分，主要是因為《當代》的基本同意遠高於《視華》，且不太同意又遠低於《視華》，顯示教學者對此題的肯定。基於本書第六章對教材的分析及本問卷前面的調查分析，以《當代》第一冊第六課和《視華》第一冊第九課為例（見下頁圖所示），都是教方位詞和地方詞的課文，在語法解釋說明方面，《當代》將「上、下、前、後、裡、外」依上下順序排列於頁面靠左的小表格裡，表格右邊只提供了兩個簡單的句型進行替換練習：一、他在外面；二、圖書館在後面。使用這兩個簡單句型可以進行「他在上面、他在下面、他在前面、他在後面、他在裡面、他在外面」；以及「圖書館在上面、圖書館在下面、圖書館在前面、圖書館在後面、圖書館在裡面、圖書館在外面」的替換練習，語法解釋說明條理清晰明白。《視華》一開始就提供了「問答」句「書在哪兒？書在桌子上」，下面又提供了「那邊、底下、在……裡、不在……裡」的例句，如「洗手間在那邊、他的東西在椅子底下、他在學校裡、爸爸不在書房裡」，在這些例句下面又提供了「大衛在哪裡？書在哪兒？筆在哪兒？狗在哪？房子在哪

Structures: The primary structure is Noun + 在 + Location. There are three types of location as shown below:

1. **Type A:**

Place Words
臺北、花蓮、臺灣…
學校、餐廳、宿舍…

(1) 我們學校在臺北。
(2) 我爸爸早上在學校。

2. **Type B:**

Localizers	Suffix
上 top	面 or 邊
下 down	
前 front	
後 back	
裡 inside	
外 outside	
旁邊 next to	
附近 nearby	

(1) 他在外面。
(2) 圖書館在後面。

圖7-1　《當代》第一冊第六課

資料來源：《當代中文課程（一）》（2015）

II. 在 as Main Verb (with place word as complement), is used to indicate "Y is located at X".

S	在	PW
書	在	哪兒？
Where is the book?		
書	在	桌子上。
The book is on the table.		

1. 我父母都在日本。
2. 請問，洗手間 (sǐshǒujiān / xǐshǒujiān)* 在哪裡？
   洗手間在那邊。
3. 他的東西在椅子底下。
4. 你的筆在我這兒。
5. 現在他不在家，他在學校裡。
6. 爸爸不在書房，也不在客廳。

圖7-2　《視華》第一冊第九課

資料來源：《新版實用視聽華語（一）》（2017）

裡？」的問句，直接進行問答練習。通過對兩套教材的方位詞的教學內容分析，《當代》的語法解釋說明條理清晰，較有系統；《視華》使用問答的方式進行練習，顯得操之過急。

第十四題：語法解釋說明所使用的外語，翻譯得準確無誤，可以理解，不存在模糊之處。

《視華》的調查資料圖：

选项	小计	比例
完全不同意	1	2.7%
不太同意	12	32.43%
不清楚	7	18.92%
基本同意	12	32.43%
完全同意	5	13.51%

《當代》的調查資料圖：

选项	小计	比例
完全不同意	1	3.45%
不太同意	10	34.48%
不清楚	7	24.14%
基本同意	10	34.48%
完全同意	1	3.45%

第十四題，在教材中語法解釋說明的翻譯準確方面，《視華》的平均值為3.229，《當代》為3。通過上圖的百分比可知《視華》比《當代》高出0.229分，主要是因為《視華》的完全同意高於《當

代》，且完全不同意和不太同意又低於《當代》，顯示了教學者對《視華》的肯定態度。基於本書第六章對教材的分析及本問卷前面的調查分析，前面我們已經說明了大部分教學者對於《當代》的新詞性劃分及其語法規則還處在探索期，並且《當代》又只使用英文對語法進行長篇的解釋和說明。英文不好，在理解上就更加困難。《視華》借助簡單的句型語法結構的分析，加以簡單的中英文雙語解釋說明，就比較容易理解。

第十五題：語法的解釋說明有相應及足夠的例子，可以幫助和加深學生的理解。

《視華》的調查資料圖：

选项	小计	比例
完全不同意	1	2.7%
不太同意	7	18.92%
不清楚	1	2.7%
基本同意	17	45.95%
完全同意	11	29.73%

《當代》的調查資料圖：

选项	小计	比例
完全不同意	1	3.45%
不太同意	3	10.34%
不清楚	2	6.9%
基本同意	21	72.41%
完全同意	2	6.9%

第十五題，在教材中語法的解釋說明有相應及足夠的例子可幫助和加深學生的理解方面，《視華》的平均值為3.771，《當代》為3.69。通過上圖的百分比可知《視華》比《當代》只高出0.081分。這一題兩者的得分差距不大。《視華》此題的完全同意領先不少；但是《當代》的基本同意又領先於《視華》，《當代》的不清楚也高於《視華》。可見教學者對《當代》的語法規則可能還處在瞭解和適應過程中，而支持《視華》的教學者的態度卻較為直接。基於本書第六章對教材的分析及本問卷前面的調查分析，或許《當代》某些語法練習句型較有系統的簡潔化，在延伸句型和進行主題討論時，教學者需自行補充教學材料。《視華》借助句型語法結構的分析，教材中提供了更多的問句，便於進行延伸句型練習和主題討論。

第十六題：語法的解釋說明中沒有很多專門的概念和術語。

《視華》的調查資料圖：

选项	小计	比例
完全不同意	0	0%
不太同意	9	24.32%
不清楚	6	16.22%
基本同意	16	43.24%
完全同意	6	16.22%

《當代》的調查資料圖：

选项	小计	比例
完全不同意	2	6.9%
不太同意	8	27.59%
不清楚	3	10.34%
基本同意	14	48.28%
完全同意	2	6.9%

第十六題，在教材中語法的解釋說明中沒有很多專業概念和術語方面，《視華》的平均值為3.514，《當代》為3.207。通過上圖的百分比可知《視華》比《當代》高出0.307分，主要是因為《視華》的完全同意領先於《當代》不少，而且《視華》的完全不同意為零；而《當代》的完全不同意為百分之六點九。顯示了教學者對《視華》的瞭解和直接肯定。基於本書第六章對教材的分析及本問卷前面的調查，我們發現《當代》採用的語法系統還未被教學者完全理解與接受，再加上只使用全英文解釋說明語法，更突顯了語法的專業概念和術語的理解難度。

第十七題：語法的解釋說明中有使用該語法之場合及情景的說明。

《視華》的調查資料圖：

选项	小计	比例
完全不同意	1	2.7%
不太同意	9	24.32%
不清楚	1	2.7%
基本同意	16	43.24%
完全同意	10	27.03%

《當代》的調查資料圖：

选项	小计	比例
完全不同意	1	3.45%
不太同意	2	6.9%
不清楚	3	10.34%
基本同意	18	62.07%
完全同意	5	17.24%

第十七題，在教材語法的解釋中有使用該語法之場合及情景的說明方面，《當代》的平均值為3.828，《視華》為3.686。通過上圖的百分比可知《當代》比《視華》只高出0.142分，主要是因為《當代》的基本同意和不清楚的百分比較高，且不太同意又低於《視華》。但是《當代》的完全同意反而低於《視華》不少。顯示教學者雖給予《當代》一定的支持，但仍然不能像給予《視華》的肯定那麼直接。基於本書第六章對教材的分析及本問卷的調查，可知這個部分《當代》將教材內容搭配課文情景插圖進行句型練習及課堂活動，就不用完全依賴英文翻譯來解釋語法的使用場合及情景。

第十八題：語法練習例句能對應語法的解釋說明。

《視華》的調查資料圖：

选项	小计	比例
完全不同意	0	0%
不太同意	5	13.51%
不清楚	0	0%
基本同意	20	54.05%
完全同意	12	32.43%

《當代》的調查資料圖：

选项	小计	比例
完全不同意	0	0%
不太同意	3	10.34%
不清楚	0	0%
基本同意	21	72.41%
完全同意	5	17.24%

第十八題，在教材中語法練習例句能對應語法解釋說明方面，《視華》的平均值為4.057，《當代》為3.966。通過上圖的百分比可知《視華》比《當代》只高出0.091分，主要是因為《當代》的基本同意百分比較高，且不太同意又低於《視華》。然而，這一題和第十七題相似，《當代》的完全同意又大幅低於《視華》，這說明教學者對《視華》的瞭解和肯定高於《當代》，可見教學者對《當代》新的語法系統仍在瞭解當中。基於本書第六章對教材的分析及本問卷的調查，可知這一題兩者的得分差距不大，可能是因為教學者對《當代》的新語法系統的認識不足所引起的。如果教學者對新語法系統不甚瞭解，又看不懂全英文的語法解釋說明，再加上《當代》未列出句型的語法結構，就會產生練習例句對應語法解釋說明的困擾。《當代》不像《視華》既有句型的語法結構分析，又有中英文對照的語法解釋，容易將語法和例句對應理解。

第十九題：教材附有便於查找的語法及功能專案索引表。

《視華》的調查資料圖：

选项	小计	比例
完全不同意	0	0%
不太同意	5	13.51%
不清楚	3	8.11%
基本同意	16	43.24%
完全同意	13	35.14%

《當代》的調查資料圖：

选项	小计	比例
完全不同意	1	3.45%
不太同意	2	6.9%
不清楚	5	17.24%
基本同意	13	44.83%
完全同意	8	27.59%

第十九題，在教材語法及功能專案索引表便於查找方面，《視華》的平均值為4，《當代》為3.862，通過上圖的百分比可知《視華》比《當代》高出0.138分。此題《視華》的完全同意高於《當代》不少；而且《視華》完全不同意的百分比為零，《當代》為百分之三點四五，體現了教學者對《視華》的瞭解和肯定態度。基於本書第六章對教材的分析及本問卷前面的調查，這個部分要從兩方面進行說明。一方面，如果教學者熟悉動詞三分語法系統，查找《當代》的

語法及功能專案索引表就很方便；另一方面，《視華》二〇一七年改版之後的語法功能專案索引表，採中英文對照編排，而且對詞類特徵敘說得非常清楚，還添加了語法範例，語法及功能的查找非常方便（參見本書表6-2）。

（四）教材的課文內容

問卷中的第二十至二七題圍繞著教材的課文內容展開，對比分析兩套教材這八個答題的詳細情況如下（參見本書表7-1）：

第二十題：課文內容有意義而實用。

《視華》的調查資料圖：

选项	小计	比例
完全不同意	2	5.41%
不太同意	15	40.54%
不清楚	2	5.41%
基本同意	11	29.73%
完全同意	7	18.92%

《當代》的調查資料圖：

选项	小计	比例
完全不同意	0	0%
不太同意	2	6.9%
不清楚	1	3.45%
基本同意	21	72.41%
完全同意	5	17.24%

第二十題，在教材中課文內容有意義而實用方面，《當代》的平均值為4，《視華》為3.171，通過上圖的百分比可知《當代》比《視華》高出0.829分。此題《當代》的基本同意和不太同意都有較高的優勢，且不完全不同意為零。顯示教學者對《當代》這方面的滿意度很高。基於本書第六章對教材的分析及本問卷的調查，我們發現《當代》得分較高體現出新教材的課文內容更能與時代接軌，符合現代需求。《視華》兩次改版之後，課文內容的更動並不大，例如一九九九年版第二冊第二十二課改版為二○○七年版和二○一七版的第四冊第八課，只將幾個不符合實際生活需求及不合時宜的字、詞進行了替換。

由課文內容的對比分析可以發現，該課的某一段內容只是將一九九九年版的「剪草」改為二○○七年版和二○一七版的「割草」。然而，不論是「剪草」，還是「割草」，對於現代普通家庭而言並不是一個常用的詞。對於普通的華語文學習者來說，這段話及「割草」這個詞並不實用。

第二一題：課文內容與大多數學習者的年齡和心態相符。

《視華》的調查資料圖：

选项	小计	比例
完全不同意	2	5.41%
不太同意	13	35.14%
不清楚	7	18.92%
基本同意	9	24.32%
完全同意	6	16.22%

《當代》的調查資料圖：

选项	小计	比例
完全不同意	0	0%
不太同意	5	17.24%
不清楚	5	17.24%
基本同意	17	58.62%
完全同意	2	6.9%

第二一題，在教材中課文內容與大多數學習者的年齡和心態相符方面，《當代》的平均值為3.552，《視華》為3.114。通過上圖的百分比可知《當代》比《視華》高出0.438分。此題《視華》的不太同意和完全不同意的百分比都高於《當代》，此外，雖然《視華》的完全同意高於《當代》，但是《當代》的基本同意又高出《視華》一倍。顯示大多數教學者對《當代》持較高的滿意度。基於本書第六章對教材的分析及本問卷的調查，可知臺灣從二〇一六年開始推行所謂新南向華文教育政策[9]，增加了不少攻讀學位的留學生，因此華語文學習者更趨於年輕化。《當代》的課文內容以現代社會環境為基礎，圍繞著年輕人在臺灣的生活、學業和工作設計課文背景和人物角色，較為符合學習者的年齡和心態。反觀二〇一七年版的《視華》，雖然已將之前課文中的美國生活環境改為臺灣的生活背景，但是課文內容的主體仍受舊版的影響，某些課文內容和現代年輕人的生活有一定的距離。例如第四冊的第五課〈我愛看表演〉和第十四課〈來一段相聲〉談論的都是不太大眾化的京劇和相聲等藝術表演，不太符合大多數年輕留學生的心態和需求。

9　參見本書第六章的「新南向華文教育」的解釋說明。

第二二題：課文裡所涉及的文化、社會、政治、經濟、歷史、文學……等內容是學生感興趣的。

《視華》的調查資料圖：

选项	小计	比例
完全不同意	0	0%
不太同意	17	45.95%
不清楚	4	10.81%
基本同意	11	29.73%
完全同意	5	13.51%

《當代》的調查資料圖：

选项	小计	比例
完全不同意	0	0%
不太同意	6	20.69%
不清楚	7	24.14%
基本同意	15	51.72%
完全同意	1	3.45%

第二二題，在教材的課文內容能引起學生興趣方面，《當代》的平均值為3.379，《視華》為3.143。通過上圖的百分比可知《當代》比《視華》高出0.236分，主要是因為《當代》基本同意領先於《視華》很多，而《視華》的不太同意又高於《當代》一倍多，顯示教學者對《當代》有很高的滿意度。基於本書第六章對教材的分析及本問卷的調查，可知《當代》和《視華》都是從第二冊開始出現跟文化、社會、政治、經濟、歷史相關的課文內容。《當代》的課文內容以臺

灣的選舉、歷史故事、種族文化、法律知識、職業教育和言論自由等為主題；《視華》的課文內容主要以美國的選舉、臺灣與美國的地理文化對比、臺灣與美國的交通問題、兩岸探親、晚會相聲、環境保護等為主題。顯見《當代》以臺灣為核心設計課文內容；《視華》課文內容中的人物角色和事件，總是結合美國進行討論。對於不是美國籍的學習者而言，對《視華》課文中所討論的美國事件不甚瞭解，或許也不感興趣。例如《視華》第三冊的第七課〈念大學容易嗎〉談論的都是臺灣和美國當地學生的考試制度，不太符合美國之外的留學生的需求，較難引起學生的興趣。反觀《當代》第二冊的第二課〈還是坐捷運吧〉、第三冊的第五課〈現在流行什麼〉、第四冊的第三課〈雲端科技〉、第五冊的第四課〈傳統與現代〉、第五冊的第一課〈職校教育〉等都是能引起學生興趣的課文內容。

第二三題：　課文的話題多樣性、範圍廣泛，文化多元，且對學生有吸引力。

《視華》的調查資料圖：

选项	小计	比例
完全不同意	0	0%
不太同意	17	45.95%
不清楚	5	13.51%
基本同意	9	24.32%
完全同意	6	16.22%

《當代》的調查資料圖：

选项	小计	比例
完全不同意	0	0%
不太同意	4	13.79%
不清楚	4	13.79%
基本同意	17	58.62%
完全同意	4	13.79%

第二三題，在教材中課文的話題多元，且對學生有吸引力方面，《當代》的平均值為3.724，《視華》為3.171。通過上圖的百分比可知《當代》比《視華》高出0.553分，主要是因為《當代》的基本同意領先於《視華》很多；而《視華》的不太同意又高出《當代》幾倍。可見教學者對《當代》很高的滿意度。基於本書第六章對教材的分析及本問卷的調查，這一題和第二二題有一定的關係。從第二二題的分析即可看出，課文的主題和內容除了廣泛和多元意外，還要做好編前需求調查，能順應時代發展而有針對性的編寫，才能編寫出能引起學生興趣，且具有吸引力的課文。

第二四題：課文的難度循序漸進。

《視華》的調查資料圖：

选项	小计	比例
完全不同意	1	2.7%
不太同意	1	2.7%
不清楚	0	0%
基本同意	21	56.76%
完全同意	14	37.84%

《當代》的調查資料圖：

选项	小计	比例
完全不同意	0	0%
不太同意	2	6.9%
不清楚	1	3.45%
基本同意	21	72.41%
完全同意	5	17.24%

第二四題，在教材中課文的難度循序漸進方面，《視華》的平均值為4.257，《當代》為4。通過上圖的百分比可知《視華》比《當代》高出0.257分，主要是因為《視華》的完全同意和基本同意都領先於《當代》不少，而且不清楚和不太同意都低於《當代》。顯示了教學者對《視華》直接肯定的態度。基於本書第六章對教材的分析及本問卷的調查，依據本書的開放題的分析結果來討論初級課文內容，多數教學者認為《視華》課文的結構性較強，語法點能隨著課文內容

循序漸進地教學。《當代》完全以情景為主，特別是初級課文的生詞較多，句子較長。教學者即便按照課文的順序教學，也要根據學習者的理解能力和不同的程度背景，對課文教學進行調節，以免學習者在初學階段就嚴重受挫。例如《當代》第一冊第一課一開始的對話，完全沒交代課文中有幾個人，就可以出現「謝謝，你來接我們」的句子（p.2）：

第一冊第一課的第一句「明華：請問你是陳月美小姐嗎？」

第一冊第一課的第二句「月美：是的，謝謝你來接我們。」

（零起點的初級學生對這兩句對話不知所以然，到底要接幾個人，哪幾個人？）

《視華》第一冊第一課的課文內容就比較有系統地先教你、您、我、姓、叫、是、不是、國家名稱等，再使用已學過的詞彙學習句型和對話，達到循序漸進的教學。

第二五題：課文的長度適中。

《視華》的調查資料圖：

选项	小计	比例
完全不同意	0	0%
不太同意	4	10.81%
不清楚	0	0%
基本同意	22	59.46%
完全同意	11	29.73%

《當代》的調查資料圖：

选项	小计	比例
完全不同意	0	0%
不太同意	0	0%
不清楚	1	3.45%
基本同意	21	72.41%
完全同意	7	24.14%

第二五題，在教材中課文的長度適中方面，《當代》的平均值為4.207，《視華》為4.086。通過上圖的百分比可知《當代》比《視華》高出0.121分，主要是因為《當代》的基本同意高於《視華》，而《視華》的不太同意又比較高，使兩者的百分比產生了一些差距，顯示教學者對《當代》有較高的滿意度。基於本書第六章對教材的分析及本問卷的調查，可知《當代》和《視華》的第一冊都是以兩個會話主題編寫課文內容的，但是《視華》從第一冊第九課開始，在兩個會話內容之後又多加了一個小短文，作為前面兩個會話所學內容的總結和複習。進入第三冊，《當代》是以一個會話內容和一個小短文的方式呈現課文內容，而《視華》的課文內容是一個長篇的會話，再加上一篇手寫體對應印刷體的日記。《視華》第三冊的長篇會話不像《當代》的短文那麼精練濃縮，課文看起來就很長，內容比較多。《當代》第四冊的課文以兩篇文章展開主題式討論，而《視華》第四冊仍和第三冊類似，使用長篇的會話，有附加了廣告、歌詞、短文、漫畫等不同的補充材料；第五冊只有第一課還是以長篇會話為主，第二課之後都是文章，然後再加上佳文欣賞、閱讀與討論、成語故事等。《當代》與《視華》相比之下，《視華》的課文內容較多較長。

第二六題：課文中句子的長度適中。

《視華》的調查資料圖：

选项	小计	比例
完全不同意	0	0%
不太同意	1	2.7%
不清楚	0	0%
基本同意	26	70.27%
完全同意	10	27.03%

《當代》的調查資料圖：

选项	小计	比例
完全不同意	0	0%
不太同意	0	0%
不清楚	0	0%
基本同意	23	79.31%
完全同意	6	20.69%

第二六題，在課文中句子的長度適中方面，《視華》的平均值為4.229，《當代》為4.207。通過上圖的百分比可知《視華》比《當代》只高出0.022分，主要是因為《視華》的完全同意和基本同意都高於《視華》，顯示了教學者對《視華》的句子長度適中的認同。基於本書第六章對教材的分析及本問卷的調查，可知前面第二四題在討論課文循序漸進時，提到《當代》第一冊第一課以情景為主的課文內容，一開始就教「謝謝你來接我們」這種長句，不論是語法難度，還是句子的長度都不適合零起點的初級學生。《當代》過長的句子還有第一

冊的第五課〈牛肉麵真好吃〉的第一句「很多人都說臺灣有不少有名的小吃」（p.86）等等。此外，第三冊和第四冊的課文中也有類似現象，如第三冊第二課中何雅婷說「……一般來說，周年慶的時候大部分的商品都會有不錯的折扣」（p.24）。這種較長的句子在《視華》中出現的較少。

第二七題：課文對話中的人物和身份有意思，對話符合各自的身份。

《視華》的調查資料圖：

选项	小计	比例
完全不同意	0	0%
不太同意	8	21.62%
不清楚	1	2.7%
基本同意	22	59.46%
完全同意	6	16.22%

《當代》的調查資料圖：

选项	小计	比例
完全不同意	0	0%
不太同意	1	3.45%
不清楚	3	10.34%
基本同意	19	65.52%
完全同意	6	20.69%

第二七題，在教材的人物身份有意思，且對話符合各自的身份方面，《當代》的平均值為4.034，《視華》為3.714。通過上圖的百分比

可知《當代》比《視華》高出0.32分，主要是因為《當代》的完全同意和基本同意都高於《視華》，而且不太同意又低於《視華》不少。顯示教學者對《當代》教材人物身份的滿意度較高。基於本書第六章對教材的分析及本問卷的調查，可知《當代》在每一冊教材前面都針對課文內容的人物身份作了介紹，而且還根據不同程度的教材設定不同的人物角色。例如初級教材第一至二冊的對話人物相同，第三冊和第四冊都根據不同的課文內容重新設計了不同的人物角色。這說明《視華》兩次改版後，其課文中的人物身份仍受一九九九年原版教材的影響，不像《當代》的人、事、物皆跟得上社會發展的步調，並根據課文中不同的場景（情景）調整人、事、物的安排，其人物身份較能與現代社會情況相吻合。

（五）教材的課堂活動

問卷中的第二八至三二題圍繞著教材的課堂活動展開，對比分析兩套教材這五個答題的詳細情況如下（參見本書表7-1）：

第二八題：教材中每一課附加的課堂活動說明得清楚。

《視華》的調查資料圖：

选项	小计	比例
完全不同意	1	2.7%
不太同意	8	21.62%
不清楚	2	5.41%
基本同意	17	45.95%
完全同意	9	24.32%

《當代》的調查資料圖：

选项	小计	比例
完全不同意	0	0%
不太同意	4	13.79%
不清楚	1	3.45%
基本同意	15	51.72%
完全同意	9	31.03%

第二八題，在教材中每一課附加的課堂活動說明得清楚方面，《當代》的平均值為4，《視華》為3.686。通過上圖的百分比可知《當代》比《視華》高出0.314分，主要是因為《當代》的完全同意和基本同意的百分比都高於《視華》不少，而且不太同意又低於《視華》不少。顯示教學者對《當代》課堂活動的滿意度較高。基於本書第六章對教材的分析及本問卷的調查，可知《當代》課堂活動的目標比較明確，任務比較清楚。首先，兩套教材的活動都使用英文說明，但是《當代》使用中英文標示「課堂活動（Classroom Activities）」標題；《視華》只使用英文標示「Application activities」，標題沒有《當代》那麼醒目。其次，《當代》每課的課堂活動都針對不同的學習內容，設計了不同主題的單項活動。每個單項活動都有自己的目標（Goal）和任務（Task），配合插圖進行說明和引導。例如第一冊第五課的第一個單項練習活動（p.98），主題是「街頭小販的食物很好吃（Street Vendor food is good）」其活動目標是學習常見食物的名稱；活動任務要求學習者在課堂上展示自己準備的食物圖片，然後比一比，看誰能說出最多的街頭食物。課文中提供了有標價的臭豆腐、小籠包和牛肉麵的圖片。《視華》的課堂活動沒有設定明確的活動目標和任務，只有配合插圖對每個練習活動的情景進行了英文說明。

第二九題：教材中每一課附加的課堂活動實用有意思。

《視華》的調查資料圖：

选项	小计	比例
完全不同意	2	5.41%
不太同意	12	32.43%
不清楚	4	10.81%
基本同意	14	37.84%
完全同意	5	13.51%

《當代》的調查資料圖：

选项	小计	比例
完全不同意	1	3.45%
不太同意	2	6.9%
不清楚	4	13.79%
基本同意	14	48.28%
完全同意	8	27.59%

第二九題，在教材中每一課附加的課堂活動實用有意思方面，《當代》的平均值為3.897，《視華》為3.286。通過上圖的百分比可知《當代》比《視華》高出0.611分，因為《當代》的完全同意和基本同意都領先於《視華》不少，且不太同意和完全不同意又低於《視華》不少，顯示教學者對《當代》課堂活動的實用性又很高的滿意度。基於本書第六章對教材的分析及本問卷的調查發現，這主要是因為《當代》的課堂活動能突出活動的實用性。如第一冊第五課的第一個活動（p.98），要求學習者展示自己準備的食物圖片，比較誰能說

出最多的食物名稱（參見問卷第二八題）。對食物名稱進行複習之後，再進入第二個活動「告訴我們你的想法」，活動要求學習者先讀出附加了數量詞和食物價格的句子，再使用「很、太、有一點」對食物進行評論。兩個活動結合起來，可以熟練數量詞和食物名稱的使用，循序漸進，進行既實用又有意思的日常用語的會話訓練。

第三十題：教材中每一課附加的課堂活動能對應所學進行練習。

《視華》的調查資料圖：

选项	小计	比例
完全不同意	0	0%
不太同意	6	16.22%
不清楚	1	2.7%
基本同意	23	62.16%
完全同意	7	18.92%

《當代》的調查資料圖：

选项	小计	比例
完全不同意	1	3.45%
不太同意	1	3.45%
不清楚	1	3.45%
基本同意	19	65.52%
完全同意	7	24.14%

第三十題，在教材中每一課附加的課堂活動能對應所學進行練習方面，《當代》的平均值為4.034，《視華》為3.857。通過上圖的百分比可知《當代》比《視華》高出0.177分。主要是因為《當代》的完

全同意和基本同意的百分比都高於《視華》，不太同意又低於《視華》不少，顯示了教學者對《當代》課堂活動能對應所學有較高的滿意度。基於本書第六章對教材的分析及本問卷的調查發現，可知《當代》第一冊第五課的前二個課堂活動（p.98），能對應該課所學的食物名稱，也複習了第四課的數量詞（參見問卷第二八至二九題）。該課第三個活動「才藝競賽」結合了第三課所學的日常用品的名稱，練習第五課的語法點「會、不會、做得好、做得不好」（p.99）；活動目標為描述某人能或不能做什麼，做得好不好；活動任務要求學習者使用已學過的踢足球、做小籠包、打網球、做甜點，游泳、拍照等主題，舉辦一個才藝競賽，說一說同學們能做什麼，以及做得怎麼樣。這個活動不僅可以複習已學，還能加強當課語法點的實際應用。活動內容能層次分明有系統地對應所學。

第三一題：教材中每一課附加的課堂活動可幫助學生吸收新知。

《視華》的調查資料圖：

选项	小计	比例
完全不同意	1	2.7%
不太同意	8	21.62%
不清楚	3	8.11%
基本同意	19	51.35%
完全同意	6	16.22%

《當代》的調查資料圖：

选项	小计	比例
完全不同意	1	3.45%
不太同意	1	3.45%
不清楚	2	6.9%
基本同意	18	62.07%
完全同意	7	24.14%

第三一題，在教材中每一課附加的課堂活動可幫助學生吸收新知方面，《當代》的平均值為4，《視華》為3.629。通過上圖的百分比可知《當代》比《視華》高出0.371分。《當代》的完全同意和基本同意的百分比都高於《視華》，不太同意又低於《視華》不少，顯示了教學者對《當代》課堂活動可幫助學習有較高的滿意度。基於本書第六章對教材的分析及本問卷的調查發現，可知《當代》第一冊第五課的第四個「求助」課堂活動（p.99），接續前三個課堂活動的練習內容，來完成更為複雜有難度的任務。活動目標要求學習者學習如何請求幫助；活動任務要求學生參考第三個活動的調查記錄（參見問卷第三十題），找出一件有興趣的事情，請教能把這件事做好的同學事情怎麼做。例如「我想學做小籠包，你能教我嗎？」最後，學生分享各自所學會的事情。《當代》第一冊第五課一共四個活動（pp.98-99），活動內容層次分明有系統，又能以「舊知帶新知」，能達到「i＋1」的學習效果。因此這一題《當代》的得分較高。

第三二題：教材中每一課附加的課堂活動利於教學。

《視華》的調查資料圖：

选项	小计	比例
完全不同意	0	0%
不太同意	5	13.51%
不清楚	1	2.7%
基本同意	21	56.76%
完全同意	10	27.03%

《當代》的調查資料圖：

选项	小计	比例
完全不同意	1	3.45%
不太同意	1	3.45%
不清楚	3	10.34%
基本同意	16	55.17%
完全同意	8	27.59%

第三二題，在教材中每一課附加的課堂活動利於教學方面，《當代》的平均值為4，《視華》為3.971。通過上圖的百分比可知《當代》比《視華》只高出0.029分，主要是因為《當代》的完全同意的百分比高於《視華》一些，其不太同意低於《視華》不少，顯示教學者對《當代》的課堂活動利於教學持較為肯定的態度。基於本書第六章對教材的分析及本問卷的調查發現，從《當代》第一冊第五課的四個課堂活動（pp.98-99），可以看出有系統地設計安排課堂活動（參見問卷第二八至三一題），不但能複習舊知，也能幫助吸收新知。因此教學者對《當代》課堂活動的五個答題的滿意程度都比較高。

（六）教材的作業和練習

問卷中的第三三至四二題圍繞著教材的作業練習展開，對比分析兩套教材這十個答題的詳細情況如下（參見本書表7-1）：

第三三題：教材中的課後作業練習的數與量適中。（太多／太少）

《視華》的調查資料圖：

选项	小计	比例
完全不同意	0	0%
不太同意	10	27.03%
不清楚	1	2.7%
基本同意	21	56.76%
完全同意	5	13.51%

《當代》的調查資料圖：

选项	小计	比例
完全不同意	1	3.45%
不太同意	2	6.9%
不清楚	2	6.9%
基本同意	20	68.97%
完全同意	4	13.79%

第三三題，教材中的課後作業練習的數與量適中方面，《當代》的平均值為3.828，《視華》為3.6。通過上圖的百分比可知《當代》比《視華》高出0.228分，主要是因為《當代》的完全同意和基本同意的百分比均高於《視華》，其不太同意又低於《視華》不少，顯示教

學者對《當代》作業練習的滿意度較高。基於本書第六章對教材的分析及本問卷的調查發現，《當代》比《視華》的作業練習少。總體而論，兩套教材一至二冊的作業均有七至八種題型，作業量相當；《當代》三至四冊只有六至八種練習題，而《視華》則有十二種題型，這部分《當代》比《視華》的量少；第五冊《當代》有七種題型，《視華》有十一種題型，《當代》也比《視華》少；第六冊《當代》只有三種題型，《視華》共五冊，沒有第六冊。相較之下，從教的角度看，《當代》作業練習的數與量較為適中，教師比較容易操作。

第三四題：教材中的課後作業練習有意思，且能引起學習者的興趣與動機。

《視華》的調查資料圖：

选项	小计	比例
完全不同意	1	2.7%
不太同意	14	37.84%
不清楚	4	10.81%
基本同意	13	35.14%
完全同意	5	13.51%

《當代》的調查資料圖：

选项	小计	比例
完全不同意	1	3.45%
不太同意	6	20.69%
不清楚	8	27.59%
基本同意	12	41.38%
完全同意	2	6.9%

第三四題，在教材中課後作業練習有意思，且能引起興趣與動機方面，《當代》的平均值為3.276，《視華》為3.2。通過上圖的百分比可知《當代》比《視華》只高出0.076分，主要是因為《當代》的基本同意和不清楚都高於《視華》，不太同意又低於《視華》；但是《視華》的完全同意卻高出《當代》一倍，所以教學者對兩者的滿意度差異不大。基於本書第六章對教材的分析及本問卷的調查發現，兩套教材的課後作業均能配合教材內容進行設計，內容豐富合理。但是課文內容較難引起學習興趣，以其延伸出來的作業就會受到影響。加之《視華》每一冊的作業中，都有「英文翻譯中文」（Translate the following sentences into Chinese）的題型。二〇一七版的《視華》仍然保留著英文翻譯中文的題型，對於英文不好的學習者而言，尤其是初學者，這一題較難引起學習興趣和動機。

第三五題：教材中的課後作業練習對生詞來說，有很好的複習作用。

《視華》的調查資料圖：

选项	小计	比例
完全不同意	0	0%
不太同意	8	21.62%
不清楚	1	2.7%
基本同意	20	54.05%
完全同意	8	21.62%

《當代》的調查資料圖：

选项	小计	比例
完全不同意	0	0%
不太同意	2	6.9%
不清楚	1	3.45%
基本同意	21	72.41%
完全同意	5	17.24%

第三五題，在教材中課後作業練習對生詞有很好的複習作用方面，《當代》的平均值為4，《視華》為3.714。通過上圖的百分比可知《當代》比《視華》高出0.286分，因為《當代》的完全同意和基本同意都高於《視華》，且不太同意又低於《視華》很多，顯示教學者對《當代》作業練習的複習作用有較高的滿意度。基於本書第六章對教材的分析及本問卷的調查發現，《當代》一至二冊的生詞練習有「選出正確的詞彙、選詞填充、重組」三題；《視華》一至二冊的第

一題是漢字筆劃練習（共三頁），其他的題目是「句型問答練習、看拼音寫句子和英文翻譯中文」的題目。此外，《當代》第一冊和第二冊還附有簡繁對照的漢字練習簿。第三冊之後，兩套教材各有一至二題和生詞相關的練習。可見《當代》的練習對生詞較有複習作用。

第三六題：教材中的課後作業練習對語法來說，有很好的複習作用。

《視華》的調查資料圖：

选项	小计	比例
完全不同意	0	0%
不太同意	6	16.22%
不清楚	2	5.41%
基本同意	19	51.35%
完全同意	10	27.03%

《當代》的調查資料圖：

选项	小计	比例
完全不同意	1	3.45%
不太同意	1	3.45%
不清楚	3	10.34%
基本同意	19	65.52%
完全同意	5	17.24%

第三六題，在教材中課後作業練習對語法有很好的複習作用方面，《當代》的平均值為3.897，《視華》為3.886。通過上圖的百分比可知《當代》比《視華》只高出0.011分，主要是因為《當代》的基

本同意和不清楚都高於《視華》，不太同意又低於《視華》很多；但是《視華》的完全同意卻高出《當代》不少，所以教學者對兩者的滿意度差異不大。基於本書第六章對教材的分析及本問卷的調查，發現《當代》一至二冊除了句型練習，還有一題專門的「語法練習題」，而《視華》一至二冊只有句型練習，沒有專門的語法練習題，而且每一課的漢字筆劃練習就有三頁，占了作業內容的二分之一。再加上教材中又沒有漢字教學的內容，筆劃練習的效果並不好。這應該是兩套教材得分些微差距的主要原因。

第三七題：教材中的課後作業練習形式多樣。

《視華》的調查資料圖：

选项	小计	比例
完全不同意	0	0%
不太同意	16	43.24%
不清楚	2	5.41%
基本同意	15	40.54%
完全同意	4	10.81%

《當代》的調查資料圖：

选项	小计	比例
完全不同意	0	0%
不太同意	3	10.34%
不清楚	1	3.45%
基本同意	22	75.86%
完全同意	3	10.34%

第三七題，在教材中課後作業練習形式多樣方面，《當代》的平均值為3.862，《視華》為3.2。通過上圖的百分比可知《當代》比《視華》高出0.662分，主要是因為《當代》的基本同意百分比領先於《視華》不少，而且不太同意又低於《視華》不少，顯示教學者對《當代》的作業練習形式有很高的滿意度。基於本書第六章對教材的分析及本問卷的調查，發現《當代》的發音和聽力練習有音訊輔助，還可以免費網路音訊下載；再加上文法、句型、閱讀、作文的練習都很有系統性的設計編寫，教師可通過各種練習瞭解學習者的學習和吸收情況，可謂作業形式全面完備。

第三八題：教材中的課後作業練習富有層次，是一種「理解性——機械性——活用性」的練習。

《視華》的調查資料圖：

选项	小计	比例
完全不同意	0	0%
不太同意	12	32.43%
不清楚	7	18.92%
基本同意	12	32.43%
完全同意	6	16.22%

《當代》的調查資料圖：

选项	小计	比例
完全不同意	0	0%
不太同意	2	6.9%
不清楚	2	6.9%
基本同意	22	75.86%
完全同意	3	10.34%

第三八題，在教材課後作業練習的「理解性—機械性—活用性」方面，《當代》的平均值為3.897，《視華》為3.371。通過上圖的百分比可知《當代》比《視華》高出0.526分，主要是因為《當代》的基本同意的百分比高出《視華》一倍多，而且不清楚和不太同意又低於《視華》很多，顯示教學者對《當代》作業練習的活用性有很高的滿意度。基於本書第六章對教材的分析及本問卷的調查，發現《當代》為了增進聽說能力，在作業練習的安排上靈活度較高。《當代》第一冊的發音和聽力練習配有音訊輔助，進行正確詞彙選擇和短文理解練習；然後進行語法練習、配合題、看短文等訓練理解能力；最後做「自我介紹」的填充題。整個作業內容能從機械性練習到理解吸收，最後達到活學活用地進行自我介紹。《視華》作業中的發音和聽力練習只有書面練習；各類句型練習雖有很多操練機會，但還需要更有層次的結合機械性和理解性的練習，達到有系統的整體性學習效果。

第三九題：教材中的課後作業練習題目的指令很清晰明確。

《視華》的調查資料圖：

选项	小计	比例
完全不同意	1	2.7%
不太同意	4	10.81%
不清楚	2	5.41%
基本同意	22	59.46%
完全同意	8	21.62%

《當代》的調查資料圖：

选项	小计	比例
完全不同意	0	0%
不太同意	1	3.45%
不清楚	2	6.9%
基本同意	19	65.52%
完全同意	7	24.14%

第三九題，在教材中課後作業練習題目的指令清晰明確方面，《當代》的平均值為4.103，《視華》為3.857。通過上圖的百分比可知《當代》比《視華》高出0.246分，主要是因為《當代》的完全同意和基本同意的百分比都高於《視華》，不太同意又低於《視華》不少，顯示教學者對《當代》的作業練習題目的指令清晰明確有較高的滿意度。基於本書第六章對教材的分析及本問卷的調查，可知《當代》作業編排善於使用圖片引導學習者作答，從第二冊第一課的作業第六題（p.5），可以看出左邊的「圖」引導學習者進行情景理解，右邊的文字進行語義的提示，以清晰明確的指令說明學習者完成句子（參見本書圖7-3）。

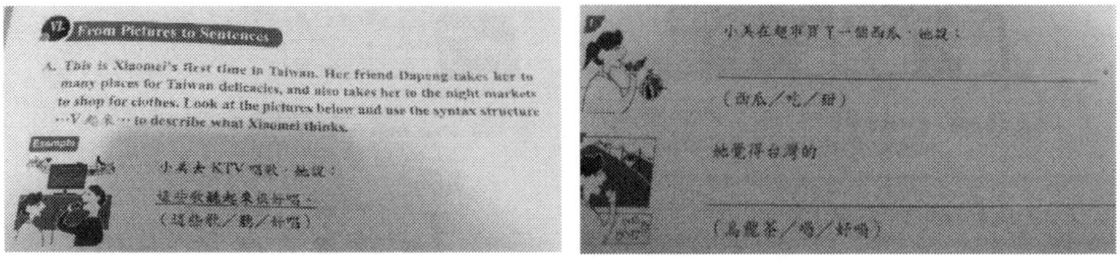

圖7-3　《當代》第二冊第一課

資料來源：《當代中文課程（二）》（2015）

第四十題：教材中的課後作業練習中有需要通過和他人合作才能完成的互動性練習。

《視華》的調查資料圖：

选项	小计	比例
完全不同意	2	5.41%
不太同意	15	40.54%
不清楚	3	8.11%
基本同意	12	32.43%
完全同意	5	13.51%

《當代》的調查資料圖：

选项	小计	比例
完全不同意	0	0%
不太同意	5	17.24%
不清楚	7	24.14%
基本同意	14	48.28%
完全同意	3	10.34%

第四十題，在教材中課後作業練習的互動性方面，《當代》的平均值為3.517，《視華》為3.086。通過上圖的百分比可知《當代》比《視華》高出0.431分，主要是因為《視華》的不太同意和完全不同意均高於《當代》不少，顯示教學者對《視華》課後作業練習的互動性很不滿意的態度。基於本書第六章對教材的分析及本問卷的調查，從兩套教材的一至五冊的題型來看，《當代》的第四冊作業第一課的第四題「材料閱讀理解」題，可以提供給學生分組討論（p.5）；第五冊每課第一題都是「根據所聽到的內容回答問題並討論」；第六冊每課第一題也是可以進行分組討論的「閱讀理解」。《當代》的互動性練習遠大於《視華》，這就是兩套教材該題的最大分野。

第四一題：教材中的課後作業練習有參考答案。

《視華》的調查資料圖：

选项	小计	比例
完全不同意	3	8.11%
不太同意	7	18.92%
不清楚	6	16.22%
基本同意	16	43.24%
完全同意	5	13.51%

《當代》的調查資料圖：

选项	小计	比例
完全不同意	3	10.34%
不太同意	5	17.24%
不清楚	6	20.69%
基本同意	9	31.03%
完全同意	6	20.69%

第四一題，在教材中課後作業練習有無參考答案方面，《視華》的平均值為3.371，《當代》為3.345。通過上圖的百分比可知《視華》比《當代》高出0.026分，主要是因為《視華》的基本同意百分比高於《當代》不少，而且完全不同意也低於《當代》，顯示教學者對《視華》作業練習的參考答案較為滿意。基於本書第六章對教材的分析及本問卷的調查，可知兩套教材的教師手冊均提供了作業練習的參考答案。《當代》此題的得分較低，可能是因為《當代》的作業練習強調會話能力，而《視華》較重視讀寫。《當代》互動性的討論題目較多，比較不能提供標準答案，教學者對於這些答案的對錯或多寡具有一定的主觀感受。

第四二題：教材中附有階段複習或總複習的材料及練習。

《視華》的調查資料圖：

选项	小计	比例
完全不同意	3	8.11%
不太同意	14	37.84%
不清楚	5	13.51%
基本同意	11	29.73%
完全同意	4	10.81%

《當代》的調查資料圖：

选项	小计	比例
完全不同意	2	6.9%
不太同意	5	17.24%
不清楚	7	24.14%
基本同意	11	37.93%
完全同意	4	13.79%

第四二題，在教材中附有階段複習或總複習的材料及練習方面，《當代》的平均值為3.345，《視華》為2.971。通過上圖的百分比可知《當代》比《視華》高出0.428分，主要是因為《當代》的完全同意和基本同意的百分比都領先於《視華》，而且不太同意和完全不同意都低於《視華》不少，顯示教學者對《當代》的複習材料滿意度較高。基於本書第六章對教材的分析及本問卷的調查，發現兩套教材的作業均未提供階段複習或總複習的材料，但是《當代》作業和活動內容較為豐富，能夠結合前、後各課的詞彙和語法點進行練習，增加重

現率，更能有系統的對聽、說、讀、寫進行複習，故教學者對該題的滿意程度較高。

（七）教材的編寫形式

問卷中的第四三至五二題圍繞著教材的編寫形式展開，對比分析兩套教材這十個答題的詳細情況如下（參見本書表7-1）：

第四三題：版面設計好，字體大小合適、易讀，能清晰區分每個部分。

《視華》的調查資料圖：

选项	小计	比例
完全不同意	0	0%
不太同意	3	8.11%
不清楚	1	2.7%
基本同意	21	56.76%
完全同意	12	32.43%

《當代》的調查資料圖：

选项	小计	比例
完全不同意	0	0%
不太同意	1	3.45%
不清楚	1	3.45%
基本同意	20	68.97%
完全同意	7	24.14%

第四三題，在教材中版面設計，字體大小合適、易讀等方面，《當代》的平均值為4.138，《視華》為4.114。通過上圖的百分比可知《當代》比《視華》只高出0.024分分，主要是因為《當代》的基本同意百分比都先於《視華》，而且不太同意又低於《視華》，顯示教學者對《當代》的版面設計比較滿意。基於本書第六章對教材的分析及本問卷的調查發現，作為使用了二十幾年的舊教材，《視華》二〇一七年第二次重修改版之後，版面設計和字體大小合適、易讀等方面改進了不少，《視華》該題的得分已接近新教材《當代》的滿意程度。

第四四題：書的色彩和諧、合適。

《視華》的調查資料圖：

选项	小计	比例
完全不同意	1	2.7%
不太同意	6	16.22%
不清楚	0	0%
基本同意	18	48.65%
完全同意	12	32.43%

《當代》的調查資料圖：

选项	小计	比例
完全不同意	0	0%
不太同意	0	0%
不清楚	0	0%
基本同意	16	55.17%
完全同意	13	44.83%

第四四題，在教材的色彩和諧等方面，《當代》的平均值為4.448，《視華》為3.886。通過上圖的百分比可知《當代》比《視華》高出0.562分，主要是因為《當代》的完全同意和基本同意的百分比都領先於《視華》，而且不太同意和完全不同意都低於《視華》不少，顯示教學者對《當代》的色彩和諧有很高的滿意度。基於本書第六章對教材的分析及本問卷的調查，在個別教學者的追蹤訪談中，某些老師認為《當代》的色彩較吸引人；某些老師認為色彩和諧中的「顏色」不是最重要的問題，教材的英文標題或指令明確更為重。例如，《視華》語法的英文標題為「syntax practice」，《當代》的則是中英對照的「文法 Grammar」，其指令明確，再加上色彩的襯托，就更使人有好讀好找的感覺。這是教學者對教材色彩「和諧」得分的兩種見解（參見本書圖7-4）。

圖7-4　《當代》第二冊第一課

資料來源：《當代中文課程（二）》（2015）

第四五題：插圖和內容配合緊密，增加內容的可讀性、生動性。

《視華》的調查資料圖：

选项	小计	比例
完全不同意	3	8.11%
不太同意	8	21.62%
不清楚	1	2.7%
基本同意	18	48.65%
完全同意	7	18.92%

《當代》的調查資料圖：

选项	小计	比例
完全不同意	0	0%
不太同意	3	10.34%
不清楚	1	3.45%
基本同意	17	58.62%
完全同意	8	27.59%

第四五題，在教材中插圖和內容的配合能增加可讀性等方面，《當代》的平均值為4.034，《視華》為3.514。通過上圖的百分比可知《當代》比《視華》高出0.52分，主要是因為《當代》的完全同意和基本同意的百分比都領先於《視華》很多，而且不太同意和完全不同意都低於《視華》不少，顯示教學者對《當代》插圖和內容的配合滿意度很高。基於本書第六章對教材的分析及本問卷的調查，可知兩套教材都有彩色插圖，《當代》課文內容以情景為主，插圖和課文內容的搭配更為重要。例如第一冊第一課（p.2）的第二句對話，如果不參照對話上方的插圖，讀者就不知道陳月美說的「我們」到底有幾個

人。此外，當代第三冊第三課的短文「華人的重要節日」中的圖片（p.54），展示了祖先牌位、燒香拜拜、蒲草、香包、月餅等，提示了節日中的重要資訊，能說明學習者瞭解中國節日的風俗文化與情景。這些都可以看出《當代》課文插圖和內容的配合能增加教材的可讀性（參見本書圖7-5）。

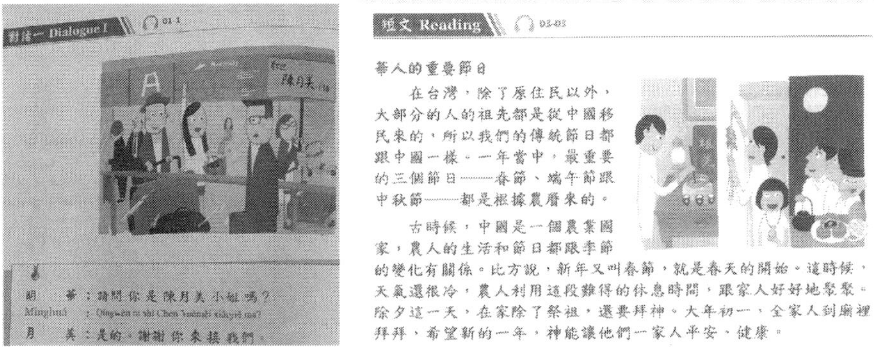

圖7-5　《當代》第三冊第三課

資料來源：《當代中文課程（三）》（2015）

第四六題：頁面編排合理，內容和題目之間不必頻繁翻頁。

《視華》的調查資料圖：

选项	小计	比例
完全不同意	1	2.7%
不太同意	4	10.81%
不清楚	2	5.41%
基本同意	24	64.86%
完全同意	6	16.22%

《當代》的調查資料圖：

选项	小计	比例
完全不同意	0	0%
不太同意	4	13.79%
不清楚	2	6.9%
基本同意	17	58.62%
完全同意	6	20.69%

第四六題，在教材的頁面編排合理，內容和題目之間不必頻繁翻頁等方面，《當代》的平均值為3.862，《視華》為3.829。通過上圖的百分比可知《當代》比《視華》只高出0.033分，主要是因為《當代》的完全同意的百分比高於《視華》，而且不太同意和完全不同意都低於《視華》，顯示教學者對《當代》的編排較為滿意。基於本書第六章對教材的分析及本問卷的調查，可知《當代》每一冊的開始是英文的介紹，包括各課重點、詞類表、課堂用語及人物介紹，然後是課文內容。從頁面編排來看，漢字字體大小適中，英文敘述的字體略小，但使用不同色塊區別了重點，基本上頁面編排合理。《視華》的英文介紹較少，中英文字體大小適中，但第二冊的語法點較集中，以及各冊各課的目標生詞的延伸詞彙較多而增加了頁面內容，影響了前後比對查找。

第四七題：每行之間和頁邊留有空間可供教學者備課時作筆記。

《視華》的調查資料圖：

选项	小计	比例
完全不同意	0	0%
不太同意	7	18.92%
不清楚	1	2.7%
基本同意	20	54.05%
完全同意	9	24.32%

《當代》的調查資料圖：

选项	小计	比例
完全不同意	0	0%
不太同意	7	24.14%
不清楚	3	10.34%
基本同意	15	51.72%
完全同意	4	13.79%

第四七題，在教材的行距和頁邊留有空間可供使用方面，《視華》的平均值為3.886，《當代》為3.552。通過上圖的百分比可知《視華》比《當代》高出0.334分，主要是因為《視華》的完全同意百分比領先於《當代》，而且不太同意又低於《當代》，顯示教學者對《視華》行距和頁邊的編排滿意度較高。基於本書第六章對教材的分析及本問卷的調查，可知兩套教材僅課文對話內容的行距可寫筆記，短文的行距小，需抄寫筆記於頁中或頁邊空白處。《當代》的頁邊又比《視華》窄，從下圖「華人的重要節日」可以看出，《當代》的頁邊

較窄影響了短文插圖的完整性，還有學生將筆記寫在頁中空白處。最下面兩張圖可以看出《視華》的頁邊較寬，較方便記錄。

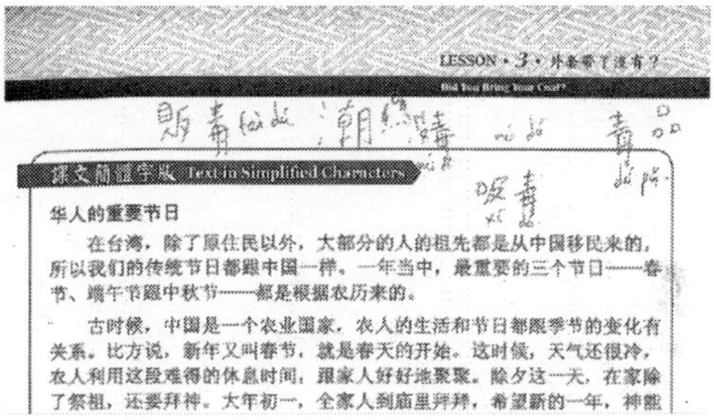

LESSON • 3 •

Did You Bring Your Coat?

課文簡體字版 Text in Simplified Characters

华人的重要节日

在台湾，除了原住民以外，大部分的人的祖先都是从中国移民来的，所以我们的传统节日都跟中国一样。一年当中，最重要的三个节日——春节、端午节跟中秋节——都是根据农历来的。

古时候，中国是一个农业国家，农人的生活和节日都跟季节的变化有关系。比方说，新年又叫春节，就是春天的开始。这时候，天气还很冷，农人利用这段难得的休息时间，跟家人好好地聚聚。除夕这一天，在家除了祭祖，还要拜神。大年初一，全家人到庙里拜拜，希望新的一年，神能

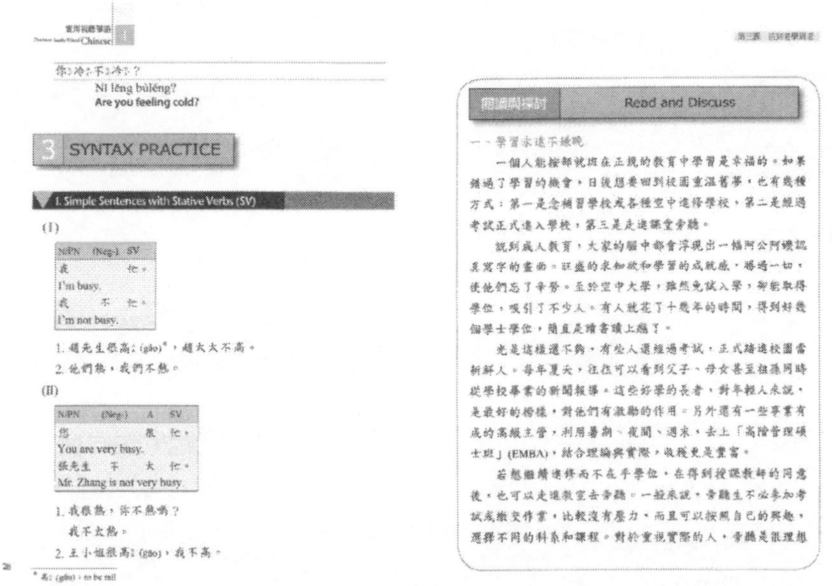

你冷不冷？

Nǐ lěng bùlěng?

Are you feeling cold?

3 SYNTAX PRACTICE

I. Simple Sentences with Stative Verbs (SV)

(I)

N/PN	(Neg.)	SV
我		忙。
I'm busy.		
我	不	忙。
I'm not busy.		

1. 趙先生很高 (gāo)*，趙太太不高。
2. 他們熱，我們不熱。

(II)

N/PN	(Neg.)	A	SV
您		很	忙。
You are very busy.			
張先生	不	太	忙。
Mr. Zhang is not very busy.			

1. 我很熱，你不熱嗎？
   我不太熱。
2. 王小姐很高 (gāo)，我不高。

* 高 (gāo)：to be tall

閱讀與探討 Read and Discuss

一、學習永遠不嫌晚

一個人能按部就班在正規的教育中學習是幸福的。如果錯過了學習的機會，日後想要回到校園重溫舊夢，也有幾種方式：第一是念補習學校或各種空中進修學校，第二是經過考試正式進入學校，第三是走進課堂旁聽。

說到成人教育，大家的腦中都會浮現出一幅阿公阿嬤認真寫字的畫面。旺盛的求知欲和學習的成就感，勝過一切，使他們忘了辛勞。至於空中大學，雖然免試入學，卻能取得學位，吸引了不少人。有人就花了十幾年的時間，得到好幾個學士學位，簡直是讀書讀上癮了。

光是這樣還不夠，有些人還經過考試，正式踏進校園當新鮮人。每年夏天，往往可以看到父子、母女甚至祖孫同時從學校畢業的新聞報導。這些好學的長者，對年輕人來說，是最好的榜樣，對他們有激勵的作用。另外還有一些事業有成的高級主管，利用暑期、夜間、週末，去上「高階管理碩士班」(EMBA)，結合理論與實際，收穫更是豐富。

若想繼續進修而不在乎學位，在得到授課教師的同意後，也可以走進教室去旁聽。一般來說，旁聽生不必參加考試或繳交作業，比較沒有壓力，而且可以按照自己的興趣，選擇不同的科系和課程。對於重視實際的人，旁聽是很理想

圖7-6　《當代》第三冊、《視華》第一冊及第五冊

資料來源：《當代中文課程（三）》(2015)、
《新版實用視聽華語（一）》(2017)、
《新版實用視聽華語（五）》(2017)

第四八題：教材的開本大小合適、使用方便，便於攜帶。

《視華》的調查資料圖：

选项	小计	比例
完全不同意	2	5.41%
不太同意	11	29.73%
不清楚	0	0%
基本同意	19	51.35%
完全同意	5	13.51%

《當代》的調查資料圖：

选项	小计	比例
完全不同意	5	17.24%
不太同意	10	34.48%
不清楚	0	0%
基本同意	11	37.93%
完全同意	3	10.34%

第四八題，在教材的開本大小合適和使用方便方面，《視華》的平均值為3.343，《當代》為2.897。通過上圖的百分比可知《視華》比《當代》高出0.446分，主要是因為《視華》的完全同意和基本同意的百分比都領先於《當代》不少，而且不太同意又低於《當代》，顯示教學者對《視華》開本方便攜帶滿意度較高。基於本書第六章對教材的分析及本問卷的調查，可知《視華》的版面是 A4，《當代》版面是 A3（版面較大），再加上《當代》使用的是光面紙，磅數較重，所以版面和重量《當代》都超過了《視華》。相較之下，《視華》整本的感覺分量較少，重量較輕，攜帶方便，就不會令學習者打退堂鼓。

第四九題：教材的紙張品質好，容易保存。

《視華》的調查資料圖：

选项	小计	比例
完全不同意	0	0%
不太同意	3	8.11%
不清楚	4	10.81%
基本同意	19	51.35%
完全同意	11	29.73%

《當代》的調查資料圖：

选项	小计	比例
完全不同意	0	0%
不太同意	0	0%
不清楚	3	10.34%
基本同意	15	51.72%
完全同意	11	37.93%

第四九題，在教材的紙張品質好，容易保存方面，《當代》的平均值為4.276，《視華》為4。通過上圖的百分比可知《當代》比《視華》高出0.276分，主要是因為《當代》的完全同意和基本同意百分比都高於《視華》，而且不太同意為零，低於《視華》8.11%。顯示教學者對《當代》紙張品質的滿意度較高。基於本書第六章對教材的分析及本問卷的調查，可知《當代》使用的是光面紙，紙張較厚，品質較好，易於長時間使用和保存。

第五十題：有專門配套的教師手冊。

《視華》的調查資料圖：

选项	小计	比例
完全不同意	0	0%
不太同意	3	8.11%
不清楚	1	2.7%
基本同意	21	56.76%
完全同意	12	32.43%

《當代》的調查資料圖：

选项	小计	比例
完全不同意	0	0%
不太同意	0	0%
不清楚	3	10.34%
基本同意	11	37.93%
完全同意	15	51.72%

第五十題，在教材有專門配套的教師手冊方面，《當代》的平均值為4.414，《視華》為4.171。通過上圖的百分比可知《當代》比《視華》高出0.243分，主要是因為《當代》的完全同意百分比領先於《視華》不少，而且不太同意為零，低於《視華》8.11%，顯示教學者對《當代》教師手冊的滿意度較高。基於本書第六章對教材的分析及本問卷的調查，可知《當代》中文課程的教師手冊每一課的內容為：一、教學目標和部分教案範本；二、教學重點，包括暖身活動、詞彙解說語法重點提示及練習解答、文化參考與補充等；三、學生作業本參考解答。《視華》教師手冊中的教學重點，較少有文化參考和

補充，也沒有練習解答，只有作業本的參考解答。

第五一題：在教材有配套的光碟等視聽或多媒體材料。

《視華》的調查資料圖：

选项	小计	比例
完全不同意	0	0%
不太同意	4	10.81%
不清楚	4	10.81%
基本同意	17	45.95%
完全同意	12	32.43%

《當代》的調查資料圖：

选项	小计	比例
完全不同意	1	3.45%
不太同意	1	3.45%
不清楚	3	10.34%
基本同意	12	41.38%
完全同意	12	41.38%

第五一題，在教材有配套光碟或視聽多媒體材料方面，《當代》的平均值為4.138，《視華》為4.029。通過上圖的百分比可知《當代》比《視華》高出0.109分，主要是因為《當代》的完全同意百分比高於《視華》，而且不太同意和完全不同意都低於《視華》，顯示教學者對《當代》的多媒體材料滿意度較高。基於本書第六章對教材的分析及本問卷的調查，可知《當代》二〇一六年六月印刷的教材配套材料為光碟，二〇一六年十二月以後印刷的教材，使用的是 QR CODE 下載

影片和音訊。《視華》目前仍使用影視光碟或MP3，未使用QR CODE下載影片和音訊。

第五二題：教材的頁數及厚度適中。

《視華》的調查資料圖：

选项	小计	比例
完全不同意	1	2.7%
不太同意	13	35.14%
不清楚	0	0%
基本同意	19	51.35%
完全同意	4	10.81%

《當代》的調查資料圖：

选项	小计	比例
完全不同意	6	20.69%
不太同意	9	31.03%
不清楚	0	0%
基本同意	12	41.38%
完全同意	2	6.9%

第五二題，在教材的頁數及厚度適中方面，《視華》的平均值為3.286，《當代》為2.828。通過上圖的百分比可知《視華》比《當代》高出0.458分，主要是因為《視華》的完全同意和基本同意百分比都高於《當代》，而且完全不同意又低於《當代》，顯示教學者對《視華》的頁數及厚度滿意度比較高。基於本書第六章對教材的分析及本問卷的調查，可知《視華》共五冊，總頁數為二〇四七頁；《當代》

共六冊；總頁數為二二二四，《視華》五冊的總頁數比《當代》六冊的總頁數約少一七七頁。整體來說，《視華》開本較小，重量較輕（參見本書表7-2）。

表7-2　《新版實用視聽華語》&《當代中文課程》各冊頁數統計

資料來源：筆者自行設計

《新版實用視聽華語》各冊頁數		《當代中文課程》各冊頁數	
冊數	頁數	冊數	頁數
第一冊	342	第一冊	400
第二冊	382	第二冊	456
第三冊	476	第三冊	360
第四冊	462	第四冊	376
第五冊	385	第五冊	304
		第六冊	328
五冊總頁數	2047	六冊總頁數	2224

三　問卷調查開放式問答結果分析

問卷的第二部分是三道開放式問答題，不僅可以深入分析量表形式，也能更詳細的解釋說明量化數位所蘊涵的客觀情況，探討相關調查結果如下。

第五三題：您認為該教材最為突出的地方是什麼？（包括各冊的優缺點）

表7-3　《新版實用視聽華語》&《當代中文課程》問卷第五三題關鍵字使用頻率

資料來源：筆者自行設計

《視華》		《當代》	
關鍵字	使用頻率	關鍵字	使用頻率
語法	13	內容	11
優點	12	優點	10
學生	12	學生	7
內容	12	生活	5
缺點	10	生詞	5
循序	9	缺點	5
漸進	9	語法	5
教材	8	教材	5

第五三題，教學者對教材最為突出的地方及其優缺點進行了評論。本題關鍵字使用頻率顯示，教學者對兩套教材的語法、內容、生活用語、循序漸進、學生回饋，以及教材的優缺點等內容較為重視。上述使用頻率與問卷調查的對比分析結果相吻合。總的來說，多數教學者認為《視華》的語法難易層次分明[10]，但課文內容較為過時；而《當代》的課文內容較合時宜[11]，但語法不能循序漸進。A 教師認為：「《視華》的語法較為紮實，難易層次較分明，且能循序漸進。但某些課文內容較為過時，不夠現代。」B 教師認為：「《當代》的課文內容新穎，但語法編排應多參考《視華》的會更好。」C 教師表示：「《當代》第二冊的語法，學生學得很吃力。」可見，兩套教材各有優缺點。

10 參見本章第十四、十五、十六、十八、十九題的對比分析。

11 參見本章第二十至二十七題的對比分析。

教學者對兩套教材的整體編排、詞彙、語法、課文、活動、作業練習等內容進行了評論，普遍認為《當代》的整體編排主題多樣化，內容生動且實用，能滿足在臺灣生活所需。需要克服的是句子較長、課文內容過於情景化，語法呈現不夠系統，以及討論題目略顯淺薄，深度不夠等問題。多數教學者對《視華》的程度銜接[12]、循序漸進[13]、詞類劃分和語法系統的滿意程度較高。值得注意的是，多數教學者認為《視華》改版後的課文內容[14]和生詞[15]仍有不合時宜的問題，以及輔助教材太少等。此外，漢字書寫練習要多一些，作業本中漢字練習需增加筆順方向箭頭等，都是大多數教學者認為需要加強改進的部分。

第五四題：通過學習該教材，學生能達到應有的進步嗎？（包括各冊之不同特徵及學習目標等，只從教材對學習影響的方面作答即可，不探討其他影響學習進步的因素）

第五四題，教學者對教材是否能幫助學生進步進行了評論。多數教學者在該題的先導調查中提出，影響學習進步的因素眾多，該題應該把影響學習進步的因素更具體化。因此，我們備註了只探討教材特徵及學習目標對學生進步的影響。對於《視華》這本教材，約有百分之十的教學者無意見，約有百分之四十的教學者直接回答有進步，約有百分之四十的教學者提出了學習有進步的原因與教材的亮點：一、《視華》是目前使用過最好的教材；二、學完《視華》一至五冊可達到華語文能力測驗（TOCFL）的 B1或 B2程度，具一定的學習成效；

12　參見本章第三題的對比分析。
13　參見本章第二四題的對比分析。
14　參見本章第二十題的對比分析。
15　參見本章第七題的對比分析。

三、進步不能光靠教材內容，老師要預備教材延伸學習內容，並搭配實際語境多做練習才行；四、是否有進步，要看學習者的努力程度。此外，約有百分之十的教學者提出影響進步的原因與需要改進的地方：一、《視華》有些生詞或語法無法與實際生活情景相結合；二、《視華》第二冊的語法點過度集中，且不易在生活當中運用，較容易產生學習挫折感；三、《視華》比同程度《當代》的內容略顯容易，所以設計題材可以更深廣一些，更能提升語言程度。

對於《當代》這本教材，約有百分之四的教學者無意見。約有百分之四十的教學者直接回答有進步；約有百分二十的教學者提出學習能達到進步的原因與教材的亮點：一、課文內容生動實用，若能以中文介紹課程安排和學習目標，學生進步更多；二、音訊輔助聽力練習，能提升學習效果；三、能培養學習者表達出較長的句子；四、基本上有進步，但第四冊到第五冊的跨度與變化較大；五、認真努力的學生能進步，對於一般學生來說，詞彙量過多，壓力比較大。此外，約有百分之三十六的教學者提出影響進步的原因與需要改進的地方：一、初級口語未受到較好的訓練；二、教材比較難，學生要有一些基礎才能銜接，否則需仰賴教學者自備補充材料；三、語法不容易整合，影響交際溝通能力；四、一部分學生可以進步，但對於「新南向學生[16]」來說，教材偏重英語解釋說明，不利於「新南向學生」的理解與吸收，若能出版不同語言版本的教材，更能促進教材的使用與推廣。

第五五題：如果該教材需重新修訂再版，你認為教材應作哪些改變或調整，從而更適合學生的需求？（包括各冊之不同特徵）

16 參見本書第六章「新南向華文教育」的解釋說明。

表7-4　《新版實用視聽華語》&《當代中文課程》問卷第五五題關鍵字使用頻率

資料來源：筆者自行設計

《視華》		《當代》	
關鍵字	使用頻率	關鍵字	使用頻率
生活	10	生詞	6
臺灣	8	語法	3
內容	7	教材	3
主題	6	書寫	2
活動	5	能力	2
現代	5	例句	2
學生	5	語言	2
用法	4	厚重	2

第五五題主要瞭解教材重修再版應作哪些調整或改進。對於《視華》而言，多數教學者的反映集中於課文內容的整體編排、詞彙處理、活動練習和編寫形式四大方面。雖然有教學者多次提出《視華》是目前用過最好的教材，但大多數教學者提出不同的看法：一、對課文內容及整體編排的看法，他們認為課文內容應符合現代的生活情景，不應該只設限在臺灣和美國。要抓住學習者來自世界各地的不同背景，擴大學生的認同度。課文中的社會事件需符合時代發展需求，應為一般大眾所關心的內容。D 教師表示：「《視華》第四冊的兩岸探親議題已成過去，兩岸關係已非當年，建議可當作補充材料，而非課內主文。」F 教師認為：「第三冊第七課詳述了臺灣高考的詳細情況，外國學生根本不感興趣。」G 教師提出：「教材內容應添加一些流行話題和元素，更能引起學習者的興趣。如科技、社群網站、Youtuber 等，更符合實際溝通的需要，更能激發學習動機與興趣。」

二、對詞彙應用的看法，教師們認為詞彙應符合現代用法，例如「一所房子」的量詞，已很少有人使用。T 教師提出：「目前生活中很少用到割草、菜圃、隨身聽、哈電族等詞彙，應與時俱進的更換。」三、語法方面，教師們認為每一課的語法點要均衡，不要過於集中在某冊或某課，還有語法的英文解釋說明可再簡潔易懂一些。H 教師認為：「《視華》第二冊的語法量過多。」W 教師指出：「《視華》選詞可再修正，文法的英文解釋說明可再簡潔易懂一些，課文可再生活化一點。」四、作業及練習方面，教師們認為作業題型可以再多一點，不要到了中高級還採用填空和選擇等機械性的練習，應增加查詢資料進行討論的題目，更能達到活學活用的效果；五、課堂活動方面，教師們認為活動應多樣化，每一課要有足夠的情景練習，不是只有重組句子之類的機械化操練；六、在編寫形式方面，插圖和課文內容應更為緊密，增加可讀性。應附加 QR CODE 下載短片和音訊輔助發音練習等，以提高學習效果。最後，還提出教材頁面空白太少，不方便標註等。總之，教學者認為改版應更加現代化和更符合學習者需求，才能使教學隨之精進。

對於《當代》而言，大多數教學者認為《當代》的教材內容能貼近實際生活，較能滿足學習者需求，但是語法系統和編寫形式的問題就比較多。首先，多數教學者認為第一冊和第二冊的程度過高，尤其是語法學習起來很吃力，句子又長又難，難以循序漸進地教學，造成教材和學生程度難以銜接的問題。Z 教師認為：「《當代》整套教材的語法還需要多加解釋，增加語法點句型練習的數量。」W 教師表示：「句型中盡量使用已學過的詞彙，當課的生詞少置入比較好。」X 教師提出：「《當代》中級以後的教材應比照《視華》加入近義詞解析內容，更能說明學習者理解吸收。」其次，在編寫形式方面，多數教學者認為課文行距和頁邊所留空間較小，不方便加注內容和寫筆記；還有教材開本過大和厚重，攜帶不便，容易讓初學者打退堂鼓等，都是改版時應重新考慮和安排的內容。

綜上，有機結合本問卷的五十二道半結構化題目和三道開放式問答題的調查結果進行相互佐證分析，對教材編寫的啟示如下：一、在教才整體編排方面，拼音要實用，選詞要有依據，延伸詞彙要精簡，程度銜接要有標準；二、在詞彙詮釋方面，生詞數量要適當，詞類劃分要易於理解，翻譯和用法要準確，要增加重現幫助吸收，且要適合交際與溝通；三、在語法解釋方面，解釋要準確無誤，說明要減少專業術語，相關例句要足夠和實用；四、在課文內容方面，一要符合學習需求，二要激發學習興趣，三要生動實用，四要循序漸進；五、練習活動數量要適中，指令要清晰，內容要有互動性，並能幫助預習和複習；六、編寫體例版面和字體要易讀，插圖要能增加可讀性，開本大小要適中，配套材料要實用。

第三節　本章小結

本章針對教學者對《視華》和《當代》的教學感知與回饋進行了調查研究。首先，對兩套教材進行了相同問題的問卷調查。然後，對收集的資料進行了統計分析。兩套教材七個構成維度的整體評價結果顯示，《視華》的整體平均值為3.710，《當代》的整體平均值為3.841，《當代》的整體平均值略高出《視華》0.131，說明兩套教材在總體平均值上無明顯差異。之後，對兩套教材的五十二道結構化題目進行了對比分析，依據本書第六章對教材內容的分析，找出對比分析結果的支持和佐證。最後，我們對問卷的三道開放式問答內容進行了分析，教學者通過兩套教材的優缺點、能否幫助學生進步、重修改版需注意的部分，提出三方面的建議：一、在教材的優缺點方面，多數教學者認為《視華》的課文內容雖不合時宜，但是語法的安排卻可以達到循序漸進。《當代》的課文內容雖符合現代生活，但語法和課文內容的難度過高，造成程度銜接和難以循序漸進的問題；二、在幫助學生進步方面，有高達百分之八十的教學者認同《視華》能幫助學生進步，《當代》則有百分之六十的認同調查結果；三、在重修改版方面，教學者提出《視華》可參考《當代》的課文內容，調整更貼近實際生活，已經符合學習者需求的課文，並多加入一些多元互動的課堂練習活動。《當代》也可以參考《視華》語法難易度的安排，對教材程度適當銜接等進行修訂。此外，課本和作業本中的空白太小、教材厚重等，是兩套教材都需要注意的部分。總之，教學者希望兩套教材可互取長短，以完善教材內容，提高教學成效。

本章通過對兩套教材在教學應用方面的調查研究，為教材編寫者的深度訪談做了準備，設計了下一步的訪談內容，下一章對兩套主流華語教材的編寫者展開調查研究。

第八章
臺灣當代主流華語文教材編寫設計調查研究

本書基於對當代華語文教材及其教學者的教學回饋的調查，得出教材從改編到自編不斷更迭演變且需互補長短的發展特徵。回溯一個時期的教材編寫，從編寫者角度進行分析，可以深度探討在社會環境影響下的教材背景，以及編寫者的語言學習或教學理念。同時編寫者也可以從中汲取經驗，得到啟發和借鑒，改變陳舊的觀念和做法，突破舊有教材的編寫框架。本章選擇具有代表性的主流教材《新版實用視聽華語》(2017）和《當代中文課程》(2015)，從編寫者角度進行訪談研究。雖然兩套教材都是當代的教材，但是出版時間相差了近二十年（指《視華》的第一版）。在不同社會背景下，基於不同編寫者及時代發展的變化，教材的具體內容亦各有側重。我們以兩套教材不同的編寫背景，對教材的編寫及改版思路討論如下。

第一節　研究目的

基於本書第六章對《視華》和《當代》的特徵、應用和局限的分析，以及第七章教師使用兩套教材的感知問卷調查，探討了兩套教材的特徵和教學應用情況。《視華》為「結構—功能」相結合的教材，教材以語法分析為核心進行系統化的編排，功能專案根據固定的情景，從局部到整體進行訓練。《當代》是結合溝通式教學和任務導向學習的系列教材。課文內容以情景為主，朝著語用方向編寫。通過兩套教材的教學回饋的問卷調查，得到教師對兩套教材的內容、應用、編寫及改版等方面的建議。總的來說，多數教師指出《視華》語法點的系統性安排能循序漸進地教學，但是課文內容不夠生動和生活化；《當代》的句子較長，語法點較難，易形成程度銜接上的問題等。為了進一步探究兩套教材的編寫情況，本章採用訪談方式考察了編寫者的編寫思路，以及編寫者對教材的看法。該部分主要探討的研究問題如下：

一、教材編寫及改版背景如何？

二、教材編寫思路及原則如何？

三、教材編寫的未來展望如何？

第二節　研究方法

本章對《視華》的主編葉德明和《當代》的主編鄧守信[1]，就教材編寫問題，進行了專門訪談，訪談的形式有現場訪談（錄音）、網路電話和書信往來等。我們對葉德明教授的訪談（包括現場訪談和電話訪談）時長約為三小時，書信往來約為十五封，轉寫字數約為四千字；對鄧守信教授的現場訪談和電話訪談時長約為三小時，轉寫字數約為五千五百字。訪談內容主要參考本書的問卷調查結果進行設計。其中，《視華》為已使用二十多年的教材，訪談內容主要集中在教材編寫及改版思路等方面。跟《當代》編寫者的訪談，主要瞭解教材的新詞類劃分及其語法系統等方面。據此擬出兩套教材的編寫者訪談問題，探討分析如下。

1 葉德明和鄧守信均為臺灣師範大學華語文教學系的退休名譽教授。

第三節　《新版實用視聽華語》編寫者訪談

筆者就《視華》教材的編寫及改版情況對葉德明老師進行了訪談。訪談主要涉及以下六點：一、教材編寫及改版的背景；二、教材課文內容及詞彙的改版選用安排情況，以及語法的改版標準和分佈控制情況；三、教材的漢字教學改版情況；四、教材插圖與內容的配合情況；五、教材的作業和練習改版情況；六、教材的未來發展情況。通過上述訪談內容剖析編寫者對《視華》編寫及改版的看法。

一　教材改版背景

一本好教材除了需要堅實的理論基礎之外，更要掌握符合社會背景下的學習需求。遵行這些原則，能使教材既有穩定性和時代性，又能具有應教、可教、適教、促教的品質，還能在教學應用方面達到應學、可學、適學、促學的功效（施春宏，2010）。當前，第二語言教學理論和教材相關研究已有很多新的進展，在新的時代背景下，二〇一七年面世的第三版《視華》與舊版教材相比，新版教材如何體現當前教材編寫的新理念與新方法，對於舊版教材有何繼承延續與發展創新，站在教材編寫者的角度如何看待改版教材的編寫和應用，基於上述問題的探討構成訪談《視華》主編葉德明老師的主要內容。在我們的訪談記錄中，葉德明老師（以下簡稱「葉師」）對此進行了詳盡的說明：

筆者：請葉師談談有關《視華》修訂改版的前提、需求和背景等方面的看法。

葉師：這套教材一九九九年的初版和二〇〇七年第二次改編我都是主編，但是二〇一七年我推薦謝佳玲教授為第三版的改版主編，當時我只作為顧問。你提出的幾項問題，我必須一一查證再回覆，所以需要一些時間。《實用視聽華語》一九九九年正式出版，於二〇〇七年和二〇一七年進行兩次改版，更名為《新版實用視聽華語》。因為該教材自第二次簡要地改版之後，仍有課文內容不符時代改變，再加上老師與學生都有改編的意見，我們便成立了改編第三版的委員會。當時的改版目的希望將課文內容調整得更為生活化與現代化，因此課文中的生詞也跟著小有改動。（待續，葉德明）。

關於《視華》的改版背景，葉德明老師提到一九九九年初版和二〇〇七年第二版是其親自主編的，第三版由謝佳玲教授主導改編，葉德明老師為顧問。該教材已使用了二十多年，是臺灣二十六所華語文教學機構普遍使用的重點教材，豎立了教學上的重要地位。因為初版教材的某些主題內容不符合時代需求，需要改編才能達到符合時宜的效果，於二〇〇七年進行第二版的編修。然而，第二版的課文內容仍不符合時代需求，如社會文化變遷、兩岸探親、國際關係相關課文內容及其所使用的詞彙等，還存在與現況不合的問題，均需要重新編修。據此，二〇一七年臺灣教育部門商請正中書局邀請改版顧問、主編、原版編寫者，以及臺灣各華語文教學中心的教師代表等，成立了改編委員會，進行了第三版的編修。關於教材的改版背景，本論文第六章的第三節概況了《視華》在臺灣的普遍使用情況，基本上與葉德明老師上述訪談內容所提相符。

二　教材改版思路

編寫者在本次訪談中說明了教材的課文內容及語法、漢字教學處理、教材內容與插圖、作業與練習等改版情況，分析論討如下。

（一）課文語法

課文內容的變化所涉及的表達功能較多，例如與課文相關聯的詞頻標準和語法專案等的分佈控制，都直接影響著改版內容和效果。關於課文內容的改版，在訪談過程中，葉老師對此進行了說明。

筆者：請教葉師對《視華》改版的「課文內容新場景」的設定，以及改版課文中的字、詞所參考的詞頻標準，語法的選定標準和分佈控制上的看法。

葉師：《視華》二〇一七年改版的課文內容的新場景，主要以二〇一六年的社會環境和國際觀瞻為選定標準。所參考的詞類系統根據修改的課文內容酌加改變，基本上以當年臺灣中央研究院公佈的「常用詞彙頻率」為準，詞類分法和語法系統是依據耶魯大學一九九六年出版的《Dictionary of Spoken Chinese》語法規則而定，與一九九九年版和二〇〇七年版相比，教材的語法系統並未改版，仍依據初版語法系統為基礎。

在《視華》課文內容（含詞彙）和語法系統的改版標準及分佈控制方面，葉德明老師認為課文內容新場景的設定以二〇一六年前後的社會環境、國際觀瞻為選定標準；詞類的改版標準及系統，主要根據編修課文內容的需求酌加生詞，這些生詞是依據臺灣「中央研究院」

公佈的「常用詞彙頻率」[2]為標準進行選定的，詞類是依據耶魯大學一九九六年出版的《Dictionary of Spoken Chinese》的語法規則進行劃分的。該套教材中的語法仍依據初版的耶魯語法系統進行編排，沒有改變。換言之，第三版的改版原則是在初版和第二版的基礎之上，改進教材的缺點及強化教材的優點。不但要加強各冊、各課之間的銜接與連貫，還要突出設計理念的完整性與一致性。例如，針對原版教材第五冊程度偏高的問題，將該冊教材內容進行了大幅度的編修，刪減了第五冊課文的數量，也調整了課文的難度。同時，提高第四冊的詞彙與句型在第五冊的重現機率，以達到溫故知新的效果。相對來說，課文內容調整得更為生活化與現代化，使教學內容兼具實務性與專業性，課文中的生詞也跟著有所改動。此外，各冊教材增加了「課程重點表」，明示各課的教學主題、目標、語法、功能和文化的重點教學內容，突顯了改版教材脈絡的結構性與功能性。關於葉德明老師所談及的上述改版情況，本書第六章該教材的內容分析與上述訪談表述基本相同。但是本書第七章的問卷調查結果顯示[3]，教師對該教材的教學感知和回饋，呈現出與編寫者較為不同的看法。多數教師認為《視華》改版後的課文仍受舊版教材的影響，課文中的人、事、物沒有什麼改變，不但課文內容較長，話題也不夠多元。雖然課文內容新場景改為二〇一六年前後的社會環境，但是其情景和討論內容仍以臺灣和美國生活環境為主。對於來自世界各地的學習者而言，對美國並不瞭解。再加上，教材中的人物身份和所談論的事情，較不符合年輕人的需求，所以不太能引起學習興趣。相對而言，語法應用的相關場合及

2 中央研究院現代漢語語料庫詞頻統計：https://elearning.ling.sinica.edu.tw/CWordfreq.html。

3 參見本書第七章問卷的第二十、二一、二二、二三、二四、二五、二七、五三題的調查結果分析。

情景的說明也受限於課文內容的編排[4]（參見本書表7-2），教師若不對課文內容、生詞、語法、情景進行調配和轉換，就會影響語言的實際溝通效果。這印證了第三版教材在原版基礎上編修改版，並未完全達到完善教材的目的。

（二）漢文書處理

在漢字教學方面，葉德明老師認為，讓學習者學習漢字的最佳策略即利用字素符號作為記憶的方法，直接擷取其意符線索來記憶字義，運用「部件法」引領認讀漢字及掌握漢字的特徵，是較為有效的教學方法。漢字識別必須有系統的將相同部首的漢字，做關聯性的歸納與連接。漢字邏輯的理解包括漢字筆順方向的順序等，其可形成漢字習得的認知方法和觀念。關於這個部分，在訪談過程中葉老師也進行了說明。

筆者：請教葉師對《視華》（編寫及改版）漢字教學部分的看法。

葉師：我認為讓學生學習漢字的最佳策略即利用字素符號作為記憶術，直接擷取其意符線索用以記憶字意。運用「部件法」認讀漢字的特徵，可以加深學生對漢字的認知。詳情請見我的《華語文教學規範與理論基礎》第九章（葉德明，2006）。

我們結合了葉德明老師的訪談和其專著的內容，探討葉老師對漢字教學的看法。她認為漢字以表意為主，使人一看之下立即得到一個具體的形象，因此在意念中產生一連串的認知作用。神經語言學臨床實驗的報告指出，語言及語言相關的分析能力，優勢在於左半腦，而

4　參見本書第七章問卷的第七、八、十三、十七題的調查結果分析。

對空間與構形知覺等能力，其優勢則偏向右腦。心理語言學及神經語言學的各項實驗的理論證明，學習任何語文（包括中文）都需要大腦左右兩邊的共同協調作用。但是，由於中國文字結構上的特點，可能右半腦中的優勢較為有利。從六書對漢字的拆解說明來看，以認知心理學理論為基礎進行教學，可以使漢字習得事半功倍。如圖**8-1**（葉德明，2006b）。

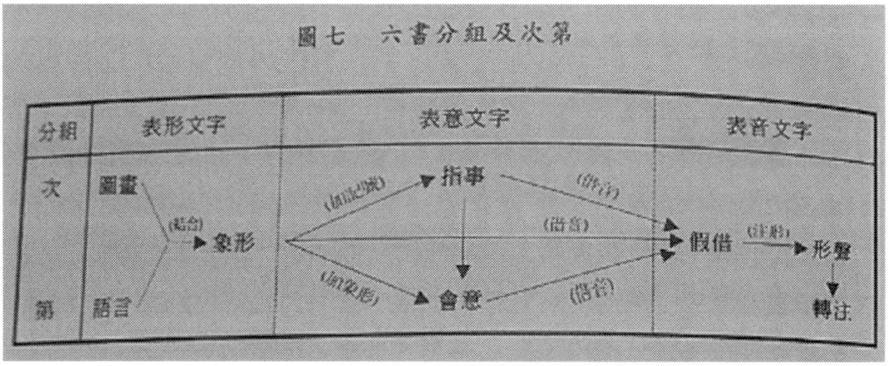

圖8-1　段玉裁的六書造字法（葉德明，2006b）

據此，葉德明提出了四個漢字的教學策略：一、遵循語文自然發展，在漢字結構邏輯與文化內涵上進行教學。強調漢字視覺上的特點，提供學習者明顯而重要的漢字認讀與書寫原則，以便他們在學習時容易掌握漢字的要點；二、在漢字教學中，最重要的是分析字形，並將字形分析和心理認知過程相結合，以加強學習效果；三、漢字「部首」主導語意範疇，漢字「相同部首」的字在字義上都有關聯，部首具有重要語意的資訊，絕對不是一種抽象的規則，而是統御漢字的認知模式；四、「部件法」主導漢字閱讀與書寫的特徵，「部件」也是漢字的部首，「件」就是字素，進行漢字識別時，必須有系統地歸納「相同部首」的漢字進行合乎邏輯的說明，才能加深學習者漢字認知上的文化觀念（葉德明，2006b）。

葉德明教授對漢字教學說明扼要精煉，但本論文第七章的問卷調查結果顯示[5]，某些教師在《視華》教材的評論中提出，教材的漢字教學與練習要多一些，作業本中漢字練習需增加筆順方向箭頭等（參見本書圖8-2）。通過對教材和作業本的查對，我們發現《視華》只在第一冊第四十一至四十四頁使用英文簡介了漢字結構而已。另外，每冊每課作業本中有兩頁左右的漢字筆順練習表，練習表中的漢字並未標示筆順方向箭頭。可見，漢字教學與練習在該教材中的分量確實太少，並未引起注意。

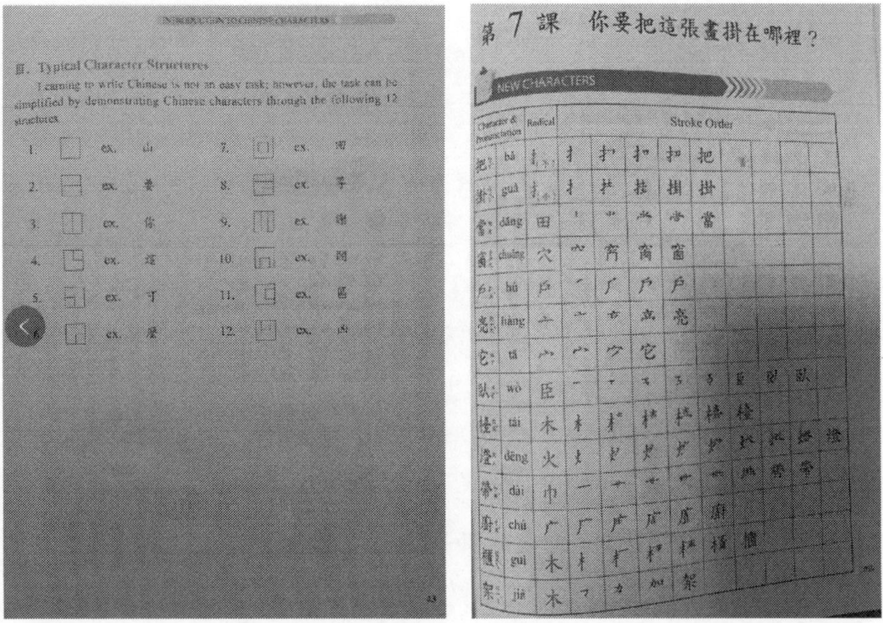

圖8-2　《新版實用視聽華語》（2017）漢字結構簡介與筆順練習

5　參見本書第七章問卷第五三題的調查結果分析。

（三）插圖處理

教材中的插圖是重要的教學資源，展現在師生面前可以解釋課文重要段落或篇章中難以理解的部分。有關新版《視華》在這方面的改變，葉老師提出的看法與改版後的教材內容似乎有一定的差異，我們結合本論文第六章和第七章的調查分析結果討論如下。

筆者：請教葉師對《視華》改版插圖配合課文內容，增強課文的生動性和可讀性等方面的看法。

葉師：我認為二〇一七年版《視華》的插圖與內容的配合度，不論是發音實物圖、課文內容的啟示圖，還是應用活動（Application Activity）中的插圖，都配合得恰到好處。

根據葉老師的說明，我們參考了本書第六章和第七章的研究結果，對二〇一七年版《視華》第一冊第十頁到第四十二頁的發音練習的實物圖，以及各課內容的啟示圖和應用活動（Application Activities）中的插圖等進行以下的討論。葉老師認為二〇一七年版《視華》的插圖均與教材各項內容十分般配。可以說，改版後的插圖與內容的配合可提高教材內容的可讀性和生動性。全書各項插圖、照片、繪圖等不但能增強可讀性，而且生動、自然、有趣、不落俗套。然而，本論文第七章的問卷調查顯示[6]：某些教師認為改版後的教材雖然有了彩色插圖，但對於成年人而言，初級教材的插圖設計得好像兒童讀物；中、高級以上的圖片有時過於呆板，不太能激發成年人的學習興趣。此外，還有一些教師認為，課堂活動應該再豐富一些，並搭配可以幫助練習和教學使用的情景圖片，以說明語言理解和輸出。

6 參見本書第七章問卷第五三至五五題的調查結果分析。

筆者認為：插圖形象具體且色彩和諧的話，可以吸引讀者閱讀及激發學習興趣。有效使用插圖可充分發揮插圖的作用，這在教學應用中是很重要的。葉德明老師對二〇一七年版《視華》這方面的評價較高，認為教材改版後，插圖配合內容的可讀性和生動性都有了很大的改善。但是我們參考各位老師的問卷調查結果對二〇一七年版《視華》的插圖進行的實際考察，發現二〇一七年版《視華》的插圖確實呈現出問卷調查中各位老師所提出的問題。例如第一至二冊的插圖像兒童讀物，以及中、高級以上的圖片有時過於呆板等（參見本書圖8-3）。以筆者的教學經驗而論，這些對於教學的影響並不大，因為學習者更重視教材本體和教學者的專業水準和能力。如若教學者能靈機應變，視班級情況規劃教學，就能較為有效地應用教材。

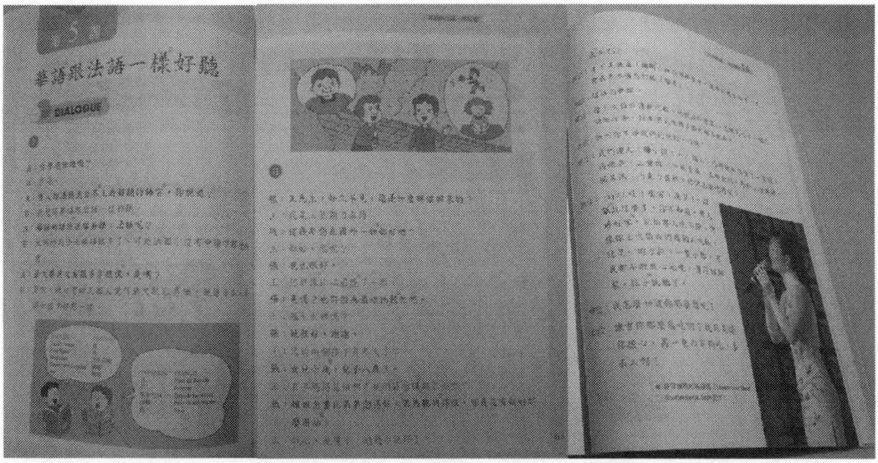

圖8-3　《新版實用視聽華語》（2017）課文插圖

（四）作業練習

帕默（Palmer H. E., 1917）的滾雪球原則（snowball）認為語言學習應是一種循環反覆良性的操練過程。雪球滾得好，就要有適當的練習。首先，練習要以課文為中心，緊扣課文中的詞彙和語法等語言知識進行「i＋1」式的習得。其次，練習形式要多樣化，既有口頭的，也有書面的；既有個人練習，也有團體班級的活動。再來，要從語言實際溝通能力出發，既培養聽、說、讀、寫的單項技能，又能兼顧掌握綜合的語言能力。這樣才能把語言知識積累成流利的語言表達能力。基於上述理論分析，練習和作業的指令要清晰明確，內容要生動實用，並通過合作進行討論，才能引起學習興趣與動機，還能增進理解和複習的作用。針對二〇一七年版《視華》在此方面的改變，葉老師也提出了她的看法。

筆者：請教葉師有關《視華》作業編排方式及參考答案；單元和總複習改版方面的看法。

葉師：關於《視華》的作業編排，改版增加了教室活動的形式，並在教師手冊中附上解答，提供教師參考。在教學和學習方式方面均達到多元性與互動性的效果。單元及總複習在改版後更加強調詞彙的重現，以及增補了活動的具體用法和說明，擴充了活動形式。對於練習與作業的設計與安排，詳情請見我的《華語文教學規範與理論基礎》第十二章（葉德明，2006）（待續，葉德明）。

葉德明老師認為有意義的學習是將新的知識專案輸入大腦記憶層中，再與舊的概念結合而成。傳統舊式機械練習法，只能武斷地集中使用一種學習模式獨立存在，也即逐字逐句的記憶方式，不容易建立從意義上進行理解的過程，有意義的學習方式（meaningful learning）

才能使記憶清晰，印象深入。教學活動及作業練習等，就是將各種有關聯的資訊連成一串「記憶鏈」，重新儲存在認知的結構上，並能穩定的留在記憶中。葉老師指出二〇一七年版《視華》改版後，將第一冊和第二冊設定為初級課程，著重於「組詞成句」的培養；第三冊和第四冊設定為中級程度，重視成段表達練習。培養學習者「組句成段」和「組段成篇」的能力，要借助練習和作業進行句與句的連接，以及篇章的表達訓練；然後再延伸至第五冊高程度的課程，促進書面語能力的發展。因此該教材每冊每課都有針對性的課堂練習，如短文閱讀討論活動，作業內容包括語音、詞彙、語法、語用、漢字各層面的知識等。據此，葉老師認為改版後的作業與練習不僅增加了教室練習活動的形式，也增補了具體的活動說明，還在教師手冊中附上了作業和課堂活動的解答，可供教師參考使用，使學習方式達到多元性與互動性。改版後的單元及總複習，更加重視生詞的重現率，為提升教學成效，擴充了活動形式。對於字、詞、語法的理解和吸收都有一定的幫助，並能達到生活化和實用化的教學目標。

在這個方面，本論文第七章的問卷調查結果顯示[7]，多數教師認為改版後的《視華》，作業與練習的數量過多，但內容和形式較為單調，欠缺互動性，較難引起學習興趣與動機，在促進理解和複習等方面，還有改進空間。如初級發音和聽力練習應有音訊輔助，高程度的練習和作業盡量減少填空和組片語句的題目，可以多一些需要學習者查找資料再合作完成的任務。如此才能達到較好學習的效果。依據筆者在臺灣的教學經驗，印象最為深刻的就是大多數東南亞學生從來都不做《視華》作業本中的「英翻中」的習題。因為他們的英文程度有限，再加上學習中文本來就不容易，已經自顧不暇，所以沒辦法再補

7　參見本書第七章問卷第三三至四二題的調查結果分析。

充英文知識來完成《視華》作業本中的「英翻中」的習題。這體現出所謂編寫教材的「針對性」要如何體現在「實用性」之上的問題，是值得注意和探討的議題。

三　教材編寫展望

教材在學科建設中的重要性即其所承擔的重要功能：一、教學理論的體現；二、教學計畫和實際教學的紐帶；三、實施教學的依據。教材不僅反映了教學理論和教學法研究的深度，還能決定教與學的效果。對教材內涵的正確認識，不但可以發現教材存在的問題，還能作為展望未來的依據（劉珣，1994）。葉德明老師對於華語文教材的未來發展也提出她自己的看法。

筆者：請教葉師對目前臺灣最為完整全備，且具代表性的華語文教材的看法。同時，也請您談談臺灣華語文教材的未來發展趨勢，以及國際地位上的看法。

葉師：到目前為止，國內外的華語文教材五花八門，出版眾多，很難說哪一冊最完整完備，只能看教師與學生的使用意願，出版者的市場調查。自一九九九年我主編《實用視聽華語》這套教材以來，經過兩次修訂，其不但在臺灣普遍使用，在海外的銷售點也多達一百二十餘處。在今後的使用過程中，尚須各方使用者提出改正意見，方能更趨完備。

葉德明老師作為《視華》的主編，對當前華語文教材的完整性和全備性，以及華語文教材的未來發展提出了自己的看法。她認為目前國內外及海峽兩岸華語文教材出版眾多，最完備的教材要從教師與學習者的使用意願，以及出版者的市場調查等方面進行說明。自一九九四年由教育部責成臺師大國語教學中心主編《實用視聽華語》（1999）以來[8]，該教材經過二次修訂，改版更名為《新版實用視聽華語》（2007，2017）。目前，該教材已在臺灣普遍使用了二十幾年，由正中書局提供的海外銷售據點也多達一百二十餘處。這套教材是十幾位教師和專家學者通力合作形成的智慧結晶，故能廣被採用，歷久不衰。教材也要與時俱進，在今後的使用過程中，尚須各方多提改正意見，方能更趨完備。有關臺灣華語文教材的未來發展，葉德明老師認為目前的華語文教材已發展成熟，且形成多元發展態勢。數位多媒體華語教材，既實用又生動，是電子時代國際化網路教學的新「寵物」。紙本教材必須配合電子化上路，教師才能得心應手掌握自如。總之，編寫教材不能墨守陳規，要經得起考驗才能通行於世界。

臺灣自二十世紀六〇代開始研究和翻譯美國中文教材，當代華語文教材從無到有逐漸發展起來。《實用視聽華語》（1999）作為當代第二階段首套自編的主流華語文教材，體現出其在時代發展中的突破性、系統性和實用性。

第四節　《當代中文課程》編寫者訪談

前面探討了臺灣當代第二階段首套自編教材《視華》的源流、編寫及改版原則。為了更全面的瞭解該階段主流華語文教材的整體發展情況，筆者就該階段官方出版的第二套自編教材《當代》的編寫思路，對主編鄧守信老師進行了訪談。訪談所涉及的七項內容包括：一、教材的編寫背景；二、漢文書處理；三、詞彙選定；四、語法系

8　葉德明教授時任臺灣師範大學國語教學中心主任。

統；五、程度銜接；六、出版形式；七、編寫展望。

一　教材編寫背景

我國對外漢語教學學科的發展進程中，教材建設已成為學科發展的前沿陣地和突破口，教材編寫理論的基礎建設，是促進教材編寫與發展的重要環節（劉珣，1994）。關於《當代》（2015）的編寫背景及其思路，鄧守信老師（以下簡稱「鄧師」）以其主編的身份提出了相關看法。

筆者：請鄧師談談有關《當代》編寫背景等方面的看法。

鄧師：我們認為當前臺灣的主流華語文教材數量太少，《新版實用視聽華語》已使用了二十多年，應該有一套新教材補足時代發展下的各種新的需求。所以，我們開始著手編撰《當代中文課程》這套教材。

鄧老師認為當前臺灣的主流華語文教材數量太少，較為完整全備的教材大概只有《新版實用視聽華語》（2017），平常我們簡稱為《視華》。但這套教材已使用了二十多年，很多地方需要重新修訂。編撰《當代》這套新教材之前，編輯團隊在臺灣師範大學國語教學中心做了編前調查，學習者認為目前充斥坊間的華語文教材，多數的課文內容缺乏時代性，主要強調和重視語法結構分析。據此，《當代》採用新詞類劃分法及語法規則，編寫以情景為主的教材，語法功能的介紹和教學幾乎簡化了句子結構的分析，傾向於語言在語境中的實際應用。希望新教材能從各方補足時代發展下的新方向和新內容，以滿足目前學習者的需求。

二　教材編寫思路

在本次訪談中，編寫者說明了教材編寫的漢文書處理、詞彙選定、語法系統、程度銜接，以及出版形式等情況。

（一）漢文書處理

新教材應該有其新的突破。在漢字教學方面，《當代》的主編鄧守信老師和《視華》的主編葉德明老師對教材中的漢文書處理有不一樣的思路和看法[9]。鄧守信老師認為「漢字要跟著漢語走」，也即要將漢語「聽、說」技能的培養放在首位，其後才為漢字的識寫。然而，《當代》卻比《視華》更重視漢字教學，不但教材中的漢字教學內容更為專業和豐富，還設計了繁簡兩種字體的漢字練習本。因此，我們在訪談中針對這個部分與鄧守信老師討論了相關的看法。

筆者：請教鄧師有關《當代》在漢字教學方面的看法。

鄧師：你說的教材在漢字習得上的安排是不是指「漢字的」排序呀？如果是的話，我認為漢字是不得排序的。我講到詞和語法的時候會使用「謝謝」和「謝」來說明這些。

在漢字教學方面，鄧守信老師認為處理教材中的漢字教學，就要談到「漢字」的書寫排序，但是漢字書寫又不得排序。首先使用「謝謝」的「謝」這個字為例，它是一個筆劃和結構比較複雜的字。這麼複雜的字往往出現在華語文教材的第一課，是因為「語境」中必須有「謝謝」才能進行自然流利地表達。其次，在漢字教學方面，鄧守信

9　參見本章第三節第二小節（二）漢文書處理。

老師又提到呂必松教授的「漢字為本（字本位）」的觀點，他認為有不少國內外教授和學者支持這個觀點，包括法國的白樂桑也是「漢字為本」的推崇者。然而，鄧守信卻不認同這一看法，他認為語言主要的學習內容應強調「口語」。在書寫方面，有的語言可以書寫，有的語言不能書寫。如臺灣的閩南話和客家話都沒有規範的文字，基本上是沒有辦法書寫的方言。因此，語言教學不能說以「文字為主」，有的語言就是沒有文字，「口語」才是真正的「語言」。換言之，「字」的「書寫」應在口語之後，語言習得的第一位是口語能力的培養。對外漢語教學中的「漢字」沒有一個獨立的身份，「漢字」只能跟著口語走。正如上面所提及的，口語情景中必須要有「謝謝」，那麼「謝」這個漢字就跟著帶進對話教學。「漢字」書寫沒有排序的可能，這是鄧守信老師對教材中漢文書處理的看法。

（二）詞彙選定

詞彙是第二語言教學的關鍵，在華語文教材中處於中心地位。鄧老師認為詞彙和「語法點」都是有排序的，其比漢字的排序重要的多。我們對此與鄧老師進行了討論。

筆者：請教鄧師有關《當代中文課程》的詞彙選定標準和解釋說明等方面的編排情況。

鄧師：你說的這個部分，上我的課就知道要從詞類和詞頻兩大部分說起。我們先講詞類，再說詞頻。

鄧守信老師認為，詞頻即指詞彙的排序。《當代》的詞彙選定標準，要從詞性分類（詞類）和詞頻兩方面進行探討和說明。鄧老師第一個要講的就是「詞類」，他認為詞類就像一個語言的身份證或是護照，不能隨意地改。在國際語言教學中，英語教學的詞類只有八個。一百年來，在任何一個地區學習英語，也就只使用這八個詞類而已，它是很穩定的。也就是說，一個語言的教學詞類是不太容易改變的，因為這直接影響著教材內容和程度銜接等。作為《當代》的主編，鄧守信採用八大詞類劃分法構建教材的詞類系統，用以解決幾十年以來，臺灣華語詞類一直討論不清的問題。他認為耶魯大學上世紀四十年代的中文教材的編寫系統，以及當時的相關研究的定義不清，而臺灣的華語文教材卻一直沿用至今，沒有進一步釐清和修改，以致當前的華語文教材的語法基礎仍然不是很穩定。另一方面，臺灣目前所討論的語法都借自大陸，而大陸的資料又是上世紀七、八十年代的。所以臺灣一直沒有自己的相關研究。因此，有很多華語的「語法規則」在舊的詞類系統中是定不出來的。例如鄧老師在語法課上常舉的一個例子「Very」的使用規則，在英文中它能夠修飾什麼清清楚楚。在國內中學英語的課程中，老師都會講解「Very」的語法點，而且是正確的，一輩子享用不盡。相對的，華語文教學中的「很」就一直沒有辦法定出明確的規則。如英文的「Very」後面要跟形容詞，跟其它的詞類都不行。可是中文的「很」就沒那麼簡單，「很」的後面就不一定只是跟形容詞的「很熱、很大、很貴」等等；還可以說「很愛……（Very love）」。但英語不行，而漢語就可以說「很喜歡、很恨」等等，這時候「很」後面所跟的就不是形容詞。這就說明，詞類定錯了，教材和教學也會跟著錯。《當代》採用的動詞三分法是可以解決上述問題的，在《當代》第一冊的教師手冊裡把這些問題也解釋說明得很清楚。這個新詞類系統的重要性就在於詞類劃分得清楚，也就能很清楚地制定出語言規則。否則，在《當代》出版之前，臺灣華語文教材的語法規則是跟著耶魯中文教材的語法系統走的，就定不出自己的語言規則。鄧守信老師認為他把八大詞類系統放在《當代》中，到現在反應還是比較理想的，因為這個「新詞類系統」能夠定出相對正確的語法規則。

鄧守信老師第二個要講的是詞彙的「頻率」，也就是詞彙使用頻率的等級標準「詞頻」。《當代》主要以臺灣「華語測驗中心（TOCFL）」的「華語八千詞」為選詞標準。另外，還參考了臺灣教育部門網站上的二〇〇六年至二〇〇七年編製的「詞頻表」，有口語和書面語兩種版本；以及最有代表性和權威性的北京語言大學的「頻率詞典」的語料。這些詞頻表和詞庫對於《當代》的詞彙選定有很大的幫助。臺灣「華語八千詞」的選詞來源包括：一、臺灣師範大學華語文能力測驗詞彙分級表（簡稱 CPT 詞彙表）；二、中研院詞庫，簡稱 CKIP 詞彙表（1998）；三、漢語水準詞彙等級大綱，簡稱 HSK 詞彙表（1992）。然後，運用「相對頻率」和「加權值」對華語文詞彙進行了整理和分級（張莉萍、陳鳳儀，2006），其所制定的初級詞彙為一千五百個、中級詞彙為三千五百個、高級詞彙為五千個。該表不僅標示了每個詞的等級、拼音、語法類及英文解釋和例句，其後又參考歐洲共同架構（CEFR）和臺灣華語文教材和測驗所使用的詞表，進行了詞彙出現次數統計；再依據華語水準測驗（TOCFL）學習者語料庫詞頻表統計出詞彙使用頻率，調整了詞彙等級，制定了最新詞表內容（張莉萍，2012）。有關教材的詞彙選定，鄧守信老師特別強調「詞頻」比較客觀，在編寫教材時，「詞頻」是個很重要的概念，但是「詞頻」和「詞類」都是很重要的。

（三）語法系統

關於《當代》的詞類劃分和語法系統，涉及到《當代》編寫系統中的「八大詞類」的劃分及其語法規則。我們在前面第六章已經做了詳細的分析與介紹。在訪談中與鄧老師進行了更為深入的討論。

筆者：請教鄧師有關《當代》詞類劃分和語法大綱，及其說明解釋和語法功能等方面的看法。

鄧師：上面我們談了詞性分類、詞類、詞頻的不同，這裡我們就接著說語法點。跟我上過課的就知道，從我的「教學語法觀點」來說，「語法點」就是語法的排序，語法的排序問題要結合前面我們講過的詞性分類說起。

鄧守信老師在他的詞類和詞頻的觀點之上[10]，更為深入地討論了《當代》的語法系統及語法點的安排。首先，鄧老師認為「語法點」從「教學語法觀點」來看就是語法的排序。排序的問題有三大環節（因素），第一是語境，第二是詞彙，第三是語法點。語法點和詞彙可以排序，但是語境排序就不那麼簡單。例如編寫教材時先說吃飯，還是先說購物或家庭介紹等，這就定不出比較硬性的排序。但是鄧老師強調詞彙有詞彙的排序，語法點有語法點的排序。由語境就能夠決定這一切，也就是詞彙和語法點要跟著語境走，語境中有就必須有。目前還沒辦法依據什麼排序理論來決定語法點必須要在「哪個」之後或之前，或者「哪個詞彙」可以先介紹或後介紹，基本上就是要由語境來決定語法點的排序。譬如大部分教材的第一課大概都有「自我介紹、怎麼想、謝謝、再見……」等情景的對話。那麼，「謝謝」是一個「片語」，還是一個「詞彙」，目前在理論上還沒有一個定論。如果「謝謝」這個結構中的「謝」是一個動詞，「謝謝」就是一個動詞的重疊。然而，動詞重疊在語法上的分析較為複雜，一要知道為什麼重疊，二要明白重疊的功能。從理論上來說，這不是一個很簡單的結構。這麼不容易分析的結構卻要出現在第一課。在第一課要自我介紹

10 參見本書第六章較為詳盡的探討與說明。

時，一般來說要先見面。例如《當代》第一冊的第一課的語境是在機場接朋友，接機的人簡單自我介紹之後，對方聽明白了就會說「謝謝你來接我們」。生活中有很多類似的場合及情景都需要說「謝謝」，所以「謝謝」在語境上的使用頻率是相當高的，因為語境需要，所以就必須出現在第一冊的第一課或第二課，就不去論它複雜的語法結構，也不管它的漢字筆劃和結構多麼難。再者，「謝謝」的動詞重疊功能到底如何，在目前的文獻上也不太容易找到令大家非常滿意的解釋。但是，當問候的語境一定要讓「謝謝」這個詞性（結構）出現在第一課或第二課，語境能夠決定排序時，就不能由書寫或詞性結構的「困難度」來影響排序，編寫教材時這個要相當清楚。像語法、語法點、語法點的排序，基本上都能由「教學語法」的排序觀念來決定。

其次，鄧守信老師認為教材語法點的說明和解釋，可以由主編來決定。如果主編是比較偏結構分析路子的，那麼語法點的說明解釋大概就偏向結構分析編寫。鄧守信作為《當代》的主編，其功能語法觀點就會影響教材的編寫，所以《當代》很明顯的就是功能語法的解釋法，而非結構語法的解釋。或許，這個部分見仁見智，每位主編或編寫團隊怎麼來看語法點，怎麼解釋語法點都會有所不同。因此《視華》的語法系統跟大陸的、美國的漢語教材，以及《當代》都不一樣。鄧守信老師認為自己重視功能語法，所編的教材就會走功能的路子，所編的練習也偏向功能應用，就沒有太多結構化的練習。也就是說，這個訪談問題裡所講的語法功能等等，視教材編寫者的背景而定。因為鄧守信自己是研究語法的，所以作為《當代》的主編，就控制了這套教材的語法解釋，走的是功能語法的路子。其還提到《當代》使用至今，老師們的評語及學生們的感受等，體現出大家比較喜歡功能語法，而非純粹語法結構分析。

（四）程度銜接

談到教材的程度銜接，鄧守信老師認為教材的程度銜接越密合越理想，雖然大家都知道這麼一個原則，但實際操作起來卻不容易。我們認為，對於一套新的教材而言，程度銜接是非常重要和值得討論的，加之本論文第七章的問卷調查中多數教學者認為《當代》語法點的排序是形成該教材程度銜接問題的主要因素[11]。因此我們請教了鄧守信老師對這方面的看法。

筆者：請教鄧師有關《當代》課文內容及其程度銜接方面的看法。

鄧師：教材的程度銜接，實際操作的時候不是那麼容易。那怎麼辦呢？這就要由華語教師在教學及編寫教材方面的豐富經驗來解決，在有經驗的條件下就有這方面的感覺了。

鄧守信老師認為，《當代》的程度銜接主要由華語教師的教學和編寫經驗來解決。《當代》從零基礎到 A1，然後從 A1 要銜接到 A2，再從 A2 銜接到 B1……直到 C1 等，實際操作時要注意和處理的內容非常多。一方面語料要有出處與依據，所以編寫這套教材不但參考了華語測驗中心（TOCFL）的「華語八百詞」，也借鑒了北京語言大學語料庫的內容，這些詞表都是有排序的。編寫教材應盡量多方參考，不是只談理想，而是要重視執行過程，而且還要由教學和編寫經驗豐富的老師去執行。另一方面，教材的初稿完成之後，還要經過華語文課程試教。臺灣師範大學國語教學中心是一個約有一百五十位華語老師的機構，《當代》第一冊和第二冊都由該中心幾十位老師試教過。然後，通過幾十位老師所提出的意見來檢視教材的程度銜接問題。這

11 參見本書第七章第二節第二小節。

是《當代》測試程度銜接方面的一些做法。

筆者認為教材內容能否與學習者的程度適當銜接，其與系統地、完整地、循序漸進地編排教材內容有直接關係。整套教材若能環環相接且互相配合，就能保持自身結構和功能的完整，且能把「詞彙＋語法＋情景」有機地結合在一起，形成具有系統性原則的整體教學。吳勇毅和徐子亮（1987：31-32）指出對外漢語的「綜合法」有兩種不同的形式：一、結構與功能的差異在於「語言的結構是有限的，常用句型是可以統計出來的，可以按易難排列，有客觀標準。而功能項目是無限的，即使有所謂常用的功能項目，也多是憑主觀測定的。」這種觀點認為功能項目隨意性很大，令初學者難以把握，且容易破壞循序漸進的教學原則。二、「編寫基礎漢語課本可從學習者交際的需要出發，以典型的交際情景為主線，把語言功能寓於情景之中，並以語言的結構為副線，按交際性原則用情景法組織教材，設計典型的交際情景，再選擇語言結構和常用詞彙，有系統的自然結合」。本論文第七章問卷調查結果顯示，大多數華語文教師對《當代》程度銜接的滿意程度並不高[12]。筆者認為此調查結果說明了兩個問題：一、大多數教師支持吳勇毅和徐子亮（1987：31）所提及的第一種綜合法形式，認為對於初學者而言，掌握結構的需求大於交際的需求。二、如果以吳勇毅和徐子亮（1987：32）所提及的第二種綜合法形式編寫基礎華語教材，以交際情景為主線對於零起點學習者而言難度較大。在這種情況下，可將《當代》第一冊設定為初級教材，但不適用於零起點學習者。如此就能把整套教材提供給相應的學習者使用。因為《當代》與目前充斥坊間的華語文教材，在編寫系統、編寫思路及原則等方面均有差異，發展具有該套教材特質的綜合教學法，可能要從教師手冊著

12 參見本書第七章問卷調查第三題和第五三題的結果分析。

手，開發和設計適合《當代》特質的教學法和教案，使教材配套的教師手冊有別於其他教材，以突顯和完備該套教材的特質和優點。

（五）出版形式

在一次訪談中，鄧守信老師提到早在二○○○年左右鄧老師到劉珣老師家做客，吃飯的時候劉珣老師拿出改版的《實用漢語課本》（劉珣，2003），並與鄧守信老師討論了教材出版形式的問題。這引起了筆者的注意，因為在本論文第七章的問卷調查中，一部分教學者提到《當代》使用過多的英文解釋說明課文內容、詞類劃分和語法規則，造成英文程度不好的華語文學習者的使用困擾。故建議《當代》出版多國語言版本的教材，來解決教材中過度依賴英文翻譯說明的問題。針對這個部分與鄧守信老師進行了進一步的探討。

筆者：請教鄧師有關《當代》編寫形式，如開本大小、頁數厚度；增編多國語言版本等方面的看法。

鄧師：在教材不同語言的多國版本方面，我一向很反對同一套（本）教材直接譯成不同語言的版本，臺灣這種情況較少。大陸方面，我較熟悉的就是剛剛談到的劉珣老師的那本《實用現代漢語課本》。

本論文第七章問卷調查的第五十四題，有教師提出《當代》教材內容偏重於英語解釋說明，不利於「新南向學生」[13]的理解與吸收，若能出版不同語言版本的教材，更能促進教材的使用與推廣。針對這一方面，鄧守信老師以《實用漢語課本》（劉珣，2003）和《今日臺灣》（鄧守信，2004）為例，開宗明義的說明一向反對同一套（本）

13 參見本書第六章的「新南向華文教育」的解釋說明。

教材直接翻譯不同語言版本的觀點。因為教材對學習者而言要有「針對性」，一個版本不可能同時對多國母語學習者都產生「針對性」。所以一個版本的教材不能直接「翻譯」成多國不同語言的教材。在臺灣這種情況很少，在大陸以劉珣老師的《實用漢語課本》為例，這套教材第一版為英文注釋，後來又把英文注釋直接翻譯成其他語言的版本。經過鄧守信與劉珣針對上述現象進行討論之後，劉珣老師修改了《實用漢語課本》最新版本的前言，在新版的前言中很清楚的說明了新版本是針對英語為母語者的教材，對於其他母語者並不一定合適。鄧老師為劉珣老師的這些改變感到欣慰之餘，又以自己所編的《今日臺灣》日語版為例，說明《今日臺灣》第一版也是英文注釋，但當時臺師大國語教學中心的日本學習者反映出他們的英語有限，希望能夠看到用日語注釋的《今日臺灣》。鄧老師便請了兩位日語教授，一位是沖繩大學日語為母語的教授，一位原是臺灣東海大學日語為第二語言的日語教授。經過這兩位不同背景的日語教授修訂了《今日臺灣》的生詞表和語法點之後，才將全書改為日語注釋版。這個過程說明《今日臺灣》不是把英語注釋直接翻譯成日文的。可以看出鄧老師對待出版不同語言教材的態度與觀點，堅持教材必須要有「針對性」地重新修改和修訂，而不是把注釋語言直接翻譯成不同語言的版本即可。這是鄧守信老師對於教材出版形式的獨到見解。

三　教材編寫展望

劉珣（1994：58）認為「教材編寫理論要結合教學實踐上下求索，要接受課堂教學和學習活動的檢驗，及時根據教學的實施情況，總結已有的教材編寫理論和實踐，充分考慮第二語言教學的發展趨向，才能汲取已有的研究成果，更好地發揮教材編寫作為學科前沿的作用。」他並提出，上述觀點不但可以促進教學成效，也是形成教材編寫新構想及新理論的契機。故此，我們希望通過《當代》的編寫經驗進一步探討華語文教材的未來展望，請鄧老師說明了其對這方面的看法。

筆者：請教鄧師關於臺灣最為完整全備，具代表性的華語文教材有哪些？以及您對華語文教材未來發展趨勢的看法。

鄧師：我認為臺灣最為完整全備的教材大概就是《實用視聽華語》了。這套教材在二十五年以來主要在臺灣使用，在歐美和亞洲其他各地，我想使用得有限。華語文教材未來要得以發展，還是要重視教材理論的建設。

可見，對於臺灣的華語文教材的編寫和發展，鄧守信老師也有自己的看法。他認為目前最為完整全備的教材應該是《視華》(2017)。但是，這本教材在過去的二十多年裡，主要通用於臺灣，在歐美或亞洲其他各地的使用率有限，大陸當然也不會使用。一來正中出版社在國際上的通路，主要集中在臺灣華裔後代及團體。如在美國的週末中文班較常使用。二來要打入國際主流市場，就要注意幾個重點：一、國語注音符號是否能在國際間通行；二、只用繁體字編寫教材的局限；三、適合國際學生的多元課文內容和主題。因為教材不能只適合臺灣華裔後代使用，要開拓國際地位，就要針對上述幾項建議進行思考和改變。

第五節　本章小結

本章通過對《視華》和《當代》編寫者的訪談，進一步探討了臺灣當代第二階段兩套自編主流華語文教材的源流、編寫及改版情況。為了在訪談中更全面地瞭解該階段主流華語文教材的整體發展情況，我們借鑒了前面對兩套教材的特徵分析，以及教師使用兩套教材的問卷調查結果，參考教材內容和教學應用等方面的回饋意見，設計了編寫者訪談問題，以瞭解編寫者在教材編寫頂層設計中的意識和看法。最後，再結合兩套教材的特徵分析、教師問卷調查結果和編寫者訪談內容，進行了相互印證地分析與探討，總結了教材編寫研究各方面的經驗與教訓。回顧第二語言教學的發展歷程，不難看出，任何一種教學法或教學理論的提出都不是空談，而是依託著教材的教學實踐進行探索的。可見教材編寫結合教學實踐的研究是構建學科理論不可或缺的部分，也突顯了教材在學科發展前沿中的重要性。教材編寫需要強調教材的實用性、針對性、科學性和系統性等，以保障教材的品質和重要作用（劉珣，2000；呂必松，2006）。換言之，教材的語言本體知識和編排方式，以及聽、說、讀、寫、譯言語技能等，都要經過有理有據的研究和審定，借鑒科學研究成果進行安排，才能把符合漢語規律性的內容加以有效運用，進而發揮學習效能（呂必松，2006）。

《視華》是臺灣上世紀九〇年代首創的自編教材，在當時的社會背景之下，二語習得和教材編寫等相關理論能給與教材編寫的指導有限，故採用了美國耶魯語法規則的詞類劃分和語法系統[14]，並以臺灣教育部門公佈的「常用詞彙」為教材的詞彙選定標準，著手自編華語文教材及後續的修訂改版。主編葉德明在訪談中討論了教材改版背景及其思路與原則，還有對華語文教材的未來展望。如教材課文內容為了因應時代發展而進行修改，但是仍沿用耶魯語法規則的詞類劃分和語法系統未曾改變。關於漢文書處理，葉德明提出可以參考《華語文

14 參見本章第三節第二小節（一）課文語法；可參考一九九六年出版的《Dictionary of Spoken Chinese》。

教學規範與理論基礎》（葉德明，2006b），書中詳盡探討了漢字（漢語）作為第二語言習得的心理認知、教學原理、學習策略（參見本章第四節第二小節（一）漢文書處理）。然而，《視華》教材種卻只引用了漢字筆劃和結構進行了簡單介紹（參見本章第三節第二小節（二））。有關課文內容與插圖、作業及練習等也是在上述改版基礎之上進行處理的。總而言之，《視華》的詞類劃分及語法依據耶魯語法規則進行編排（參見本章第三節第二小節（一）），詞彙選定參考臺灣教育部門擬定的常用詞彙，漢字教學依據漢字字源和理據做了簡要說明。由此可見，集各方之所長是當代首創自編華語文教材的編寫特徵。

相較於《視華》，《當代》引用了鄧守信的學術理念將教材的漢文書處理、詞彙選定、詞類劃分、語法規則、程度銜接、出版形式等，進行了較為系統的安排。鄧老師以「教學語法」的觀點說明以語境需求決定語法點的排序，就不能由漢字書寫或詞性結構的「困難度」來決定語法點的排序。因此「謝謝」就出現在《當代》第一冊的第一課當中（參見本章第四節第二小節（一）漢文書處理、（二）詞彙選定、（三）語法系統）。關於教材的程度銜接，一方面說明了詞類劃分的穩定性對程度銜接的影響（參見本章第四節第二小節（二）詞彙選定），另一方面又強調教學和編寫經驗對程度銜接的檢視作用（參見本章第四節第二小節（四）程度銜接）。其後，鄧老師又討論了教材對於學習者而言的「針對性」，認為一個版本的教材不能直接「翻譯注釋」成為多國語言版本的教材，必須要有「針對性」地重新修訂和改編，才能出版適合多國母語學習者的教材。據此，體現出該教材的主編對詞彙選定、詞類劃分、語法系統、漢字教學等系統化地處理。

關於教材的未來展望，兩位主編從不同角度闡明了自己的觀點。葉德明老師認為教材要經得起時間的考驗，同時也要重視開發數位多媒體教材，以因應時代發展的需求。鄧守信老師認為新時代的教材要符合編寫原則和編寫理論的要求，才能突顯教材的實用性、針對性、科學性和系統性等，以拓展華語文教材在國際上的地位。本章從華語文教材編寫出發，探討了編寫者的編寫思路與觀點，綜合分析了教材編寫與教學應用之間的不同感知和看法，為教材編寫及修訂改版提供了一些可參考的建議。

綜上，將本章研究內容有機結合本論文第六章和第七章的分析和調查，從而相互驗證，對華語文教材編寫的啟示如下：一、教材理論是指導教材編寫和教學實踐的方針，其主要針對教材內容（本體）、使用者（師生）、使用環境（目的語或外語環境）等多種因素之關係進行學理性分析；二、在教材理論的指導下編寫華語文教材，其整體編排、詞彙詮釋、語法解釋、課文內容、練習活動、編寫體例和配套材料等內容都應做好編前調查；三、編寫華語文教材的編前調查：（一）要重視學習者的直觀感受，（二）要參考教學者的專業回饋，（三）要將使用者建議通達編寫者層面，對教材的實用性、交際性、知識性、時代性、趣味性和科學性等原則，進行針對性的處理，以編寫符合使用者需求的教材；四、編寫華語文教材還要依據課程目標要求從教材自身需求著手進行規劃與設計，以提升教材品質及教學成效。

第九章
研究結論

第一節　研究的主要發現

本文採用文獻分析、問卷調查和深度訪談的方法，通過質性和量化結合的方式對臺灣近四百年的華語文教材演變發展進行了比較深入的研究。

一、本書對早期傳教士時期、日據時期和當代華語文教學時期三個階段的教材總況、特徵、應用和局限進行了分析，結果顯示：

（一）早期傳教士時期，傳教士自學原住民的語言和閩南話，並創造文字，再編寫教材，在臺灣形成了以宗教傳播為核心的華語文教材的編寫特徵。

（二）日據時期，日本人參考早期傳教士時期教材編寫的經驗，先自學閩南話，再研發以假名標音的自編教材，在臺灣形成了以殖民統治為核心的華語文教材的編寫特徵。同時確定了有史以來臺灣第一位「二語學習者」甘治士的身份和背景。

（三）當代華語文教學時期，華語文教學機構先翻譯美國中文教材改編成華語文教材，再發展為自編華語文教材，在臺灣形成了以普通話（漢字）為核心的教材編寫特徵。

從臺灣華語文教材整個發展歷程而論，三個不同時期，不同社會背景之下的不同教學環境、不同學習者、不同教學者和不同教學目的的差異，形成臺灣華語文教材的「一線三點」演變發展脈絡。所謂「一線」是指臺灣近四百年的華語文教學及教材演變發展的時間線索。「三點」指的是學習原住民的語言和閩南話的早期傳教士時期（1627-1894）、學習閩南話的日據時期（1895-1944）、學習普通話的當代華語文教學時期（1945年迄今）。「一線三點」發展歷程同時也蘊涵著不同時期華語文教材的演變發展特徵[1]。

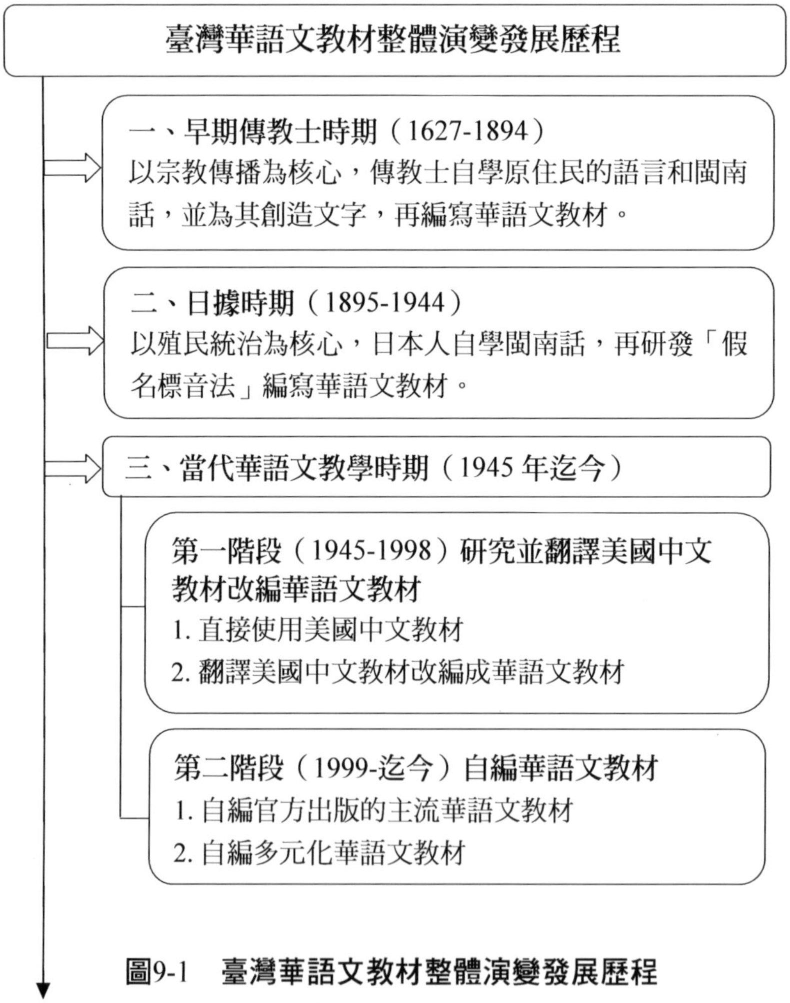
臺灣華語文教材整體演變發展歷程
一、早期傳教士時期（1627-1894）
以宗教傳播為核心，傳教士自學原住民的語言和閩南話，並為其創造文字，再編寫華語文教材。
二、日據時期（1895-1944）
以殖民統治為核心，日本人自學閩南話，再研發「假名標音法」編寫華語文教材。
三、當代華語文教學時期（1945 年迄今）
第一階段（1945-1998）研究並翻譯美國中文教材改編華語文教材
1. 直接使用美國中文教材
2. 翻譯美國中文教材改編成華語文教材
第二階段（1999-迄今）自編華語文教材
1. 自編官方出版的主流華語文教材
2. 自編多元化華語文教材

圖9-1　臺灣華語文教材整體演變發展歷程

資料來源：筆者自行設計

1　參見本書第二章第二節；圖2-1；表4-2；表6-7；圖9-1。

二、本書著重對當代華語文教材進行了細緻分析和研究，對臺灣當代主流教材《視華》和《當代》進行了教師的教學感知問卷調查。問卷設計參考了吳勇毅和林敏（2006）的教材評估問卷，通過對問卷的統計分析，共有三點發現：（一）上述兩套教材各有優缺點。《視華》的課文內容雖已不合時宜，但語法的安排卻是循序漸進的。《當代》的課文內容雖貼近現代生活，但課文內容及其語法點的編排難度過高，教學難以循序漸進；（二）多數教師認同《視華》能幫助學生進步，而對《當代》的滿意度較低；（三）多數教師認為《視華》可參考《當代》的課文內容進行設計，重新修訂更符合學習者需求的課文，並增加多元互動的課堂練習活動。《當代》也可參考《視華》的語法編排，針對教材的程度銜接進行適當修訂。據此，筆者又設計了針對《視華》和《當代》的主編的訪談內容，進一步探究了教材編寫（改版）的背景及思路（參見本書第八章）。然後，通過訪談這兩套教材的主編，不僅更全面地瞭解了當代主流華語文教材的整體發展情況，還結合了本書對兩套教材內容的特徵分析（參見本書第六章），及教師的問卷調查結果（參見本書第七章），對教材編寫頂層設計和教學層面的差異性，進行了相互印證的分析，總結了教材編寫和教學方面的相關經驗與教訓，指出教材編寫原則所強調的實用性、針對性、科學性和系統性等，是保障教材品質的重要關鍵。教材的編寫方式和語言內容等，要經有理有據的研究和審定，才能編寫出符合漢語規律性的優質教材，以提升學習效能及教學成效（參見本書第八章）。

三、基於上述研究發現，進一步提出臺灣當代華語文教材編寫發展特徵如下：

（一）基於對當代華語文教材演變發展特徵的探討，我們發現「當代」可分為兩個華語文教材發展階段。第一階段（1945-1998）在「國語運動」推行普通話的基礎上，開始翻譯美國中文教材改編成華語文教材。一九六七年由臺灣師範大學國語教學中心翻譯耶魯中文教材《說華語》[2]改編而成的《國語會話》[3]為該階段的標誌性教材。該套教材只有兩冊，介於初中級程度，無練習作業本和教師手冊，致使教材程度銜接和延展受到一定的限制，目前已停止印刷使用。第二階段（1999-2018）開始由官方出版自編華語文教材。一九九九年出版了第一套自編主流教材《實用視聽華語》，共三冊。該教材歷經兩次改版更名為《新版實用視聽華語》，共五冊，分為初、中、高三種程度等級；二〇一五年出版了第二套自編主流教材《當代》，共六冊，分為初、中、高三種程度等級，至今未曾改版。通過長期的教學實踐，《視華》和《當代》已成為普遍使用於各教學機構的通用型教材。至此，當代華語文教材從「翻譯─改編」發展到「自編」，形成該時期從「他控」到「自控」的演變發展特徵（參見本書第五章第二節）。

（二）基於對當代華語文教材演變發展特徵的探討，我們發現當代華語文教材編寫系統呈「迭加」演變發展趨勢[4]。「迭加」是一種為了趨向所需達到的目標或結果，推陳出新，新漸變陳，周而復始，重複回饋的過程。過程中的每一次重構或升級被視為一次「迭加」，而每一次迭加得到的結果會作為下一次反覆迭加的初始值（孫明軒，2013）。當代華語文教材的「迭加」發展：一、要解決完備的華語文教材數量不足的問題；二、針對舊教材不合時宜的部分進行「迭加」改變。故此，《當代》在《國語會話》（1967）和《視華》（1999；2007）的基礎上反覆迭加發展而來[5]。《當代》的「迭加」表現主要體現在三個方面：一、將「教學語法觀」置入以情景為主的課文內容，

2 該教材詳細分析，參見本書第五章。
3 該教材詳細分析，參見本書第五章。
4 參見本書第五章第二節；第六章；表6-1。
5 參見本書第五章；第六章；表6-1；表6-2。

使課堂語言教學朝向真實語境有效延伸；二、宣導以聽說為主，「漢字」跟著口語走的編寫思路及教學模式（參見本書第八章第四節第二小節（一）「漢文書處理」），將初級聽、說、讀、寫言語技能融入第一冊前八課，進行發音和漢字教學；三、採用八大詞類語法規則，將形容詞納入動詞類，又將動詞分為動作動詞、狀態動詞和變化動詞，細分了動詞的及物（唯定）[6]和不及物（唯謂）[7]狀態。這三方面體現出該教材強調語法功能，簡化句子結構分析，重視語言實際應用，符合時代發展需求的迭加發展特徵。

第二節　研究創新

本書首次全面且系統性地梳理和探究了臺灣華語文教材的演變發展歷程。在相關史料的整理和分析方面，本文並非單純的語言教材發展史研究。史論相容之下，以二語習得及教材編寫理論為基礎，梳理和分析了各時期的不同史料，從影響各時期教材發展的多重因素著手，通過剖析內部發展因素，劃分出各具特色的不同發展時期，分析了各時期不同教材的發展特徵。然後，通過質性和量化相結合的研究方法，進一步探析臺灣當代華語文教材的發展特徵。以全面性和科學性為導向，實現選題和構思上的創新。

本書拓寬了原有的華語文教材的研究範圍，把早期傳教士時期、日據時期和當代華語文教材發展時期，共同納入研究視野，跳脫出過往華語文教材設計和內容分析的研究範疇，對貫穿整體的臺灣華語文教材演變發展歷程進行了研究，開創性地提出臺灣華語文教材「一線三點」的發展沿革特徵，並闡明了當代華語文教材編寫系統的「迭

6　如「大車」：我的車是大車→我的車是大。
7　如「見面」：我和她見面→我見面她。

加」發展歷程，此為理論觀點上的創新。

本書以全面性和科學性的實證研究為特色，以臺灣華語文教材、華語文教材的教學者和編寫者為研究對象，以二語習得理論、教材編寫理論，教材評估理論為基礎。通過對相關史料文獻的整理，文本的分析，以及問卷和訪談的調查，從定量描寫和定性分析的不同維度，探究了臺灣華語文教材演變發展歷程，此為研究方法多樣性的創新特色。

第三節　研究啟示

本書結論對臺灣華語文教材演變發展研究具有一定的啟示。三個不同時期使用不同語言編寫的教材，在不同教學環境中，達到不同教學目標的過程，看似各自獨立發展，卻在一條時間線索上互有牽連和影響[8]。從早期傳教士自學原住民的語言和閩南話，並為其發明文字，再自編華語文教材；到日據時期日本人為閩南話發明「臺灣十五音」的日語「假名標音」，編寫日本人學習閩南話的二語教材；再到當代華語文教學機構重新研究、翻譯美國中文教材改編成華語文教材，進而發展自編華語文教材，其整個演變發展過程的教材編寫系統和方法呈現出不穩定、不可持續發展的狀態，造成教材銜接不暢與資源浪費等方面的問題。縱觀全域，梳理和探明其錯綜複雜的關係，探索整個發展歷程，能提升當代對華語文教材編寫問題的認識，能在教材編寫與教學實踐方面開啟新的觀念。我們認為，應提升目前多為業界所開發的數位化華語文教材的編寫品質，優化華語文專業與業界的合作，加強線上線下立體化數位教材的編寫和應用，有效利用課內課

8　參見本書第二章第二節；圖2-1；表4-2；表6-7；圖9-1。

外的相關資源，為構築學科理論打下堅實基礎。

最後，我們參考吳勇毅和徐子亮（1987）所提出的「綜合法」觀點，討論了《當代》以交際情景為主線編寫教材所產生的程度銜接問題的解決方案。從結構與功能之間的差異來說，語言結構是有限的，基本上可以統計出常用句型，再歸納其客觀標準，句型語法即可按難易度排列；而功能項目隨意性較大，容易破壞循序漸進的教學原則，使初學者不容易把握。依此來看，《當代》的初級教材程度過高，不適合零起點學習者的部分，可嘗試從教師手冊著手開發設計適合該教材特質的典型教學教案（參見本書附錄十三），以補足程度銜接缺少的部分，提倡適合該教材的教學法、課程規劃和教學設計，利用配套教材完備該教材的特質和優點，並解決該教材程度銜接上的問題（參見本書附錄十三）。

第四節　研究不足與展望

本書主要有兩大局限：一、梳理臺灣華語文教材第一手史料時，較專注於本專業華語文教材的總況、特徵，以及教學的應用和局限進行分析；二、《新版實用視聽華語》（共五冊）和《當代中文課程》（共六冊）的教師教學感知問卷調查，需要教過這兩套教材的教師填寫問卷，因此限制了填寫問卷調查的教師數量。三、針對臺灣目前兩套主流教材補充了部分典型教學教案，以輔助兩套教材在發音（正音）、漢字、寫作等項目的教學。所補充的典型教案同時適用於線上教學。

本書屬於交叉學科的綜合性研究，而臺灣四百多年的華語文教材的演變發展空間巨大。在本文的研究基礎上，希望能進一步擴充臺灣華語文教材史料的收集與研究，以填補華語文教材史料研究薄弱的一環。進而推進學科理論的研究，為教材編寫和發展提出新看法和新觀點。同時為制定教材編寫、改版及評估標準提供科學依據，為華語文教材編寫和發展提供切實有效的建議，促進相關研究發展。

參考文獻

[1] 奧蘇伯爾・教育心理學：認知觀點[M]・北京：人民教育出版社，1994。

[2] 巴克禮・廈英大辭典・補編[M]・臺北：南天出版社出版，1990。

[3] 蔡培火・十項管見[M]・臺南：新樓冊房，1925。

[4] 蔡武，鄭通濤・21世紀以來臺灣華語文教育發展現狀及兩岸合作展望[J]・雲南師範大學學報（對外漢語教學與研究版），2017，(5)，67-74。

[5] 蔡怡珊・兩岸華語教材之教學語法體系對比研究——以新版《實用視聽華語》、《新實用漢語課本》為例[D]・臺北市立大學華語教學碩士學位論文，2014。

[6] 陳恒嘉・日本の領台期に於ける臺灣語教育と研究の一考察[D]・東吳大學日本文化研究所碩士學位論文，1993。

[7] 陳輝龍・臺灣語法[M]・臺北：臺灣總督府警察官及司獄官練習所，1934。

[8] 陳君慧・〈訂正臺灣十五音字母詳解〉音系研究[D]・高雄中山大學文學院碩士學位論文，2002，18。

[9] 陳俊宏・重新發現馬偕傳[M]・臺北：前衛出版社，2000。

[10] 陳立芬・AP 中文教材規劃與編寫實務探討[J]・臺灣華語文教學年會暨研討會論文集，2007：13-26。

[11] 陳氏儒・看護工華語文自學教材發展研究——以臺灣越南籍為例[D]・中原大學應用華語文研究所，2020。

[12] 陳淑惠．法律華語教材設計與研究[D]．臺灣師範大學華語文教學研究所碩士學位論文，2007。

[13] 陳文添．臺灣文獻別冊，日治時期來臺灣名教育家伊澤修二[M]．臺北：臺灣史館臺灣文獻館，2008（26），36-47。

[14] 陳俠．課程論[M]．北京：人民教育出版社，1989：268。

[15] 陳燕秋．臺灣現今華語文教材的評估與展望[D]．臺灣師範大學華語文教學研究所碩士學位論文，2001。

[16] 程紹．荷蘭人在福爾摩莎[M]．臺北：聯經出版社，2000。

[17] 程曉堂．英語教材分析與設計[M]．北京：外語教學與研究出版社，2002。

[18] 褚靜濤．（臺灣光復70周年祭，接管篇）國民政府強制推行國語運動，參考消息，2015/10/23/15：11。http://ihl.cankaoxiaoxi.com/2015/1023/974937.shtml

[19] 辭海編輯委員會．辭海[M]．上海：上海辭書出版社，1999：267。

[20] 崔永華．對外漢語教學學科概況[J]．中國文化研究，1997（3），77-95。

[21] 村上嘉英．舊植民地台湾における言語政策の一考察[J]．天理大學學報，1966（144），22-35。

[22] 村上之伸．《廈英大辭典》に見られる閩南語下位方言の分析[R]//平成13-14年科學研究成果報告書[M]．東京：日本流通經濟大學經濟學部，2003。

[23] 村上直次郎．新港文書（Sinkan Manuscripts）[M]．臺北：臺北帝國大學文政學部，1933。

[24] 鄧守信．*Guidelines for grammatical description in L2 Chinese* [J]．世界漢語教學，2003（1），75-86。

[25] 鄧守信．當代中文語法點全集[M]．臺北：聯經出版事業公司，2018。
[26] 鄧守信．對外漢語教學語法[M]．北京：北京語言大學出版社，2010：84-86。
[27] 鄧守信．漢語法論文集（中譯本）[M]．北京：北京語言大學出版社，2012。
[28] 鄧守信．漢語語法論文集（*Studies on Modern Chinese Syntax*）[M]．北京：北京語言大學出版社，2012。
[29] 鄧守信．教學語法在教材編寫中的功能[J]．國際漢語教學研究，2015（1），9-12。
[30] 鄧守信．今日臺灣[M]．臺北：聯經出版社，2004。
[31] 鄧守信．語言學理論和語言教學[J]．國際漢語教學研究，第2期，2014。
[32] 董芳苑．論長老教會與臺灣的現代化，臺灣近百年史論文集[M]．臺北：財團法人吳三連臺灣史料基金會，1996：183-206。
[33] 都斌．日據時期臺灣「同化教育」研究——以「國（日）語同化」政策為中心[J]．抗戰史料研究．2012（02），33-44。
[34] 杜嘉德（Carstairs Douglus）．廈英大辭典[M]．臺北：武陵出版有限公司，1993。
[35] 杜嘉德（Carstairs Douglus）．廈英大辭典[M]．英國倫敦：杜魯伯納公司（Trubner & Co London），1873。
[36] 段范芳安．專業華語文國別化旅遊教材設計研究——以越南觀光導遊為例[D]．中原大學華語文研究所碩士學位論文，2014。
[37] 方虹婷．飲食華語課程教材設計——兼論網上輔助活動建構[D]．臺灣師範大學華語文教學研究所碩士學位論文，2006。
[38] 費德廉（Robert Swinhoe），羅效德譯．看見十九世紀臺灣——

十四位西方行者的福爾摩沙故事[M]．臺北：如果出版社，2006。
[39] 馮勝利，施春宏．論漢語教學中的「三一語法」[J]．語言科學，2011（05），464-472。
[40] 甘為霖，李雄揮（譯）．原住民概述——荷據下的福爾摩莎[M]．臺北：前衛出版社，2003，15-36。
[41] 甘為霖．廈門音新字典[M]．日本橫濱：福音印刷株式會社，1913。
[42] 郭和烈．宣教師偕叡理牧師傳[M]．嘉義：臺灣宣道社，1971。
[43] 郭媛玲．九年一貫台語課程試辦與實施之研究[D]．臺北師範學院課程與教學研究所碩士學位論文，2003。
[44] 國家對外漢語教學領導小組辦公室．漢語水準等級標準與語法等級大綱[M]．北京：高等教育出版社，1996。
[45] 國家漢語國際推廣領導小組辦公室．國際漢語教學通用課程大綱[M]．北京：北京語言大學出版社，2008。
[46] 國家漢語水準考試委員會辦公室考試中心．漢語水準詞彙與漢字等級大綱[M]．北京：經濟科學出版社，1992。
[47] 何景賢．新華文讀本[M]．臺北：中華語文研習所出版社，1960。
[48] 洪惟仁．杜嘉德《廈英大辭典》及麥都思以來基督新教的閩南語研究[J]．臺灣風物，1991（41:2），1831-1873。
[49] 洪惟仁．閩南語母語教學的編輯[J]．臺灣語言及其教學國際研討會論文集，1994，453-498。
[50] 洪惟仁．日據時代的台語教育[J]．臺灣風物，1992，42:3，61-63。

[51] 洪惟仁·臺灣話音韻入門[M]·臺北：國立復興劇藝實驗學校，1996。

[52] 洪惟仁·小川尚義對漢語研究的貢獻[J]·臺灣語文研究，2009（4），33-69。

[53] 洪秀芳·新編會話[M]·臺北：臺大華語研習所（ICLP 未出版），1977。

[54] 胡家瑜·古文書與平埔研究：臺大人類學系平埔古文書的搜集與再現[J]·漢學研究通訊，2000（11），128-169。

[55] 華語文教學通訊：https://wenku.baidu.com/view/8d17c41452d380eb62946d86.html

[56] 黄惠莉·中級華語會話教材之設計——以俄語背景學習者為例[D]·臺灣師範大學華語文教學研究所碩士學位論文，2008。

[57] 黄新憲·明鄭時期臺灣的教育與科舉[J]·教育理論與實踐，2004（11）：51-54

[58] 黄新憲·臺灣教育的歷史轉型[M]·上海：上海人民出版社，2010。

[59] 黄新憲·伊澤修二與臺灣殖民教育的發端[J]·東南學術，2005，（3），154-164。

[60] 黄馨誼·學位預備華語聽力教材編寫研究[D]·臺灣師範大學華語文教學研究碩士學位論文，2013。

[61] 黄秀敏·日本學者對臺灣南島語研究的貢獻[J]·臺北：中央研究院歷史語言研究所——臺灣南島語民族母語研討會論文集，1994，67-75。

[62] 吉野秀公·臺灣教育史[M]·臺北：南天書局，1927。

[63] 江姿良·彰化地區觀光華語教材之設計研究[D]·高雄師範大學華語文教學研究所碩士學位論文，2011。

[64] 蔣為文．教會羅馬字調查研究計畫期末報告書[M]．臺南：臺南市立文化資產管理處委託計畫案，2012。

[65] 教育部網站資料：https://www.edu.tw/

[66] 今田祝藏．刑務所用臺灣語集[M]．臺北：新高堂，1929。

[67] 金惠淑．觀光華語導遊教材設計——針對韓國的專門大學觀光中國語系之用途[D]．臺灣師範大學華語文教學研究所碩士學位論文，2004。

[68] 酒井亨．小川尚義——ある偉大な臺灣語學者と故鄉．松山[J]．東京．《ふぉるもさ》1994（8），1-8。

[69] 坎貝爾（W. M. Campbell），李雄揮譯．荷蘭人統治下的福爾摩沙（*Formosa under the Dutch*）[M]．臺北：南天書局，2015。

[70] 賴明德，蔡雅熏．臺灣華語文教育發展史[M]．新北：國家教育研究院，2013，C6。

[71] 賴明德，張郁慧，林慶隆．臺灣華語文教育發展史[M]．新北：臺灣教育研究院，2013，C4。

[72] 賴明德．臺灣華語文教育發展史[M]．新北：國家教育研究院，2013，C1。

[73] 賴永祥．教會史話，第一輯，018期[M]．臺南：人光出版社，2007/08/26。

[74] 賴永祥．教會史話，第一輯，033期[M]．臺南：人光出版社，2008a/01/27。

[75] 賴永祥．教會史話，第一輯，036期[M]．臺南：人光出版社，2008b/02/17。

[76] 賴永祥．教會史話，第一輯，055期[M]．臺南：人光出版社，2008c/08/03。

[77] 賴永祥．明末荷蘭駐台傳教人員之陣容[J]．臺灣風物，1996（3），16。

[78] 賴永祥・臺灣史研究初集[M]・臺北：作者印行，1970。

[79] 賴永祥・中國圖書分類法[M]・臺北：文華圖書館管理資訊股份有限公司，2007。

[80] 雷燕玉・以二維品質理論探討華語教材評估要素屬性[D]・臺灣師範大學華語文教學研究所碩士學位論文，2010。

[81] 李祿興、王瑞・國別化對外漢語教材的特徵和編寫原則[J]・世界漢語教學學會，2008，341-836。

[82] 李清水・初級華語歌曲教材設計編寫原則之研究——以越南胡志明市商業華語培訓中心為例[D]・中原大學華語文教學碩士學位論文，2015。

[83] 李泉・第二語言教材編寫的通用原則[J]・第三屆全國文字應用學術研討會論文集，香港科技聯合出版社，2004，447-460。

[84] 李泉・對外漢語教材通論[M]・北京：商務印書館，2012。

[85] 李泉・對外漢語教材研究[M]・北京：商務印書館，2006。

[86] 李瑞源・從新港文書看16-19世紀的平埔族[J]・原住民族文獻，2012（3），89-103。

[87] 李珊・動詞重疊式研究[M]・北京：北京語文出版社，2003。

[88] 李仕燕・臺灣當局「新南向政策」中「非經濟」措施評析[J]・現代臺灣研究，2018（06），51-58。

[89] 李巍・「結構—功能—文化」教學法在對外漢語教學應用中的反思——兼談對外漢語教材文化因素的定位[J]・長春工業大學學報，2008（04），38-39+68。

[90] 李辛・實用漢譯英手冊[M]・北京：中國物資出版社，1993。

[91] 李雄揮・臺灣歷史各時期語言政策之分析比較[J]・臺東大學語言人權與語言複振學術研討會論文集，2003，42-50。

[92] 李毓中，陳宗仁・Dictionario Hispánico Sinicum（西班牙—華語辭典）[M]・新竹：臺灣清華大學出版社，2017。

[93] 李毓中，陳宗仁・閩南—西班牙歷史文獻叢刊一（Regalado Trota José, José Luis Caño Ortigosa eds. Hokkien Spanish Historical Document Series I）[M]・臺灣：國立清華大學出版社，2018。
[94] 李亦園・臺灣土著民族的社會與文化[M]・臺北：聯經出版事業公司，1982。
[95] 李振清・華語文教學國際化的多元策略與實踐[J]・21世紀華語文中心營運策略與教學國際學術研討會論文集，2005，52-59。
[96] 李振榮・一套少兒對外漢語教材編輯過程談[J]・中國出版，2010（24），45-48。
[97] 廖惠蓮・印尼華語教育與教材研究——以印尼出版之初級華語教材為例[D]・南開大學華語文研究所碩士學位論文，2011。
[98] 林昌華・甘治士牧師《臺灣略記》：17世紀西拉雅族的人類學報告書[J]・新使者，2009（110期），34-45。
[99] 林昌華・殖民背景下的宣教：17世紀荷蘭改革宗教會的宣教師與西拉雅族，平埔研究論文集[M]・臺北：中央研究院臺灣史研究所籌備處，1995。
[100] 林道生・西班牙治台期的原住民政策[J]・山海文化，1995（10），108-113。
[101] 林晉輝・臺灣語言教育發展之研究——以日治時期為中心[D]・彰化師範大學語言所碩士學位論文，2005。
[102] 林久三・警察會話篇[M]・臺北：臺灣總督府警察官及司獄官練習所，1914。
[103] 林敏・以學習者為評估者的對外漢語教材評估模式研究[D]・上海華東師範大學對外漢語學院碩士學位論文，2006。
[104] 林耀南（譯）・臺灣遙寄[M]・臺北：臺灣省文獻委員會臺灣叢書出版（第五種），1959。

[105] 林治平．基督教入華百七十年紀念集[M]．臺北：宇宙光出版社，1994。

[106] 劉富理．巴克禮和伊的教會增長原理[M]．加州：洛杉磯台語福音教會，1982。

[107] 劉惠漩．日治時期之臺灣總督府警察官及司獄官練習所（1898-1937）——臺灣警察專科學校校史探源（上篇）[J]．臺灣警察專科學校警專學報，2010（4-8），92。

[108] 劉建甫．中日對照語言觀點下的語言教材之比較分析——以《新版實用視聽華語》與《新文化日本語》為例[D]．淡江大學日本語文學系碩士學位論文，2014。

[109] 劉珣．對外漢語教育學引論[M]．北京：北京語言大學出版社，2000：1-14。

[110] 劉珣．關於對外漢語教學法的進一步探索[J]．世界漢語教學，1989（3）：169-175。

[111] 劉珣．為新世紀編寫的《新實用漢語課本》[J]．暨南大學華文學院學報，劉珣，2003（2）：1-5。

[112] 劉珣．新實用漢語課本[M]．北京：北京語言大學出版社，2008。

[113] 劉珣．新一代對外漢語教材的展望——再談漢語教材的編寫原則[J]．世界漢語教學，1994（1）：58-67。

[114] 劉宜雯．華語文一般性學科學習技能之教材編寫與設計——以來台留學生為對象[D]．臺東大學華語文教學碩士學位論文，2017。

[115] 劉月華．動詞重疊的表達功能及可重疊動詞的範圍[J]．中國語文，1983（1）：9-19。

[116] 劉月華．實用現代漢語語法[M]．臺北：師大書苑，2005。

[117] 盧翠英．專題演講講題〈華語教材的適用性〉[J]．臺灣大學文學院華語教學之理論與應用國際研討會，2007/08/25-26。

[118] 盧俊義．記巴克禮牧師逝世五十周年[J]．嘉義西門教會週報，1985（1），42-57。

[119] 陸儉明．話說漢語走向世界[M]．北京：商務印書館，2019。

[120] 呂必松．對外漢語教學概論講義（續五）[J]．世界漢語教學年第期總第期，1993，03，206-219。

[121] 呂必松．二合的生成機制和組合漢語[C]．第五屆中文電化教學國際研討會，2006。

[122] 呂必松．關於制訂對外漢語教材規劃的幾個問題[J]．世界漢語教學，1988（1），3-5。

[123] 呂必松．我國對外漢語教學學科理論的發展[J]．語言建設，1990（3），2-10。

[124] 呂必松．語言教育問題座談會紀要[J]．世界漢語教學，1998（1），8。

[125] 呂必松．在對外漢語教學的定性、定位、定量問題座談會上的發言[J]．世界漢語教學，1995（1），9-13。

[126] 呂叔湘．對外漢語教學研究會成立大會賀詞[J]．對外漢語教學，1984（01），3-8。

[127] 呂叔湘．漢語八百詞[M]．北京：商務印書館，2005。

[128] 呂叔湘．呂叔湘語文論集[M]．北京：商務印書館，1983。

[129] 呂叔湘．為加快對外漢語教學這個年輕學科的發展而奮鬥——中國教育學會對外漢語教學研究會成立大會開幕詞[J]．語言教學與研究，1983（3），4-9。

[130] 馬偕，J.A. MacDonald 編輯，林晚生翻譯．福爾摩沙紀事：馬偕臺灣回憶錄（*From Far Formosa*）[M]．臺北：前衛出版社，1982。

[131] 馬偕，陳宏文編輯．馬偕博士日記[M]．臺南：人光出版，1996。

[132] 馬偕，林耀南譯．《臺灣遙寄》（*From Far Formosa*）[M]．臺灣省文獻委員會出版，1959。

[133] 馬偕．中西字典（*Chinese Romanized Dictionary of Formosan Vernacular*）[M]．臺北耶穌教會寄印，上海：上海美華書館複版，1893。

[134] 馬淵東一．追悼小川尚義教授——故小川先生とインドネシア語研究[J]．民族學研究13卷2號．收入《馬淵東一著作集》卷三，1948，485-500。

[135] 馬重奇．巴克禮《廈門話字典補編》音系研究[J]．東南學術，2015（2），227。

[136] 馬重奇．加拿大馬偕《中西字典》（1891）音系研究[J]．福建論壇——人文社會科學版，2014a（7），124-127。

[137] 馬重奇．英國杜嘉德編撰《廈英大辭典》（1873）音究[J]．勵耘語言學刊，2014b（2），1-35。

[138] 梅氏清泉．越籍新住民華語教材融入多元文化之研究[D]．中原大學應用華語文研究所碩士學位論文，2011。

[139] 努麗雅．針對西班牙文母語者的初級華語教材編寫設計[D]．臺灣師範大學華語文教學研究所碩士學位論文，2008。

[140] 歐陽泰．福爾摩沙如何變成臺灣府？[M]．臺北：遠流出版公司，2007。

[141] 片岡岩．臺灣文官普通試驗土語問題答解法[M]．臺北：臺灣語研究會，1916。

[142] 前田鐵之助．軍隊主用日台會話[M]．臺北：盛文館，1900。

[143] 錢瑗．介紹一份教材評估一覽表[J]．外語界，1995（1），33-39。

[144] 僑委會全球資訊網：http://www.ocac.gov.tw

[145] 任景文．ภาษาจีนระดับต้น 初級漢語[M]．泰國曼谷：SE-Education public company，2012。

[146] 任遠．新一代基礎漢語教材編寫理論與編寫實踐[J]．語言教學與研究，1995（2）：82-95。

[147] 杉房之助．臺灣土語叢志[M]．臺北：博文堂，1900。

[148] 施春宏．面向第二語言教學的語言學教材編寫中的若干問題[J]．語言教學與研究，2010（2）：3。

[149] 史明．臺灣人四百年史 San Jose, CA [M]．臺北：蓬島文化公司，1980。

[150] 世界華語文教育學會首頁：http//www.wcla.org.tw/front/bin/home.phtml. 2012-12-31

[151] 狩野紀昭．有魅力的品質與應該有的品質（*Attractive Quality and Must-be Quality*）[J]．譯自日本品質管制月刊，1984（05）Vol 14，No 2。

[152] 束定芳，莊智象．現代外語教學——理論、實踐與方法[M]．上海：外語教育出版社，1996。

[153] 宋玉柱．關於量詞重疊的語法意義[J]．現代漢語語法論集，北京：北京語言學院出版社，1996，128-134。

[154] 孫邦正．教育概論[M]．臺北：臺灣商務印書館，1968a。

[155] 孫邦正．課程教材教法通論[M]．臺北：三民書局，1968b。

[156] 孫明軒，嚴求真．迭加學習控制系統的誤差跟蹤設計方法[J]．自動化學報，2013，(03)，251-262。

[157] 孫清玲．鄭氏政權時期臺灣的政治移民[J]．福建師範大學學報（哲學社會科學版），1999（4）：131-135。

[158] 臺北僑務委員會．僑務委員會華語文教材簡介[M]．臺北：僑務委員會出版，1999b。

[159] 臺北僑務委員會[J]·2000-2008年僑務施政回顧，2008b/17-18。

[160] 臺北僑務委員會[J]·第十一次業務會報通過，1997/4/21。

[161] 臺北市（行政院文建會）·查禁羅馬字聖經，臺灣大百科全書[M]·臺北：行政院文建會，2004。

[162] 臺灣「僑委會」全球資訊網，臺灣「僑委會」2017年度施政績效報告[EB/OL]. http://www.ocac.gov.tw/OCAC/Pages/VDetail.Aspx？nodeid=1407&pid=236199,20187-03-27

[163] 臺灣2019年教育部對外華語教學能力認證作業要點：http://www.rootlaw.com.tw/LawArticle.aspx？LawID=A040080031015900-1080107

[164] 臺灣華語測驗推動工作委員會：https://www.sc-top.org.tw/chinese/committee.php

[165] 臺灣華語研究——維琪百科：https://zh.wikipedia.org

[166] 臺灣教會公報[J]·1887期，1988a，04/03。

[167] 臺灣教會公報[J]·1903期，1988b，08/21。

[168] 臺灣教會公報[J]·1904期，1988c，08/28。

[169] 臺灣教會公報[J]·1940期，1989，05/07。

[170] 臺灣教會公報[J]·2136期，1993a，02/07。

[171] 臺灣教會公報[J]·2160期，1993b，07/25。

[172] 臺灣僑委會·一千字說華語[M]·臺北：僑委會出版，2008。

[173] 臺灣圖書館——書目資料庫——書目資料查詢：http:/isbn.ncl.edu.tw/NCL_ISBNNnet/

[174] 臺灣師範大學國語教學中心·*Advanced A Plus Chinese* [M]·臺北：聯經出版事業公司，2008。

[175] 臺灣師範大學國語教學中心·當代中文課程[J]·教材簡介version，2015，1-3。

[176] 臺灣師範大學國語教學中心・當代中文課程[M]・臺北：聯經出版事業公司，2015。

[177] 臺灣師範大學國語教學中心・國語會話（Speak Chinese）[M]・Revised and Adapted by the Mandarin Training Center National Taiwan Normal University, 1967.

[178] 臺灣師範大學國語教學中心・實用視聽華語[M]・臺北：正中書局，1999。

[179] 臺灣師範大學國語教學中心・新版實用視聽華語[M]・臺北：正中書局，2007。

[180] 臺灣師範大學國語教學中心・新版實用視聽華語[M]・臺北：正中書局，2017。

[181] 臺灣總督府・訂正臺灣十五音及字母表附八聲符號[M]・臺北：臺灣總督府學務部，1896。

[182] 臺灣總督府・訂正臺灣十五音字母詳解[M]・臺北：臺灣總督府學務部，1901。

[183] 臺灣總督府警察官及司獄官練習所・臺灣語教科書[M]・臺北：臺灣總督府警察官及司獄官練習所，1914。

[184] 譚翠玉・臺灣新住民華語教材研究[D]・臺中教育大學華語文教學研究所碩士學位論文，2015。

[185] 樋口靖・觀看日本時代遺產的價值反思現代台語教學方法[J]・臺灣文學評論，2004（4-3），70-79。

[186] 樋口靖・日治時代台語漢字用法[J]・臺灣語言及其教學國際研討會論文集，1998，89-102。

[187] 樋口靖・臺灣境內閩南方言的語音特點[J]・筑波大學言語文化論集，1981，10：95-102。

[188] 萬榮華（Edward Band）・臺灣的巴克禮（*Barclay of Formosa*）[M]・東京教文館年刊，1936。

[189] 萬榮華，楊雅婷譯．臺灣的巴克禮（*Barclay of Formosa*）[M]．臺北：成文出版社，1972。

[190] 王還．門外偶得集[M]．北京：北京語言學院出版社，1987，141。

[191] 王連生．教育概論[M]．臺北：五南圖書出版公司，1985。

[192] 王榮昌．馬偕日記[M]．臺北：玉山社，2012。

[193] 王素梅．談綜合教學法在對外漢語教學中的應用[J]．教育與職業，2007（24），145-147。

[194] 王薏婷．綜合型自學式初級華語教材編寫與實踐研究——以來台工作之日本人為例[D]．臺北市立教育大學華語文教學碩士學位學程碩士學位論文，2012。

[195] 危佩珍．華語文學習者學習風格與華語文教材滿意度關係之研究——以《實用視聽華語》第三冊為例[D]．高雄師範大學華語文教學研究所碩士學位論文，2011。

[196] 魏紅．試論對外漢語教材的評估與使用[J]．沙洋師範高等專科學校學報，2009（1）：82-85。

[197] 溫潔．《標準漢語》教材設計的交際性原則和單元教學法[J]．語言教學與研究，1990（03），73-87。

[198] 吳文星．日據時期臺灣總督府推廣日語運動初探（上）[J]．臺灣風物，1987，37卷（1）：34-63。

[199] 吳勇毅．國際中文教育70周年紀念文集[M]．北京：北京語言大學出版社，2021，259-266。（吳勇毅，2021：260）

[200] 吳勇毅，吳中偉，李勁榮．實用漢語教學語法[M]．北京：北京大學出版社，2016。

[201] 吳勇毅，徐子亮．近年來我國對外漢語教學法研究述評[J]．世界漢語教學，1987（01），31-34。

[202] 吳勇毅・對外漢語教學探索[M]・上海：學林出版社，2004。
[203] 吳勇毅・關於預科留學生的漢語教學[J]・語言教學與研究，1985（2），137-140。
[204] 吳勇毅・漢語作為第二語言教學（TCSL）與漢語作為外語教學（TCFL）[A]・漢語教學學刊，漢語教學學刊（第二集）[C]・北京：北京大學出版社，2006。
[205] 吳勇毅・漢語作為第二語言教學／外語教學模式的演變與發展[J]・華東師範大學學報（哲學社會學版），2009（2），89-93。
[206] 夏于全・世界通史[M]・延邊：延邊人民出版社，2001。
[207] 小川尚義・廈門語に就て[J]・東京言語學雜誌，1907，4-6號。
[208] 小川尚義・台日大辭典[M]・臺北：臺灣總督府刊行，1932。（收錄於洪惟仁編《閩南語經典辭書彙編》第7 & 8冊，臺北：武淩出版有限公司，1993）
[209] 小島武味・小川尚義こと——初代國語學校教授[J]・臺灣への架け橋，日本茨木市・蓬萊會關西支部發行，1981。
[210] 小野西洲・警察官對民眾台語訓話要範[M]・臺北：臺灣話通信研究會，1935。
[211] 謝孟芬・華語文教材中漢英對照譯文之初探——以視華第一冊為例[D]・臺灣師範大學華語文教學研究所碩士學位論文，2008。
[212] 謝秀嵐・彙集雅俗通十五音[M]・上海：上海古籍出版社，2002。
[213] 信世昌，林季苗・精彩漢語——初級漢語教材（法語版）[M]・臺北：五南圖書出版公司，2017。
[214] 信世昌・精彩漢語（*Chinois élémentaire*）[M]・臺北：五南圖書出版公司，2011。

[215] 興瑟，翁佳音譯．荷蘭改革宗教會在臺灣的教育事工[J]．臺灣文獻，2000（4），51。

[216] 熊南京．二戰後臺灣語言政策研究（1945-2006）[D]．北京：中央民族大學少數民族語文博士學位論文，2007。

[217] 徐謙信．荷蘭時代基督教史：前篇[M]．臺北：基督教長老會總會，1965。

[218] 徐筠惠．財經新聞華語閱讀教材規劃設計[D]．臺灣師範大學華語文教學研究所碩士學位論文，2002。

[219] 徐志民．評《實用漢語課本》[J]．語言教學與研究，1984（03），143-149+163。

[220] 徐子亮．漢語作為外語教學的認知理論研究[M]．北京：華語教學出版社，2000。

[221] 許佩賢．殖民地臺灣近代教育的鏡像：一九三〇年代臺灣的教育與社會[M]．臺北：衛城出版公司，2015。

[222] 顏燕妮．兒童華語教材比較分析之研究——以《Hello！華語》、《輕鬆學漢語少兒版》和《美洲華語》為例[D]．屏東大學華語文教學系碩士學位論文，2014。

[223] 楊福興．來自菲律賓的天主教傳教[J]．原住民族文獻，原住民族委員會，2012（6）：35-67。

[224] 楊蕙菁．台語大成詞彙研究[D]．臺北市教育大學應用語言文學研究所碩士學位論文，2004。

[225] 楊潔．全語言和外語教學[J]．山東教育科研，2002（01），27-28+32。

[226] 楊佩玲．客家文化融入華語文化教材編寫設計[D]．臺師大華語文教學研究所碩士學位論文，2015。

[227] 楊雨樺．旅遊漢語教材編寫思路初探[J]．銅仁學院學報，2009，124-126。

[228] 耶魯拼音方案：https://baike.baidu.com/item/耶魯拼音方案/3646303？fr=Aladdin

[229] 葉德明．華語文教學的推廣與展望[J]．中華函授學校函校通訊，2006a。

[230] 葉德明．華語文教學規範與理論基礎[M]．臺北：師大書苑，1995，2006b。

[231] 葉德明．自由中國臺灣華語教材之現況與展望[J]．華文世界，1985（37），19-24。

[232] 一千字說華語: https://www.douban.com/app/20754287/

[233] 伊澤修二．日清字音鑒[M]．東京：著者發行，1895初版，1900再版。

[234] 衣玉敏．對外漢語國別教材建設研究[J]．重慶與世界，2011（8）：57-59。

[235] 游佩棻．臺灣的東南亞僑教政策之政治經濟分析（1949-2006）[J]．臺灣的東南亞區域研究年度研討會，2008，25-28。

[236] 余玉雯．《當代中文課程》華語教材一——四冊情景語境之研究[D]．屏東大學華語文教學研究所碩士學位論文，2018。

[237] 袁筱惠．臺灣入門級華語教材研究——以《新版實用視聽華語》、《遠東生活華語》《當代中文課程》各第一冊為例[D]．暨南國際大學華語文教學研究所碩士學位論文，2017。

[238] 曾德萬．閩南話、客家話文白異讀比較研究[J]．龍岩學院學報，2013（6），6-17。

[239] 曾品霓．專業華語教材設計與評鑒發展研究[D]．臺灣師範大學華語文教學研究所碩士學位論文，2017。

[240] 詹秀嫻．華語文教材發展研究——以系列式教材為例[D]．臺灣師範大學華語文教學研究所碩士學位論文，2002。

[241] 詹雅涵．泰國本土華語文教材的編寫與教學探析——以任景文《初級漢語》為例[D]．臺北市立大學華語文教學系碩士學位論文，2014。

[242] 詹正義編譯．巴克禮博士在臺灣[M]．臺北：長青文化事業公司，1976。

[243] 張安琪．日治時期臺灣白話漢文的形成與發展[D]．清華大學臺灣文學研究所碩士畢業論文，2006。

[244] 張惠雯．中醫華語教材編寫規劃設計[D]．臺灣師範大學華語文教學研究所碩士學位論文，2002。

[245] 張莉萍，陳鳳儀．華語詞彙分級初探[J]．第六屆漢語詞彙語義學研討會論文集，2006，28-36。

[246] 張莉萍．對應於歐洲共同架構的華語詞彙量[J]．華語文教學研究，2012（2），77-96。

[247] 張莉萍．臺灣「華語文教學」述略[J]．雲南師範大學學報（對外漢語教學與研究版），2010（2），4-8。

[248] 張美月．臺南神學院研究（1876-2007）[D]．臺灣師範大學歷史學系在職進修碩士學位論文，2008，20-21。

[249] 張平．21世紀我國臺灣華語文教育政策新情況及思考[J]．華文教學與研究，2021（01），55-61。

[250] 張屏生，張毓仁．甘為霖《廈門音新字典》和打馬字《廈門音個字典》的音系比較及其相關問題[J]．臺灣羅馬字國際研討會，成功大學臺灣文學系主辦，臺灣文學館（收入《張屏生自選集》），2004。

[251] 張屏生．東方孝義《台日新辭書》的音系及其相關問題[J]．北方語言論叢，2013，（3），227-239。

[252] 張勝昔．漢字簡轉繁的理論和實踐[M]．臺北：文鶴出版公司，2016a。

[253] 張勝昔・漢字簡轉繁學習歷程研究[D]・臺灣中國文化大學華語文教學碩士學位論文，2014。

[254] 張勝昔・淺談臺灣社會結構改變對語言接觸的影響——以基督宗教傳播影響為例[C]・漢語教材史國際學術研討會世界漢語教育史研究學會第八屆年會文集，2016b，440-441。

[255] 張西平・世界漢語教育史[M]・北京：商務印書館，2009。

[256] 張曉君・英國 EAP 教學發展對公外研究生英語課程設置的啟示[J]・四川外語學院學報，2004（20），152-155。

[257] 張玉佳・初級航空華語教材編寫與教學應用研究[D]・暨南國際大學華語文教學碩士學位論文，2017。

[258] 張振興・閩南方言的比較研究[J]・《臺灣研究集刊》，1995（1），69-76。

[259] 昭槤・《嘯亭雜錄》卷九・宗學&八旗官學[M]・中華書局，1980。

[260] 趙金銘・對外漢語教材創新略論[J]・世界漢語教學，1997（2），54-61。

[261] 趙金銘・對外漢語教學專題研究書系[M]・北京：商務印書館，2006。

[262] 趙金銘・何為國際漢語教育「國際化」「本土化」[J]・雲南師範大學學報，對外漢語教學與研究版，2014（12-2），24-31。

[263] 趙金銘・近十年對外漢語教學研究述評[J]・語言教學與研究，1989（1），41-61。

[264] 趙金銘・論對外漢語教材評估[J]・語言教學與研究，1998（3），33-45。

[265] 趙賢州・建國以來對外漢語教材研究報告，第二屆國際漢語教學討論會論文選[M]・北京：北京語言學院出版社，1988。

[266] 趙長林・新中國教材理論發展時期的研究成果與理論貢獻（1989 -2019）[J]・教育導刊，2020（4），5-13。

[267] 趙長林・新中國教材理論探索時期的研究成果與理論貢獻（1949-1989）[J]・寧波大學學報（教育科學版），2019（4），70-76。

[268] 鄭垂莊・初級佛教華語教材規劃設計[D]・臺灣師範大學華語文教學研究所碩士學位論文，2006。

[269] 鄭通濤・國別化：對外漢語教材編寫的趨勢[J]・海外華文教育，2010（1）：1-8。

[270] 鄭通濤・以效果為基礎的對外漢語國別化教材發展[J]・國際漢語學報，2012（1）：3-11。

[271] 中村孝志・荷蘭時代臺灣史研究上卷概說.產業[M]・臺北：稻鄉出版社，1997。

[272] 中國大百科全書總編輯委員會・中國大百科全書.教育[M]・北京：中國大百科全書出版社，1985，143-150。

[273] 中華函授學校・華語（第一冊）[M]・臺北：中華函授出版，2009。

[274] 中華函授學校遠距離學習網：http://chcs-opencourse.org

[275] 中央研究院中文詞知識庫小組（臺灣 CKIP，1998）：https://ckip.iis.sinica.edu.tw

[276] 中央研究院平埔文化資訊網——新港文書的來源（臺灣）：http://ccs.ncl.edu.tw/news79/page1.htm

[277] 中央研究院現代漢語語料庫詞頻統計（臺灣）：https://elearning.ling.sinica.edu.tw/CWordfreq.html

[278] 鐘仔宣・基於5C 的商務漢語教材評估指標之建構[D]・臺灣師範大學華語文教學研究所碩士學位論文，2018。

[279] 周曉陽．泰籍勞工在臺灣學習華語的教材之研究與設計[D]．中原大學華語文教學碩士學位論文，2015。
[280] 周學普（譯）．臺灣六記[M]．臺北：臺灣銀行經濟研究室編臺灣研究叢刊（第六十九種），1960。
[281] 周雪林．淺談外語教材評估標準[J]．外語界，1996（2），60-62。
[282] 周育匯．西班牙現行兒童華語教材之探討及臺灣「華語小學堂」的實踐[D]．臺灣師範大學華語文教學研究所碩士學位論文，2015。
[283] 周長楫．閩南方言大詞典[M]．廈門：福建人民出版社，2015。
[284] 朱德熙．語法講義[M]．北京：商務印書館，1982。
[285] 朱文宇．Hello，華語！[M]．臺北：僑委會出版，2015。
[286] Alan Cunningsworth. *Choose Your course book*. Shanghai: Shanghai Foreign Language Education Press, 2002, 231-335.
[287] Bartolome Martinez. *Utilidad de la conquista be Isla Hermosa*. Ávila: Santo Tomás Biblioteca del Monasterio, 1619.
[288] Carstairs Douglas. *Chinese-English Dictionary of the Vernacular or Spoken Language of Amoy*. England: Missionary of the Presbyterian Church, 1873.
[289] Dick and Carey, Walter and Lou Carey. *The Systematic Design of Instruction*. Glenview: Ill: Scott, Foresman, 1990.
[290] Dictionary of spoken Chinese Compiled by the staff of the Institute of Far Eastern Languages, Yale University, Yale Univ. Press, 1996.
[291] Ellis R. SLA. *Research and Language Teaching*. Oxford: Oxford University Press, 1977.
[292] Flowerdew, J., & Peacock, M. *Issue in EAP: A preliminary perspec-*

tive. In Flowerdew, J. and Peacock, M. (Eds.), Research Perspectives on English for Academic Purposes, pp. 8-24. Cambridge: Cambridge University Press, 2001.

[293] Harmer, J. *The Pracitce of English Language Teacheing*, Longman Press, 1983.

[294] Henry C. Fenn & M. Gardner Tewksbury. *Speak Chinese*. New Haven: Yale University Press, 1967.

[295] Henry C., Fenny & M. Gardner Tewksbury. *Speak Chinese*. New Haven: Yale University Press, 1948.

[296] Hutchinson, T., & Waters, A. *English for Specific Purposes: A Learner-Centered Approach*. Cambridge: Cambridge University Press, 1987.

[297] James P. Lantolf; Steven L. Thorne. *Sociocultural Theory and the Genesis of Second language Development* [M]. Oxford: Oxford University Press, 2006.

[298] John De. *Beginning Chinese*. (Revised edition). New Haven: Yale University Press, 1963.

[299] John De. *Beginning Chinese*. New Haven: Yale University Press, 1948.

[300] John De. *Intermediate Chinese*. New Haven: Yale University Press, 1964.

[301] Jose M. Alvarez, Formosa, Geografica e Historicamente Considerada. Barcelona, 1930 (2), 439-441（收錄於：賴永祥，臺灣史研究初集，1970）.

[302] Krashen, S. D. *The Input Hypothesis: Issues and Implications*. London: Longman, 1985.

[303] Levefere, André. *Translation, Rewriting and the Manipulation of Literary Fame* [M]. Shanghai: Shanghai Foreign Language Education Press, 2004b.

[304] Levfere, André. *Translation/History/Culture-A Sourcebook*. Shanghai: Shanghai Foreign Language Education Press, 2004a.

[305] Mackay, *From Far Formosa*, PP. Canada: Canadian Church Press, 1895, 136-137.

[306] Palmer H. E., *The Scientific Study and Teaching of Languages*. London: Harrap Press, 1917.

[307] Parker Po-fei Huang & Hugh M. *Spoken Standard Chinese*. Haven: Yale University Press, 1976.

[308] Penny, Ur. *A course in language teaching: Practice and theory*. Cambridge: Cambridge University Press, 1996.

[309] Teng, Shou-hsin. *A Semantic Study of Transitivity Relations in Chinese*. Los Angeles: Berkeley University of California Press, 1975.

[310] Teng, Shou-hsin. Lexical Integrity and Lexical Re-interpretation (Speech by the Preparatory Office of the Institute of linguistics, the Central Research Institute of Taiwan). Taipei: Academia Sinica Press, 1999.

[311] Teng, Shou-hsin. Verb classification and its pedagogical extensions. Journal of Chinese Language Teachers Association, 1974, 9 (2), 84-92.

[312] *The Messenger*, March 1873, pp.64-65.

[313] Thomas Barclay. An Account of missionary Success in Formosa: From an account published at London in 1650, and now reprinted

with copious notes of recent work in the island. London: Kegan, Paul and Trubner, 1889. Vols. 2.

[314] Thomas Barclay. Supplement to Dictionary of the Vernacular of Spoken Language of Amoy. Xiamen: Xiamen Church Press, 1923.

[315] Watson, John B. & MacDougall, [1] William. The battle of behaviorism: An exposition and an exposure. A debate between the leading behaviorist and the leading instinct theorist of the early 20th century, 1929.

[316] William Campbell A Dictionary of the Amoy Vernacular Spoken through the Prefectures of Choan-chiu, Chiang-chiu and Formosa (Taiwan), 日本橫濱：福音印刷株式會社印刷，1913.

[317] William Campbell. *Arrival in the Island. Sketches from Formosa*. London: Christian Church Press, 1915, pp.15-20.

[318] William Campbell. Missionary Success. The Chinese Recorder and Missionary Journal. Shanghai: Presbyterian Mission Press, 1889, (40), 250, 433-435.

[319] Yuen Ren Chao. *Mandarin Primer*. Cambridge Ma: Harvard University Press, 1948.

附錄

附錄一

古荷蘭文（左）和新港文（右）並列的馬太福音

Het H. Euangelium
na [de beſchrijvinge]
MATTHEI.
Het eerſte Capittel.

1 HET Boeck des
Geſlachtes JE-
SU CHRISTI,
des ſoons Da-
vids / des ſoons Abrahams.
2 Abraham gewan Iſa-
ac. ende Iſaac gewan Ja-
cob. ende Jacob ghewan
Judam / ende ſijne broe-
ders.
3 Ende Judas ghewan
Phares ende Zara by Tha-
mar. ende Phares ghewan
Eſrom. ende Eſrom gewan
Aram.
4 Ende Aram gewan A-
minadab. ende Aminadab
gewan Naaſſon. ende Na-
aſſon gewan Salmon.
5 Ende Salmon ghe-
wan Boöz by Rachab.
ende Boöz gewan Obed by
Ruth. ende Obed ghewan
Jeſſe.
6 Ende Jeſſe ghewan
David den Koningh. ende
David de Koningh gewan
Salomon by de ghene die
Urias

Hagnau ka D'lligh
Matiktik ka na ſaſoulat ti
MATTHEUS.
Naunamou ki lbægh ki ſoulat.

1 SOulat ki kavouytan
ti JEZUS CHRI-
STUS, ka na alak ti
David, ka na alak ti
Abraham.
2 Ti Abraham ta ni-pou-alak
ti Iſaac-an. ti Iſaac ta ni-pou-alak
ti Jakob-an. ti Jacob ta ni-pou-
alak ti Juda-an, ki tæ'i-a-papar'ap-
pa tyn-da.
3 Ti Judas ta ni-pou-alak na
Fares-an na Zara-an-appa p'ouh-
koua ti Thamar-an. Ti Fares ta ni-
pou-alak ti Eſrom-an. Ti Eſrom ta
ni-pou-alak ti Aram-an.
4 Ti Aram ta ni-pou-alak ti
Aminadab-an. Ti Aminadab ta ni-
pou-alak ti Naaſſon-an. Ti Naaſ-
ſon ta ni-pou-alak ti Salmon-an.
5 Ti Salmon ta ni-pou-alak na
Boös-an p'ouh-koua ti Rachab-
an. Ti Boös ta ni-pou-alak na O-
bed-an p'ouh-koua ti Ruth-an. Ti
Obed ta ni-pou-alak ti Jeſſe-an.
6 Ti Jeſſe ta ni-pou-alak ti
David-an ka na Mei-ſaſou ka Si
bavau. Ti David ka na Mei-ſaſou
ta ni-pou-alak ti Salomon-an p'ouh-
A koua

CHAP. I. (1) THE book of the generation of Jesus Christ, the son of David, the son of Abraham. (2) Abraham begat Isaac; and Isaac begat Jacob; and Jacob begat Judas and his brethren; (3) and Judas begat Phares and Zara of Thamar; and Phares begat Esrom; and Esrom begat Aram; (4) and Aram begat Aminadab; and Aminadab begat Naasson; and Naasson begat Salmon; (5) and Salmon begat Booz of Rachab; and Booz begat Obed of Ruth; and Obed begat Jesse; (6) and Jesse begat David the king; and David the king begat

A

附錄二
漢語和新港語對照書寫的新港文書（1784）

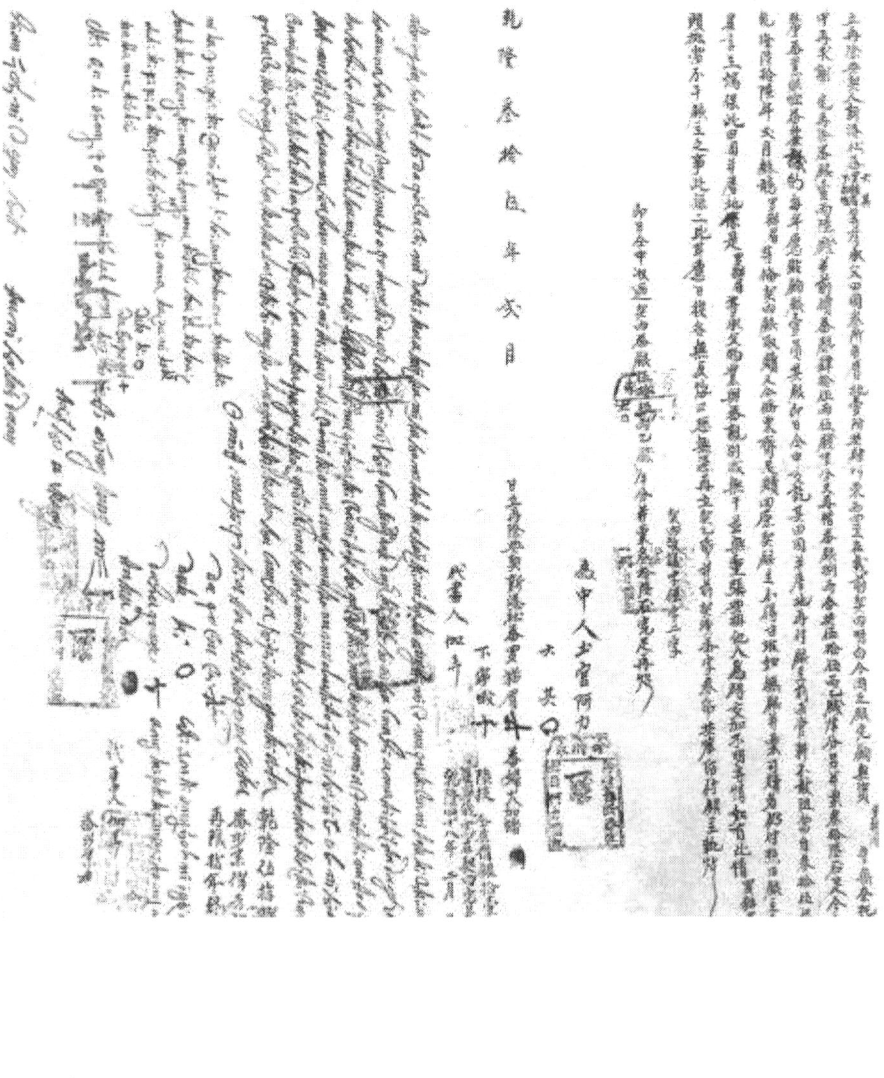

附錄三
白話字社會評論書籍《十項管見》

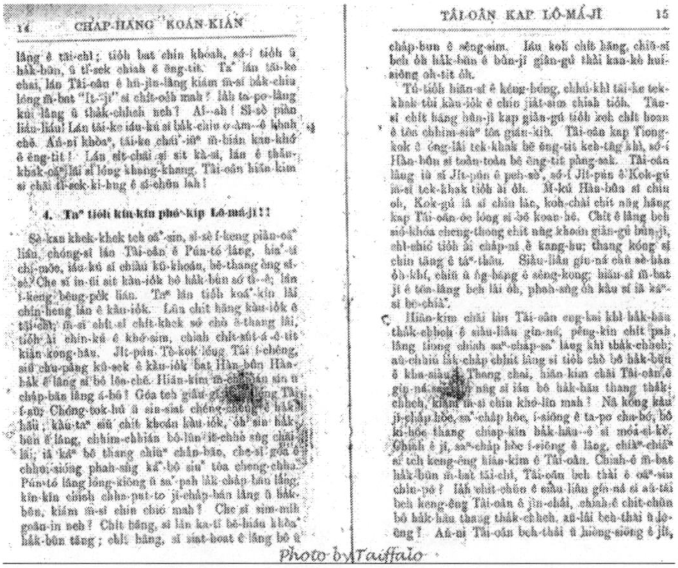

14 CHAP-HĀNG KOÁN-KIÀN

lâng ê tāi-chì; tio̍h bat chin khoah, só͘-í tio̍h ū ha̍k-būn, ū tì-sek chiah ē êng-tit. Taⁿ lán tāi-ke chai, lán Tâi-oân ê hū-jîn-lâng kiám m̄-sī ha̍k-chiu lóng m̄-bat "Io-jī" sī chit-oa̍h mah? Iáh ta-po͘-lâng kúi lâng ū tha̍k-chheh neh? Aì--ah! Sī-sò͘ piān liáu-liáu! Lán tāi-ke iáu-kú sī ha̍k-chiu o͘-àm--ê khah chē. Án-ni khòaⁿ, tāi-ke chāi-iūⁿ m̄-hiáu kàu-khó ê êng-tit! Lán sit-chāi sī sit kà-sì, lán ê thâu-khak-oáⁿ lāi sī lóng khang-khang. Tâi-oân hiān-kim sī chāi tì-sek-ki-hng ê sì-chūn lah!

4. Taⁿ tio̍h kín-kín phó͘-kip Lô-má-jī!!

Sò͘-kan khek-khek teh oāⁿ-sin, sì-sè í-keng piàn-oāⁿ liáu, chóng-sī lán Tâi-oân ê Pún-tó lâng, hiaⁿ-tī chí-mōe, iáu-kú sī chiâu kū-khoán, bô-thang ōng sì-sè! Che sī in-ūi sit kàu-io̍k bô ha̍k-būn só͘ tì--ê; lán í-keng bông-pek liáu. Taⁿ lán tio̍h koáⁿ-kín lâi chìn-hêng lán ê kàu-io̍k. Lūn chit hāng kàu-io̍k ê tāi-chì, m̄-sī chit-sî chit-khek só͘ chò ē-thang lâi, tio̍h ài chin-kú ê khó-sim, chiah chit-sut-á ē-tit kiàn kong-hāu. Ji̍t-pún Tè-kok lóng Tâi í-chêng, sù chu-pâng kū-sek ê kàu-io̍k bat Hàn-bûn Hàn-ha̍k ê lâng sī bô lōa-chē. Hiān-kim m̄-chai [illegible] sin ū chhâp-bān lâng á-bô? Góa teh giâu-gî [illegible] Tâi-ūi; Chóng-tok-hú ū sin-siat chéng-[illegible] ha̍k-hāu; kàu-taⁿ sūi chit khoán kàu-io̍k, oh sin ha̍k-būn ê lâng, chhim-chhiân bô-lūn it-chhè sòg chāi lāi; iā kāⁿ bô thang chiūⁿ chhap-bān, che-sī góa ê chhui-sióng phah-sǹg kāⁿ-bô siuⁿ tōa cheng-chha. Pún-tó lâng lóng-siōng ū saⁿ-pah la̍k-chhap-bān lâng, kín-kín chiah chhu-put-to jī-chhap-bān lâng ū ha̍k-būn, kiám m̄-sī chin chió mah? Che sī sim-mih goân-in neh? Chit hāng, sī lán ka-tī bô-hiáu khòaⁿ ha̍k-būn tāng; chit hāng, sī sin-hoat ê lâng bô ū

TÂI-OÂN KAP LÔ-MÁ-JĪ 15

chhap-bun ê sêng-sim. Iáu koh chit hāng, chiū-sī beh o̍h ha̍k-būn ê būn-jī giân-gú thài kan-kè hui-siông oh-tit o̍h.

Tú-tio̍h hiān-sī ê kóng-bóng, chhú-khì tāi-ke tek-khak tùi kàu-io̍k ê chiū jia̍t-sim chiah tio̍h. Tān-sī chit hāng būn-jī kap giân-gú tio̍h koh chit hoan ê tōa chhim-siūⁿ tōa giân-kiù. Tâi-oân kap Tiong-kok ê óng-lâi tek-khak bē ōng-tit keh-tōg khì, só͘-í Hàn-būn sī toān-toān bē ēng-tit pàng-sak. Tâi-oân lâng iā sī Ji̍t-pún ê peh-sèⁿ, só͘-í Ji̍t-pún ê Kok-gú m̄-sī tek-khak tio̍h ài o̍h. M̄-kú Hàn-būn sī chiu oh, Kok-gú iā sī chin lân, koh-chāi chit nn̄g hāng kap Tâi-oân-ōe lóng sī bô koan-hē. Chit ê lâng beh só-khóa cheng-thong chit nn̄g khoán giân-gú būn-jī, chí-chió tio̍h ài chhap-ní ê kang-hu; thang kóng sī chin tāng ê táⁿ-thâu. Siàu-liân gín-ná chū sè-hàn o̍h-khí, chiū ū ǹg-bāng ê sêng-kong; hiān-sī m̄-bat jī ê tōa-lâng beh lâi o̍h, phah-sǹg o̍h kàu sī iā kāⁿ-sī bô-chiâⁿ.

Hiān-kim chāi lán Tâi-oân eng-kai khì ha̍k-būn tha̍k-chheh ê siàu-liân gín-ná, pêng-kín chit pah lâng tiong chiah saⁿ-chha̍p-saⁿ lâng khì tha̍k-chheh; ah-chhiū la̍k-cha̍p chhit lâng sī tio̍h chò bô ha̍k-būn ê kha-siâu. Thang chai, hiān-kim chāi Tâi-oân ê gín-ná [illegible] nn̄g sī lán bô ha̍k-hāu thang tha̍k-chheh, kiám m̄-sī chin khó-lîn mah! Nā kóng kàu jī-cha̍p hòe, saⁿ-cha̍p hòe, í-siōng ê ta-po͘ cha-bó͘, bô ki-hōe thang chhap-kín ha̍k-hāu--ê sī mó͘-sí-kè. Chiah ê jī, saⁿ-cha̍p hòe í-siōng ê lâng, chiâⁿ-chiâⁿ sī teh keng-êng hiān-kim ê Tâi-oân. Chiah-ê m̄-bat ha̍k-būn m̄-bat tāi-chì, Tâi-oân beh thài ē oāⁿ-sin chìn-pō͘? Iáh chit-chūn ê siàu-liân gín-ná sī āu-tāi beh keng-êng Tâi-oân ê jîn-châi, chiah-ê chit-chūn bô ha̍k-hāu thang tha̍k-chheh, āu-lâi beh-thài ū lō͘-ēng! Án-ni Tâi-oân beh-thài ū hióng-siōng ê jī,

Photo by Taiffalo

資料來源：十項管見（蔡培火，1925）

白話字的拼法

年代	作者	白話字的拼法演變與國際音標對照[9]									來源
		[tɕ]	[ts]	[ŋ]	[ɪɛn]~[ɛn]	[iat̚]	[ɪk̚]	[iŋ]	[ɔ]	[ʔ]	
1832	麥都思	ch		gn	ëen	ëet	ek	eng	oe	'h	[nb 1]
1853	Doty	ch		ng	ian	iat	iek	ieng	o	·	[nb 2]
1869	MacGowan	ts		ng	ien	iet	ek	eng	o͘	h	[nb 3]
1873	杜嘉德	ch	ts	ng	ien	iet	ek	eng	ɵ	h	[nb 4]
1894	打馬字	ch		ng	ian	iat	ek	eng	o	h	[nb 5]
1911	Warnshuis & De Pree	ch		ng	ian	iat	ek	eng	o	h	[nb 6]
1913	甘為霖	ch	ts	ng	ian	iat	ek	eng	o͘	h	[nb 7]
1923	巴克禮	ch	ts	ng	ian	iet	ek	eng	o͘	h	[nb 8]
1934	Tipson	ch		ng	ian	iat	ek	eng	o	h	[nb 9]

資料來源：教會羅馬字調查研究計畫期末報告書（蔣為文，2012）

附錄四
《廈英大辭典》（截選）

CHINESE-ENGLISH

DICTIONARY

OF THE

VERNACULAR OR SPOKEN LANGUAGE

OF

AMOY,

WITH THE PRINCIPAL VARIATIONS
OF THE CHANG-CHEW AND CHIN-CHEW DIALECTS.

BY

REV. CARSTAIRS DOUGLAS, M.A., LL.D. Glasg.,

MISSIONARY OF THE PRESBYTERIAN CHURCH IN ENGLAND.

SMC PUBLISHING INC.
Taipei

PREFACE.

THE vernacular or spoken language of Amoy, which this Dictionary attempts to make more accessible than formerly, has been also termed by some "The Amoy Dialect" or "The Amoy Colloquial;" and it partially coincides with the so-called "Hok-kien Dialect," illustrated by the Rev. Dr. Medhurst in his quarto Dictionary under that title. But such words as "Dialect" or "Colloquial" give an erroneous conception of its nature. It is not a mere colloquial dialect or patois; it is spoken by the highest ranks just as by the common people, by the most learned just as by the ignorant; learned men indeed add a few polite or pedantic phrases, but these are mere excrescences (and even they are pronounced according to the Amoy sounds), while the main body and staple of the spoken language of the most refined and learned classes is the same as that of coolies, labourers, and boatmen.

Nor does the term "dialect" convey anything like a correct idea of its distinctive character; it is no mere dialectic variety of some other language; it is a distinct language, one of the many and widely differing languages which divide among them the soil of China.

The so-called "written language" of China is indeed uniform throughout the whole country; but it is rather a *notation* than a language; for this universal written language is pronounced differently when read aloud in the different parts of China, so that while as written it is *one*, as soon as it is pronounced it splits into several languages. And still further, this written language, as it is read aloud from books, is not *spoken* in any place whatever under any form of pronunciation. The most learned men never employ it as a means of ordinary oral communication even among themselves. It is in fact a *dead language*, related to the various spoken languages of China somewhat as Latin is to the languages of South-western Europe.

A very considerable number of the spoken languages of China have been already more or less studied by European and American residents in the country, such as the Mandarin, the Hakka, the vernaculars of Canton and Amoy, and several others. These are not dialects of one language; they are cognate languages, bearing to each other a relation similar to that which subsists between the Arabic, the Hebrew, the Syriac, the Ethiopic, and the other members of the Semitic family; or again between English, German, Dutch, Danish, Swedish, &c.

There is another serious objection to the use of the term "dialect" as applied to these languages, namely, that within each of them there exist *real dialects*. For instance, the Mandarin, the greatest of all, contains within itself at least three very marked "dialects," the Northern, spoken at Pekin; the Southern, spoken at Nanking and Soo-chow; and the Western, spoken in the provinces of Sze-chuen, Hoo-peh, &c.

In like manner the language which for want of a better name we may call the Amoy Vernacular or spoken language, contains within itself several real dialects, especially those of Chang-chew, Chin-chew, Tung-an, and of Amoy itself. In this Dictionary the form of the language spoken at Amoy itself is taken as the standard, and the principal variations of the Chang-chew and Chin-chew dialects are marked, as also a considerable number of the variations occurring in Tung-an, Chang-poo, and some other regions.

The language of Amoy, including these subordinate dialects, is believed to be spoken by about eight or ten millions. This is the first dictionary of the spoken language. There are numerous dictionaries of the universal written language of China. One of these, by the

INTRODUCTION;

WITH

REMARKS ON PRONUNCIATION

AND

INSTRUCTIONS FOR USE.

ORTHOGRAPHY AND PRONUNCIATION.

VOWELS.

The vowels **a**, **e**, **i**, **o**, **u**, are pronounced much as in Italian and German.

a as in *far*. It must never be pronounced with the peculiarly English sound of *a* in *man*.

e as in *grey*. But in the syllables **ien**, **iet**, it is nearly the same as in *men*, *yet*, and sometimes approaches to the English *a* in *man*.

i as in *machine*, not with the short English *i* in *swift*. Thus the Amoy word **sin** is almost the same as the English *seen*, but quite different from the English *sin*. Almost the only words which I have observed where it comes near the short English sound are **chit**, "this," and **hit**, "that," which often come very near the English words spelled alike.

o, when final, is pronounced as in *no*, *go*. It is also thus pronounced when followed by **h**; for, as is explained below, the final **h** is silent, and merely indicates that the vowel is short and abrupt, so that final **oh** is just short final **o**.

But when **o** is followed by **m**, **ng**, **p**, or **k**, it is pronounced as in the English *hop*, *sock*, *long*.

When followed by another vowel it has the first of the above sounds, as in *go*, *so*, but in some cases very short, almost like **w**, as is fully explained below under the head of the diphthongs.

u as in *put*, *rude*.

o͘ has the sound of *aw* in *law*, *saw*. This sound is really the same as the second sound of **o**, as explained above, so that strictly speaking this letter **o͘** should have been used in place of **o** before **m**, **ng**, **p**, and **k**; but I have followed the spelling now universal at Amoy by using the letter **o** before these consonants for the sound more accurately written **o͘**.

ε is the French *è*, or like the English *e* in *there*. It scarcely ever occurs except in the Changchew dialect, so that persons who cannot catch the sound may use *e* as the nearest approximation.

In vowels with double dots, the double dot always indicates a change of the vowel sound, and is never used for the diaeresis.

ö is the same as the German *ö*. It occurs only in the dialects of Chin-chew and Tung-an, where it is often used instead of the Amoy and Changchew **e**. Thus any one who cannot catch the sound of **ö** will be most safe to use **e** instead. It must by no means be confounded with **o͘**; only Cn. **öe** corresponds with A. **oe**.

ü is nearly the German *ü* or French *u*, but not quite the same, having often a slight variation from that sound in the direction of *ö*.

It occurs only in the dialects of Chin-chew and Tung-an, in which it frequently takes the place of the Amoy **u**. It almost invariably does so when the Amoy **u** corresponds to the Changchew **i**, but it often occurs also when the Amoy and Changchew agree in **u**. Persons who cannot get hold of the sound may therefore use **u** as an approximation.

ı is a sound very rarely heard. It is exactly the short English *i* in *sit*, *swift*. I have used it in **chih**, **chit**, **hih**, **hit**, **tih**, where they occur as leading words in alphabetical order; but where they occur in the phrases and examples under other leading words, I have written such words **chit**, **hit**, and **tih** or **teh**, as their pronunciation is very indefinite. When slowly and carefully pronounced, **chit**, **hit**, are the sounds given. But **tih**, **tih**, or **teh**, is never pronounced slowly or carefully, it is always unaccented and rapid, so that its sound is much disputed. I refer in these remarks to one word only under each of these syllables, for the other words under each syllable always retain the clear sound of **i**.

DIPHTHONGS.

In all the diphthongs each vowel is heard distinctly with its own proper sound.

In **ai**, **au**, and **oe**, the first vowel is accented, the second unaccented. **ai** like the English *ie* in *tie*; **au** like the English *ow* in *now*; **oe** very nearly as in the English *Noel*.

In **oa**, on the other hand, the **a** is accented; the **o** is unaccented and generally extremely short, almost like **w**, indeed in many words it might be written **w** when pronounced at the usual rate; but when pronounced long, the sound of the **o** is clearly heard, *e.g.* sometimes in the "**chiūⁿ-piâⁿ**" and "**ē-khì**" tones; and in the nasal form **oaⁿ**, the **o** is distinctly heard; but in all cases great care must be taken not to exaggerate the **o** sound, but to make the **a** the principal vowel.

The same remarks apply to **oai**, where the accent is on the **a**, the whole coming very near the English *Wye*, but with rather more of the **o** sound.

and rapidly, and then comes down with a rapid swing, much like a decided imperative in English; *e.g.* *gone*, in the phrase "*Be gone!*" This tone is indicated by an acute accent, *e.g.* **lí**, **sú**, **kóng**, &c.

The above explanations may be summarized as follows:

ABRUPT AND SHORT. All ending in **h**, **k**, **p**, **t**.
- **chiūⁿ-jip**, rising slightly and then falling rapidly; **toh**.
- **ē-jip**, rising abruptly; **tōh**.

NOT ABRUPT. Never ending in **h**, **k**, **p**, **t**.
- LEVEL MUSICAL NOTES.
  - **chiūⁿ-piâⁿ**, high and level; **to**.
  - **ē-khì**, low and level; **tō**.
- SINGLE INFLECTION.
  - **chiūⁿ-khì**, low, slow, downward slide; **tò**.
- DOUBLE INFLECTION.
  - **ē-piâⁿ**, slow circumflex, first falling and then rising, as in astonishment or interrogation; **tô**.
  - **chiūⁿ-siaⁿ**, slightly upward and rapidly downwards, like a strong imperative; **tó**.

The Chinese at Amoy, &c., usually arrange the tones in the following order:—

chiūⁿ-piâⁿ.
chiūⁿ-siaⁿ.
chiūⁿ-khì.
chiūⁿ-jip.
ē-piâⁿ.
chiūⁿ-siaⁿ.
ē-khì.
ē-jip.

In this arrangement the "**chiūⁿ-siaⁿ**" appears twice, because it is not divided into an upper and a lower subclass. This has caused great confusion in the nomenclature of the tones (by Europeans and Americans) according to numbers, for while it has been usual to number the first five—

1. **chiūⁿ-piâⁿ.**
2. **chiūⁿ-siaⁿ.**
3. **chiūⁿ-khì.**
4. **chiūⁿ-jip.**
5. **ē-piâⁿ.**

from that point there has been a divergence, some numbering on according to the exact form of Chinese usage.

6. **chiūⁿ-siaⁿ.**
7. **ē-khì.**
8. **ē-jip.**

Others have counted them as follows:—

6. **ē-khì.**
7. **ē-jip.**

To avoid this ambiguity in naming the sixth and seventh tones, I have arranged them as follows:—

FIRST TONE. piâⁿ. { **chiūⁿ-piâⁿ**, upper first; **to**. / **ē-piâⁿ**, lower first; **tô**.

SECOND TONE.—**chiūⁿ-siaⁿ**; **tó**.

THIRD TONE. { **chiūⁿ-khì**, upper third; **tò** / **ē-khì**, lower third; **tō**.

FOURTH TONE. { **chiūⁿ-jip**, upper fourth; **toh**. / **ē-jip**, lower fourth; **tōh**.

In the alphabetical arrangement of the words in this Dictionary the order is therefore "**to**, **tô**, **tó**, **tò**, **tō**." This does not include the two subdivisions of the fourth tone, as the difference of spelling places them in a different position in the alphabetical arrangement, namely "**toh**, **tōh**."

TONES IN COMBINATION.

The description of the tones given above applies strictly only to a word pronounced separately, or to a word ending a clause, and pronounced with the primary accent (as is usual at the end of a clause or group of two or more words); or to a word which, though not last, yet has the primary accent, being followed by an enclitic or unaccented word.

But in many cases a word loses the form of tonal inflection described above.

Sometimes a word becomes *enclitic* (see Appendix V.), in which case the tone dies away somewhat like the "chiūⁿ-khì" or the "chiūⁿ-jip," or rather like something intermediate between them pronounced very short and gentle. No matter what the original tone of a word be, this is the one form assumed when enclitic; and so it happens that if an enclitic word be not common in its accented form, or if it be not recognized and identified, the learner is apt to be misled even by well-educated Chinese saying that the word belongs to the "chiūⁿ-khì" or to the "chiūⁿ-jip" tone. The mark which I use to indicate an enclitic word is a double hyphen placed before the enclitic: this mark has at the same time the effect of catching the eye readily, so as to show that the word preceding the double hyphen has the strong primary accent; *e.g.* **jit--sî**, day-time; **bô--khì**, to disappear or vanish.

Sometimes in a group of three words two words follow the double hyphen. In that case the primary accent is on the first of the three, and the last two are enclitic; a slight trace of a secondary accent is sometimes heard on the last of the three, but yet it does not recover its own proper tonal inflection; *e.g.* **sak--lōh-khì**, to push down to a lower level; **poah--lōh-lâi**, to fall down from a higher level.

When a word stands *first in a group of two*, of which the second has the strong accent, then the first word experiences a very marked change in its tonal inflection.

The **chiūⁿ-piâⁿ** or upper first tone becomes somewhat lower in key, coming down about half-way towards the "ē-khì," but remaining quite level and equable.

The ē-piâⁿ or lower first loses its inflection, becoming

DICTIONARY

OF THE

AMOY COLLOQUIAL LANGUAGE.

a

a (R. id.), a prefix in some nouns and in names of Cantonese. **a-pan**, a sailor who climbs masts; obstinate (v. pan). **a-gûi**, asafoetida. **a-ko**, son of a first-class mandarin. **a-hoat**, name of a Cantonese, = A. hoat-á.

a— **a-ka**, medicine made from turtle-bones.

a (R. id.) **a-phièn**, opium (v. phièn).

a— **a-put-tó**, = ah-put-tó, a sort of doll.

a (P. id.) **i-i a-a**, sound of a flute. **a-a-kiò**, sound of a child just beginning to make the sound "a-a."

a— **a-tsa**, = am-tsam, dirty, unclean (lit. or fig.)

a— **a-thâu** (imit. of mand.), a female slave.

a— **jiâu-a**, a large sort of gong.

a [R. a crow]. **o͘-a**, a crow. **o͘-a-lêng**, an artificial feather, worn by some officers (v. lêng). **o͘-a kiò pái-sûi** (the crow has called the lame man Sûi), said of a man who formerly had a good character, being suddenly led away into vice and ruin.

â, exclamation of surprise.

â (C.), = A. lâ,—. **â-sâm**, = A. lâ-sâm, dirty.

á [R. tsú, a son], (Cn. ngá, ngiá káⁿ), (T. sometimes á or ah enclitic), suffix of nouns, often diminutive. **kù-á**, a saw. **kū-á**, wife's younger brother. **î-á**, wife's younger sister. **káu-á**, a dog; a little dog. **kha-á**, inferior assistants.

á (R. tsú ?), enclitic suffix in names of common people, acquaintances, or persons about same rank (Cn. only said of young boys, while it is a *prefix* for adults)—. **hoat--á**, the man named "hoat," more politely called "hoat-ló."

á (T.) **á-î**, = A. am-pê-chô, the cicada.

á (Cn.), prefix to names of persons. **á-sóng** = A. "song-á" or "sóng-ló."

á = **an**, prefix to titles of relations superior to us. **á-tia**, papa. **á-peh**, uncle! sometimes papa!

á [R. pek, a hundred, = col. pah]. **poeh-á-chîⁿ**, eight hundred cash. **káu-á-lák**, nine hundred and six.

á (sometimes **ná**), syllable used in forming some phrases. *e.g.* **bîn-á-tsài**, to-morrow; **m̄-á**, but indeed (v. m̄).

á = ka. **phah-á-chhiùⁿ**, to sneeze.

á (R. ek = col. iá), or. **á-bô**, or not. **á-sī**, or it is; or.

àⁿ

à = iáu. **á-bē**, not yet.

à = iàh (R. èk). **à-náⁿ-boh**, **à-náⁿ-m̄**, having half a mind to it.

à [R. secondary]. **à-sèng**, a sage of secondary rank, as Mencius or as Yen-hwuy (Gân-hôe). **à-goân**, a Keujin near the head of the list for the year.

à (R. àu). **à-pà**, very cross and bad-tempered, as a child.

ā = iāh (R. ėk), also.

aⁿ, imitative sound. **aⁿ-aⁿ-háu**, sound of children crying. **aⁿ-aⁿ-jióng**, incessant noise. **i-í aⁿ-aⁿ**, sound as of several men rowing a boat, or of many children. **îⁿ-îⁿ aⁿ-aⁿ**, sound as of musical instruments.

âⁿ— **pûn âⁿ-m-chhéⁿ** (C.), sound of wind instruments.

âⁿ, an exclamation of great surprise.

âⁿ (R. lân = col. noāⁿ), to guard or protect, as by arm or wing (*e.g.* a hen guarding her brood); to put the arm or arms round a person loosely, so as gently to keep from falling or going away, or to ward off a stroke, or screen from an enemy. **âⁿ-tsáh**, to defend one party in a quarrel. **khah-âⁿ hit-pêng**, throws his influence rather on that side. **âⁿ-chiáh**, to keep things for oneself to eat, as by arm put round them. **âⁿ toā-hûn**, to take the lion's share.

áⁿ, to embrace tightly with one or both arms; to fold to one's breast; to hold or carry between arm and breast, but not so tightly as "ngóeh:" to shelter by arm tightly pressed. **áⁿ--teh**, to cover or shelter below or behind one's arm, &c. **áⁿ--ê**, an adopted child. **áⁿ-náⁿ tsòe-chit-ê**, to hold several things at once under the arm, or between the arm and the breast.

áⁿ, to lean against. **chhùi áⁿ-chhùi**, to put mouth to mouth.

áⁿ— **kong-áⁿ-tâu**, a long dark red legume.

áⁿ (Cn.), sometimes = A. káⁿ —. **m̄-áⁿ**, = A. m̄-káⁿ, not dare.

àⁿ (R. hiòng = col. àg, hiàⁿ), to stoop or bend down; to face towards. **àⁿ-thâu**, to bend down the head. **àⁿ-io**, to bend forwards, bending the loins as in making a bow. **àⁿ-teh-chiáh**, bending down to eat. **àⁿ-teh-khoàⁿ**, bending down to look. **àⁿ--lōh-lâi thiaⁿ**, bend down to hear, as superior. **àⁿ-teh-thiaⁿ**, to bend the ear to listen. **àⁿ-àⁿ teh-thiaⁿ**, several persons listening thus. **àⁿ hi-khang**, to bring the

1

附錄五
《中西字典》（截選）

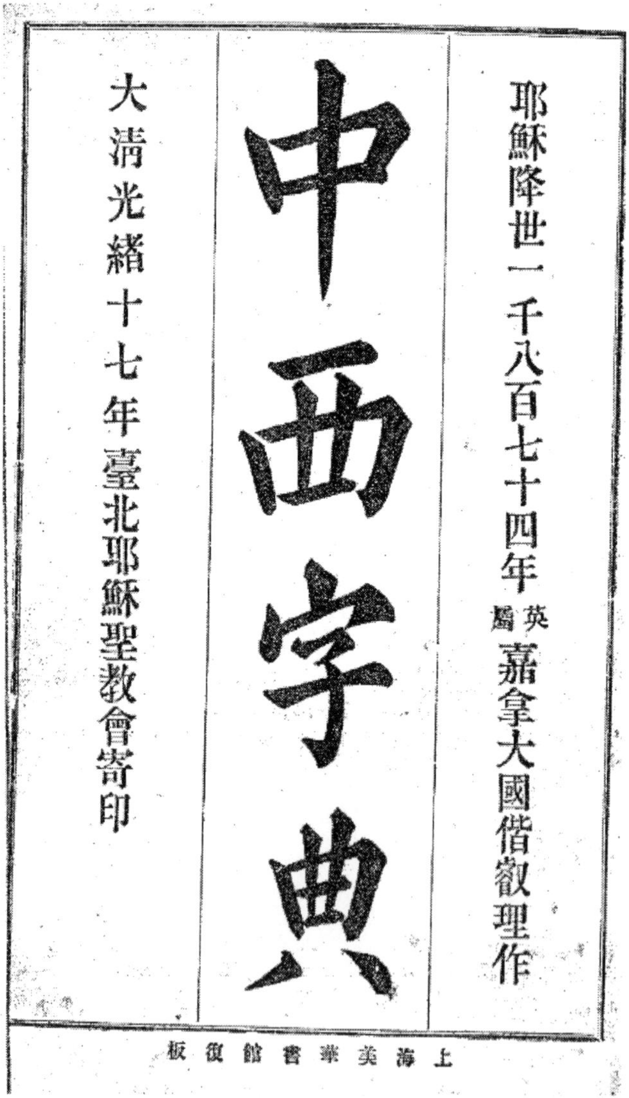
耶穌降世一千八百七十四年英屬嘉拿大國偕叡理作

中西字典

大清光緒十七年臺北耶穌聖教會寄印

上海美華書館復板

PREFACE.

In 1874 I received "Lists of Chinese Characters in the Fonts of the Presbyterian Mission Press," Shanghai. The "first list" consists of 6,664 characters arranged according to radicals and strokes. All of these I wrote in a note book, then with much labor put the name of each and its meaning in the Romanized Colloquial alongside. The students who were travelling with me knew quite a number of characters. Several had been teachers for half-a-dozen years and one was a druggist. I believed drill even in their own language would make them more ready and accurate. Accordingly each one made a copy for immediate use as the work progressed. Soon the radicals became as familiar as the English alphabet to Canadian boys. Every day *100* different characters were written out, analyzed and committed to memory. One thousand were repeated every night after worship. They thus acquired such a knowledge of their written language as Chinese teachers and graduates in North Formo... *did not* possess. One who was unable to write a letter at the time is this day an able Chinese scholar. As time rolled on other students made copies from my original one. Thirty such were burnt during the French troubles. Quite a number have been made since. Converts have been pressing me to publish. This work was neither conceived nor prepared for that purpose, but as preachers, teachers and students have been and are still so anxious, and as they all declare it has been of great assistance in the past, I now comply with their request. One of their number has carefully written a copy for the printer and two went to Shanghai to see it through the Press. Out of the 6,664 not a few have been omitted (because not in general use here) and others have been added, making in all 9,451. The latter were gathered from the Bible, Chinese classics and a dictionary by Wells Williams, LL.D., which

CHINESE ROMANIZED DICTIONARY

OF THE

FORMOSAN VERNACULAR.

1095
㊀ It=chit.
903
丁 Teng=jîn-teng.
987
七 Chhit=chhit.
374
丂 Khó=chhoán-khùi, chhut lát.
723
三 Sam=saⁿ.
25
丈 Tiōng=tn̄g.
741
上 Siōng=téng.
183
下 Hā=ē-bīn.
1040
万 Bān=chheng-bān.
717
不 Put=m̄.
594
丏 Bián=bô-khòaⁿ-kìⁿ.
516
丆 Lí=hun-lī.
52
丑 Thiú=thiú-sî.
1125
与 Ú=saⁿ-kap.
307
丐 Kài=khit-chiáh.
671
丕 Phi=kék-tōa.
974
且 Chhiáⁿ=koh-tsài.
763
世 Sè=sè-kan.

410
丘 Khiu=khu, khóng-tsú ê-miâⁿ.
690
丙 Péng=piáⁿ
78
丞 Sêng=sêng-siuⁿ.
909
丢 Tiu=hiat-tiu.
899
丙 Thiam=chhun-chih chī-mih.
526
両 Lióng=niú'.
526
两 Lióng=n̄g-ê.
700
並 Pèng=saⁿ-kap.
876
䜌 Tó=lé-khì.
494
㊁ Khùn=chhng kè-khì.
413
丩 Khiu=tîn-á-tīⁿ.
丰 Khóa=kha-hoáh, ūn-ûn-á.
423
个 Kò=chit-ê.
1066
丫 A=a-thâu.
156
丰 Hong=hong-tsu.
105
中 Tiong=tiong-ng.
261
丯 Kài=chhán-hoat si-sòaⁿ saⁿ-hâi.
丮 Kek=chhiu-kiáh khì-hâi.

2

476
卝 Koàn=kak-tsang.
121
串 Chhoàn=koàn-chhoàn.
14
丳 Sán=toé hé-sio bah ê khì khū.
342
丽 Ki=chháp-tsáp.
丵 Chhiok=chháu-ām.
丮 Sū=pàng-sak gōan-thâu iâu-kiu lō-bé.
87
㊂ Tsú=tiám.
246
丸 Oân=ióh-oân.
849
丹 Tan=tan-sek.
87
主 Tsú=tsú-iâng.
丼 Chéng=chí'-nóaⁿ, mih hiat lóh chí' ê-siaⁿ.
686
㊃ Phiat=chit-phiat.
284
乂 Ngāi=koah, chiáng-koán.
乄 Chhe=khek-phó; si.
612
乃 Nái=chiū-sī.
乁 È=chi-bêng.
413
久 Kiú=kú-tn̂g.
乂 Ngāi=loān jiòk.
982
乑 Chí'=chit-chí'.
乆 Io=soè.
乊 Ngó=gō'.

915
乇 Tek=chháu kun siⁿ tī thô-bīn.
53
之 Chi=ê.
乍 Phàⁿ=bô-tēng.
4
乍 Tsà=hut-jiân.
224
乎 Hō'=mah.
1031
乑 Tsāiⁿ=soah.
122
乏 Hoát=khiàm-kheh.
650
乑 Phai=hun-phai.
乑 Khim=chèng-lâng teh-khiā.
108
乘 Chiòng=chèng-lâng.
924
乖 Tui=kuitui.
乗 I=seng-khu-oát-liu-tńg.
470
乖 Koai=koai-khá.
772
乘 Sêng=khiā, liáh.
乑 Sūi=sūi-lóh.
924
乑 Tui=kui-tui.
1096
㊄ It=it, thian-kan.
1103
乚 Ún=chia-pè.
583
乜 Mihⁿ=tsāiⁿ-iūⁿ.
431
九 Kíu=káu.
395
乞 Khit=khit-chiáh.

I II III IV V VI

I: 1 一 1 丨 2 丶 2 丿 2 乙 3 亅

II: 3 二 3 亠 4 人 亻 11 儿 11 入 12 八 12 冂 12 冖 13 冫 13 几 14 凵 14 刀 刂 16 力 17 勹 18 匕 18 匚 18 匸 18 十 19 卜
19 卩 㔾 20 厂 20 厶 20 又

III: 21 口 28 囗 29 土 32 士 33 夂 33 夊 33 夕 33 大 34 女 38 子 38 宀 40 寸 41 小 41 尢 尣 兀 41 尸 42 屮 42 山 45 巛 川
巜 45 工 45 己 45 巾 47 干 47 幺 48 广 49 廴 49 廾 50 弋 50 弓 51 彐 彑 51 彡 51 彳

IV: 52 心 忄 ⺗ 59 戈 60 戶 61 手 扌 68 支 68 攴 攵 70 文 70 斗 70 斤 70 方 71 无 旡 71 日 73 曰 73 月 73 木 83 欠
84 止 85 歹 歺 86 殳 86 毋 86 比 86 毛 87 氏 87 气 87 水 氵 氺 97 火 灬 101 爪 爫 101 父 101 爻 101 爿 102 片
102 牙 102 牛 103 犬 犭

V: 105 玄 105 玉 王 108 瓜 109 瓦 109 甘 109 生 110 用 110 田 111 疋 111 疒 115 癶 115 白 116 皮 116 皿 117 目 罒 120 矛 120 矢 120 石 123 示
礻 ⺬ 125 禸 125 禾 127 穴 129 立

VI: 129 竹 134 米 135 糸 糹 140 缶 141 网 罒 冈 142 羊 142 羽 144 老 144 而 144 耒 144 耳 145 聿 146 肉 月 150 臣 150 自 150 至 150 臼
150 舌 151 舛 151 舟 152 艮 152 色 152 艸 艹 161 虍 162 虫 166 血 166 行 167 衣 衤 170 襾 西

附錄六

《廈門音新字典》簡稱《甘典》（截選）

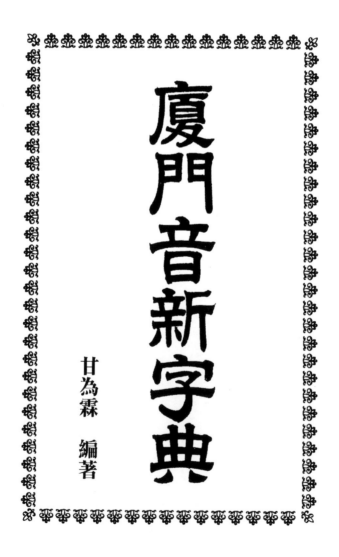

廈門音新字典

甘為霖 編著

BO̍K-LIO̍K 目 録

THÂU-SŪ

In-ui chit ê jī-tián ū chha-put-to chit-bān gō-chheng koh-iū^{n} ê Hàn-bûn jī, múi jī ê kóe-seh put-tek-í tio̍h khah kán-siá. m̄-kú i ê ì-kiàn sī kàu-gia̍h bēng hō͘ lâng chai kok jī thang chòe sím-mih tú-hó ê lō͘-ēng.

Chia ê pe̍h-ōe jī sī thàn lán Sèng-keng ê jī-hoat. chiū-sī iōng ch jī kap ts jī lâi hun-pia̍t nn̄g khoán ê kháu-im: ch tī e kap i jī ê thâu-chêng, ts tī a. ng, o, o͘, kap u jī ê thâu-chêng, chhin-chhiū^{n}; CHE. cheh, chek. cheng; chi, chia, chiah. chiam, chian. chiang, chiap, chiat. chiau. chiauh, chih. chim, chin. chio, chioh, chiok, chiong, chip, chit. chiu, chiuh: TSA. tsah, tsai. tsak. tsam, tsan, tsang, tsap, tsat. tsau. tsauh; tsng; tso, tso͘: tsoa. tsoah. tsoan, tsoat. tsoe. tsoeh, tsong; tsu, tsuh, tsui, tsun, tsut.

Pún jī-tián iā sī thàn Sèng-keng thó͘-im ê iū^{n}, in-ui Chiang-Tsoân-Tâi, sui-jiân ū chōe-chōe khiu^{n}, lán beh in chheh. tsū-jiân tio̍h tè hit-hō khah thong-hêng ê thó͘-im sòa hō͘ lâng tha̍k ê sî-chūn chhut-chāi i lâi ho͘. Au-lo-pa chiu ê kok kap Tāi bí-kok ê lâng sī chiàu án- ni lâi kiâ^{n}.

Góa sì-cha̍p gōa nî chêng, kàu Tâi-oân ê sî. lóng bô chit-hō ê jī-tián. iā lóng bô chai-iá^{n} ê sian-si^{n} tī-teh; só͘-í góa kín lâi chhut-la̍t. tōa ǹg-bāng che jī-tián ōe pang-chō͘ chōe-chōe lâng bat jī chiah khah ōe hiáu chīn pún-hūn.

In-ūi Tâi-lâm kàu-hōe sio̍k ê ha̍k-seng Lîm Kim-seng í-ki̍p Tân Tōa-lô kap góa tàu chòe chit ê kang-tiâ^{n}. lán tio̍h kā in seh to-siā.

Kam Uî-lîm

SIN JĪ

佣 ㄩㄥ. Iōng : Thòe lâng bóe-bōe, tùi hit tiong-kan tit-tio̍h pò-siû, chheng chòe 佣金 Commission, Tiong-lâng-lé, á-sī kóng chhiú-sò͘-liāu, keng-chhiú-hùi.

卡 ㄎㄚˇ Khah : Khah-tiâu, chhin-chhiū^{n} kóng "……khah-tiâu lè," á-sī kóng "khah tī…" khí-thâu ká^{n} sī tùi Eng-gú ê e̍k-im Card : 卡片 ; Car : 卡車 ; Motor car lâi--ê. (Chêng sī tha̍k chòe "chah," á-sī "cha̍p."

她 ·ㄧ I : Lú-sèng ê "i."

妳 ㄋㄧˇ Ní : Lú-sèng ê "lí."

圾 ㄙㄜˋ Gip : Pùn - sò, lah - sap, chheng - chòe 垃（ㄌㄜˋ lat）圾

氖 ㄋㄞˇ Nái : Hòa-ha̍k ê goân-sò͘, Neon, iā e̍k chòe bô oa̍h-sèng ê khì-thé. Khong-khì tiong chin chió. Chiah ū 10 bān hūn chi̍t. Chiong Neon chng-ji̍p chin khong ê po-lê-kńg lāi, pàng tiān, chiū ōe hoat-chhut chin súi ê kng, tiàm-thâu lī-iōng chòe kóng-kò,—Neon sign, 氖燈、霓虹燈、年紅燈。

氙 .ㄕㄢ San : Hòa-ha̍k ê goân-sò͘, Xenon, iā e̍k chòe 氧（.ㄕㄣ sin,）khong-khì tiong hán-iú ê khì-thé.

氟 ㄈㄨ Hut : Hòa-ha̍k ê goân-sò͘. Fluorine, ū tók, tī pêng-siông ê jia̍t-tō͘, ōe kap pa̍t-

廈門音新字典 音首索引 1

音首	頁數	cheng	45	chhiau	98	giang	141
a	1	chi	50	chhih	99	giap	141
ah	2	chi^{n}	53	chhim	100	giat	142
ai	3	chia	54	chhin	101	giau	143
ak	4	chia^{n}	55	chhio	101	giauh	143
am	4	chiah	55	chhioh	101	gih	143
an	5	chiam	56	chhiok	102	gim	143
ang	6	chian	57	chhiong	104	gin	144
ap	6	chiang	60	chhip	107	gio	144
at	7	chiap	60	chhit	108	gioh	144
au	8	chiat	61	chhiu	108	giok	144
ba	9	chiau	62	chhiu^{n}	110	giong	145
bah	10	chiauh	64	chhng	111	gip	145
bai	10	chih	64	chho	111	git	145
bak	11	chim	64	chhơ	113	giu	145
bam	11	chin	65	chhoa	114	go	145
ban	11	chio	68	chhoa^{n}	114	gơ	147
bang	12	chioh	68	chhoah	114	goa	148
bat	13	chiok	68	chhoan	115	goan	148
bau	13	chiong	70	chhoang	116	goat	149
bauh	14	chip	73	chhoat	116	goe	150
be	14	chit	74	chhoe	117	gok	150
beh	14	chiu	75	chhoeh	117	gong	151
bek	15	chiu^{n}	76	chhok	117	gu	151
beng	16	chha	77	chhong	118	gui	153
bi	18	chhah	79	chhu	120	gun	153
bian	20	chhai	79	chhui	122	gut	154
biat	22	chhak	80	chhun	123	ha	155
biau	22	chham	80	chhut	124	ha^{n}	156
bih	23	chhan	82	e	125	hah	157
bin	23	chhang	83	e^{n}	126	hai	157
bio	25	chhap	83	eh	126	hai^{n}	159
bit	25	chhat	84	ek	127	hak	159
biu	26	chhau	84	eng	130	ham	160
bo	26	chhauh	85	ga	133	han	162
bơ	26	chhe	85	gai	133	hang	165
boa	28	chhe^{n}	87	gak	134	hap	166
boah	29	chheh	87	gam	134	hat	166
boan	29	chheh	87	gan	135	hau	167
boat	29	chhek	87	gang	136	hau^{n}	169
boe	30	chheng	89	gap	136	he	169
boh	30	chhi	91	gau	136	hek	171
bok	30	chhi^{n}	93	ge	136	heng	174
bong	32	chhia	94	geh	137	hi	176
bu	35	chhia^{n}	94	gek	137	hi^{n}	179
bun	37	chhiah	95	geng	138	hia	179
but	39	chiam	95	gi	138	hia^{n}	179
che	39	chhian	96	gia	139	hiah	180
cheh	42	chhiang	97	giah	140	hiah^{n}	180
chek	42	chhiap	98	giam	140	hiam	180
		chhiat	98	gian	140	hian	180

附錄七

《訂正臺灣十五音及字母表附八聲符號》

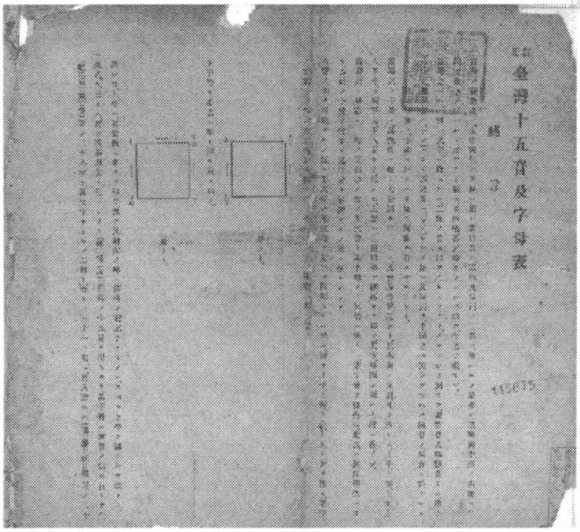
臺灣十五音及字母表

緒言

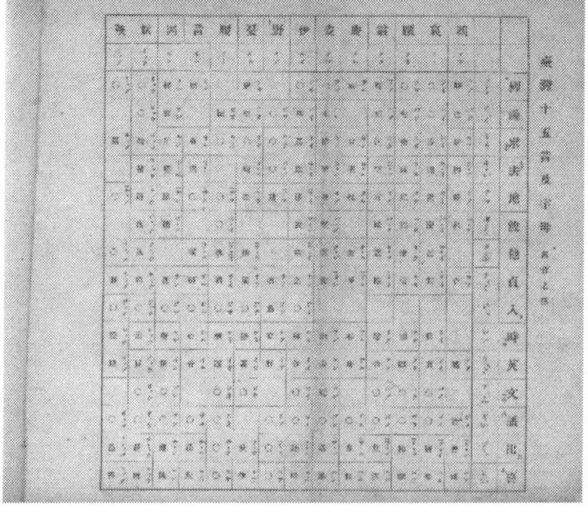
臺灣十五音及字母

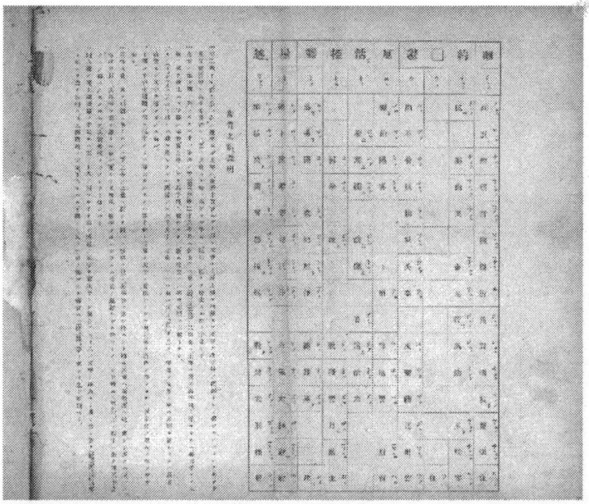

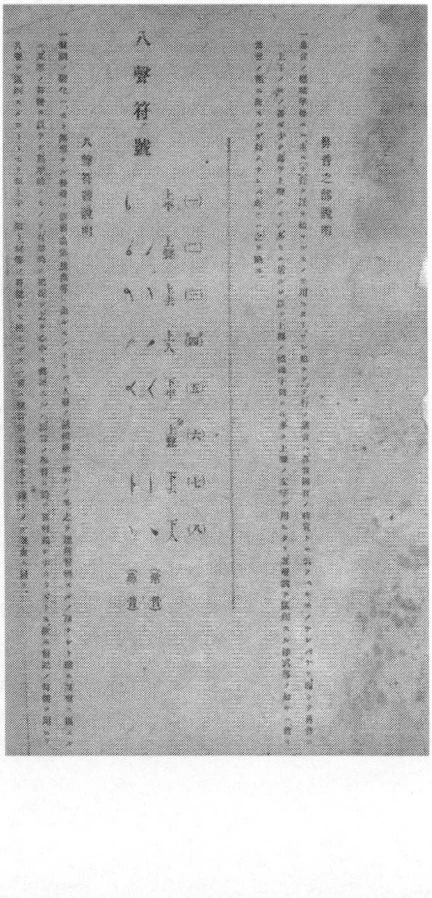

發音之部說明

八聲符號

(一)上平 (二)上聲 (三)上去 (四)上入 (五)下平 (六)上聲 (七)下去 (八)下入

常音

鼻音

八聲符號說明

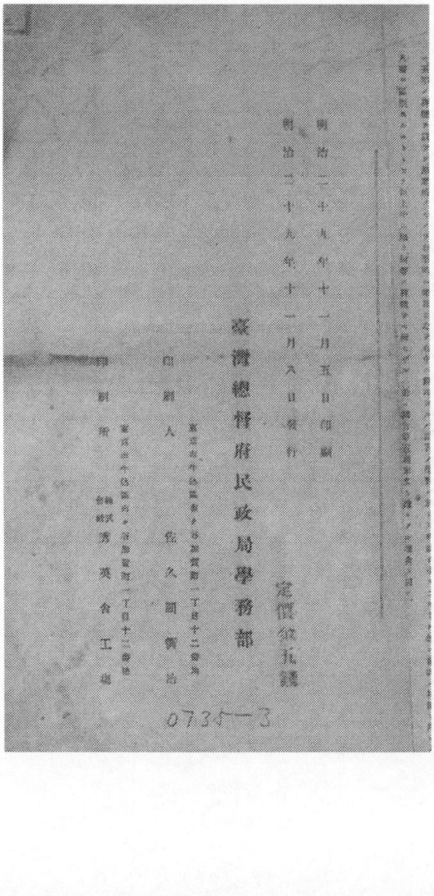

明治二十九年十一月五日印刷

明治二十九年十一月八日發行

定價金五錢

臺灣總督府民政局學務部

印刷人 佐久間貫治

印刷所 株式會社秀英舍工場

0735—3

附錄八

《訂正臺灣十五音字母詳解》

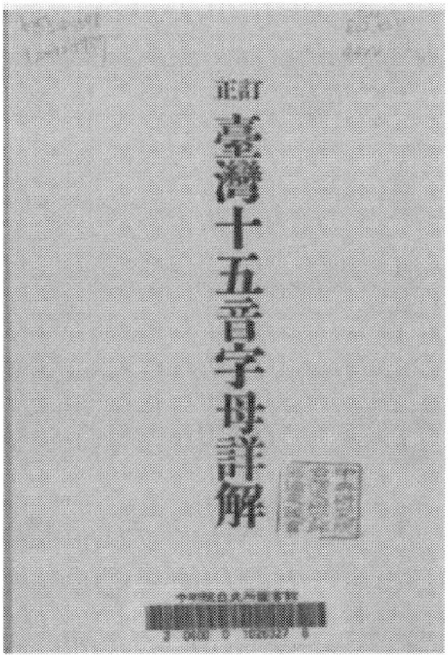

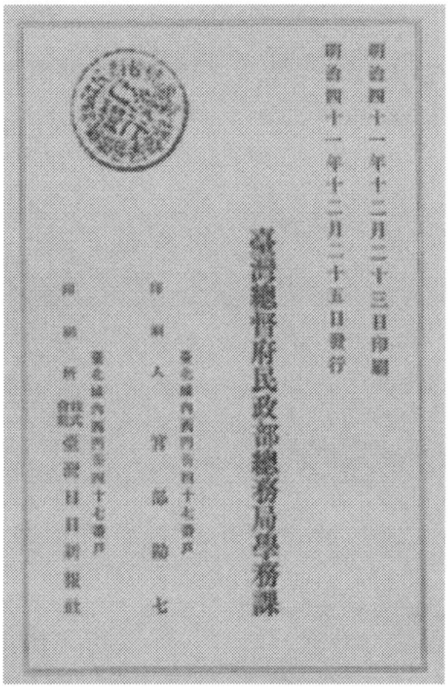

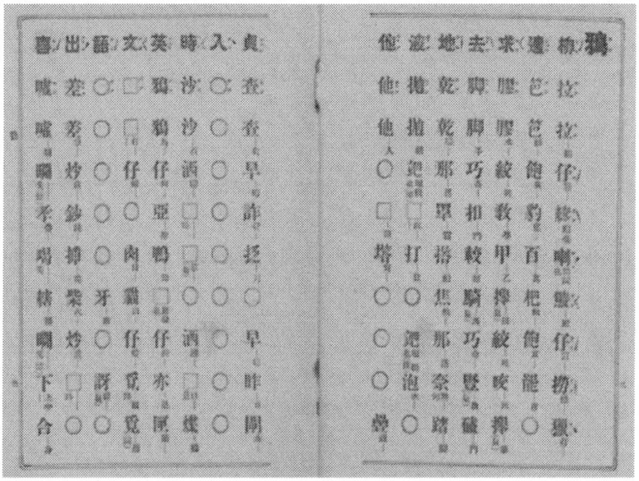

附錄九
推行國語運動的臺灣省政府令

臺灣省政府令

中華民國四十四年十月十七日
（肆肆）府民一字第九九四〇九號

事由：爲基督教會教授羅馬字拼音，令仰取締具報。

臺南縣政府：

一 准教育部臺四四社字第一二八六四號函：「一、據報臺南善化鄉耶穌基督教會全以羅馬字拼音傳教，不用漢文，尤其不識漢字兒童反崇尚羅馬字，全臺教友之多，影響國民教育至大，政府對此影響，應加限制，不能許可外國文字來破壞我國基本教育等情。二、查羅馬字使用範圍早有本部規定。至對於用羅馬字傳教，並經貴省政府於四十二年七月六日以四二府民字第二八一九四號通飭比照日文聖經處理辦法處理有案。三、特函請查明糾正見復爲荷」。

二 查教授羅馬字拼音，早經本府四三府民一字第六二九二二號令通飭禁止在案。該縣善化鄉耶穌基督教會，仍以羅馬字拼音傳教，殊有未合，仰即查明，嚴予取締具報。

三 令仰遵照。

四 副本抄送教育部，並抄發各縣市政府（局）。

主席 嚴家淦

附錄十

《說華語（*Speak Mandarin*）》（部分截圖）

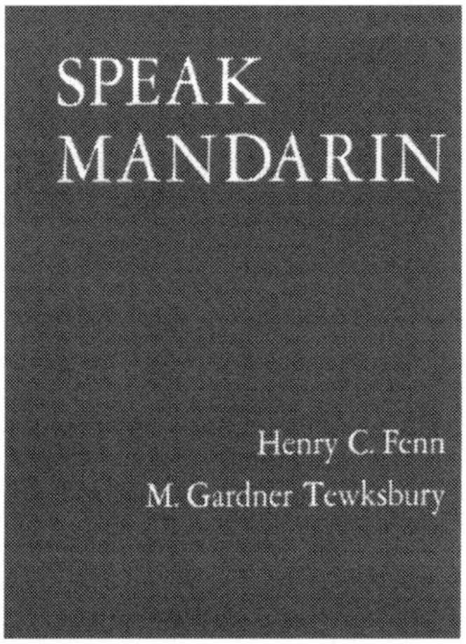

SPEAK MANDARIN

A Beginning Text in Spoken Chinese

Henry C. Fenn
M. Gardner Tewksbury

Yale University Press, New Haven and London

CONTENTS

ix

附錄十一

《國語會話（一）》第一課（pp.1-18）

國語會話

(一)

SPEAK CHINESE

Revised and Adapted
by the
MANDARIN TRAINING CENTER
NATIONAL TAIWAN NORMAL UNIVERSITY

國立臺灣師範大學

國語教學中心語文教材叢書之一

—1—

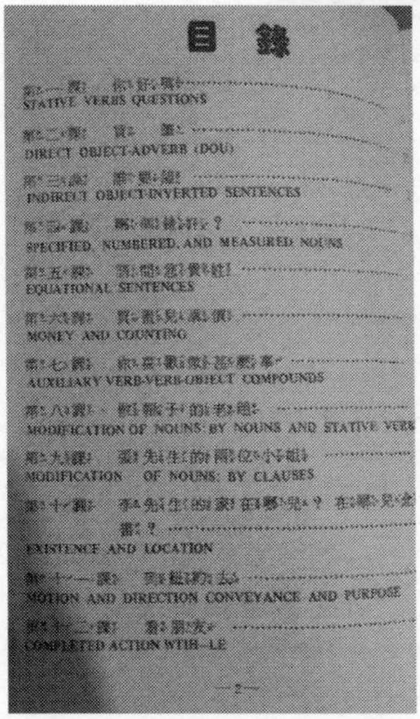

目錄

—2—

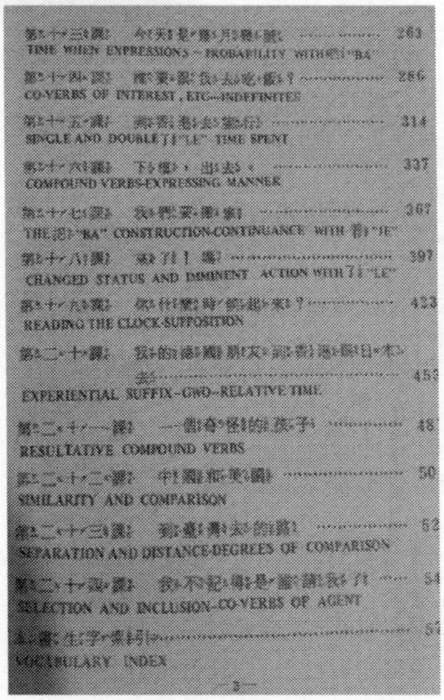

—3—

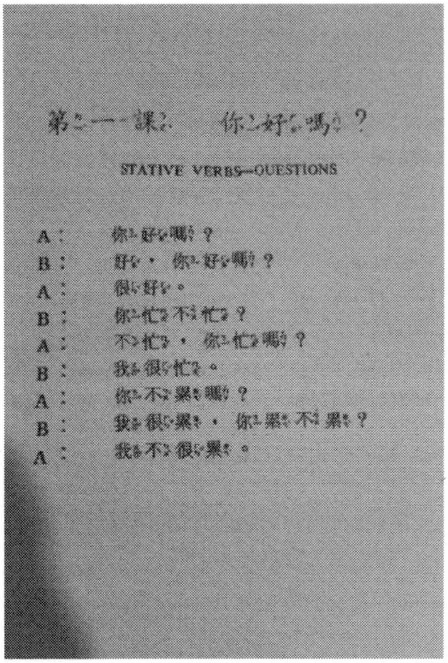

第一課 你好嗎？

STATIVE VERBS—QUESTIONS

A：你好嗎？
B：好。你好嗎？
A：很好。
B：你忙不忙？
A：不忙。你忙嗎？
B：我很忙。
A：你不累嗎？
B：我很累。你累不累？
A：我不很累。

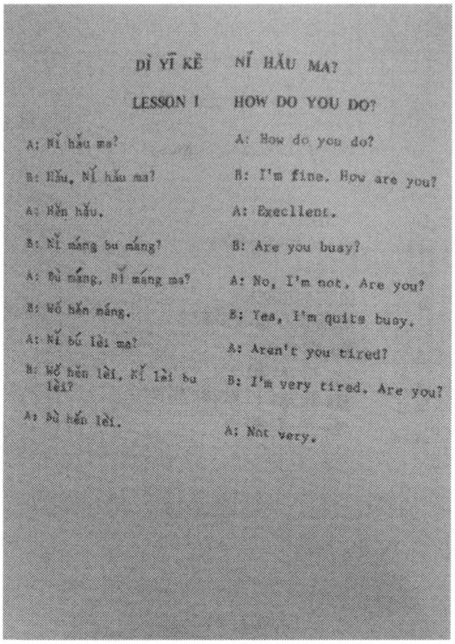

DÌ YĪ KÈ　NǏ HǍU MA?

LESSON 1　HOW DO YOU DO?

A: Nǐ hǎu ma?	A: How do you do?
B: Hǎu, Nǐ hǎu ma?	B: I'm fine. How are you?
A: Hěn hǎu.	A: Excellent.
B: Nǐ máng bu máng?	B: Are you busy?
A: Bù máng, Nǐ máng ma?	A: No, I'm not. Are you?
B: Wǒ hěn máng.	B: Yes, I'm quite busy.
A: Nǐ bú lèi ma?	A: Aren't you tired?
B: Wǒ hěn lèi. Nǐ lèi bu lèi?	B: I'm very tired. Are you?
A: Bù hěn lèi.	A: Not very.

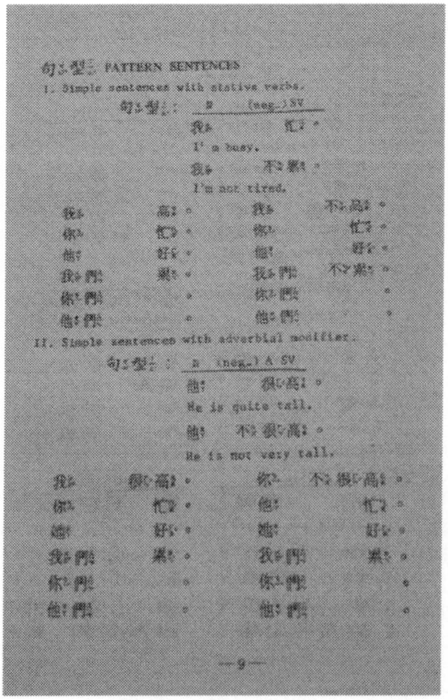

句型 PATTERN SENTENCES

I. Simple sentences with stative verbs.

句型：N (neg.) SV

我 忙。
I'm busy.
我 不累。
I'm not tired.

我	高。	我	不高。
你	忙。	你	忙。
他	好。	他	好。
我們	累。	我們	不累。
你們	。	你們	。
他們	。	他們	。

II. Simple sentences with adverbial modifier.

句型：N (neg.) A SV

他 很高。
He is quite tall.
他 不很高。
He is not very tall.

我	很高。	你	不很高。
你	忙。	他	忙。
她	好。	她	好。
我們	累。	我們	累。
你們	。	你們	。
他們	。	他們	。

—9—

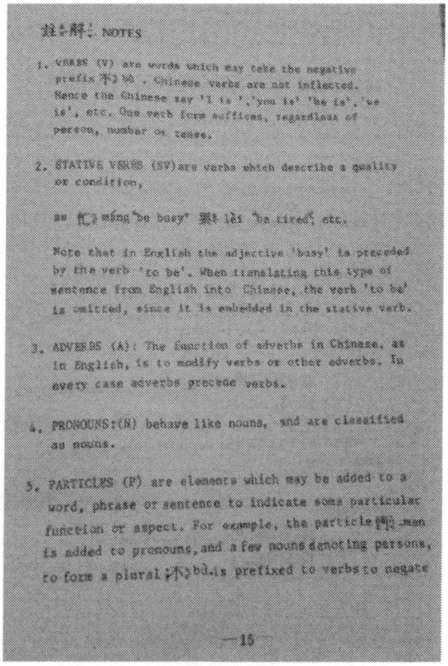

註解 NOTES

1. VERBS (V) are words which may take the negative prefix 不 bù. Chinese verbs are not inflected. Hence the Chinese say 'I is', 'you is' 'he is', 'we is', etc. One verb form suffices, regardless of person, number or tense.

2. STATIVE VERBS (SV) are verbs which describe a quality or condition,

as 忙 máng 'be busy' 累 lèi 'be tired', etc.

Note that in English the adjective 'busy' is preceded by the verb 'to be'. When translating this type of sentence from English into Chinese, the verb 'to be' is omitted, since it is embedded in the stative verb.

3. ADVERBS (A): The function of adverbs in Chinese, as in English, is to modify verbs or other adverbs. In every case adverbs precede verbs.

4. PRONOUNS: (N) behave like nouns, and are classified as nouns.

5. PARTICLES (P) are elements which may be added to a word, phrase or sentence to indicate some particular function or aspect. For example, the particle 們 men is added to pronouns, and a few nouns denoting persons, to form a plural; 不 bù is prefixed to verbs to negate

—15—

附錄十二
臺灣當代主流華語文教材評估問卷調查表*

一 《新版實用視聽華語》問卷調查表

尊敬的老師，您好！

感謝您撥冗填寫此份問卷調查（作答時間約為三十分鐘）。本評估表是一個五度等級量表，調查記錄臺灣華語文教師對《新版實用視聽華語》華語文教材的態度或看法（提供教材研究進行評估）。請各位教師根據自己的經驗及專業感知對問卷中的「調查項」作出判斷與選擇，感謝您！

等級標識：

1=完全不同意 2=不太同意 3=不清楚 4=基本同意 5=完全同意

教材名稱：	《新版實用視聽華語》	編輯作者：	葉德明主編（臺師大）
教材類型：	主流綜合型華語文教材	出版時間：	二〇一七年改版
教材冊數：	共五冊	適用對象：	世界各國華語學習者

(一) 整體編排						
序號	評估內容	態度或看法				
		1	2	3	4	5
1.	教材的整體編排方式能引起學習者的興趣與動機。(例如目錄、索引等等)					

* 筆者以下兩份問卷調查表之編製，參考吳勇毅、林敏（2006）設計的評估問卷。

序號	評估內容	1	2	3	4	5
2.	教材的框架及聽說讀寫各項功能清楚明確。					
3.	教材內容與目前學習者的程度可適當銜接。					
4.	學完此教材以後，華語文學習者可能達到的程度很明確。					
	(二) 詞彙及解釋					
序號	評估內容	態度或看法				
		1	2	3	4	5
5.	教材中每一課的生詞數量適當。					
6.	教材中採用的生詞總數量適當。					
7.	教材中採用的生詞適合交際溝通使用。					
8.	教材中生詞之重現率高，可以幫助學生記住這些詞彙。					
9.	教材中生詞的「詞性劃分」易於學習者理解與學習，以及教學。(例如授用「動詞三分法」劃分「詞性」及「標示名稱」)					
10.	教材中生詞的翻譯、批註、詞性標示是準確的。					
11.	對詞語的用法、使用條件、場合、情境有準確的說明和足夠的例子。					
12.	教材中附有便於查找的詞彙總表					
	(三) 語法注釋及練習					
序號	評估內容	態度或看法				
		1	2	3	4	5
13.	課文中的語法解釋說明條理清晰，學生可以看得明白。					
14.	語法解釋說明所使用的外語，翻譯得準確無誤，可以理解，不存在模糊之處。					
15.	語法的解釋說明有相應及足夠的例子，可以幫助和加深學生的理解。					
16.	語法的解釋說明中沒有很多專門的概念和術語。					
17.	語法的解釋說明中有使用該語法之場合及情境的說明。					

18.	語法練習例句能對應語法的解釋說明。					
19.	教材附有便於查找的語法及功能專案索引表					

(四) 課文內容

序號	評估內容	態度或看法				
		1	2	3	4	5
20.	課文內容有意義而實用。					
21.	課文內容與大多數學習者的年齡和心態相符。					
22.	課文裡所涉及的文化、社會、政治、經濟、歷史、文學…等內容是學生感興趣的。					
23.	課文的話題多樣性、範圍廣泛，文化多元，且對學生有吸引力。					
24.	課文的難度循序漸進。					
25.	課文的長度適中。					
26.	課文中句子的長度適中。					
27.	課文對話中的人物和身份有意思，對話符合各自的身份。					

(五) 課堂活動

序號	評估內容	態度或看法				
		1	2	3	4	5
28.	教材中每一課附加的課堂活動說明清礎。					
29.	教材中每一課附加的課堂活動實用有意思。					
30.	教材中每一課附加的課堂活動能對應所學進行練習。					
31.	教材中每一課附加的課堂活動可幫助學生吸收新知。					
32.	教材中每一課附加的課堂活動利於教學。					

(六) 作業或練習

序號	評估內容	態度或看法				
		1	2	3	4	5
33.	教材中的(課後)練習或作業，數與量適中。(太多/太少)					

34.	教材中的(課後)練習或作業，有意思，且能引起學習者的興趣與動機。					
35.	教材中的(課後)練習或作業對生詞來說有很好的複習作用。					
36.	教材中的(課後)練習或作業對語法來說有很好的複習作用。					
37.	教材中的(課後)練習或作業形式多樣。					
38.	教材中的(課後)練習或作業富有層次，是一種「理解性-機械性-活用性」的練習。					
39.	教材中的(課後)練習或作業之題目的指令很清晰明確。					
40.	教材中的(課後)練習或作業中有需要通過和他人合作才能完成的互動性練習。					
41.	教材中的(課後)練習或作業有參考答案。					
42.	教材中附有階段複習或總複習的材料及練習。					

(七) 編寫形式

序號	評估內容	態度或看法				
		1	2	3	4	5
43.	版面設計好，字體大小合適、易讀，能清晰區分每個部分。					
44.	書的色彩和諧、合適。					
45.	插圖和內容配合緊密，增加內容的可讀性、生動性。					
46.	頁面編排合理，內容和題目之間不必頻繁翻頁。					
47.	每行之間及頁邊留有空間可供我備課時作筆記。					
48.	教材開本大小合適，使用方便，便於攜帶。					
49.	紙張品質好，容易保存。					
50.	有專門配套的教師手冊。					
51.	有配套的磁帶或光碟等視聽或多媒體材料。					
52.	教材的頁數及厚度適中。					

● 開放式問題：

53. 您認為該教材最為突出的地方是什麼？（包括各冊之優點和缺點）
54. 通過學習該教材，學生是否得到應有的進步？（包括各冊教材不同特徵及學習目標等；且單從教材對學習進步產生的影響作答即可，不探討其他學習影響進步之因素）
55. 如果該教材需再修訂再版，您認為教材應做哪些改變或調整，從而更適合學生的需求？（包括各冊之不同特徵）

二、《當代中文課程》問卷調查表

尊敬的老師，您好！

感謝您撥冗填寫此份問卷調查（作答時間約為三十分鐘）。本評估表是一個五度等級量表，調查記錄臺灣華語文教師對《當代中文課程》華語文教材的態度或看法（提供教材研究進行評估）。請各位教師根據自己的經驗及專業感知對問卷中的「調查項」作出判斷與選擇，感謝您！

等級標識：

1=完全不同意　2=不太同意　3=不清楚　4=基本同意　5=完全同意

教材名稱：	《當代中文課程》	編輯作者：	鄧守信主編（臺師大）
教材類型：	主流綜合型華語文教材	出版時間：	二〇一五年初版
教材冊數：	共五冊	適用對象：	世界各國華語學習者

(一) 整體編排						
序號	評估內容	態度或看法				
		1	2	3	4	5
1.	教材的整體編排方式能引起學習者的興趣與動機。(例如目錄、索引等等)					
2.	教材的框架及聽說讀寫各項功能清楚明確。					
3.	教材內容與目前學習者的程度可適當銜接。					
4.	學完此教材以後，華語文學習者可能達到的程度很明確。					

(二) 詞彙及解釋						
序號	評估內容	態度或看法				
		1	2	3	4	5
5.	教材中每一課的生詞數量適當。					
6.	教材中採用的生詞總數量適當。					
7.	教材中採用的生詞適合交際溝通使用。					
8.	教材中生詞之重現率高，可以幫助學生記住這些詞彙。					
9.	教材中生詞的「詞性劃分」易於學習者理解與學習，以及教學。(例如按用「動詞三分法」劃分「詞性」及「標示名稱」)					
10.	教材中生詞的翻譯、批註、詞性標示是準確的。					
11.	對詞語的用法、使用條件、場合、情境有準確的說明和足夠的例子。					
12.	教材中附有便於查找的詞彙總表					

(三) 語法注釋及練習						
序號	評估內容	態度或看法				
		1	2	3	4	5
13.	課文中的語法解釋說明條理清晰，學生可以看得明白。					

14.	語法解釋說明所使用的外語，翻譯得準確無誤，可以理解，不存在模糊之處。					
15.	語法的解釋說明有相應及足夠的例子，可以幫助和加深學生的理解。					
16.	語法的解釋說明中沒有很多專門的概念和術語。					
17.	語法的解釋說明中有使用該語法之場合及情境的說明。					
18.	語法練習例句能對應語法的解釋說明。					
19.	教材附有便於查找的語法及功能專案索引表					

(四) 課文內容

序號	評估內容	態度或看法				
		1	2	3	4	5
20.	課文內容有意義而實用。					
21.	課文內容與大多數學習者的年齡和心態相符。					
22.	課文裡所涉及的文化、社會、政治、經濟、歷史、文學…等內容是學生感興趣的。					
23.	課文的話題多樣性、範圍廣泛，文化多元，且對學生有吸引力。					
24.	課文的難度循序漸進。					
25.	課文的長度適中。					
26.	課文中句子的長度適中。					
27.	課文對話中的人物和身份有意思，對話符合各自的身份。					

(五) 課堂活動

序號	評估內容	態度或看法				
		1	2	3	4	5
28.	教材中每一課附加的課堂活動說明清礎。					

29.	教材中每一課附加的課堂活動實用有意思。					
30.	教材中每一課附加的課堂活動能對應所學進行練習。					
31.	教材中每一課附加的課堂活動可幫助學生吸收新知。					
32.	教材中每一課附加的課堂活動利於教學。					
	(六) 作業或練習					
序號	評估內容	態度或看法				
		1	2	3	4	5
33.	教材中的(課後)練習或作業，數與量適中。(太多/太少)					
34.	教材中的(課後)練習或作業，有意思，且能引起學習者的興趣與動機。					
35.	教材中的(課後)練習或作業對生詞來說有很好的複習作用。					
36.	教材中的(課後)練習或作業對語法來說有很好的複習作用。					
37.	教材中的(課後)練習或作業形式多樣。					
38.	教材中的(課後)練習或作業富有層次，是一種「理解性-機械性-活用性」的練習。					
39.	教材中的(課後)練習或作業之題目的指令很清晰明確。					
40.	教材中的(課後)練習或作業中有需要通過和他人合作才能完成的互動性練習。					
41.	教材中的(課後)練習或作業有參考答案。					
42.	教材中附有階段複習或總複習的材料及練習。					
	(七) 編寫形式					
序號	評估內容	態度或看法				
		1	2	3	4	5
43.	版面設計好，字體大小合適、易讀，能清晰區分每個部分。					
44.	書的色彩和諧、合適。					

45.	插圖和內容配合緊密，增加內容的可讀性、生動性。					
46.	頁面編排合理，內容和題目之間不必頻繁翻頁。					
47.	每行之間及頁邊留有空間可供我備課時作筆記。					
48.	教材開本大小合適，使用方便，便於攜帶。					
49.	紙張品質好，容易保存。					
50.	有專門配套的教師手冊。					
51.	有配套的磁帶或光碟等視聽或多媒體材料。					
52.	教材的頁數及厚度適中。					

● 開放式問題：

53. 您認為該教材最為突出的地方是什麼？（包括各冊之優點和缺點）

54. 通過學習該教材，學生是否得到應有的進步？（包括各冊教材不同特徵及學習目標等；且單從教材對學習進步產生的影響作答即可，不探討其他學習影響進步之因素）

55. 如果該教材需再修訂再版，您認為教材應做哪些改變或調整，從而更適合學生的需求？（包括各冊之不同特徵）

附錄十三
《視華》與《當代》教學應用分析之典型教案

一 《新版實用視聽華語（一）》發音教案

教材名稱	《新版實用視聽華語（一）》	**課文**	發音教學（pp.10-42）
教學對象	零起點初級程度學習者	**班別**	十三人初級班
教學時間	參考本教案教學步驟，視班級人數及學習者的程度而定。		
教學內容	國語注音符號和中文拼音的發音及聲調練習： （1）三十七個拼音字母。 （2）四個聲調和輕聲變調。 （3）單音節及雙音節字、詞的拼讀。		
教學目標	1. 能使用三十七個中文拼音字母拼讀漢語（漢字）。 2. 能使用四個聲調和輕聲變調說出標準的漢語。 3. 能掌握漢語單音節和雙音節的拼讀方法。		
教學資源	字母卡、磁鐵、音檔、講義等		

教學內容		
步驟一	**教學流程與重點**	**資源**
暖身 測試聽力	1. 讓學生聽六個字母的音訊（參考MP3設計）。 2. 將十張字母卡放在白板上。 3. 請學生選出所聽到的六個字母。	音訊MP3 字母卡 磁鐵
拼音 課室活動 眼明手快	1. 將聲母、韻母、介音做成三種顏色的字卡。 2. 將「聲母字卡」放在白板最上方，學習二十一個聲母發音。	字母卡 磁鐵

	3. 進行「你說字母我選卡」課室活動[1]。將「韻母字卡」放在白板最下方，學習十三個韻母發音；教師手指聲母，搭配韻母，讓學生拼音；將「介音字卡」放在白板中間，學習三個介音發音。 4. 進行「眼明手快」課室活動。 將學生分組進行練習，教師或學生念一個字母之後，學生選出該字母的發音卡。 教師或學生念一個聲母，搭配一個韻母或介音；一個介音搭配一個韻母，讓學生選出正確的字母卡。	
步驟二	**教學流程與重點**	**資源**
聲調練習 課室活動 眼明手快 口耳相傳	1. 將五線譜畫在「聲母字卡」與「韻母字卡」中間；將四個聲調放在五線譜上，教師將手指在字母卡上，搭配五線譜上的一個聲調，讓學生練習聲調；教師將手指在兩或三字母卡上，搭配五線譜上的一個聲調，讓學生練習聲調。 2. 將學生分組進行「眼明手快」活動。 3. 將學生分組進行「口耳相傳」活動。 4. 將學生分組，每組每次一名學生出列，由教師指出課本上的一個字母，學生回到座位口耳相。最後一名同學將聽到的答案標示在白板上。又快又準確的即為勝利組。	字母卡 磁鐵
步驟三	**教學流程與重點**	**資源**
單／雙音節 拼音練習 課室活動 你說我選	1. 配合將第一課或第二課的生詞，進行拼音練習。進行拼讀字、詞的「你說我選」活動：將聲母和韻母搭配一個常用字詞進行拼讀。例如將聲母「b」結合韻母「a」拼讀「baba（爸	字母卡 磁鐵 講義

1 「你說字母我選卡」此一活動簡稱為「你說我選」。

比手畫腳	爸）」這種常用詞彙。使用「比手畫腳」的方法練習發音和聲調。提升學習興趣和動機，增強學習成就感。 2. 進行拼讀字或詞的「你說我選」活動：可測試學生聽力的活動。教師先做「你說我選」的活動示範，如教師說出聲母或韻母，學生選出教師所說的聲母或韻母的字母卡；教師拼讀「baba（爸爸）」，學生選出「b」和「a」的字母卡。然後師生輪流交替扮演「你說我選」中「說和聽」的角色，當聽說都達標了，再搭配聲調進行練習。	

資料來源：該教案部分資料由鄭秀貞老師提供

二 《新版實用視聽華語（一）》第一課教案

教材名稱	《新版實用視聽華語（一）》	**課文**	您貴姓？
教學對象	零起點程度學習者	**班別**	十三人初級班
教學時間	參考本教案的教學步驟，視班級人數及學習者的程度而定。		
教學內容	1. 常用詞彙；您、你、你們、我、我們、他、他們、姓名、先生、小姐、老師、學生、中國、英國、哪國、不、好、呢、嗎。 2. 禮貌用語：請、問、貴姓、再見等相關問答句式。 3. 教學重點：是、叫、姓的不同使用方法。 4. 初次見面應對和自我介紹的會話內容。 5. 教學可根據學習者的需求補充國語注音符號或中文拼音教學。		
教學目標	1. 學會初次見面會話用語等。 2. 學會簡單介紹自己、詢問他人姓名、國籍等常用會話內容。		
教學資源	影片、音檔、生詞卡、字母卡、圖片、板書等。		

課文內容I	課文內容II
李先生：先生，您貴姓？ 王先生：我姓王，您貴姓？ 李先生：我姓李，叫大衛。 王先生：李先生，您好。 李先生：您好，您是美國人嗎？ 王先生：不是，我是英國人。	李愛美：你好。 王珍妮：你好。 李愛美：我叫李愛美。你叫什麼名字？ 王珍妮：我叫王珍妮。 李愛美：珍妮，你是哪國人？ 王珍妮：我是美國人，你呢？ 李愛美：我是臺灣人。

教學內容

步驟一	教學流程與重點	資源
暖身 情景帶動 生詞教學 五分鐘	1. 播放YouTube「上課情景」影片（一分鐘），教師板書「你、我、他」等代名詞。 2. 教師指著影片中的老師角色說「老師」，再指影片中的學生角色說「學生」，學生跟讀「老師／學生」。 3. 教師板書「是（is）」，指著影片中的老師及板書說「他／她是老師」，學生跟讀「他／她是老師」；再練習「她／他是學生」、「他們是學生」、「你是學生」、「你們是學生」……等。	影片 板書
課室活動 （一）	1. 教師使用YouTube上課情景影片結合本班上課情景繼續引導「S＋是＋N」句型的替換練習。 2. 學生使用「我、我們、你、你們、他、他們、老師、學生」的生詞卡跟著老師互相替換練習「S＋是＋N」句型。 3. 教師播放YouTube辦公室會議情景影片（一分鐘），利用影片情景加入新生詞「您、先生、小姐、姓名」的教學。	影片 板書 生詞卡
課室活動 （二）	1. 教師把「您、先生、小姐、我、我們、你、你們、他、他們、老師、學生、姓、名」等生詞卡黏在白板上，播放YouTube辦公室會議情景影片。 2. 教師利用影片的情景和已學詞彙，加入新生詞	影片 圖片 生詞卡

	「您、先生、小姐、姓名」進行互相認識和自我介紹會話句型教學。 3. 學生使用生詞卡，進行互相認識和自我介紹會話句型的替換練習。	
課室活動（三）自我介紹	1. 介紹「姓氏＋稱謂」，以及「貴姓」的禮貌用法。 2. 強調「姓、叫、是、不是」不同句型的練習：（1）我叫＋姓名／名；（2）我姓＋姓氏；（3）我是＋姓＋先生／小姐；我是＋姓名／名。 3. 使用本課已學詞彙加強中文拼音的發音練習。	影片 圖片 生詞卡 字母卡 作業本
步驟二	**教學流程與重點**	**資源**
課室活動（一）自我介紹	1. 教師把「您、您好、我、我們、你、你們、他、他們、老師、學生、姓、名、先生、小姐、貴姓、嗎、中國、英國、美國（含本班學生姓名＋國籍）」等生詞卡黏在白板上，觀看本課的教材影片，借助自我介紹情景，溫習已學生詞，學習「您好、貴姓、嗎、中國、英國、美國……」等新生詞。 2. 教師引導學生互相認識，輸出較為完整的自我介紹會話內容（參見第一課的第一個會話內容）。 3. 學生使用生詞卡和人物圖片，進行互相認識和簡單自我介紹的會話句型的替換練習。	影片 圖片 生詞卡
課室活動（二）	1. 加強第一課的第一個會話的句型練習：（1）先生／小姐，您＋貴姓？；（2）S＋姓……；（3）S＋姓，叫＋名字；（4）S＋您好；（5）S＋是／不是＋國家＋人；（6）S＋是＋國家＋人＋嗎？ 2. 將學生分為兩人一組，使用人物圖片和生詞卡進行生生互動，練習打招呼及自我介紹（教師在課堂中巡迴指導學生輸出正確的會話內容）。 3. 使用本課已學詞彙加強中文拼音的發音練習。	圖片 生詞卡 字母卡
課室活動（三）	1. 教師把「你、你好、你們好、他、他們好、老師好、先生好、小姐好、什麼、什麼名字、哪、哪	影片 圖片

	國、哪國人、呢」等生詞卡黏在白板上，觀看本課教材影片，借助打招呼和自我介紹情景，溫習已學生詞，學習「S＋好、S們＋好、什麼、什麼名字、哪、哪國、哪國人、呢……」等新生詞。 2. 教師引導學生互相認識，輸出較為完整的自我介紹會話內容（參見第一課的第二個會話內容）。	生詞卡 作業本
步驟三	**教學流程與重點**	**資源**
課室活動（一）	1. 加強第一課的第二個會話的句型練習：（1）你好；（2）S＋叫……；（3）S＋叫＋什麼＋名字；（4）S＋是＋國家＋人；（5）你是＋哪國人？；（6）S＋呢？ 2. 將學生分為兩人一組，使用人物和國旗圖片，以及生詞卡等，進行生生互動，練習打招呼及自我介紹（教師在課堂中巡迴指導學生輸出正確的會話內容）。	圖片 生詞卡
課室活動（二）	1. 教師把第一課的重要生詞的生詞卡粘在白板上，師生抽換白版上的生詞卡，進行師生和生生互動，替換練習第一課第二個對話句型。 2. 教師引導學生輸出較為完整的自我介紹會話內容（參見第一課的第二個會話內容）；學生分組操練第第一課的第二個會話的全部內容。 3. 教師將班上學生分為兩組，說出一名學生基本資料，讓兩組的學生搶答教師說的學生是誰。例如：他／她姓王，他是韓國人……」學生搶答正確可加獲加分。然後，兩組互相提問和搶答。	圖片 生詞卡
課室活動（三）自我介紹	1. 教師將學生分成兩組，學生打開課本，分飾課文對話中的不同角色，朗讀第一課對話內容。之後，教師根據第一課對全文提問，學生搶答。關鍵資訊提問：（1）李先生叫什麼名字？；（2）王先生是美國人嗎？；（3）愛美姓什麼？；（4）珍妮是哪國人？	課本 生詞卡 字母卡 作業本

	2. 學生分組進行生生練習，互相提問搶答。 3. 使用本課已學的詞彙和第二課未學生詞，加強中文拼音的發音練習，達到溫故而知新的作用。	

資料來源：本教案由本書作者編纂

三　《新版實用視聽華語（三）》第四課教案

教材名稱	《新版實用視聽華語（三）》	**課文**	談談地理吧
教學對象	中級程度學習者	**班別**	十三人中級班
教學時間	參考本教案的教學步驟，視班級人數及學習者的程度而定。		
教學內容	1. 課文內容：概況臺灣和美國的地理位置、地形、大小、人口等對社會發展的影響；介紹故宮博物院、墾丁國家公園、中部橫貫公路等觀光景點。 2. 重要詞彙：收到、指、發展、幫助、欣賞、相反、原來、值得 3. 重要語法：（1）好SV的N！；（2）除了……以外……，都／還……；（3）加起來；（4）不但……，也／而且（也）／並且（也）……；（5）沒有一M（N）不／沒……的；（6）N1/NP1跟N2/NP2比起來……。		
教學目標	1. 能簡單概況臺灣和美國的基本地理情況。 2. 能簡介臺灣旅遊景點及其生態環境等。 3. 能簡單概況自己國家的地理和環境。 4. 能自行設計規劃旅遊行程。		
教學資源	PowerPoint、地圖、生詞卡、句型單、磁鐵、音檔、講義等		

教學內容		
步驟一	**教學流程與重點**	**資源**
暖身 五分鐘	學生分成三組展示預習單中的任務成果：使用課文中三至五個生詞，根據自己找的「臺灣地圖」和「臺灣景點」的圖片，談談臺灣的地理和旅遊景點。	PPT 影片 生詞卡 句型單

課室活動 （一） 寄東西	1.提供三組學生本課的生詞卡和句型單，觀看本課影片三分鐘，使用本課生詞卡，討論課文內容：（1）中國人跟熟人打招呼，習慣說對方的動作，如「在吃飯啊，在看書啊，去哪啊？」等等；（2）表示驚歎的語氣：「哇！好……的……！」 2.使用討論過的生詞卡和句型單，說說自己國家有哪些值得一提的文化，並談談對各國文化的感受。如，「哇！好特別的食物！」；再使用簡訊、掛號、包裹、通知等生詞，談談自己怎麼把他國的物品送給親朋好友。	
步驟二	**教學流程與重點**	**資源**
課室活動 （一） 談地理	教師使用PPT展示臺灣地圖，學生分組，每組最少使用五個生詞和兩個語法討論臺灣的地理情況。關鍵資訊提問：（1）……有多大？（問大小）；（2）跟……一樣大／和……加起來……（概念式說明大小）？；（3）除了……以外……，還有……（表示「排除」的說法）？	PPT 生詞卡 句型單
課室活動 （二） 論生態	1.瞭解臺灣的生態環境，教師使用PPT展示臺灣地圖。學生分組，每組最少使用五個生詞和兩個語法討論臺灣的生態環境或觀光景點。關鍵資訊提示：（1）雖然……可是……（表示讓步的說法）；（2）A跟B比起來……（比較兩個事物的說法）；（3）表示更進一步的說法（表示更進一步的說法）。 2.交代明日課外活動：帶學生到淡水體驗臺灣生態景觀「紅樹林」，提醒學生做記錄，並使用本課生詞和語法撰寫活動感想。	
口頭報告	1.學生分組，每組最少使用已學的八個生詞，四個語法，簡介一個國家或城市的地理位置、地形、大小、人口等情況。 2.小組報告：用學過的詞彙和語法談談某個國家的地	

	理和環境。教師針對各組報告內容，使用本課生詞提問，加強學生對詞彙和語法的理解和運用。	
步驟三	**教學流程與重點**	**資源**
課室活動（一）談歷史	1. 提供學生還未學過的生詞卡和句型單，觀看本課影片五分鐘後，每組最少使用五個生詞和兩個語法討論課文內容。關鍵資訊提示：（1）沒有一個不說好的（用雙重否定強調肯定的語氣）；（2）嗯（表示同意對方說法的嘆詞）；（3）另外還有……。 2. 教師針對課文內容提問，加強學生對本課詞彙、語法和會話的理解和運用。關鍵資訊提示：（1）請說說開通中部橫貫公路的情況；（2）談談臺灣為什麼沒有很長的河？ 3. 本課口頭報告：簡單說明一個地方的發展歷史。	影片 生詞卡 講義
課室活動（二）生態之旅	1. 以「我國的氣候」為主題進行對話練習。 2. 出發到淡水「紅樹林」體驗自然生態環境。活動結束後在課堂上口頭分享活動感受。	PPT
課室活動（三）紅樹林之旅	1. 精讀課文和課後短文，根據本課內容分組互相提問搶答，分數最高者獲勝。 2. 課堂分享活動，暢談淡水「紅樹林」之旅的真實體驗和感受。 3. 分組討論：參考「紅樹林」之旅的真實經驗，討論如何規劃一個禮拜的旅遊行程。	生詞卡 句型單 書面報告

資料來源：本教案由本書作者編纂

四　《當代中文課程（一）》第一課教案

教材名稱	《當代中文課程（一）》	**課文**	歡迎你來臺灣！
教學對象	零起點初級學習者	**班別**	十三人初級班
教學時間	參考本教案的教學步驟，視班級人數及學習者的程度而定。		

教學內容	1. 基本的日常會話練習，包括接機或聚會時的簡單自我介紹，以及道謝和接受謝意的禮貌用語等。 2. 本課生詞的中文拼音和漢字筆劃教學和練習。
教學目標	1. 能用簡單的中文打招呼，以及介紹自己和他人。 2. 能用簡單的中文瞭解別人的喜好。 3. 能用簡單的中文道謝，以及表達接受謝意的回應。 4. 能瞭解漢語拼的拼讀方法，掌握四個聲調及變調的原則。
教學資源	1. PPT、MP3音訊、生詞卡、字母卡、板書、學生名牌、世界地圖 2. ACCESS全漢字檢索系統： http://huayutools.mtc.ntnu.edu.tw/mtchanzi

課文內容

對話I	**對話II**
明華：請問你是陳月美小姐嗎？ 月美：是的，謝謝你來接我們。 明華：不客氣。我是李明華。 月美：這是王先生。 開文：你好，我姓王，叫開文。 月美：你們好。歡迎你們來臺灣。	明華：請喝茶。 開文：謝謝。很好喝。請問這是什麼茶？ 明華：這是烏龍茶。臺灣人喜歡喝茶。開文，你們日本人呢？ 月美：他不是日本人。 明華：對不起，你是哪國人？ 開文：我是美國人。 明華：開文，你要不要喝咖啡？ 開文：謝謝！我不喝咖啡，我喜歡喝茶。

教學內容

步驟一	**課文I　情景導引——教學流程與重點**	**資源**
暖身 五分鐘 機場接機	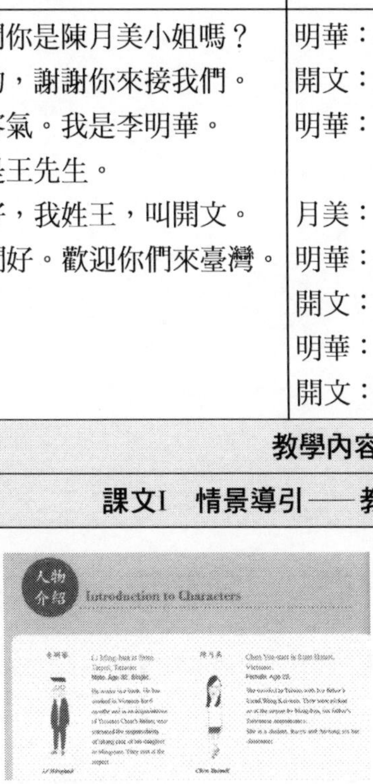 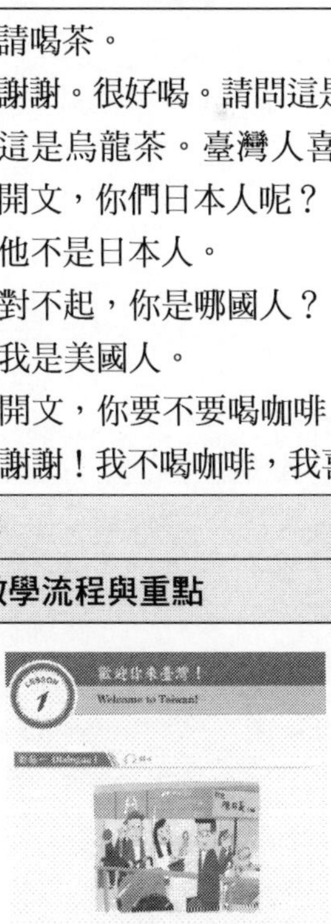	PPT 板書 字母卡 生詞卡

	1. 使用PPT展示該教材的人物介紹（p. XXVI）：講練中文姓名和語法點，及其中文拼音（圖片法、拼讀法、例句法、問答法）。關鍵資訊提示：（1）他／她叫什麼（S＋叫＋什麼）？（2）他／她叫～（S＋叫＋名字／S＋叫＋姓名）；（3）他／她姓什麼（S＋姓＋什麼）？（4）他／她姓～（S＋姓＋姓氏）；（5）他／她是～（S＋是＋名字／S＋是＋姓名）。 2. 使用PPT展示本課插圖講練補充詞彙及語法點：他們、在、機場、哪裡、接機，以及生詞的中文拼音（圖片法、拼讀法、例句法、問答法）。關鍵資訊提示：（1）他／他們在機場（S／複數＋在＋N）；（2）他／他們在哪裡（S／複數＋在＋哪裡）？	
課室活動 （一） 簡單介紹 打招呼	 教師把預先做好的學生中文名牌（標註姓名的漢字和拼音），發放給學生。講練學生們的中文姓名和主要句型的語法點，以及其中文拼音（圖片法、拼讀法、例句法、問答法）。關鍵資訊提示：（1）你／我／他／她叫什麼（S＋叫＋什麼）？（2）你／我／他／她叫～（S＋叫＋名字／S＋叫＋姓名）？（3）你／我／他／她（複數）在～（S／複數＋在＋N）；（4）你／我／他／她（複數）在哪裡（S／複數＋在＋哪裡）？學生分組使用「姓名名牌」練習以上情景的問答對話。	PPT 板書 字母卡 生詞卡 姓名牌

步驟二	課文I　教學流程與重點	資源
課室活動 （一） 禮貌用語	1. 使用PPT展示本課插圖並講練（一到三句）生詞和語法點：請問、你、是、陳月美、小姐、嗎、是的、謝謝、來、接、我們、不客氣、我、李明華（圖片法、例句法、問答法）。關鍵資訊提示：（1）請問你是＋S嗎？（2）是的，謝謝你來接我們（謝謝＋S＋來＋V＋N）；（3）不客氣；（4）他／她是-（S＋是＋N）。 2. 使用PPT展示本課插圖並講練（4-6句）生詞和語法點：這、先生、你好、姓、叫、王開文、你們、好、歡迎、臺灣（圖片法、例句法、問答法）。關鍵資訊提示：（1）這＋是＋N；（2）你好；（3）S＋姓＋姓氏，叫＋名字；（4）你們好！；（5）歡迎＋你們＋來V＋P.N（地方名詞）。學生分組使用名牌練習以上情景的問答內容。 3. 使用本課MP3音訊練習和複習中文拼音；使用本課漢字練習本學習漢字筆劃及筆順。	PPT 板書 字母卡 生詞卡 姓名牌 MP3 作業本
步驟三	**課文II（1-8句）　教學流程與重點**	**資源**
課室活動 （一） 談天說地	 使用PPT展示本課插圖並講練（一到四句）生詞和語法	PPT 板書 生詞卡 姓名牌

	點：請、喝、茶、很、好喝、什麼、烏龍茶、人、喜歡、日本、呢、他、不（圖片法、例句法、問答法）。關鍵資訊提示：（1）請＋V＋O；（2）很＋好Vs（喝／吃）；（3）請問＋這是＋什麼＋O？（4）這是＋O；（5）S＋Vst（喜歡）＋V（喝／吃）＋O；（6）S／複數＋P.N＋呢？（7）S＋不是＋P.N人。學生分組使用自己的名牌練習以上情景的對話。	
課室活動 （二） 談天說地	1. 使用PPT展示世界地圖講練「國家名稱」和相關語法點：中國、美國、英國、加拿大等（圖片法、例句法、問答法）。關鍵資訊提示：（1）S＋是＋P.N人；（2）S＋不是＋P.N人；（3）S＋是＋P.N人＋嗎？ 2. 使用PPT展示本課插圖並講練（五到八句）生詞和語法點：對不起、哪、哪國、美國、要、咖啡（圖片法、例句法、問答法）。關鍵資訊提示：（1）對不起；（2）S＋是＋哪國人？（3）我＋是＋P.N人；（4）S＋A not A（要不要）＋V＋O？（5）S＋不＋V。 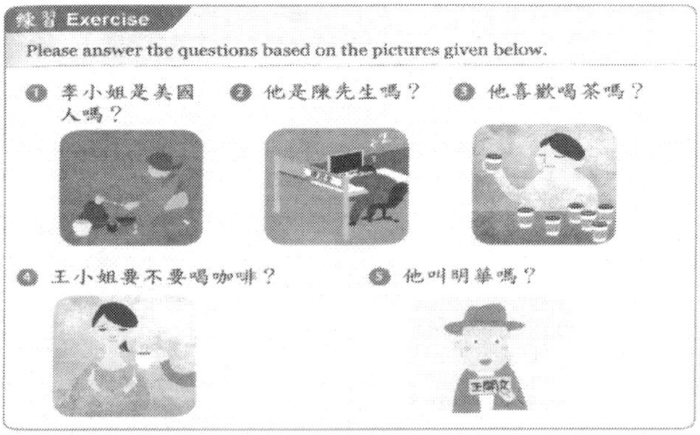 3. 學生分組使用自己的名牌練習上述語法點的情景式對話。 4. 使用本課MP3音訊練習和複習中文拼音；使用本課漢字練習本學習漢字筆劃及筆順。	PPT 板書 字母卡 生詞卡 姓名牌 MP3 世界地圖 作業本

步驟四	發音教學（pp.19-21）──教學流程與重點	
課室活動 （一） 中文拼音	1. 將本課重要生詞的聲母、韻母、介音做成三種顏色的字母卡。將「聲母字卡」放在白板最上方，學習聲母發音；進行「你說字母我選卡」課室活動[2]。將「韻母字卡」放在白板最下方學習發音；教師手指聲母，搭配韻母，讓學生拼音；再將「介音字卡」放在白板中間，學習中文拼音。 （1）進行「眼明手快」課室活動：將學生分組，教師或學生念一個字母之後，學生選出該字母的字母卡。 （2）教師或學生念一個聲母，搭配一個韻母或介音；一個介音搭配一個韻母，讓學生選出正確的字母卡。 2. 漢語四個基本聲調和輕聲的練習：將四個聲調結合拼音字母寫在五線譜上，教師將手指在字母上，搭配五線譜上的本課生詞的聲調，讓學生練習聲調。 The Tones 基本聲調 First tone　一聲（ˉ）　接 jiē、喝 hē、他 tā Second tone　二聲（ˊ）　來 lái、茶 chá、人 rén Third tone　三聲（ˇ）　你 nǐ、我 wǒ、請 qǐng、很 hěn、哪 nǎ Fourth tone　四聲（ˋ）　是 shì、這 zhè、姓 xìng、叫 jiào、要 yào Neutral tone (no tone mark)　輕聲　嗎 ma、呢 ne／我們 wǒmen、你們 nǐmen、是的 shìde、謝謝 xièxie、什麼 shénme （1）將學生分組進行「眼明手快」活動。配合第一課的生詞，進行拼音練習，一個聲母搭配一個字或詞。例如聲母w結合韻母o拼讀第三聲的「我」這個常用的詞，以提升學習成就感。 （2）漢語聲調調號的書寫方式，以及「第三聲」和「不」的變調原則。	PPT 板書 字母卡 生詞卡姓名牌 MP3 世界地圖 作業本

2 「你說字母我選卡」此一活動簡稱為「你說我選」。

Rules for third-tone changes 三聲變調原則：

ˇ ˇ (ˊ) 小 姐	ˇ　　ˇ ˇ 　　(ˊ) 我　很 好	ˇ　　ˇ ˉ (ˊ) 很　好 喝
ˇ ˇ (ˊ) 你 好	ˇ　　ˇ ˇ 　　(ˊ) 李　小 姐	ˇ　　ˇ ˉ (ˊ) 我　喜 歡
ˇ ˇ (ˊ) 很 好		ˇ　　ˇ (ˊ) 你　好 嗎

不 bù + character with 1st, 2nd or 3rd tone → 不 pronounced with 4th tone (4th tone mark)	不 bù + character with 4th tone → 不 pronounced with 2nd tone (2nd tone mark)
ˋ ˉ 不 喝咖啡 ˋ ˊ （來）不 來 ˋ ˇ 不 喜歡 （對）不 起	ˊ ˋ 不 客氣 ˊ ˋ 不 是 ˊ ˋ （要）不 要

3. 漢字筆劃教學，結合該教材漢字練習簿和本課生詞練習漢字的筆劃和筆順。

Basic Strokes	一	丨	丿	㇏	丶	㇀	亅	㇕
Stroke name in Chinese (pinyin)	橫 héng	豎 shù	撇 piě	捺 nà	點 diǎn	挑 tiǎo	鉤 gōu	折 zhé
Direction of stroke	→	↓	↙	↘	↘	↗	↓	→↓
Example	不	叫	你	人	文	接	小	田

課室活動（二）你問我答

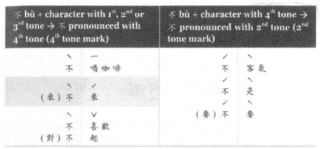

1. 學生分組，使用本課生詞和語法進行看圖說話的練習。然後，各組分別口頭報告會話內容，例如「他是誰？」、「我的朋友」等主題的對話內容。

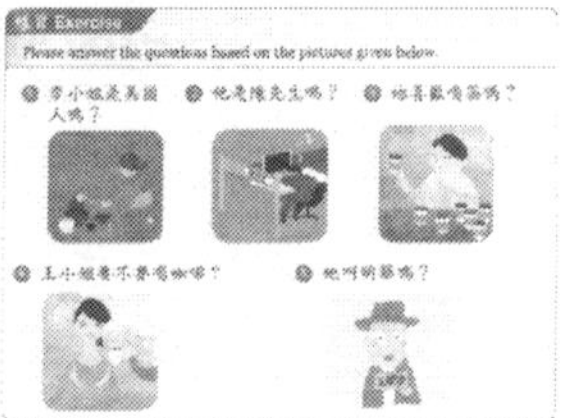

板書
錄音
字母卡
生詞卡
學生名牌
世界地圖

	2. 各分組報告時，其他組聽完互相提問搶答，以瞭解每一組的報告內容，能使用本課生詞和語法點的均可加分（教師從旁矯正發音和偏誤現象）。 3. 報告：學生分組到校園中採訪一個人並錄音。第二天，教師播放各組採訪錄音，聽錄音的學生搶答被採訪的姓名、國籍、喜好等（教師糾錯）。	

資料來源：本教案由本書作者參考《當代中文課程（一）》（2015）自行編纂

五　《當代中文課程（二）》第一課教案

教材名稱	《當代中文課程（二）》	**課文**	請問，到師大怎麼走？
教學對象	初級程度學習者	**班別**	十三人初級班
教學時間	參考本教案的教學步驟，視班級人數及學習者的程度而定。		
教學內容	通過問路情景的對話，練習路徑指示和說明地點等會話能力。		
教學目標	1. 能使用本課所學問路、說明地點、指示方向。 2. 能使用本課所學描述同一時間內所進行的兩個動作。 3. 能使用本課所學描述自己對環境及事物的感觀或感受。		
教學資源	PPT、PM3音訊、圖片（地點方位地圖）、板書、生詞卡		

教學內容		
步驟一	**對話情景導引-教學流程與重點**	**資源**
暖身 五分鐘 迷路了		PPT 板書 圖卡 生詞卡

	使用PPT展示本課的對話插圖，引出對話情景並講練生詞（圖片法、例句法、問答法）：迷路、紅綠燈。關鍵資訊提問：（1）馬安同他怎麼了？他找不到要去的地方可以怎麼說？（他迷路了）；（2）圖上有幾個紅綠燈？（3）紅綠燈旁邊的路口叫什麼路口？（紅綠燈、路口、十字路口）；（4）圖上有幾個十字路口？	
課室活動 （一） 他去哪裡	1.使用PPT展示本課的對話插圖，講練（對話一到八句）重要生詞（圖片法、例句法、問答法）：迷路、紅綠燈、第幾路口、右轉、過、看見、師大（學校）；關鍵資訊提問：（1）馬安同怎麼了？→他迷路了；（2）馬安同在第幾個十字路口要右轉？→他在第一個十字路口要右轉；（3）他右轉以後，過幾個十字路口可以看見師大？→他右轉以後，過兩個十字路口，可以看見師大；（4）師大在路的左邊還是右邊？→師大在路的左邊；（5）馬安同去師大，從哪裡往前走，到哪裡他再左轉？→從問路的路口往前走，到下一個路口，他要左轉（反覆操練以上句型）。  2.學生分組，使用上圖以問答方式講練詞彙和語法點（圖片法、例句法、問答法）：紅綠燈、銀行、超商、郵局、捷運站。關鍵資訊提示（板書）：（1）	PPT 板書 圖卡 生詞卡

	從……往……；(2) 一直走……；(3) 往左轉、往右轉；(4) 下一個路口／第……個路口往……；(5) A到B，(看／聽起來) 遠嗎？ 3.使用上圖進行「他要去哪裡？」的活動：每組2名學生，分飾計程車（計程車）司機和乘客的角色。乘客小聲的告訴司機要去的地方（不讓其他學生聽到）。然後，司機把乘客的路線說出來：「他要去的地方，從銀行往前走，……左轉，再一直走，……」其他同學聽完，能夠說出乘客要去的地方。 4.精讀對話內容前八句，學生參考課文內容互相問答：（1）路人問馬安同什麼了？（2）馬安同他要去哪裡？（3）到師大怎麼走？（4）他為什麼說「聽起來不遠」？（5）他在下一個路口右轉以後，還要怎麼走？	
課室活動 （二） 提款	1.使用上面「課室活動（一）圖卡」講練句型：(1) 這附近有……嗎？（2）從……往……走，好像沒有……，不過……；(3) 你說的……是……嗎？（4）對了，……也可以……；(5) 我看見了，那邊有……。 2.精讀對話內容九到十四句，學生參考課文內容講練生詞和句型（圖片法、例句法、問答法）：告訴、提款機、應該、提、那邊。關鍵資訊提問：(1) 馬安同覺得自己的中文怎麼樣？（2）他又問了什麼問題？（3）他們附近有銀行和超商嗎？怎麼走？（4）超商還可以怎麼說？（5）哪裡還可以提款？（6）馬安同看見那邊有什麼？ 3.學生分組討論：想出一個課間休息要去的地方（校園內），說說怎麼去。請同學猜猜這個地方在哪裡？例如下樓去校園裡的超商（說明路徑），是為了買咖啡、牛奶等。	PPT 板書 圖卡 生詞卡 作業

	4.會話報告：用手機設定學校附近的地圖（截圖做PPT），說說去那裡的路線，讓其他同學猜猜去哪裡？去那裡做什麼？（最少使用會話中的五個生詞和兩個語法點進行口頭報告。例如：我要去的地方在學校後面，從學校大門左轉……）。	
步驟二	**短文——教學流程與重點**	**資源**
課室活動 （一） 逛街	1.教師播放「逛師大夜市」的影片（學生分組討論）：用本課生詞說說去師大夜市怎麼走，去那裡做了什麼？（進入本課短文情景）。  2.使用PPT展示本課短文的插圖，講練短文第一段的生詞和語法點（圖片法、例句法、問答法）：下載、地圖、好用、左轉、師大路上、日用品、經過、巷子。關鍵資訊提問：（1）馬安同下載了什麼到手機裡？（2）他們想去哪裡？他想試試什麼？（3）馬安同看著地圖要去哪裡（V＋著）？怎麼走？（4）；馬安同在師大路看到了什麼？（5）他們經過了什麼到了哪邊？那邊如何？（6）學生分組（參考下圖），以問答方式講練語法點「V＋著」：	PPT 影片 板書 圖卡 生詞卡

	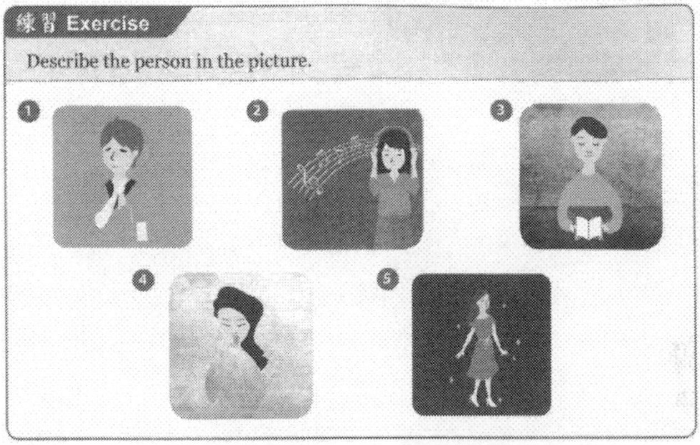 3.精讀短文第一段，學生參考短文內容互相問答，問答時使用本課生詞和語法點最多的獲勝。	
課室活動 （二） 逛街	1.精讀短文第二段至第三段，講練生詞和語法點（圖片法、例句法、問答法）：餓、面店、一邊、發現、離、背包、正好、最後、枝、筆、本、本子。關鍵資訊提問：（1）他們為什麼去這家麵店？點了什麼？（2）他們一邊吃一邊做什麼？發現了什麼？（3）馬安同決定吃了面要去做什麼？（4）馬安同和白如玉買了什麼？（5）他們覺得師大附近怎麼樣？ 2.使用下圖練習語法點：一邊……一邊……、……離……。關鍵資訊提示：（1）他一邊走路一邊打手機；（2）學校離陳月美家只有一百公尺，她家離學校不遠；（3）銀行離學校比較遠，離郵局最遠。 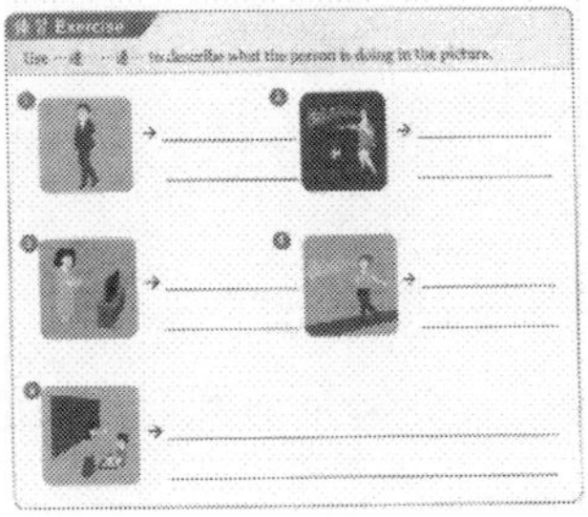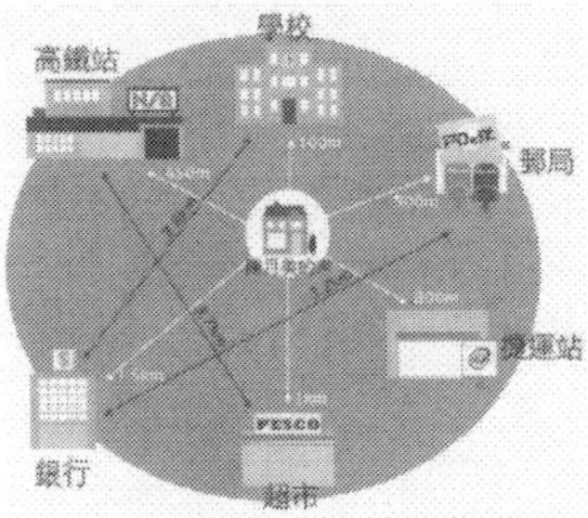 3.學生分組以問答方式進行對話練習，關鍵資訊提示：	PPT 板書 圖卡 生詞卡 作業

	（1）我家住⋯⋯，從⋯⋯路到學校（走路／坐公車／搭捷運）要二十分鐘。你呢？（2）我家離學校⋯⋯，我每天（走路／坐公車／搭捷運）到學校；（3）你在（捷運／公車）上都坐什麼？（4）我一邊⋯⋯一邊⋯⋯。 4.讀短文，學生使用生詞和語法點互相問答：（1）馬安同為什麼和白如玉去師大附近逛街？（2）從他們學校到師大怎麼走？遠不遠？（3）他們覺得師大路附近怎樣？（4）他們在那裡做了什麼？ 5.短文報告：使用本課生詞和語法點，設計一天的休閒活動，說明怎麼去，做了什麼？發現了什麼？以及對這個活動的感受（書面寫作一百五十字左右）。	
步驟三	**教學流程與重點**	**資源**
課室活動（一）你問我答	1.會話報告：參見本教案「步驟一」的課室活動（二）的會話報告。 2.短文報告：參見本教案「步驟二」的課室活動（二）書面報告（參考本課文化點滴）。 根據報告內容互相提問，討論報告內容。提問和答正確均可得分，分數最高者獲勝。	PPT 板書 圖卡 報告

資料來源：本教案由本書作者參考《當代中文課程（二）》（2015）自行編纂

六 《當代中文課程（三）》第三課教案[3]

教材名稱	《當代中文課程（三）》	**課文**	外套帶了沒有？
教學對象	中級程度學習者	**班別**	十三人中級班
教學時間	參考本教案的教學步驟，視班級人數及學習者的程度而定。		
教學內容	通過課文人物角色的不同背景，討論了他們對臺灣的氣候的不		

3 本教案由李方域分享了相關資料，特此聲明與感謝。

<table>
<tr><td></td><td colspan="2">同感受，再深入探討中國節慶與文化習俗。</td></tr>
<tr><td>教學目標</td><td colspan="2">能描述海島氣候的相關內容，以及中國三大節慶的意義。
能描述本國和其他國家的節慶活動及意義。</td></tr>
<tr><td>教學資源</td><td colspan="2">PPT、生詞卡、板書、魚骨圖──預習單、世界地圖</td></tr>
<tr><td colspan="3">教學內容</td></tr>
<tr><td>步驟一</td><td>會話──教學流程與重點</td><td>資源</td></tr>
<tr><td>暖身
五分鐘
氣候與
生活</td><td>

使用PPT展示本課對話插圖講練生詞，引出會話情景（圖片法、例句法、問答法）。關鍵資訊提問：(1)對話中有幾個人，他們叫什麼（參考本教材人物介紹）？(2)羅珊蒂為什麼遲到了？(3)陳敏萱覺得臺灣的氣候怎麼樣？(4)高橋健太覺得臺灣的氣候怎麼樣？</td><td>PPT
板書
圖卡
生詞卡
預習單</td></tr>
<tr><td>課室活動
談天說地</td><td>1.將下圖（魚骨圖）[4]把本課與氣候相關的生詞和句型串聯起來，設計成預習單（講議），提供學生預習本課內容。</td><td>PPT
板書
圖卡</td></tr>
</table>

4 「魚骨圖」即「特性要因圖」，是一種發現問題「根本原因」的結構圖。因此，也被稱為「因果圖」。

	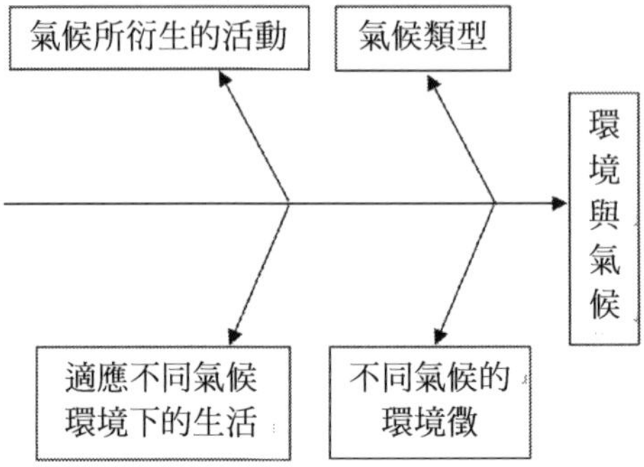 2.參考本課插圖和魚骨圖預習單，講練魚骨圖中的四大類生詞（圖片法、例句法、問答法、特性要因分析法）：（1）氣候類型——溫度、零下、空氣、感覺、實際、季節、氣溫、度、颱風、出大太陽；（2）環境特徵——雨季、涼快、潮濕、悶、後母臉、發黴、乾、變化、春天後母臉（閩南話的意思是「善變」）、差、穩定；（3）氣候與活動——櫻花、水上活動；（4）氣候與生活——躲、幸虧、火鍋、海鮮、新鮮、受不了、餓死了；（5）語法點——受到……的影響、幸虧……、算是……、是……、難怪……、……死了；幾乎……。 3.關鍵資訊提問：（1）談談貴國與臺灣不同的氣候；（2）臺灣冬天的天氣為什麼不穩定？（3）羅珊蒂怕冷嗎？你怎麼知道？（4）陳敏萱怕冷嗎？你怎麼知道？（5）高橋健太覺得羅珊蒂感覺特別冷有沒有道理？他怎麼說的？（6）他們進了了火鍋店，都點了什麼？（7）羅珊蒂為什麼讓她男朋友春天來臺灣？（8）高橋健太覺得臺灣的春天怎樣？陳敏萱覺得呢？（9）在你的國家需要除濕機嗎？為什麼？（10）羅珊蒂覺得臺灣的夏天如何？陳敏萱覺得呢？（11）羅珊蒂的男朋友來臺灣以後，為什麼要帶他來這家店聚聚？ 4.精讀課文：學生分成四組，每組選擇魚骨圖中的一類生詞，結合本課語法點討論課文內容。	生詞卡 預習單 作業

<table>
<tr><td></td><td>5.複述課文：(1) 採用「你說我猜」的活動分組練習，每組選一名學生上臺，聽本小組其他學生解釋詞義，將猜對的生詞板書；(2) 各組互相檢查錯字，並進行修改；(3) 各組成員參考自己的板書，複述課文內容。</td><td></td></tr>
<tr><th>步驟二</th><th>短文──教學流程與重點</th><th>資源</th></tr>
<tr><td>課室活動
中國節慶</td><td>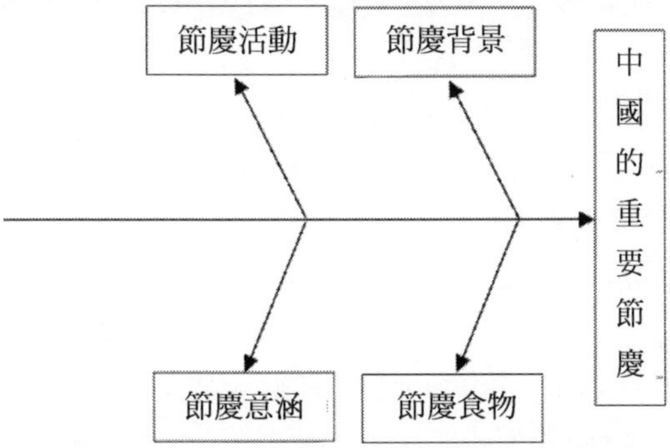

1. 參考本課插圖和魚骨圖預習單，講練魚骨圖中的四大類生詞及相關語法點（圖片法、例句法、問答法、特性要因分析法）：(1) 節慶背景──當中、祖先、移民、根據、農曆、農人、農業、收成；(2) 節慶食物──月餅、柚子、雄黃酒；(3) 節慶活動──社會、古時候、趕走、瘟疫、作法、多少、作用、迷信；(4) 節慶意涵──社會、古時候、趕走、瘟疫、作法、多少、作用、迷信；(5) 語法點：多少、再……也……等。
2. 關鍵資訊提問：(1) 臺灣的原住民和漢族的重要節慶一樣嗎？為什麼？(2) 古時候，中國是一個怎樣的國家？這和中國的三大節慶有什麼關係？(3) 談談中國端午節的由來；(4) 現代人對傳統節日的做法有何種看法？(5) 談談中秋節的由來，這個節日對現代人來說有什麼意義？(6) 談談中國三大節慶的日期和節慶活動內容，以及相關的風俗文化。</td><td>PPT
板書
圖卡
生詞卡
預習單
作業</td></tr>
</table>

3. 精讀課文：學生分成四組，每組選擇魚骨圖中的一類生詞，結合本課語法點討論課文內容；各組討論結束之後，分別簡述所討論的課文內容。
4. 複述課文：（1）採用「你說我猜」的活動分組練習，每組選出一名學生上臺，聽本小組其他學生解釋詞義，將猜對的生詞板書；（2）各組互相檢查錯字，並進行修改；（3）各小組成員參考自己的板書，複述課文內容。
5. 複習築固（參考教材p.70-p.71的活動表）：（1）使用本課生詞和語法點設計兩周的生活計畫。然後，練習邀約或回應邀約的對話練習；（2）設計一個貴國或中國的節慶活動，最少使用本課十個生詞和三個語法點，介紹節慶活動的內容，寫成約兩百字的作文交給老師；（3）選擇以上兩個練習中的一個，進行下周的PPT口頭報告。

	旅行	在家	跟朋友去茶館	吃火鍋	運動	去海邊	洗衣服
出太陽							
下雨							
颱風							
潮濕							
悶熱							
天氣不穩定							
10度							
18度							
35度							
零下							

Example

A：出太陽的時候，我要洗衣服，因為台灣很潮濕。

B：我要去公園，因為應該利用難得的好天氣去運動。

<table>
<tr><td></td><td>

節日	春天	夏天	秋天	冬天
我國重要的節日 Major holiday(s) in my country				
節日的由來 History behind the holiday(s)				
重要的風俗習慣 Important customs				

</td><td></td></tr>
<tr><th>步驟三</th><th>教學流程與重點</th><th>資源</th></tr>
<tr><td>課室活動
你問我答</td><td> 
Try to use the following sentence patterns and vocabulary words:

幾乎	受到…影響	算是／不算
再 Vs 也	根據	

1. 口頭報告（參考本課文化點滴，pp.72-73）：參見本教案「步驟二」第五項要求進行口頭報告。
2. 討論報告內容，進行問答練習，使用本課生詞和語法最多者獲勝。</td><td>PPT
板書
圖卡
生詞卡
預習單
報告</td></tr>
</table>

資料來源：本教案由本書作者參考《當代中文課程（三）》（2015）自行編纂；部分資料由李方域提供

七　華語正音典型教案

（針對《視華》與《當代》，以越南專班之華語正音教學為例）

教材名稱	《視華》與《當代》	教學範圍	各冊各課皆可
教學對象	越南華語正音	班別	華語正音

教學時間	參考本教案的教學步驟，視班級人數及學習者的程度而定。
教學內容	針對從初級到高級的越南華語文學習者，進行發音和聲調的正確教學與練習。
教學目標	建立越南華語文專班學習者的華語發音和聲調的正確意識，打好發音和聲調的基礎；糾正中級以上越南華語文學習者的華語發音和聲調，提升越南華語文學習者華語之「聽、說、讀、寫」併進的教學成效。
教學資源	全程使用：PPT、板書、預習單、順口溜

寫作教學內容

步驟一：越南華語文學習者的「發音與聲調」的偏誤分析

1. 透過漢語拼音之聲母和韻母的練習，發現越南華語文學習者華語發音和聲調的學習特徵；
2. 發現越南華語文學習者「聲母」與「韻母」的主要學習困難。例如z、c、s、zh、ch、sh、r、j、q、x、an-ang、en-eng、in-ing等習得困難；
3. 發現越南華語文學習者華語聲調「第一聲」和「第四聲」不分的學習困難。

步驟二：字詞為主的偏誤矯正練習

1. 使用「零、一、二、三、四、五、六、七、八、九、十」訓練學習者正確的發音和聲調；
2. 使用華語之「五度聲調圖」與「越南的聲調圖」進行對比分析，引導學習者瞭解華語「第一聲」和「第四聲」與越南「第一聲」和「第四聲」在調值上的差界：

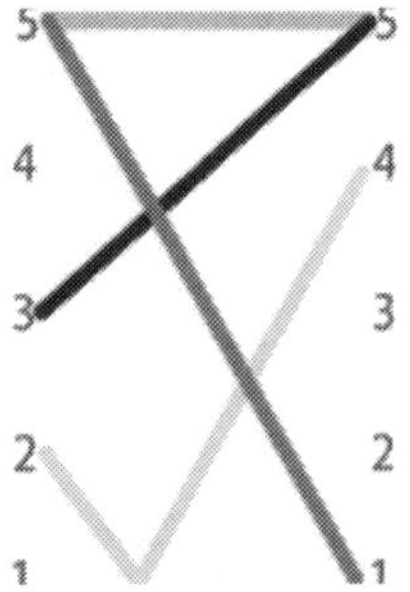

華語五度聲調圖

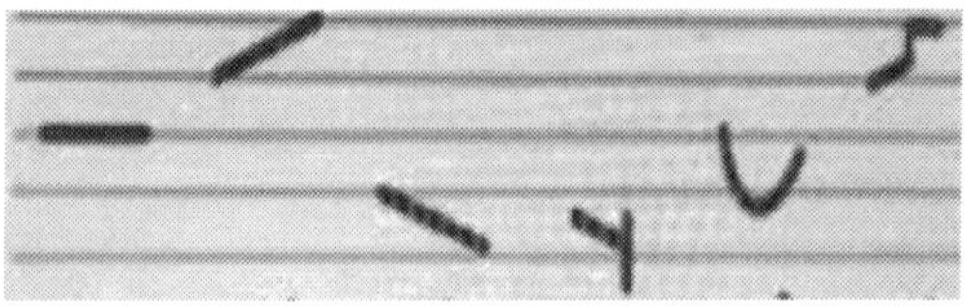

越南語的聲調圖

3. 提供有z、c、s、zh、ch、sh、r、j、q、x、an-ang、en-eng、in-ing發音的詞彙，進行聲母、聲母、聲調的正音練習：

jīgòu機構	jīxiè機械	quánwēi權威	jīchǔ基礎	xísú習俗
jíduān極端	xiǎngyìng響應	jízī集資	qiángzhì強制	
jìchéng繼承	qiāndìng簽訂	iānjué堅決	jiānjù艱鉅	
jùdà巨大	jiézòu節奏	jìnchéng進程	xiāngjì相繼	
jìnzhǐ禁止	jīngyà驚訝	jǐngxiàng景象	jùliè劇烈	
jūnhéng均衡	qīpiàn欺騙	qíjì奇蹟	jiǎnruò減弱	
qìfèn氣憤	qīnquán侵權	qīngjié清潔	jiàoxùn教訓	

步驟三：對話為主的偏誤矯正練習（參考《當代中文課程（一）》對話）

（一）參考《當代中文課程》第一冊第三課的對話練習：

臺灣、中文、去吃、去吃晚飯、越南菜、去吃越南菜

一起吃晚飯、一起吃越南菜

晚上要不要吃晚飯、晚上要不要吃越南菜

臺灣電影、看電影、看臺灣電影、去看電影、去看臺灣電影

今天晚上、今天晚上去看電影、今天晚上我們去看電影

我都想看、我們看臺灣電影吧、看電影可以學中文

chuān穿、專zhuān 、窗chuāng、裝zhuāng、shàn扇、山shān

（二）順口溜練習（可以使用律動加強練習）

1. 小蜜蜂嗡嗡嗡，飛到西來飛到東，採花蜜勤做工，安安穩穩好過冬
2. 四是四，十是十，要想說對四，舌頭碰牙齒，要想說對十，舌頭別伸直，要想說對四和十，多多練習十和四。
3. 四是四，十是十，十四是十四，四十是四十，誰能分得清，請來試一試。莫把四字說成十，休將十字說成四。若要分清四十和十四，經常練說十和四。誰能說準四十、十四、四十四、誰來試一試。
4. 四和十、十和四，四十和四十，十四和十四。說好四個數字，全靠舌頭和牙齒。誰說四十是「細席」，他的舌頭沒用力；誰說十四是「實世」，他的舌頭沒伸直。認真學，常練習，十、四、十四、四十、四十四。

以上繞口令摘自：https://www.mingyanjiaju.org/tool/raokouling/487469.htm

資料來源：本教案由本書作者編纂

八　漢字教學典型教案

（針對《視華》與《當代》的漢字教學補充資料）

<table>
<tr><td>參考資料</td><td>《漢字簡轉繁的理論和實踐》[5]</td><td>教學內容</td><td>《視華》與《當代》的生詞</td></tr>
<tr><td>教學對象</td><td>初級至中級的學習者</td><td>班別</td><td>初級至中級的班別</td></tr>
<tr><td>教學時間</td><td colspan="3">參考本教案的教學步驟，視班級人數及學習者的程度而定。</td></tr>
<tr><td>教學內容</td><td colspan="3">參考《漢字簡轉繁的理論和實踐》（張勝昔，2016）的內容，引學生瞭解漢字源流和構造，認識漢字的屬性與識寫理據。</td></tr>
<tr><td>教學目標</td><td colspan="3">掌握識寫漢字的技巧，能舉一反三地進行漢字習得，進而提升學習興趣和成效。</td></tr>
<tr><td>教學資源</td><td colspan="3">全程使用：PPT、板書、漢字練習單</td></tr>
<tr><td colspan="4">漢字結構分析與練習</td></tr>
<tr><td colspan="4">步驟一：獨體漢字與部件（全程提供自製漢字練習單）
1. 找出與所教課文生詞有關的獨體漢字，進行字源、字義、字構與發音教學。
2. 初學的獨體漢字盡量筆畫簡單，可作部件組字，有其獨立的發音和字義。如「日、月、山、水、人、大、女、子、言、身、寸、心、馬」等字備課內容可參考《漢字簡轉繁的理論和實踐》（張勝昔，2016）。[6]
3.此外，還包括常用的且能與所學課文生詞搭配使用的偏旁部首。</td></tr>
<tr><td colspan="4">步驟二：漢字拆解與部件（全程提供自製漢字練習單）
1. 將所學課文生詞製成字卡，引領學生使用字卡進行認字活動，通過課文中對話或短文中的情境加強字義的理解，加強對所學課文生詞的認讀能力。
2. 將所學課文生詞的字拆解，製成各種部件卡，引領學生使用「部件卡」進行組字和認字活動，再使用組構的正確字詞進行造句和對話，進一步加強所學課文生詞的認讀能力，並引起漢字識寫的興趣。</td></tr>
</table>

5　參見本書附錄十四。

6　參見本書附錄十四。

3. 使用「部件卡」進行課文生詞的預習活動，找出預習生詞之字的部件，對字形和字義進行初步認識。
4. 教學參考圖片（參考《漢字簡轉繁的理論和實踐》，張勝昔，2016）：

步驟三：漢字拆解與組合（全程提供自製漢字練習單）

1. 將已學過的生詞的部件製成PPT（表格），學生分組先進行討論，每組依序報告PPT中部件所組的字詞。
2. 使用每組拆解與組合的字詞進行造句、對話、短文的練習，各組經過討論依序報告所造的句子、對話或短文。
3. 各組針對不同組別所造的句子、組織的對話或短文進行問答練習。加強漢字拆解和組合的功效。

練習與作業（提供自製漢字練習單）

1. 漢字練習參考網址：
   https://www.books.com.tw/products/0010863188？loc=M_0004_048
   https://www.eslite.com/product/1001112792873100
2. 國字標準字體筆順學習網：
   https://stroke-order.learningweb.moe.edu.tw/character_practice.do
3. ACCESS全漢字檢索系統：
   http://huayutools.mtc.ntnu.edu.tw/mtchanzi/search.aspx
4. 自製漢字練習單：

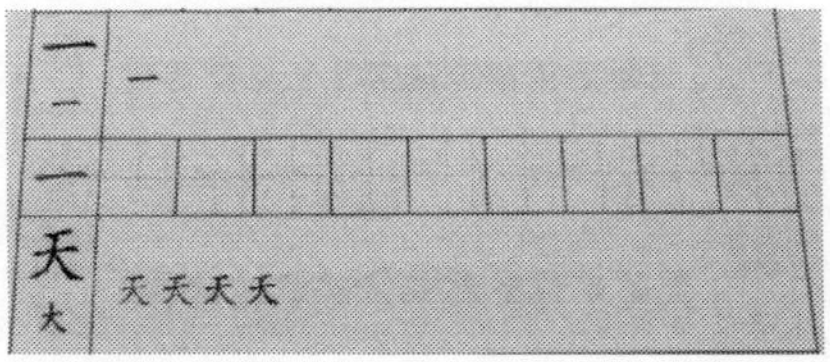

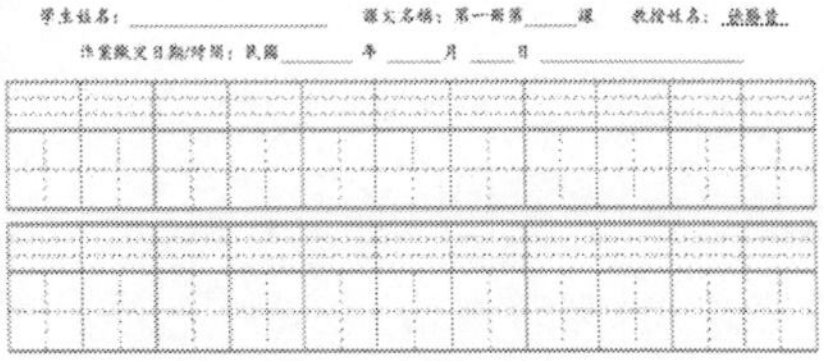

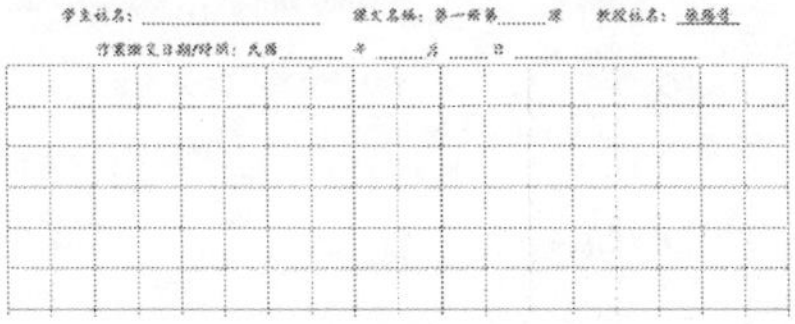

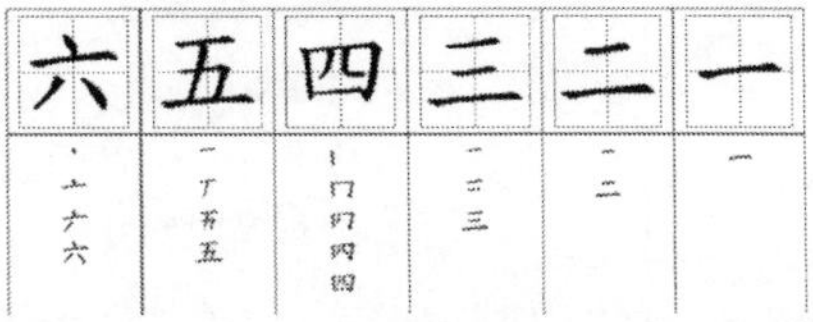

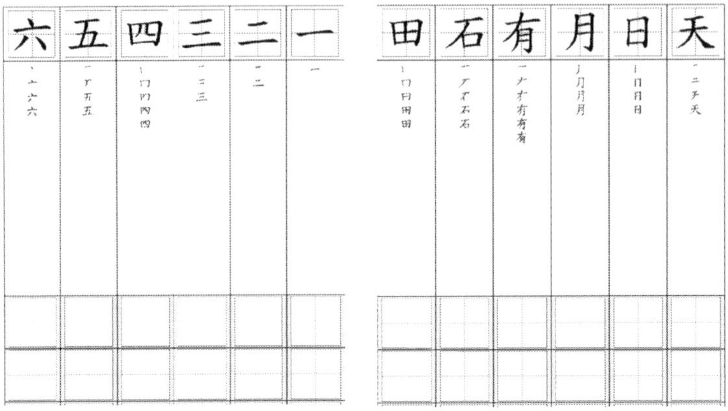

5. 使用「透明資料夾」夾住自製「田字格、米字格、九宮格」，用白板筆在夾有自製「田字格、米字格、九宮格」的「透明資料夾」上進行漢字書寫練習。
6. 漢字簡轉繁的教學與練習，可參考《漢字簡轉繁的理論和實踐》（張勝昔，2016）進行備課和設計教材。
7. 書法練習可加強漢字書寫能力。

資料來源：本教案由本書作者編纂

九　華語文寫作典型教案

（針對《視華》與《當代》的寫作教學補充資料）

教材名稱	《視華》與《當代》	**教學範圍**	各冊各課皆可
教學對象	各級程度學習者皆可	**班別**	各類班別皆可
教學時間	參考本教案的教學步驟，視班級人數及學習者的程度而定。		
教學內容	寫作可以表達自我思想和感受，用語言文字闡述個體與外界的關係，並表達對世界的理解。引導學生認識描寫、敘述、說明和議論的寫作型式，這是最基本的寫作表達方式。描寫和敘述文可呈現自我經驗及感受，說明和議論文可體現出個體如何看待和瞭解世界。		

<table>
<tr><td>教學目標</td><td>能組織簡單和不連貫的短語及句子；能運用簡單的連接詞表達自己的需求；能描述經驗、情感和事件的相關訊息等；能闡述論點寫文章或報告。</td></tr>
<tr><td>教學資源</td><td>全程使用：PPT、板書、預習單</td></tr>
<tr><td colspan="2">寫作教學內容</td></tr>
<tr><td colspan="2">步驟一：初級寫作
1. 參考附錄十三之七引導學生識寫簡單的漢字；
2. 提供寫作內容的相關主題、圖片、生詞等，引導學生寫出簡單、不連貫的短語和句子；
3. 閱讀同學的初級寫作內容，切分生詞和短語，分組討論並進行問答和改寫練習。進而運用簡單的連接詞寫出簡短的，可以表達自我需求的感謝、道歉、邀請等方面的短文。</td></tr>
<tr><td colspan="2">步驟二：中級寫作
1. 引導學生認識中文寫作的標點符號，寫作格式等。練習切分生詞和短語，
2. 引導學生使用適合的生詞和文法將口語轉換成書面語；
3. 提供圖片或短文進行分組主題討論，訓練傳達個人訊息的能力，以及闡述文章或報告的論點，能針對特定的觀點提出支持或反對的理由，並解釋不同面向的優劣。
4. 引導學生寫出私人信件，以及描述個人經驗、情感、事件的短文。</td></tr>
<tr><td colspan="2">步驟三：高級寫作
1. 分組蒐集和整理寫作資料，針對各種主題的文本進行完整地摘要；
2. 參考各國各類型時事新聞，使用多種句型與常用書面語對於所閱讀的文章進行分析與重組；並撰寫脈絡大致清楚且文句通暢的文章；
3. 亦可透過辯論或小組討論，針對各種議題以縝密的邏輯思路予以分析與批判，並提出完善的解決方案；
4. 運用多種不同的複雜句型與高程度書面語提出或表達個人觀點，對於所辯論的議題，做出總結及提出論述結果。</td></tr>
</table>

資料來源：本教案由本書作者編纂

附錄十四

張勝昔
《漢字簡轉繁的理論和實踐》

（文鶴出版，2016）

後記

自二〇一五年夏末至上海華東師東師範大學師從吳勇毅教授攻讀國際漢語教育博士學位至今，一下子十年就要過去了。承蒙恩師不棄，諄諄教導，方能將過去這十幾年的教研經驗成書出版。此外，勝昔的碩博求學之路也受到賴明德教授、鄧守信教授、葉德明教授、信世昌教授、陳懷萱教授、王海峰教授及孫紀真教授等，各位尊師的教導和提攜，以及兩岸華語文教學的尊師前輩的協助和扶持。特別感謝Richard在國際間的支援，以及吳映青和鄭佩瑾在疫情間全臺停電的危難時期仍奮不顧身的協助蒐集本書所需之研究材料；還要感謝萬卷樓圖書公司的梁錦興總經理和張晏瑞總編輯的提攜，張宗斌學術編輯的協助。要感謝的太多太多，無以言表，疏漏之處，敬請各界包涵與諒解。

古人有焚膏繼晷，而本書的研究與撰寫經歷了疫情中最苦澀的日子，勝昔能從無數晝夜不眠的歲月走過，實屬不易。期許本書能作為各單位和學術界推動臺灣華語文教育及教材發展的重要參考資料。然而，已有的成果不一定縣密無瑕，且成書略嫌倉促，掛一漏百之處不少，尚祈各界多予指導，不吝指教。

謹以此書紀念已故亡夫的愛與包容。

張勝昔

西元二〇二二年十月三日

寫於新竹明新科技大學教職宿舍

華文教學叢書 1200Z01

臺灣華語文教材演變發展研究

作　　者　張勝昔
責任編輯　張宗斌
實習編輯　蔡易芷、蔡佳倫
特約校稿　林秋芬

發 行 人　林慶彰
總 經 理　梁錦興
總 編 輯　張晏瑞
編 輯 所　萬卷樓圖書股份有限公司
臺北市羅斯福路二段 41 號 6 樓之 3
電話 (02)23216565
傳真 (02)23218698

發　　行　萬卷樓圖書股份有限公司
臺北市羅斯福路二段 41 號 6 樓之 3
電話 (02)23216565
傳真 (02)23218698
電郵 SERVICE@WANJUAN.COM.TW
香港經銷　香港聯合書刊物流有限公司
電話 (852)21502100
傳真 (852)23560735

本書為臺灣師範大學國文學系 2022 年度「出版實務產業實習」課程成果。部分編輯工作，由課程學生參與實作。

ISBN 978-986-478-772-2
2023 年 1 月初版
定價：新臺幣 660 元

如何購買本書：
1. 劃撥購書，請透過以下郵政劃撥帳號：
帳號：15624015
戶名：萬卷樓圖書股份有限公司
2. 轉帳購書，請透過以下帳戶
合作金庫銀行　古亭分行
戶名：萬卷樓圖書股份有限公司
帳號：0877717092596
3. 網路購書，請透過萬卷樓網站
網址　WWW.WANJUAN.COM.TW
大量購書，請直接聯繫我們，將有專人為您服務。客服：(02)23216565　分機 610
如有缺頁、破損或裝訂錯誤，請寄回更換

國家圖書館出版品預行編目資料

臺灣華語文教材演變發展研究 / 張勝昔著. -- 初版. -- 臺北市 : 萬卷樓圖書股份有限公司, 2023.01
面 ;　公分. -- (華文教學叢書 ; 1200Z01)
ISBN 978-986-478-772-2(平裝)
1.CST: 漢語教學 2.CST: 語文教學 3.CST: 教材 4.CST: 歷史
802.038　　111017234